JULIE COHEN

# Der Tag, an dem der Sommer begann

W0402571

*Zum Roman*
Für die Frauen der Familie Levinson scheint die Liebe unmöglich zu sein. Großmutter Honor kann einen Mann nicht vergessen, von dem sie bis heute niemandem erzählt hat. Ihre Schwiegertochter Jo ist verwitwet und verliert im Alltag als alleinerziehende Mutter ihr eigenes Glück fast aus den Augen. Und die sechzehnjährige Lydia ist zum ersten Mal verliebt, in jemanden, der nicht davon erfahren darf. Nach einem Treppensturz braucht die achtzigjährige Honor Hilfe und zieht zu Jo und Lydia. Auf einmal finden sich die drei Frauen unter einem Dach wieder – samt ihrem Kummer, ihren Träumen und ihren Geheimnissen …

*Zur Autorin*
Julie Cohen wurde in Maine, USA, geboren und lebt heute mit ihrem Mann und ihrem Sohn in Berkshire, England. Das Schreiben ist ihre große Leidenschaft und wenn sie nicht an ihren Romanen arbeitet, leitet sie Schreibworkshops. *Der Tag, an dem der Sommer begann* ist ihr viertes Buch im Diana Verlag.

JULIE COHEN

# Der Tag, an dem der Sommer begann

ROMAN

Aus dem Englischen
von Ute Brammertz

DIANA

Von Julie Cohen sind im Diana Verlag bisher erschienen:

*Mit den Augen meiner Schwester*

*All unsere Träume*

*Das Gefühl, das man Liebe nennt*

Der Verlag weist ausdrücklich darauf hin, dass im Text enthaltene externe Links vom Verlag nur bis zum Zeitpunkt der Buchveröffentlichung eingesehen werden konnten. Auf spätere Veränderungen hat der Verlag keinerlei Einfluss. Eine Haftung des Verlags ist daher ausgeschlossen.

FSC www.fsc.org MIX Papier aus verantwortungsvollen Quellen FSC® C014496

Verlagsgruppe Random House FSC® N001967

Deutsche Erstausgabe 04/2017
Copyright © 2015 by Julie Cohen
Die Originalausgabe erschien 2015 unter dem Titel *Falling*
bei Black Swan, an imprint of Transworld Publishers,
a Penguin Random House Company, London.
Copyright © der deutschsprachigen Ausgabe 2017
by Diana Verlag, München, in der Verlagsgruppe Random House GmbH,
Neumarkter Straße 28, 81673 München
Redaktion: Heiko Arntz
Umschlaggestaltung: t. mutzenbach design, München
Umschlagmotive: © Shutterstock | colors; Hudyma Natallia
Satz: Leingärtner, Nabburg
Druck und Bindung: GGP Media GmbH, Pößneck
Alle Rechte vorbehalten
Printed in Germany
ISBN 978-3-453-35912-3

www.diana-verlag.de
Besuchen Sie uns auch auf www.herzenszeilen.de
Dieses Buch ist auch als E-Book lieferbar.

*Für Lillian Cohen*
*– Großmutter, Kartenspielerin,*
*einäugige Autofahrerin, Kreuzschraffurkritzlerin,*
*Matzeknödelköchin –*
*in ewiger Erinnerung*

Und wir, die an *steigendes* Glück
denken, empfänden die Rührung,
die uns beinah bestürzt,
wenn ein Glückliches *fällt.*

Rainer Maria Rilke, *Die zehnte Elegie*

KAPITEL I

# Honor

Honor Levinsons letzte Lebensphase begann am oberen Treppenabsatz in ihrem Haus in Nordlondon.

Vor zwei Tagen waren die Fenster von dem jungen Mann geputzt worden, der jedes Frühjahr mit Eimer und Leiter vorbeikam. Die Sonne schien durch die Scheiben, warf einen hellen Streifen auf Teppich und Wand, und als Honor die Stelle auf dem Weg zur Treppe passierte, einen Korb mit Schmutzwäsche in den Händen, wärmte sie ihre Wange.

Sie dachte an die Wäsche, die sie früher immer zu machen hatte: die Sportkleidung, immer schlammverkrustet. Schuluniformen und Gartenkleidung, Hemden, die gebügelt werden mussten, Unterwäsche und Taschentücher. So viele Ladungen jede Woche, eine nach der anderen, es hörte nicht auf. Und das nur für ein Kind und eine Frau. Manchmal hatte sie das Gefühl, das Haus sei ständig mit Girlanden aus tropfender Kleidung dekoriert gewesen. Sie musste einen Dschungel aus trocknenden Strümpfen und Strumpfhosen durchqueren, nur um ins Badezimmer zu gelangen. Für etwas, das so viel Zeit und Mühe in Anspruch nahm, fand das Waschen von Kleidung in der Literatur zu wenig Erwähnung.

An diesem Nachmittag befanden sich zwei Blusen, ein Unterhemd, ein Rock und drei Unterhosen in ihrem Korb. Richtig schmutzig war nichts davon. Was tat sie dieser

Tage schon, das ihre Kleidung dreckig machen würde? Die schweißtreibende Arbeit, das Herumwühlen in Erde, das ewige Verschütten und Bekleckern, all das war endgültig vorbei. Jetzt war ihr Korb leicht, so leicht wie der Sonnenschein seitlich in ihrem Blickfeld.

Honor stemmte den Korb in die Hüfte und legte die Hand ans Geländer. Das Holz war auch von der Sonne erwärmt. Unten im Erdgeschoss läutete das Telefon. Sie machte einen Schritt, um die erste Stufe zu nehmen – und trat daneben.

Schockierend war nicht, dass sie stürzte, sondern dass sie daneben getreten war, dass ihr Körper die Sprache des Hauses vergessen hatte, die sie den Großteil ihres Lebens so sicher beherrscht hatte. Honor versuchte, den Sturz aufzuhalten, aber das Geländer entglitt ihr. Sie fiel auf die Hüfte und rutschte die Holzstufen auf dem Rücken hinunter.

»Stephen!«, rief sie ins Leere.

Keine Schmerzen, noch nicht, bloß die dumpfen Aufschläge, während sie die restliche Treppe hinunterglitt, ohne dass jemand sie auffing. Sie landete mit dem Hinterkopf auf einer Stufe und sah Sterne. Sah sie deutlich wie schon lange nichts mehr.

Sie kannte dieses Gefühl, als hätte sie es sich schon oft in Gedanken ausgemalt. Der letzte Moment. Vertraut wie ein Kind oder wie ein Geliebter.

Sie blieb unten am Boden liegen, alle viere von sich gestreckt. Das Telefon läutete ein zweites Mal. *Zweimal Läuten*, dachte Honor. *Es ist alles in der Zeit zwischen zwei Klingeltönen passiert.*

Jetzt spürte sie es, jedenfalls teilweise: ihr Hinterkopf, die Hüfte, der Rücken, das Gesäß, die Ellbogen – eher die Wucht des Aufpralls anstatt Schmerzen. Ihr Kopf lag auf der untersten Stufe, ihr Körper in einer weiteren Lache aus Sonnenschein und blendendem Licht. Aber sie war am Leben. Bei ihrem Aufschrei war sie noch sicher gewesen, dass sie nicht überleben würde.

Honor fasste sich an den Hinterkopf. Er war warm und feucht, und als sie ihre Hand betrachtete, zitterte diese und war blutverschmiert.

Bei dem Anblick setzten die Schmerzen ein.

»Stephen«, sagte sie wieder. Es war die Stimme einer Fremden, einer Frau, die alt und gebrechlich war.

Honor setzte sich auf, ohne auf das Aufheulen ihres Rückens und der Hüfte, den pochenden Schmerz im Kopf zu achten. Sie holte tief Luft und versuchte, sich am Geländer hochzuziehen.

Sofort sackte sie wieder zu Boden, und der Schmerz in der Hüfte ließ sie laut aufschreien.

Das Telefon läutete ein drittes Mal, oder vielleicht war es das vierte Mal. Gebrochene Hüfte, alte alleinstehende Frau – wie klischeehaft das war. All diese Jahre der Mühe und Arbeit, und am Ende reicht es nur zu einem Klischee. Vorsichtig und vor Schmerzen keuchend drehte sich Honor, sodass sie auf der linken Seite lag, der Seite, die nicht schmerzte. Mithilfe der Arme und des linken Fußes schob sie sich über den Holzboden und kroch auf das Telefon zu.

In jeder Etage ihres Hauses gab es ein Telefon: eines im Schlafzimmer, eines in der Küche im Souterrain und eines hier im Erdgeschoss, im Wohnzimmer. Das Handy lag oben im Schlafzimmer. Honor kroch durch die Tür auf den Perserteppich zu, wobei sie mit ihren feuchten Händen und dem schwachen Fuß ausrutschte. Im Wohnzimmer ruhte sie sich einen Augenblick aus. Die Wolle kratzte an ihrer Wange. Von ihrem Hinterkopf sickerte Blut herab. *Mit kaltem Wasser auswaschen*, dachte sie, und das Telefon läutete erneut, zum sechsten Mal? Zum zehnten?

Es klingelte nun schon eine Ewigkeit, und sie hatte immer noch einen Meter vor sich.

Sie tat einen tiefen Atemzug, der nach Staub und Wolle schmeckte, und schob sich erneut vorwärts. Auf dem Teppich war das Kriechen schwieriger. Sobald es ihr wieder besser ging, würde der Läufer mitsamt Blutfleck und allem im Müllcontainer landen.

Das Telefon stand auf einem niedrigen Tisch neben dem Sofa. Sie schlängelte sich die letzten paar Zentimeter, indem sie sich mit der Schulter vorwärtsschob. Honor hakte den Arm um das Tischbein, zog so fest wie möglich, und der Tisch fiel um.

Glücklicherweise landete das Telefon direkt vor ihr, der Hörer neben der Gabel. Sie griff mit der unversehrten Hand danach. »Hallo?«, sagte sie. »Hallo, ich brauche Hilfe.«

Eine Pause. Ihre Haare hatten sich gelöst und hingen ihr ins Gesicht, dunkel vor Blut. Sie spürte Schweiß auf der Oberlippe. Es war schon eine Weile her, seitdem sie das letzte Mal geschwitzt hatte.

»Ja, Madam«, sagte endlich eine Stimme in der Leitung, mit starkem Akzent. »Guten Tag, hier spricht Edward von Computer Access Services. Ich rufe wegen eines Problems mit ihrem Computer an?«

»Scheren Sie sich zum Teufel«, erwiderte sie laut vernehmbar und drückte auf die Taste, um das Gespräch zu beenden. Sie wählte den Notruf. »Ich benötige einen Krankenwagen«, erklärte sie dem Telefonisten und wartete eine halbe Ewigkeit, bis sie durchgestellt wurde.

»Rettungsdienst, um was für einen Notfall handelt es sich, bitte, und von wo aus sprechen Sie?«

»Ich bin die Treppe hinuntergefallen und habe mir anscheinend die Hüfte gebrochen, und ich blute am Kopf.« Sie gab der ruhig klingenden Frau ihre Adresse durch.

»Also schön, Ma'am, ich habe die Einsatzzentrale benachrichtigt, und jetzt werde ich am Apparat bleiben und versuchen, Ihnen während der Wartezeit zu helfen. Sie sagen, Sie haben sich den Kopf angeschlagen und die Hüfte gebrochen? Haben Sie Atembeschwerden?«

»Das ist so ziemlich das Einzige, das mir im Moment keine Beschwerden bereitet.«

»Tapferes Mädchen.«

»Behandeln Sie mich nicht wie ein kleines Kind, ich bin alt genug, um Ihre Großmutter zu sein. Ich heiße Honor.«

»Verstehe, Honor.« In der Stimme der Frau schwang ein Anflug von Belustigung mit. »Mit Verlaub, dass Sie mich zurechtweisen, ist ein gutes Zeichen. Ist jemand bei Ihnen?«

»Ich bin allein.«

»Bluten Sie noch am Kopf?«

»Ja.«

»Okay, Honor, gibt es etwas, das Sie auf die Wunde pressen können, um die Blutung zu stillen?«

Sie tastete nach oben. Auf dem Sofa lag ein Kissen, das im Lauf der Jahre ganz platt gedrückt war. Honor zog es herunter. Sie drückte sich das Kissen an den Hinterkopf und biss die Zähne gegen den stechenden Schmerz zusammen. Mit der anderen Hand hielt sie sich das Telefon ans Ohr. Es war glitschig vor Blut.

»Auftrag erledigt«, sagte sie der Frau am anderen Ende der Leitung.

»Das höre ich gern.« Sie klang jung und lebhaft. Wie Jo. Honor schloss die Augen und stellte sich welliges Haar, rosafarbene lächelnde Lippen vor.

»Honor? Sind Sie noch bei uns?«

Sie schüttelte den Kopf, um einen klaren Gedanken fassen zu können. *Noch bei uns*, auch so ein Klischee, das diesen ganzen Vorfall wie etwas Gemeinsames klingen lassen sollte, obwohl sie einsamer denn je war.

»Ich kann nicht an die Tür gehen, um den Sanitätern aufzumachen, aber unter dem blauen Geranientopf liegt ein Schlüssel.« In ihren Ohren erklang ein Sausen, Schwärze zog von allen Seiten auf. »Ich glaube, ich verliere gleich das Bewusstsein, also hoffe ich, dass sie schnell kommen.«

*Sie steht am Kopf der Treppe, der Partylärm um sie herum schwillt an. Sie lehnt sich auf das Geländer und erblickt unter sich den Kopf eines Mannes. Er hat dunkle Haare, glänzend und dicht, und trägt einen braunen Tweedanzug. Er ist größer als die Umstehenden. In einer Hand hält er einen Drink, Whisky, die andere ruht auf dem Geländerpfosten, auf der runden Kugel, die ihn krönt. Seine Hand ist schlank, und selbst von hier aus ist zu sehen, dass seine Nägel sauber sind, kurz geschnitten. Er trägt eine Armbanduhr mit einem breiten schwarzen Lederband.*

*Jede Einzelheit so deutlich. So scharf umrissen.*

*»Wie heißt er?«, fragt sie Cissy, die neben ihr steht.*

*»Was, du hast ihn noch nicht kennengelernt? Das ist Paul.« Cissy wendet sich jemand anderem zu, und Honor schaut weiter.*

*Um ihn herum sind Leute, aber er ist allein. Irgendwo lacht jemand laut, aber anstatt dorthin zu sehen, dreht er den Kopf und blickt nach oben, Honor direkt in die Augen.*

*Zum ersten Mal hat sie das Gefühl abzustürzen.*

»Hallo, meine Liebe? Hören Sie mich?«

Honor öffnete die Augen, legte den Kopf schräg. Ein verschwommener Fleck über ihr, zwei verschwommene Flecke, die Grün und Gelb trugen. »Paul?«

»Nein, ich heiße Derek, das hier ist Sanjay, und wir sind Sanitäter. Können Sie meine Hand drücken? Wir sind also die Treppe runtergefallen, ja?«

»*Ich* bin die Treppe hinuntergefallen. Wie das bei Ihnen ist, weiß ich nicht.« Ihr Mund war trocken. Wie viel Blut, wie viel Zeit? Einer der Sanitäter machte sich an ihrem Kopf zu schaffen und stillte irgendwie die Blutung. Sie hörte, wie Packungen aufgerissen wurden, das Rascheln von Verbandszeug. Mühsam versuchte sie, sich aufzurichten, etwas Würde zurückzuerlangen. Sie hatte ihn Paul genannt. Wie peinlich.

»Wie heißen Sie, meine Liebe?«

»Honor Levinson.«

»Können Sie mir sagen, welches Datum wir heute haben, Mrs. Levinson?«

»Dienstag, den elften April. Sie müssen mich schon etwas Schwierigeres fragen.« Ihre Stimme klang rau und streng.

»Ich bringe erst diese Fragen hinter mich und dann kommen die *Wer wird Millionär*-Fragen, ja? Nehmen Sie Medikamente?«

»Ich bin achtzig Jahre alt, natürlich nehme ich Medikamente. Sie befinden sich im Badezimmerschränkchen.«

»Blutdruck achtzig zu fünfzig, Sanjay. Ist Ihnen schwindlig, Mrs. Levinson?«

»Ja.«

»Wohnen Sie allein hier?«

»Meinen Sie, ich hätte sonst meine Unterwäsche auf der Treppe liegen lassen?« Sie schloss die Augen und biss die

Zähne zusammen, als die Sanitäter sie bewegten und ihr eine Nackenschiene anlegten, um die Halswirbelsäule zu fixieren.

»Sie muss den ganzen Weg von der Treppe bis zum Telefon gerobbt sein«, sagte einer der Sanitäter. »Ziemliche Leistung.«

»Morphium«, stieß sie keuchend hervor.

»Keine Sorge, wir haben Schmerzmittel im Krankenwagen, und Sie sind gleich im Krankenhaus. Gibt es jemanden, den wir für Sie anrufen sollen, Mrs. Levinson?«

»Doktor. Doktor Levinson.«

»Ist das Ihr Gatte?«

»Nein, verflucht. Das bin ich. Es gibt niemanden, den ich anrufen möchte.«

Behutsamer, als sie es für möglich gehalten hätte, hoben die beiden sie auf die Trage und trugen sie durch die Tür ins Freie, wo der Krankenwagen wartete. Honor hielt die Augen geschlossen, da sie die Fußgänger nicht sehen wollte, die zweifellos die hilflose alte Frau begafften, die, zerbrechlich wie ein morscher Ast, aus ihrem Haus getragen wurde. Früher hatte sie all diese Menschen gekannt, jeden in den umliegenden Häusern.

Die frische Luft kühlte die Tränen auf ihren Wangen.

»Niemanden«, flüsterte sie, während man sie sicher hinten in den Krankenwagen gleiten ließ, und sie wiederholte ihre Namen wie ein Lied im Kopf, die Namen von niemandem.

Paul und Stephen. Stephen und Paul.

KAPITEL 2

# Jo

»Hey, Mann, wart auf mich!« Der Teenager drängelte an Jo vorbei, die sich mit dem ganzen Gewicht hinten auf den Buggy stützte, damit sich die Vorderräder in den Bus heben ließen. Der Junge zeigte seine Monatskarte vor, und bevor sie etwas sagen konnte, war er die Treppe zum Oberdeck hinauf, seinen Freunden etwas zubrüllend.

»Er hatte es eilig«, sagte Jo zu Oscar, der neben ihr am Daumen lutschte. Iris schrie: »Nein!«, und warf den Trinkbecher aus dem Buggy. Er landete zwischen Bus und Bordstein und rollte außer Sicht.

»O Gott. Tut mir leid. Halt den Buggy fest, Oscar. Steig ein. So ist es richtig. Bleib hier!« Sie schob den Buggy in den Bus und ließ sich draußen auf Hände und Knie sinken. Jemand in der Schlange hinter ihr beschwerte sich. »Dauert nur eine Minute!«, rief sie fröhlich und griff unter den Bus. Der Becher war fast bis zum Vorderrad gerollt. Schließlich bekam sie ihn zu fassen und stand auf, rot im Gesicht. Ihre Haare hatten sich aus der Spange gelöst. Eine vierzigjährige Mutter, die den ganzen Laden aufhielt.

»Mummy, der Bus fährt ohne dich los!« Oscar machte ein klägliches Gesicht, er war den Tränen nahe.

»Nein, nein, mein Schatz, alles in Ordnung.« Jo kletterte rasch in den Bus, wobei sie sich an den Einkaufstaschen stieß, die an den Griffen des Buggys hingen. Nachdem sie den Dreck an ihrem Rock abgewischt hatte, reichte sie Iris den Trinkbecher. »Halt ihn jetzt gut fest, mein Schatz. Tut mir leid«, entschuldigte sie sich bei dem Busfahrer und den Leuten hinter ihr und überhaupt jedem. »Mein Portemonnaie ist …«

Es war auf dem Buggy, in dem zusammengefalteten Verdeck eingeklemmt. Sie fand es und öffnete den Reißverschluss. »Tut mir leid, ich habe bloß einen Fünfpfundschein.«

»Kein Wechselgeld«, sagte der Busfahrer. Jo warf einen Blick zurück zu den Leuten in der Schlange. Einige starrten sie ausdruckslos an, ein paar sahen weg.

»Okay«, sagte sie. »Nehmen Sie ihn einfach. Das ist immer noch günstiger als Parkgebühren zu bezahlen.« Mit einem verlegenen Lachen schob sie den Schein unter der Glasscheibe durch.

»Können wir oben sitzen, Mummy? Ganz vorne?« Oscar zog an ihrer Jacke.

»Nicht mit dem Buggy, mein Schatz. Geh vor und such uns einen Platz. Ich werde Iris abstellen.«

Es gab nur noch einen Sitzplatz, fast ganz hinten. Oscar flitzte darauf zu, während Jo den Buggy in den vorderen Teil bugsierte. Zum Glück befand sich diesmal kein anderer Buggy im Bus. Eine Frau in einem bis zum Hals zugeknöpften Wintermantel saß auf dem hochklappbaren Sitz in dem Bereich für Kinderwagen und bedachte Jos beladenen Buggy mit einem finsteren Blick.

»Entschuldigung«, sagte Jo, »wir haben recht viel eingekauft.« Sie blickte von Iris, die angeschnallt war, zu Oscar, der allein hinten saß.

»Mummy!«, brüllte er.

»Sie haben Ihre Fahrkarte vergessen!«, rief der Busfahrer.

Jo ging zurück, um sie zu holen. Als sie sie entgegennahm, klingelte ihr Handy in der Tasche. Sie stopfte die Fahrkarte zu dem läutenden Handy und kehrte zu Iris zurück. Das kleine Mädchen grinste und streckte die Hände nach seiner Mutter aus. Schokoladenflecke um den ganzen Mund, obwohl Jo ihn nach ihrem Café-Besuch mit einer Serviette abgewischt hatte. Sie kehrten immer wieder zurück. Wie war das nur möglich?

»Ich hole dich schnell raus, mein Schatz«, sagte sie und lächelte ihre Tochter an, da fuhr der Bus ruckartig los. Jo fing sich an der Haltestange auf und hörte Oscar nach ihr rufen, mit ängstlicher Stimme.

»Oscie«, sagte Iris, wie um es ihr zu erklären.

»Ja, nur einen Augenblick«, rief sie. Sie schnallte Iris ab, und die klebrigen Hände des kleinen Mädchens legten sich um ihren Hals, fuhren durch ihre Haare, süßer Atem an ihrer Wange. Ohne Iris' Gewicht kippte der Buggy unter der Last der Einkäufe hintenüber. Jo richtete ihn mit einem Arm auf, den anderen um ihre Tochter. Die Frau auf dem Klappsitz seufzte.

*Haben Sie vergessen, wie es ist, Kinder zu haben, Sie alte Schachtel?*, dachte Jo, aber stattdessen lächelte sie, sagte: »Tut mir leid!«, und trug Iris den Gang entlang zu dem Platz, auf dem ihr Bruder saß. Sie ging an einer weiteren Gruppe Teenager in Schuluniform vorbei, Kopfhörer in den Ohren, laut miteinander redend, lange Beine über mehrere Sitze ausgestreckt. Sie machten keine Anstalten, etwas Platz zu machen. In Jos Tasche verstummte das Läuten des Handys. Sie hob Oscar mit dem anderen Arm hoch und setzte sich beide Kinder auf den Schoß, auch wenn Oscar halb herunterhing und versuchte, an seinem Sitznachbarn vorbei aus dem Fenster zu gucken.

Der Buggy fiel erneut um. Die Frau machte ein noch

mürrischeres Gesicht und schob ihre Handtasche demonstrativ zehn Zentimeter nach rechts.

*Morgen werde ich diese Geschichte Sara erzählen*, dachte Jo, *und wir werden darüber lachen*.

»Mummy.« Oscar wand sich auf ihrem Schoß. »Ich hab Hunger.«

»Jetzt ist es nicht mehr weit, mein Schatz. Und du hast gerade eben erst einen Muffin gehabt.«

»Ich habe aber *echt* Hunger.«

Jo verdrehte den Arm, um in ihre andere Tasche greifen zu können, die mit den Schlüsseln, nicht die mit dem Handy. Dort stieß sie auf einen kleinen Plastikbehälter. »Ich hab noch Cheerios«, sagte sie und zog ihn heraus, dankbar, dass sich etwas darin befand, und zwar nicht nur ein benutztes Feuchttuch. Sie packte diese kleinen Behälter jeden Morgen und versteckte sie an verschiedenen Orten, um sie in wichtigen Momenten, wenn Ablenkung gefragt war, hervorzaubern zu können. Manchmal vergaß sie sie. Manchmal fand sie Behälter wieder, die sie Tage zuvor eingesteckt hatte.

»Nein!«, sagte Iris und füllte sich die pummelige Hand mit Hafer-Ringen. Kleine Os fielen Jo in den Schoß, auf den Sitz und zu Boden. Der Mann, der neben ihnen am Fenster saß, starrte unverwandt geradeaus.

»Lass deinem Bruder welche übrig«, sagte Jo.

»Ich mag keine Cheerios. Warum ist da ein Knopf?« Oscar drückte den großen roten Knopf an der Stange vor ihm. Es bimmelte. Entzückt drückte er noch einmal.

»Zehn Minuten, bis wir zu Hause sind!«, sagte Jo, auch wenn es eher zwanzig sein würden, bis sie die verstopften Straßen im Zentrum von Brickham hinter sich gelassen hatten und den weitläufigeren, grünen Vorort erreichten.

Und dann ging es zu Fuß durch den Park und eine Straße entlang, bevor sie an ihrem Haus ankamen. Unter ihrer Jacke waren ihre Achseln feucht, und ihre Haare waren bestimmt völlig durcheinander. »Nicht mehr weit! Wollt ihr ein Lied singen?«

»*The wheels on the bus*«, sang Iris mit Cheerios im Mund.

»Wenn das Kind nicht *sofort* aufhört, auf den Knopf zu drücken, halte ich den Bus an«, ertönte die Stimme des Busfahrers über Lautsprecher. Die Teenager lachten.

»Tut mir leid«, sagte Jo, deren Worte untergingen, und sie packte Oscars Hand und hielt sie fest. Er versuchte, sich aus ihrem Griff zu befreien. »Du darfst nicht auf den Knopf drücken, Oscar, der Mann hat dich gebeten, es nicht zu tun.«

»Der Mann ist blöd«, sagte Oscar.

»Oscar fährt wahnsinnig gern Bus«, erklärte Jo dem Mann, der neben ihnen saß. »Und er drückt gern auf Knöpfe. Überhaupt alle Arten von Tasten. Er verstellt ständig die Einstellungen am Fernseher. Er wird später bestimmt mal Programmierer oder Ingenieur.«

Der Mann stieß ein Grunzen aus und sah weiter aus dem Fenster. Sie fuhren am Ende von Jos alter Straße vorbei, in der sie früher mit Stephen und Lydia gewohnt hatte. Wenn sie den Hals reckte, konnte sie die Backsteinfassade ihres alten Hauses sehen. Unterdessen fuhr der Bus den Hügel hinauf, die Straße hinunter, zuckelte durch die Vororte, immer wieder mit einem Zischen und einem Seufzen anhaltend, um weitere Menschen ein- und aussteigen zu lassen.

»Ich habe aber ganz in echt Hunger, Mummy«, sagte Oscar. »Und mir ist langweilig.«

»Möchtest du mit dem Handy spielen?« Oscar nickte

heftig, und Jo ließ ihn in ihre Tasche greifen. »Oh, ich habe einen Anruf verpasst. Meint ihr, es war Lydia?«

»Nein«, sagte Iris, hüpfte auf Jos Schoß auf und ab und streckte ebenfalls die Hand nach dem Handy aus. Iris liebte es, mit ihrer großen Schwester zu telefonieren. Jo hielt es hoch und warf einen kurzen Blick auf das Display mit der Nummer des verpassten Anrufs. Eine Londoner Vorwahl, unbekannte Nummer, Nachricht hinterlassen.

»Bloß eine Sekunde, mein Schatz. Zuerst muss ich mir das hier anhören.« Sie hatte ein ungutes Gefühl im Bauch, als sie die Nummer der Mailbox wählte.

»Hallo, Mrs. Merrifield, hier spricht Ilsa Kwong vom Homerton University Hospital. Es wäre schön, wenn Sie mich so bald wie möglich unter dieser Nummer zurückrufen könnten. Danke.«

*Es ist Lydia. Es ist Lydia. Mit dem Zug nach London gefahren, von einem Bus überfahren. Von einem Auto überfahren. Überfallen. Warum hat sie mich nicht selbst angerufen, warum ist sie weggefahren, ohne mir Bescheid zu geben, mein kleines Mädchen, o Stephen …*

»Mummy, ich will Angry Birds spielen.«

»Bloß eine Sekunde, Oscar«, sagte sie und klickte die Voicemail weg. »Mummy muss kurz telefonieren.«

Es konnte sich nicht um Lydia handeln. Warum sollte es Lydia sein? Die Schule war eben erst aus. Lydia ging gerade mit Avril nach Hause, legte im Park eine Pause ein, um abzuhängen und sich mit den Jungs zu necken, aber nicht zu lange, denn sie musste lernen. Jo ermahnte sich selbst, nicht immer gleich vom Schlimmsten auszugehen. Dennoch vergewisserte sie sich auf dem Handy, dass da keine verpassten Anrufe oder Nachrichten von Lyddie waren.

»Aber ich will Angry Birds spielen!«

»Gleich, wenn ich zurückgerufen habe, Schatz.« Ihre Finger zitterten beim Wählen. Sie drückte Iris, die nach Schokolade und Kind roch, an sich und dachte daran, wie Lydia war in dem Alter, noch nicht ganz zwei Jahre alt, klebrig und niedlich.

Es läutete mehrmals, bevor jemand an den Apparat ging – lange genug, dass Jo das ganze Szenario vor ihrem geistigen Auge ablaufen lassen konnte: Lydia, die vom Bordstein trat, von einem Bus erfasst wurde, im Krankenhaus im Koma lag …

»Thomas-Audley-Station. Ilsa Kwong am Apparat.«

»Oh, hallo«, sprach sie mit aufgesetzter Fröhlichkeit in das Handy und spürte, dass sich der Mann neben ihnen genervt auf seinem Platz wand. »Hier spricht Joanne Merrifield, Sie haben eben angerufen?«

»Joanne Merrifield … Joanne Merrifield. Augenblick, ich suche nur eben meine Notizen …«

Jo umklammerte das Handy und hielt ihre jüngste Tochter fester.

»Mummy, *aua*«, winselte Iris.

»Warum denken die Leute, sie müssten in öffentlichen Verkehrsmitteln unbedingt ihre Handys benutzen?«, sagte die Person, die vor Jo saß, einer der Fahrgäste, die ihr und ihren beiden kleinen Kindern keinen Sitzplatz angeboten hatten. »Als wollten wir alle mit anhören, was sie zu sagen haben.«

»Sie haben mich gerade vor fünf Minuten angerufen …«, hakte Jo nach, die zum ersten Mal an Richard dachte, der zu schnell fuhr und dabei mit dem Handy telefonierte. Aber sie würden nicht bei ihr anrufen, wenn Richard verletzt wäre.

»O ja, da haben wir es. Mrs. Merrifield, wir haben Ihre Mutter hier, heute Nachmittag ins Krankenhaus eingewiesen.«

»Meine Mutter? Meine Mutter ist … oh, meinen Sie Honor?«

»Honor Levinson, richtig. Sie ist zu Hause gestürzt. Sie hat uns Ihre Nummer gegeben, damit wir Sie als ihre nächste Angehörige anrufen.«

»Ich bin ihre Schwiegertochter.« Jo sackte erleichtert in sich zusammen. Natürlich ging es um Honor. »Geht es ihr gut?«

»Sie ist eingewiesen worden und wird wahrscheinlich einige Tage bleiben müssen. Aber ihr Zustand ist stabil und den Umständen entsprechend gut.«

»Verstehe. Sie braucht … Ich werde …« Jo hielt inne, dachte voraus, plante. Das schien ihr längst in Fleisch und Blut übergegangen zu sein. In Gedanken ging sie die Umstände und alles Nötige durch.

»Hunger, Mummy!«

Oscar drückte sich an sie und zupfte an ihrem Ärmel. Sie hatten ihre Haltestelle noch nicht erreicht, aber sie waren nahe genug, um auszusteigen und den Rest zu laufen. Jo drückte fest auf den roten Knopf.

»Ich will drücken!«, schrie ihr Iris ins Ohr.

Die Krankenschwester, oder wer auch immer am anderen Ende der Leitung war, schwieg. Jo stellte sie sich vor, wie sie die Augen verdrehte und Papierkram erledigte. Mehrere Dinge gleichzeitig tat.

Sie hielt Iris hoch, damit sie auf den Knopf drücken konnte, was sie mit einem kleinen Freudenschrei tat. »Drück du auch, Oscar, es ist in Ordnung«, flüsterte sie, um dann in ihr Handy zu sagen: »Es tut mir leid, ich bin mit meinen Kindern im Bus, und wir sind an unserer Haltestelle angekommen. Danke für Ihren Anruf. Bitte richten Sie Honor aus, ich werde sie heute besuchen kommen, sobald ich es schaffe.« Als sie den Anruf beendete, war Oscar dabei, immer wieder auf den roten Knopf zu drücken. »Okay, Zeit zum Aussteigen, mein Schatz!«

Oscar sprang von ihrem Schoß und trottete nach vorne zum Busfahrer, wobei sein roter Haarschopf auf und ab wippte. Jo trug Iris hinter ihm her. Der Bus bremste genau in dem Augenblick, als sie sich vorbeugte, um den umgestürzten Buggy aufzuheben. Sie geriet ins Taumeln und stieß sich die Hüfte an der Gepäckablage an.

»Augenblick!«, rief sie, und um schneller zu sein, schob sie den Buggy auf die Bustür zu, ohne Iris hineinzusetzen.

»Danke schön«, trällerte Oscar dem Fahrer zu, als er die Tür öffnete.

»Danköööön!«, trällerte Iris, während sie vorübergetragen wurde.

Jo fand, damit hätten sie wohl genug Abbitte geleistet. Sie schubste den Buggy nach draußen auf den Gehsteig, nahm Oscar bei der Hand und stieg aus dem Bus, Iris auf der Hüfte balancierend. Der Bus zischte sie an und wartete keine Sekunde, um wieder anzufahren.

Der Buggy fiel hintenüber.

»Das nächste Mal nehmen wir das Auto«, sagte Jo, hievte ihn wieder hoch und setzte sich Iris sicherer auf die Hüfte. »Es gibt Abenteuer, und dann gibt es *Abenteuer*. Sollen wir einen Wettlauf machen?«

Oscar kreischte auf und schoss den breiten, von ordentlichen Gärten gesäumten Gehsteig entlang auf den Park zu. Jo lief ihm hinterher, den Buggy mit einer Hand lenkend. Lyddie würde schon zu Hause sein oder jeden Moment kommen, oder Jo würde sie im Park sehen und könnte die Kinder nach Hause bringen und etwas aus der Tiefkühltruhe holen, rasch Lyddies Uniform für morgen bügeln, die Einkäufe wegräumen, sich die Haare bürsten und die Zähne putzen und in den Wagen springen. Mit ein bisschen Glück könnte sie vor fünf im Zug nach London sitzen. In der U-Bahn würde gerade Berufsverkehr herrschen. Wäre es besser, mit dem Auto zu fahren? Wie mochte der Verkehr auf der North Circular sein?

Während sie liefen, wanderten ihre Gedanken zu Honor. Ein Sturz. Sie konnte sich nicht vorstellen, wie Honor hinfiel. Sie konnte sich Honor nur aufrecht vorstellen.

KAPITEL 3

# Lydia

*Es fing mit Joghurt an.*

*Klingt das dramatisch oder doof? In dem Creative-Writing-Buch, das ich gerade lese, steht, man solle seine Geschichten mit einem dramatischen Einstieg beginnen, mit einem Ereignis, das den Leser sofort packt. Aber woher den dramatischen Einstieg nehmen, wenn man selbst nie etwas richtig Dramatisches erlebt? Sondern bloß ganz alltägliche Dinge, die einen allerdings viel mehr beschäftigen, als man von außen betrachtet meinen würde?*

*Obwohl, die Sache mit meinem Dad, die war natürlich »dramatisch«. Aber ich war nicht dabei.*

*Wie dem auch sei, es fing mit Joghurt an, also werde ich meine Geschichte so beginnen. Ich stand in der Schlange beim Mittagessen und versuchte, mich zwischen einem Erdbeer- und einem Aprikosenjoghurt zu entscheiden. Aprikose ist widerlich, aber er war fettarm, und Erdbeere war es nicht. Mir persönlich ist es total egal, ob ein Joghurt fettarm ist oder nicht, aber Avril fährt gerade total auf dieses Ernährungskalkulator-Ding ab, wo man auf der Verpackung von allem, was man isst, nachliest, wie viel Gramm Fett und Zucker und Kohlenhydrate es enthält, und dann trägt man das in eine App auf dem Handy ein. Erin und Sophie und Olivia haben damit angefangen. Das sind die Mädchen mit den Essstörungen bei uns, und aus irgendeinem Grund macht Avril da mit, angeblich wegen Zellulitis an den Oberschenkeln. Lange hält sie es ohnehin nicht durch. Sie hat eine Schwäche für M&M's.*

*Aber im Moment sind sie total besessen davon, und ich wusste, wenn ich mit einem Vollfett-Joghurt an den Tisch zurückginge, nachdem ich schon mein Lunchpaket aufgegessen hatte, würden sie mir jeden Happen, den ich aß, einzeln in den Rachen zählen und sich vorstellen, wie er direkt an meinen Hüften ansetzte.*

*Nicht dass es mich schert, was die Bulimie-Bande denkt. Ich esse, wenn ich Hunger habe, wie jeder normale Mensch. Es war nur wegen Avril …*

*Also griff ich zu Aprikose.*

*»Hey, Lesbe, beweg mal deinen fetten Arsch.«*

*Das war Darren Raymond, der vor mir in der Schlange stand. Ich erkannte die Pickel in seinem Nacken wieder, auf die ich in jeder Mathestunde starren darf. Er redete mit dem Mädchen, das vor ihm an der Theke stand. Groß, pummelig, das leere Tablett vor sich. Das neue Mädchen mit dem komischen Namen.*

*»Ja, mach hinne«, rief ein anderer Junge.*

*»Manche von uns haben nicht nur Hunger auf Muschi.«*

*Alles brach in Gelächter aus. Das Mädchen war knallrot im Gesicht. Seine Augen suchten nach einem Erwachsenen, jemandem, der etwas sagen, der die Jungen wegen ihrer rüden Sprechweise zurechtweisen würde, aber vom Mensapersonal war weit und breit keine Spur zu sehen.*

*»Ich … ich warte auf mein Mittagessen«, stammelte sie. »Ich bin … Es ist ein spezielles Essen, glutenfrei.«*

*»Es ist ein spezielles Essen, glutenfrei«, höhnte einer der Jungen. Ich konnte nicht sehen, wer. Aber ich konnte die Hände des Mädchens sehen: Sie umklammerten krampfhaft das Tablett und zitterten. Ich wusste nicht, wie sie hieß, aber jeder konnte sehen, wie sie sich fühlte.*

*»Und mit Muschigeschmack«, sagte Darren, der Witzbold.*

*»Ach, werd endlich erwachsen!«, rief ich ihm zu. »Du wirst nie erfahren, wie Muschi schmeckt, Darren, außer in deinen feuchten Träumen.«*

*Brüllendes Gelächter. Darren Raymonds pickliger Hals bekam rote Flecke. Auf der anderen Seite der Theke erschien eine Mensamitarbeiterin mit einem einzelnen Tellergericht und sah sich unsicher lächelnd um, weil sie wissen wollte, was der Grund für die allgemeine Heiterkeit war. Ich quetschte mich seitlich an der Schlange vorbei, um meinen Joghurt zu bezahlen. (Und nur ganz nebenbei: 1,40£ ist ja wohl eine Unverschämtheit für einen kleinen Becher Bakterien mit Fruchtgeschmack.)*

*Am Tisch war Avril gerade dabei, ihre Serviette zu einem kleinen Kranich zu falten. Sie setzte ihn mir auf die Handfläche, als ich neben ihr Platz nahm: Er war so leicht, dass er fast nichts wog. Etwas an seiner Kopfhaltung erinnerte mich an sie.*

*»Das ist bisher dein bester«, sagte ich ihr.*

*»Er ist für dich. Ein kleines Geschenk zur Feier deiner Rückkehr.«*

*»Oh, danke. Hab dich lieb.« Wir tauschten einen verschwörerischen Blick. Du und ich gegen all die anderen Idioten.*

*Hab dich lieb.*

*Erin verdrehte einen Plastikstrohhalm zu einem unförmigen Knoten. »Ich begreife echt nicht, wie du so viel essen kannst und so schlank bleibst, Lyds.«*

*»Hexerei«, sagte ich, während ich den Deckel von meinem Joghurt abzog, obwohl Erin es nicht als Frage gemeint hatte. Man braucht kein Genie zu sein, um zu wissen, dass ich viel essen kann und schlank bleibe, weil ich jede Woche ungefähr eine Million Meilen laufe. Sie wollte nur, dass ich ein schlechtes Gewissen bekomme – wie sie, wenn sie mittags mehr als einen Apfel aß. Als wüssten wir nicht alle, dass sie jeden Abend ihr eigenes Körpergewicht an Nachos in sich hineinfutterte, bevor sie alles ins Klo kotzte.*

*Wie dem auch sei, ich entfernte gerade den Deckel von meinem Joghurt und tauchte meinen Plastiklöffel hinein, weil man uns hier kein richtiges Besteck gönnt (Mr. Graham schwadroniert immer was von Umweltschutz, dabei sollte er einmal ein Wörtchen mit dem Mensabetreiber wegen dieses Plastikwahns reden), da merkte ich, dass jemand neben mir stand.*

*Es war die Neue, wie auch immer sie heißen mochte, etwas mit B. Auf ihrem Tablett war ein Teller mit orangefarbener Pampe. Ihre Wangen waren immer noch gerötet. Oder vielleicht sah sie immer so aus. Ihre Haare waren kurz, hingen ihr aber in die Augen, weil ihr Pony lang war.*

*»Ich wollte nur … Also ich wollte …«, sagte das neue Mädchen. »Du weißt schon … Danke.«*

*Alle Mädchen am Tisch sahen interessiert auf. Es war geradezu spürbar, wie sie die vorhandenen Stühle zählten und rechneten: fünf Plätze besetzt mit Leuten, einer, auf dem sich Bücher und Federmappen und Pullover stapelten. Der Scheitel der Neuen hob sich blass von ihrem dunklen Haar ab. Ihr Pullover war zu neu und ihr Rock war zu lang, hing über weißen, umgeschlagenen Söckchen.*

*Ich zuckte die Schultern. »Die Jungs haben sich dumm aufgeführt, und ich wollte mein Mittagessen bekommen.«*

*Die Neue nickte und hielt einen Moment lang inne, als spielte sie mit dem Gedanken, uns zu bitten, die Pullover wegzunehmen, damit sie sich setzen konnte. Doch dann ging sie weiter. Sie fand einen leeren Tisch am anderen Ende des Saals.*

*»Was war denn los?«, fragte Avril. »Warum hat sie sich bei dir bedankt?«*

*Ich erzählte ihnen davon. Avril lachte, und die anderen Mädchen kicherten und sahen zu Darren Raymond und seinem Tisch, wo sich alle mit Brotstücken bewarfen. Darren ist ein echter Spinner, ein Mathe- und Computernerd und dazu völlig verpickelt. Der Typ Mensch, der auf anderen herumhacken muss, um zu verbergen, dass er ein soziales Problem hat.*

»O Mann, die sind so ahnungslos«, sagte Erin mit einem tiefen Seufzen. »Sieht doch jeder, dass sie nicht lesbisch ist.«

»Ach ja?«, sagte ich und schleckte Joghurt von meinem Löffel. Schmecken konnte ich ihn eigentlich nicht. »Woher weißt du das?«

»Sie sieht jedenfalls nicht aus wie Georgie oder Whitney.«

»Ich bin ja keine Expertin, aber ich glaube nicht, dass alle lesbischen Mädchen gleich aussehen«, sagte Avril.

»Aber der Name ist echt komisch«, sagte Sophie. »Es ist ein Jungenname.«

»Und diese Frisur«, sagte Olivia. »Sie könnte etwas Make-up vertragen.«

»Und zehn Kilo abnehmen.«

»Bloß weil sie hässlich ist, heißt das nicht, dass sie eine Lesbe ist«, sagte Erin. »Georgie und Whitney sind nicht hässlich. Na ja, jedenfalls Whitney nicht.«

»Oh, du stehst auf Whitney«, kicherte Sophie.

»Halt den Mund.«

»Ich würde das nicht ertragen, Lesbe genannt zu werden«, sagte Avril. »Ich habe immer noch Hunger, Lyds, kann ich was von deinem Joghurt abhaben?«

Ich schob ihr den Becher zu. »Nimm den Rest. Ich habe keinen Hunger mehr.« Ich griff nach dem Papierkranich, den sie gebastelt hatte.

Die Neue saß allein an ihrem Tisch und aß ihr matschiges Mittagessen. Ich sah nicht in ihre Richtung, aber ich wusste, dass sie da war. Ich spürte sie, und ich dachte ständig an sie. Und das geht jetzt den ganzen Tag so, weshalb ich auch über sie schreibe.

Es war dumm, es zu tun. Ich habe eine Verbindung zwischen uns hergestellt, und jetzt wird sie mir überall auffallen, wohingegen ich bisher in seliger Unwissenheit gelebt hatte. Mir wird auffallen, dass die Neue keine Freunde hat, dass ihre weißen Socken fast die *gleiche Farbe wie ihre Beine haben, dass die Leute tuscheln und ihr den Rücken zukehren. Mir wird das Gekicher auffallen, wenn die Lehrkräfte ihren komischen Jungennamen sagen. Der noch nicht einmal so komisch ist, wie sich inzwischen herausgestellt hat. Jemand hat es mir hinterher erzählt, sie heißt Bailey. Mädchen haben oft Jungennamen. Niemand hackt auf Tyler oder Billie herum. Wenn die Neue cooler wäre, käme sie problemlos damit durch.*

*Aber das ist sie nicht. Sie schleppt den Namen mit sich herum, wie sie ihr Übergewicht mit sich herumschleppt, ihr ungeschminktes Gesicht, ihr glutenfreies Mittagessen. Und diese Kleinmädchensocken.*

*Herrgott, wenn man es diesen Leuten bloß verklickern könnte. Pass dich an! Guck hin und mach es nach! Es ist so viel einfacher. Die Leute sehen einen ständig an. Sie bilden sich ein Urteil über dich. Es ist besser, selbst zu entscheiden, was sie zu sehen bekommen.*

*Aber das kann man nicht sagen. Nicht zu jemandem, der es nicht instinktiv weiß. Nicht zu jemandem ohne den geringsten Selbsterhaltungstrieb.*

*Ich saß heute an dem Mittagstisch, drehte den Kranich in der Hand, spürte Avril neben mir, die mit meinem Löffel aß, spürte die anderen um mich herum, ihr Geplapper und ihre Sicherheit. Eine Blase, so fragil wie ein Papierkranich.*

*Ich streichelte mit dem Finger über die Flügel des Kranichs, langsam, über den einen sorgfältig gefalteten Flügel und dann den anderen, und beobachtete, wie sie sich unter meiner Berührung bogen.*

*Ich habe ihn immer noch. Er sitzt in diesem Moment auf meinem Schreibtisch und sieht mich an.*

*Klingt das dramatisch oder doof?*

»Komm schon, Lyds, ein Bild von dir«, sagte Harry Carter. Er lehnte an der Wand, als würde er für das Albumcover einer Boyband posieren.

Lydia wäre weitergegangen, aber der Korridor war an der Stelle schmaler, und die Harry-Carter-Wirkung sorgte im Gang automatisch für verlangsamte Schritte. Sie blieb also stehen und nahm eine Pose ein. »Dann mach eins.«

Er machte einen Schmollmund. »Doch nicht diese Art von Bild.«

»Oh, hi, Harry«, sagte Avril.

»Ich weiß genau, was für eine Art von Bild du meinst«, sagte Lydia. »Sehe ich wie die Sorte dummes Mädchen aus, das dir ein Bild geben würde, damit du es mit deinen erbärmlichen Freunden im Internet teilst?«

Harrys Lächeln verbreiterte sich. Er hatte sehr weiße Zähne, gerade und gleichmäßig wie die eines Popstars, und ein Grübchen, das die Hälfte der Oberstufe für ihr Leben gern berührt hätte. Sophie hatte seinen Namen mindestens tausendmal in ihr Notizbuch geschrieben.

»Ich habe gehört, was du in der Mittagspause gesagt hast«, sagte er. »Du hast Darren Raymond alles von deiner Muschi erzählt.«

»Gesagt habe ich, dass er in tausend Jahren nicht in die Nähe von meiner oder der irgendeiner anderen kommen wird.«

»Ich finde dich geil.«

»Denk, was du willst. Die Gedanken sind frei.«

*Pass dich an, guck hin und mach es nach.* Auch wenn Lydia in diesem Fall hauptsächlich das Fernsehen nachahmte, weil niemand im richtigen Leben Harry Carter abwies.

Er beugte sich vor. »Mach eines nach der Schule in der

Toilette und sims es mir«, flüsterte er. »Ich werde es mit niemandem teilen, versprochen.«

»Träum weiter«, sagte sie und zwinkerte ihm zu, bevor sie sich abwandte.

»Genau wie Darren Raymond!«, brüllte Harry ihnen nach und wandte sich lachend seinen Freunden zu.

Sie hakte sich bei Avril ein. »Los, oder wir kommen zu spät und können nicht nebeneinander sitzen.«

»Tust du's?«, fragte Avril, als sie den Englischtrakt erreichten.

»Tue ich was?«

»Harry ein Bild schicken.«

»Herrgott, warum sollte ich so etwas tun?«

Sie erreichten das Klassenzimmer früh genug, um noch hinten zwei Plätze nebeneinander zu ergattern. »Er ist attraktiv«, sagte Avril. »Und ich glaube, er steht auf dich.«

»Nicht mein Typ.«

»Vielleicht schickt er dir auch ein Bild.«

»Igitt.«

»Stehst du wirklich nicht auf ihn? Oh, hast du einen Bleistift?«

Lydia reichte Avril einen Bleistift. »Warum redest du andauernd über Harry? *Du* stehst doch nicht etwa auf ihn, oder?«

»Nein, ich habe mich bloß gefragt, ob er etwas für *dich* wäre.«

»Denn ich dachte, du stehst auf Zane.«

Avril zuckte die Schultern. »Er ist ein bisschen … ich weiß nicht, langweilig.«

»Woher weißt du, dass er langweilig ist? Er sagt ja nie etwas.«

Zane war tatsächlich ein bisschen zu lahm für Avril. Er stellte nicht das geringste Risiko dar.

»Wir haben gestern Abend auf Facebook gechattet«, sagte Avril.

»Zane kann tippen? Das ist eine Überraschung.«

»Seine Rechtschreibung ist unter aller Sau.«

Lydia lachte erleichtert auf. »Du willst jemanden, der gut in Rechtschreibung ist?«

»Ich will bloß jemanden, der etwas zu sagen hat, verstehst du?«

»Wie Harry?«

»Das habe ich nicht gesagt.«

»*Wie* unter aller Sau?«

Avril holte ihr Handy aus der Tasche, um es ihr zu zeigen. Lydia beugte sich über ihre Schulbank.

»Miss Toller? Miss Levinson?«, sagte Miss Drayton, die gerade das Zimmer betrat, und Lydia schoss sofort auf ihren Platz zurück. »Ist das Ihr Handy, Avril? Würde es Ihnen etwas ausmachen, es auszuschalten und es mir für die Dauer der Schulstunde zu überlassen? Uns bleiben nur ein paar Wochen bis zu Ihren Prüfungen, und ich hätte bitte gern Ihre volle Aufmerksamkeit. Dann holen Sie jetzt Ihre Ausgabe von *Am grünen Rand der Welt* heraus und lesen uns ab Seite 115 vor. Beginnen Sie am Kapitelanfang.«

Avril warf Lydia einen gequälten Blick zu und legte ihr Handy in Miss Draytons Hand. Sie kramte ihre Taschenbuchausgabe des Romans hervor, die voller Eselsohren und Anmerkungen war, während Miss Drayton ihr Beutegut auf das Pult legte – eine Mahnung an jeden, der auf den Gedanken verfallen könnte, während der Englischstunde zu simsen oder zu twittern. »*Die Senke zwischen den Farnen*«, fing sie an.

Lydia legte den Finger in ihr Taschenbuch – als Lesezeichen – und beobachtete Avril.

Wenn man den ganzen Tag mit jemandem zu tun hatte, fand man fast nie Gelegenheit, diesen Menschen richtig anzusehen. Man war zu sehr damit beschäftigt, sich gemeinsam andere Dinge anzusehen. Selbst wenn man miteinander redete, starrte man den anderen nicht direkt an. Man warf dem anderen nur Blicke zu, sah wieder weg, sah etwas anderes an.

Sie jetzt anzusehen, war wie ein stibitztes Stück Schokolade, das heimlich in Lydias geschlossenem Mund auf ihrer Zunge zerschmolz.

Avril hatte dichtes dunkles Haar, es war so dunkelbraun, dass man es fast schwarz nennen konnte. Heute war es geglättet und fiel ihr über die Schultern. Sie strich es sich immer hinter die Ohren. Ihre Fingernägel waren kurz gekaut. Sie trug einen winzigen silbernen Muschelring, den Lydia ihr von einem Urlaub auf Naxos mitgebracht hatte, bevor sich Mum und Richard getrennt hatten.

Ihre Wimpern waren lang, die Wangen übersät mit Sommersprossen, die im Sonnenschein zu Tage traten. In den Ohrläppchen hatte sie je zwei Löcher – Avrils Mutter hatte das zweite Paar noch nicht entdeckt. In den Ferien hatten sie sich die Löcher gemeinsam machen lassen. Das Piercinggerät war in Avrils linkem Ohr stecken geblieben, und das Loch hatte geblutet. Anschließend waren sie zu McDonald's gegangen, und Lydia hatte einen Eiswürfel aus ihrer Cola an Avrils kleine Wunde gehalten. Das schmelzende Eis war ihr die Arme hinuntergelaufen, und Avril hatte es mit dem Finger weggewischt.

»*Er hatte sie geküsst*«, las Avril, nicht laut, aber mit einer Stimme, die gut vernehmbar war. Avrils Stimme war immer gut vernehmbar. In der siebten Klasse war sie immer nach vorne gegangen und hatte ihre Buchreferate vorgelesen. Damals hatte sie die Haare noch geflochten getragen, und Lydia hatte ihre Mum gebeten, sie genauso zu frisieren. Allerdings hatten sich ihre Zöpfe immer gelöst und schrecklich unordentlich ausgesehen. Früher hatten sie die gleichen schwarzen Spangenschuhe gehabt. Damals hatte Lydia immer die Augen geschlossen und gelauscht, wenn Avril vorlas.

Sie hatten sich gegenseitig zu dem gemacht, was sie heute waren. Avrils Haare, Lydias Lachen. Lydias Urlaub, Avrils Finger. Sie kauften die gleichen Klamotten zur gleichen Zeit, auch wenn die Kleidungsstücke jeweils anders an ihnen aussahen. Ihre Geschichten standen auf dem Körper der jeweils anderen geschrieben.

Das würde sich nie ändern.

»Lydia Levinson?«

Gelächter holte sie in die Gegenwart zurück. Sie befand sich wieder in Miss Draytons Klassenzimmer, und alle Anwesenden hatten sich umgedreht und starrten sie an.

»Ich weiß, dass Avril ein hübsches Wesen ist«, sagte Miss Drayton, »aber wenn Sie sich jetzt bitte von ihr losreißen könnten? Sie sind mit Vorlesen dran.«

Avril lächelte. Sie verdrehte die Augen und ließ den Finger um ihr Ohr kreisen. Jemand kicherte. Vorne im Klassenzimmer hörte Lydia den Namen »Bailey«.

Die Röte, die sie hasste, schoss ihr den Hals hinauf.

»Das nächste Kapitel? *Einzelheiten eines Spaziergangs in der Dämmerung*?«, schlug Miss Drayton vor.

Lydia blätterte weiter. Dann räusperte sie sich und begann schließlich zu lesen.

## KAPITEL 4

# Jo

Jo hatte den Kinderkanal CBeebies eingeschaltet und einen Fischauflauf im Backofen, bevor Lydia nach Hause kam. Avril war bei ihr. Die Hemden hingen ihnen heraus, die Schulpullover waren hochgekrempelt, die schlanken Beine zwischen Rocksaum und Strümpfen nackt. Die langen Haare waren notdürftig zu Pferdeschwänzen zusammengebunden.

Im vergangenen Herbst, am Morgen des ersten Schultags, hatte Jo eine Bürste vorgeschlagen. Lydias Haare waren so schön, wenn sie ordentlich gebürstet waren und in glänzenden kupferfarbenen Wellen um ihr Gesicht und ihren Rücken hinunterfielen. Sie hatte jegliche Hoffnung auf die Bürste fahren lassen, als sie zum ersten Mal Lydias beste Freundin an der Tür erblickte, die gekommen war, um sie zur Schule abzuholen. Avril trug die Haare in einem unordentlichen Knoten, und deshalb würde Lydia sie ebenso tragen müssen. Seit die beiden Mädchen einander begegnet waren, zogen sie sich gleich an und redeten gleich. Sie liebten dieselbe Musik und dieselben Fernsehsendungen.

Lydia knallte die Tür zu, und Avril schnupperte. »Riecht super hier, Mrs. Merrifield«, sagte sie.

Jo blickte von der Spüle auf, wo sie Kirschtomaten wusch. »Fischauflauf. Ich habe letzte Woche eine Extraportion gemacht und sie eingefroren. Du kannst gern zum Abendessen bleiben, Avril.«

»Geht nicht«, antwortete Lydia für Avril. »Ich bin bloß gekommen, um mich umzuziehen, dann sind wir wieder verschwunden.«

Avril warf Jo ein entschuldigendes Lächeln zu. »Wir treffen uns mit ein paar Freundinnen bei Starbucks. Lerngruppe. Ich hoffe, Sie sind nicht böse.«

»Aber ich muss … *Lydia!*«

Lydia war schon auf dem Weg zu ihrem Zimmer, kehrte jedoch widerwillig zurück. Sie lehnte am Türrahmen, bereit, gleich wieder zu gehen.

»Ich muss nach London fahren, um deine Großmutter zu besuchen«, sagte Jo und wischte sich die Hände an einem Geschirrtuch ab. »Du musst dich für mich um das Abendessen von Oscar und Iris kümmern. Ich bin so um neun, spätestens zehn wieder hier.«

»Ich kann nicht«, sagte Lydia. »Ich habe etwas vor.«

»Es tut mir leid, aber das hier ist wichtiger.«

»Wir wollen lernen. Wir haben bald Prüfungen.« Sie leierte den wohlvertrauten Spruch herunter, der ihnen immer wieder gepredigt wurde. »Die GCSE-Prüfung ist von entscheidender Bedeutung für den weiteren Lebensweg, für die Ausbildung ebenso wie für eine akademische Laufbahn.«

»Ich weiß. Und das stimmt auch. Aber Honor braucht mich, und es ist dringend.«

»Warum können Oscar und Iris nicht mit dir mitfahren?«

»Weil sie rechtzeitig ins Bett müssen. Warum bleibt ihr nicht hier und lernt hier? Es gibt reichlich Auflauf.«

»Ich bin mit Erin und Sophie im Coffeeshop verabredet«, sagte Avril. »Sie warten dort auf mich. Tut mir leid, Mrs. M.«

»Was ist mit Richard?«, fragte Lydia. »Er könnte sich zur Abwechslung auch mal um seine Kinder kümmern.«

»Lydia!«

Avril senkte den Blick, aber Lydia starrte Jo direkt an.

»Ich werde Richard nicht anrufen«, sagte Jo. Ihre Stimme klang schärfer als beabsichtigt. »Ich könnte ohnehin nicht so lange warten, bis er hier wäre. Ich bitte dich, als verantwortungsvolle Fast-Erwachsene, einen Abend lang auf deinen Bruder und deine Schwester aufzupassen, während ich deine Großmutter besuche, die mich braucht. Nein, ich bitte dich nicht, ich befehle es dir. Es tut mir leid, aber du wirst zu Hause bleiben müssen.«

»Das ist voll unfair!« Lydia drehte sich um und stürmte aus der Küche. Dann hörte man, wie sie die Tür zu ihrem Zimmer zuknallte. Jo seufzte.

»Ich muss los. Tut mir leid, Mrs. M. Ich hoffe, dass es bei Lydias Oma nichts Schlimmes ist.« Avril schlüpfte aus dem Haus.

Jo zählte bis zehn und ging dann zu Lydia. Ihr Zimmer befand sich im Erdgeschoss, auf der anderen Seite des kurzen Flurs an der Haustür, in dem immer Gummistiefel und Regenmäntel herumlagen. Sie klopfte an die Tür. Es kam keine Antwort, also rief sie: »Ich werde das Abendessen auf den Tisch stellen, bevor ich losfahre, aber du wirst bei ihnen sitzen müssen, auch wenn du selbst nichts essen willst. Und räum anschließend ab. Vergiss nicht, ihnen die Zähne zu putzen.«

Keine Antwort. Jo legte den Kopf in den Nacken und sah zur Decke.

»Honor ist gestürzt. Sie liegt im Krankenhaus. Ich werde ihr ein paar Sachen von zu Hause vorbeibringen.«

Hinter der Tür regte sich etwas, aber keine Antwort.

»Es geht ihr so weit gut«, fügte Jo hinzu. »Für den Fall, dass du dich das gefragt haben solltest.«

Sie wartete ein, zwei Minuten und ging dann in die Küche, um den Auflauf aus dem Ofen zu holen und zwei Portionen zum Abkühlen auf Teller zu füllen. Jo wollte gerade wieder nach Lydia rufen, da betrat das Mädchen die Küche. Sie hatte sich umgezogen und trug jetzt eine tief sitzende Jogginghose und ein T-Shirt, das eng an ihrem flachen Bauch anlag. Sie schrammte einen Stuhl über den Boden und setzte sich an den Tisch. Jo öffnete den Mund, um etwas zu sagen, schloss ihn dann wieder und ging ihre Handtasche und die Autoschlüssel holen.

Als Jo durch die Glastüren in den Empfangsbereich des Homerton University Hospital ging, kochte sie immer noch vor Wut und probte, was sie hätte sagen sollen – die perfekten Worte, um ihren Teenager zu Hause dazu zu bringen, reumütig klein beizugeben. Doch als sie die Station betrat, drang ihr der antiseptische Krankenhausgeruch in die Nase, und sie schloss die Augen und dachte: *Stephen*

Der Anruf vor zehn Jahren. Im Juni vor zehn Jahren Die Worte eines Fremden. Sie hatte die sechsjährige Lydia auf der Rückbank angeschnallt, wo sie sofort einschlief. Die Fahrt ins Krankenhaus mit zitternden Händen am Lenkrad, Jo ständig in der Angst, einen Unfall zu bauen, bis zu dem Moment, wo sie den Motor abstellte. Sie trug ihre Tochter ins Krankenhaus, lange baumelnde Beine, und hielt sie im Aufzug, auf dem Weg nach oben, um Jos Ehemann, Lydias Vater, zu sehen, wo er in einem Bett lag, neben einer Maschine, die das Atmen für ihn übernahm. Der chemische Geruch nach Angst und das kleine, vertrauensvoll in ihren Armen schlafende Mädchen …

Der Aufzug klingelte – und Jo schlug die Augen auf. Ihre flachen Stiefel mit den weichen Sohlen verursachten kein Geräusch auf dem gebohnerten Kachelboden. Draußen dämmerte es, aber im Krankenhaus herrschte helllichter Tag. Sie sprühte sich Desinfektionsmittel auf die Hände und ging durch die Tür zum Empfangsschalter der Station. »Hi, ich möchte zu Honor Levinson, bitte«, sagte sie, und die Krankenschwester setzte sich in Bewegung, um ihr den Weg zu zeigen.

Die Station war voller alter Menschen in Betten. Manche schliefen, manche sahen fern. Bei ein oder zweien saßen Angehörige auf Plastikstühlen. Ein Mann lag auf der Seite und simste mit seinem iPhone. Honor schlief in einem Bett am anderen Ende. Ihr Kopf war mit Verbänden umwickelt.

»Mein Gott«, sagte Jo. »Sie ist wirklich so richtig gestürzt, was?«

»Die Gute schläft«, sagte die Krankenschwester. »Seit meine Schicht angefangen hat, ist sie nur kurz wach gewesen, als ich ihre Werte genommen habe. Ist das Beste für sie. Das Verbandszeug lässt es schlimmer aussehen, als es ist – sie ist bloß ein bisschen am Hinterkopf genäht worden. Ich sehe einmal, ob ich einen Arzt erwische, der mit Ihnen reden kann.«

Als Jo allein war, zog sie einen Stuhl an Honors Bett und betrachtete sie. Sie hatte ihre Schwiegermutter noch nie zuvor schlafen gesehen. Wach und aufrecht war Honor schlank und groß, aber unter der Decke wirkte sie hager und klapprig. Ihre Haut war wächsern, die Wangen wirkten eingefallen. Ihr Mund stand halb offen, sodass die Füllungen in ihren Zähnen zu sehen waren. Der rechte Arm hing an einer Infusion. Ihre Atmung ging leise.

Jo konnte es kaum glauben, dass Honor sie als nächste Angehörige angegeben hatte. Sie wusste, wie sehr es Honor missfallen musste, wenn Jo sie so sah.

Sie sah alt aus. Ihr langes silbernes Haar war zersaust. Jo streckte schon die Hand aus, um es zu ordnen, als eine Stimme ertönte. »Hallo, ich bin Dr. Mukhtar.«

Jo richtete sich beinahe schuldbewusst auf und gab dem Arzt die Hand. Er sah unglaublich jung aus, mit glatten Wangen, als hätte er noch nicht angefangen sich zu rasieren. War das ein Zeichen, dass man älter wurde, wenn die Ärzte wie Kinder aussahen?

»Ich bin Honors Schwiegertochter«, erklärte sie. »Ich bin so schnell hergekommen, wie ich konnte.«

»Ja, ein Sturz, zu Hause. Die Treppe hinunter, glaube ich. Eine Gehirnerschütterung und eine Wunde am Kopf. Am schwerwiegendsten ist die Verletzung an der Hüfte.«

»Sie hat sich die Hüfte gebrochen?«

»Ja. Sie wurde am Nachmittag an der Hüfte operiert. Zum Glück konnten wir schnell operieren. Sie hat etwas Osteoporose, was in ihrem Alter natürlich nicht unüblich ist, aber nach allem, was man so hört, war es ein ziemlich heftiger Sturz.«

»Sie muss eine Heidenangst gehabt haben«, sagte Jo.

»Also in der Akte steht, dass Mrs. Levinson …«

»Dr. Levinson. Sie hat einen Doktortitel, vielleicht zwei. Sie wird böse, wenn man sie mit ›Misses‹ anredet.«

»Tatsächlich«, sagte der Arzt höflich. »Tja, Dr. Levinson war bei Bewusstsein, als sie ins Krankenhaus eingewiesen wurde. Sie hat selbst den Notarzt gerufen. Aber sie war verwirrt.«

»Ich kann mir Honor nicht verwirrt vorstellen.«

»Sie hatte starke Schmerzen, und dann war da die Gehirnerschütterung. Wir haben sie sorgfältig unter die Lupe genommen. In ihrem Alter ist eine gebrochene Hüfte keine kleine Sache. Lebt sie allein?«

»Ja.«

»Tja, wir werden sie mehrere Tage hierbehalten, während sie sich von der Operation erholt, und sie wird sich mit jemandem vom Sozialdienst unterhalten müssen, um Pläne für ihre Pflege nach der Entlassung aus dem Krankenhaus zu machen. Sie wird Physiotherapie benötigen, um ihre Beweglichkeit so weit wie möglich wiederherzustellen, und sie wird viel Hilfe im Alltag brauchen.«

»Natürlich. Wir werden etwas organisieren.« Jo blickte wieder auf Honor. *Arme Honor*, dachte sie und war auf der Stelle überrascht, dass sie so etwas über ihre Schwiegermutter denken konnte. Ihre Schwiegermutter hatte so etwas ganz bestimmt nie über sie gedacht.

Honors Zuhause war ein hohes, schmales Backsteinhaus in Stoke Newington, das vom Gehweg aus über Steinstufen zu erreichen war, die jetzt, bei dem leichten Regen, rutschig waren. Der Haustürschlüssel war unter den wenigen Habseligkeiten gewesen, die Honor im Krankenhaus bei sich hatte. Jo sperrte auf, streifte die Schuhe am Fußabtreter ab und sah sich um.

Es fühlte sich leer an, bewohnt von Stille und dem Geruch nach Büchern und Staub. Jo schaltete das Licht ein und sah das Blut auf dem Boden. Es war eine Spur, die vom Fuß der Treppe bis ins Wohnzimmer führte. In der Nähe der Treppe, wo ein umgedrehter Wäschekorb lag, befand sich eine größere Lache.

»Ach, Honor …«, seufzte Jo. Sie machte einen großen Schritt über das Blut hinweg und ging hinunter in die Küche, um einen Lappen zu holen. Die Teekanne stand in der

Nähe des Wasserkochers. Ein Geschirrtuch war neben einem Buch auf dem Tisch liegen gelassen worden, aber das war auch schon das Einzige, was man in dieser Küche annähernd als Unordnung bezeichnen konnte. Nichts im Vergleich zu Jos eigener Küche. Unter der Spüle fand sie eine Küchenrolle und Reinigungsspray, Putzlappen und Teppichreiniger. Sie nahm alles mit nach oben.

Jo wartete einen Moment, bevor sie mit dem Putzen anfing, und betrachtete das Blut argwöhnisch. Würde ihr davon nicht schlecht werden? Sie kam nicht klar mit Körperflüssigkeiten, mit Erbrochenem oder Urin oder Blut. Wenn sie Iris wickelte, musste sie manchmal immer noch würgen. Schließlich ging sie auf die Knie und sprühte Flüssigkeit auf die Flecken. Der künstliche Zitronenduft überdeckte jeden anderen Geruch, und die Flecken auf den Dielenbrettern ließen sich mit dem Spray ohne Weiteres entfernen. Auf dem Küchenpapier sah es überraschend hellrot aus. Allem Anschein nach hatte Honor recht viel Blut verloren.

Jo würgte, hielt sich den Handrücken vor den Mund und dachte an Zitronen. Rund und gelb, spitz und voller Grübchen und frisch. Zitronen an Bäumen, wie sie wuchsen. Sie schluckte und bückte sich wieder, um sich ihrer Aufgabe zu widmen.

Der Boden selbst war nicht allzu sauber. Mit dem Blut lösten sich auch Staub und Schmutz, in der Nähe der Fußleisten lagen Wollmäuse herum. Jo arbeitete sich auf die Treppe zu und schob den Wäschekorb aus dem Weg. Darunter lag zusammengeknüllt etwas Kleines und Weißes. Jo hob es hoch: ein Schlüpfer. Sie sah die Treppe hoch und erblickte noch einen, und ein Unterhemd und ein paar andere Sachen.

Honor Levinson würde ihre Schlüpfer niemals öffentlich zur Schau stellen. Der Anblick, wie sie achtlos herumlagen, dort, wo sie hingefallen waren, war irgendwie schrecklicher als der Anblick von Honors Blut.

Jo stand auf, sammelte rasch die Kleidungsstücke ein und legte sie in den Korb. Ob sie sauber oder schmutzig waren, ließ sich nicht sagen, und sie würde sie nicht genauer unter die Lupe nehmen, um es herauszufinden. Sie würde sie zum Waschen mit nach Hause nehmen.

Als sie beim Betreten des Wohnzimmers das Licht einschaltete, musste sie wieder innehalten und sich erneut die Hand vor den Mund halten. Es war wie in einem Horrorfilm. Das Blut war überall auf dem Teppich und ein gewaltiger dunkler Fleck in der Nähe des durchgesessenen Chintz-Sofas. Ein Tisch war umgekippt, und das Telefon lag daneben. Jo stellte den Tisch wieder auf, wischte Blut vom Telefon, sah nach, ob Nachrichten auf Band gesprochen waren. Keine.

Jo machte sich mit Teppichreinigungsspray und nassen Putzlappen über den Läufer her, und es gelang ihr, das meiste Blut herauszubekommen, aber ein brauner Fleck blieb dennoch zurück. Sie überprüfte das Zimmer, um sicherzugehen, dass ihr nichts entgangen war. Den Blick hielt sie dabei strikt zu Boden gerichtet, da sie wusste, was passieren würde, wenn sie sich die Fotos an der Wand zu genau ansah. Als sie keinerlei Blutspuren mehr fand, trug sie das Putzzeug nach unten und warf die Lappen und das Küchenpapier in den Abfall. Dann wusch sie sich die Hände mit Spülmittel und stellte mit einem Seufzen den Wasserkocher für eine Tasse Tee an. Seit dem Kaffee in dem Coffeeshop mit den Kindern heute Nachmittag hatte sie nichts getrunken.

In dieser Küche hatte sie in den vielen Jahren, die sie Honor kannte, noch nicht ein Mal Tee gekocht – es war ihr nie gestattet gewesen –, also musste sie sich ein wenig umsehen, um die Dose zu finden. Dabei fiel ihr auf, dass die Küche zwar ordentlich war, aber doch recht schmutzig. Auf der Arbeitsfläche waren kreisrunde Teeflecke, vor dem Toaster Brotkrumen. An den Schranktüren waren Teespritzer und ein paar Fingerabdrücke. Die weiße Oberfläche des Herds war voller Fettspritzer.

So hatte sie Honors Küche nicht in Erinnerung. Das Haus, und zwar jeder Zentimeter, war immer gewissenhaft sauber gewesen – die Bücher abgestaubt, die Kerzenständer poliert, die Spiegel makellos. So sehr, dass Jo vor Honors Besuchen immer fieberhaft ihr eigenes Haus geputzt hatte. Laut Stephen hatte sie sich lächerlich benommen. »Meiner Mutter ist es egal, ob du unter dem Kühlschrank Staub wischst«, hatte er ihr gesagt, aber Jo war sich sicher, dass dem nicht so war. Sie kannte Honors Maßstäbe. Sie wusste, dass sie Honors Ansprüchen nicht genügte.

Letztlich hatte sich Stephen immer ein Staubtuch geschnappt und mitgeputzt. Immerhin hatte Honor ihm das Putzen beigebracht, und er war gut darin. Er besaß die methodische Denkweise des Wissenschaftlers. Er hatte Möbel verrückt, Küchenschränke neu eingerichtet und eine Leiter geholt, um auch oben auf den Schränken an den Staub heranzukommen. Der kleinen Lydia hatte er ihren eigenen Spielzeugbesen geschenkt, damit sie helfen konnte, »wenn Oma zu Besuch kam«.

Jos zweiter Mann, Richard, hatte ihr Verhalten komisch gefunden. Er lachte sie aus und sah sich weiter Fußball an, während sie um ihn herum staubsaugte – mit Oscar in der Babytrage und dann, im folgenden Jahr, mit Iris. »Sie ist nicht einmal mehr deine Schwiegermutter. Wen schert's, was sie denkt?«, hatte er gesagt. »*Meiner* Mum zuliebe gibst du dir nicht solche Mühe.«

Das lag daran, dass Richards Mum, Frances, eine Putzhilfe hatte und nie auch nur einen Finger krumm machte, um zu wischen oder zu polieren, wohingegen Honor nicht nur alles selbst machte, sondern daneben auch noch am laufenden Band Bücher las, Artikel verfasste und Stellung in wissenschaftlichen Diskussionen bezog. Honor putzte das Haus mit seinen alten Möbeln – die ihre Eltern einst angeschafft hatten – von oben bis unten und hörte dabei Tschaikowsky. Und deshalb hatte Jo sich geweigert, eine Putzkraft kommen zu lassen, wie Richard vorgeschlagen hatte. Es war ein Fehler gewesen. Sie hätte sich lieber dagegen wehren sollen, dass ein Au-pair-Mädchen zu ihnen ins Haus kam.

Wann hatte Jo Honor das letzte Mal gesehen? Zum Muttertag hatte sie eine Karte geschrieben … War es an Weihnachten gewesen?

Weihnachten. Beziehungsweise in der Woche vor Weihnachten, als Lydias Schulferien begonnen hatten. Als Jo die Citymaut bezahlt hatte und mit Lydia, Oscar und Iris nach London gefahren war, um zwei Stunden damit zu verbringen, ihre kleinen Kinder davon abzuhalten, mit ihren klebrigen Fingern Honors Bücher zu berühren, und Oscar zu erklären, dass Oma Honor keinen Weihnachtsbaum habe, weil sie Jüdin sei, während Honor steif dasaß und sie beobachtete, als warte sie nur darauf, dass ihr ein Fehler unterlief. Sie hatten die Pflichtstundenzahl bei ihr abgesessen und waren dann erleichtert wieder gefahren.

Also vor beinahe vier Monaten. Das reichte nicht. Honor war – abgesehen von ein paar entfernten Großtanten aus Jos Familie – Lydias einzige lebende Verwandte. Jo hätte sich mehr Mühe geben sollen.

Jo trank den Tee schnell. Er war noch viel zu heiß. Die Milch war nahe am Verfallsdatum. Jo goss sie ins Spülbecken und warf eine Packung Krautsalat in den Abfall. Es gab Eier und Joghurts und Bananen, die noch ein paar Tage gut waren, und ein kleines Stück Käse. Sie steckte alles zusammen mit der Wäsche in eine Plastiktüte. Dann wischte sie schnell die gesamte Küche, zog die Stecker von Wasserkocher und Toaster, leerte den Abfalleimer und brachte den Müllbeutel nach draußen. Anschließend ging sie nach oben, um ein paar Sachen für Honors Krankenhausaufenthalt zu packen.

*Ich bin die Retterin in der Not*, dachte Jo. *Ich komme nicht auf einem Schimmel angeritten und habe keine übernatürlichen Kräfte. Stattdessen entferne ich Flecken und rette Bananen vor dem sicheren Tod.*

Leise wie ein Gespenst bewegte sie sich durch das Haus, vorbei an den hoch aufragenden Bücherregalen und dem dunklen Mobiliar, und war darauf bedacht, nicht zu bemerken, dass sie sich auf keiner der silber- und goldgerahmten Fotografien befand.

KAPITEL 5

# Lydia

## *Wissenswertes über Oma Honor*

*Ich kann mir Oma Honor eigentlich nicht im Krankenhaus vorstellen, wie sie in einem Bett liegt. Sie steht sonst immer. Sie setzt sich kaum lange genug hin, um eine Tasse Tee zu trinken. Bücher liest sie beim Auf- und Abgehen – ich habe ihr zugesehen, wie sie – einen Roman vor der Nase – auf dem Läufer in ihrem Wohnzimmer hin und her spazierte. Hinter dem Ohr hat sie immer einen Bleistift, und manchmal bleibt sie stehen, um etwas in das Notizbuch zu kritzeln, das sie aufgeschlagen auf einem Beistelltischchen liegen hat. Dann läuft sie wieder los, nachdenklich das Buch in den Händen betrachtend, die scharf geschnittene Nase auf die Seiten gerichtet. Ab und an murmelt sie etwas.*

*Auf dem Läufer gibt es tatsächlich einen abgewetzten Pfad, auf dem Oma Honor hin- und hergegangen ist und Hunderte Bücher gelesen hat.*

*Oma Honor ist kein Mensch, in dessen Gegenwart man sich entspannt. Sie hat was Hartes und Kantiges an sich. Sie ist nicht, wie man sich eine Großmutter vorstellt. Mum hat Fotos von ihrer Mum, meiner Oma Carole, die vor meiner Geburt gestorben ist. Sie sieht weich und knuddelig aus, sogar in ihrem Rollstuhl, auf jedem Bild mit einem Lächeln im Gesicht. Oma Honor ist nicht so. Sie hat diese Art, einen anzugucken, genau, wie sie das Buch angesehen hat, als würde sie einen genau studieren, als würde sie analysieren, was man eigentlich zu sagen versucht.*

*Sie ist Expertin für russische Literatur, geradezu eine Koryphäe.*

*In ihrem Arbeitszimmer oben gibt es ein ganzes Regal voller Bücher, die sie geschrieben hat oder in denen Artikel von ihr erschienen sind. Meine erste Lektion zum Thema Feminismus erteilte sie mir, als ich so um die drei Jahre alt war.*

*Neben ihr komme ich mir immer komplett unterbelichtet vor. Bestimmt würde es 98 Prozent der Bevölkerung so gehen. Aber sie ist der Grund, warum ich Schriftstellerin werden möchte, glaube ich, und definitiv der Grund, warum ich gerne Anglistik studieren will und nicht Physik wie mein Dad. Sie hat diese Leidenschaft für Bücher, weil sie glaubt, dass Bücher wichtig sind. Das waren die besten Gespräche, die wir geführt haben – über Bücher, die wir beide gelesen haben. Wahrscheinlich waren das tatsächlich die einzigen richtigen Gespräche, die wir je geführt haben.*

*Zum Geburtstag schickt sie mir Bücher, und dann, wenn ich sie besuche oder sie zu uns kommt, geht sie mit mir in ein Café und wir bestellen Kaffee für sie und Kakao für mich und essen Kuchen, und dann unterhalten wir uns über Bücher. Diese Gespräche sind wunderbar. Ein bisschen, als hätten sich die Geschichten wirklich zugetragen, aber dann kann man einen Schritt davon wegmachen und sie beinahe von oben betrachten, darüber reden, wie sie geschrieben wurden oder warum der Autor den Plot so und nicht anders angelegt hat. Warum er sich für einen Kleiderschrank als magisches Portal entschied, oder warum die Figur des Lockwood überhaupt gebraucht wurde, oder was es zu bedeuten hatte, dass Manderley in Flammen aufging.*

*Es ist, als würde man mit einer Kameralinse auf all diese Geschichten zoomen, sodass man sie besser als jeder andere versteht. Unsere Sitzungen haben den Erfolg, dass ich besser in Englisch bin als alle anderen in meinem Jahrgang. Miss Drayton wollte tatsächlich, dass ich meine GCSE-Prüfungen vorziehe und dieses Jahr die AS-Prüfung ablege, wie ich es mit Französisch gemacht habe, aber ich habe abgelehnt, weil ich mit Avril zusammenbleiben will.*

*Aber wenn wir uns nicht über Bücher unterhalten, weiß ich eigentlich nicht recht, was ich mit Oma Honor reden soll. Ich hoffe, dass es ihr gut geht.*

Das Leiterspiel, ein paar Kekse außer der Reihe, zwei Kapitel in *Thomas, die kleine Lokomotive* und eine Kissenschlacht. Lydia brachte Oscar und Iris zu Bett, ging nach unten, hörte Oscar rufen und ging wieder nach oben, um ihm noch einen Schluck Wasser zu holen, und ging dann wieder nach unten. Sie ließ sich aufs Sofa sinken und schaltete den Fernseher ein.

Sie sollte lernen. Doch ihr Kopf fühlte sich leer an, die Glieder schwer. Sie wurde immer so müde. Die ganze Zeit, jeden Tag, weil sie sich so verstellte. Weil sie darauf achtete, was sie sagte, wie lange sie hinsah, ob es zu einer Berührung kam. Weil sie beobachtete, wie andere sie beobachteten, und sich fragte, was in ihren Köpfen vor sich ging. Manchmal, wenn sie von der Schule nach Hause kam, hatte sie das Gefühl, kaum noch aufrecht stehen und reden zu können. Nicht dass sie sich zu Hause richtig entspannen konnte, es sei denn, sie war allein in ihrem Zimmer, aber wenigstens war es Oscar und Iris egal, wie sie war oder was sie verbarg. Und Mum war zu beschäftigt, um ihr Beachtung zu schenken – *richtig* Beachtung.

Manchmal fühlte sie sich fast zu sicher, wenn niemand auf sie achtete. Manchmal, wenn sie gut drauf war, vergaß sie beinahe, die Fassade zu wahren.

Auf dem Heimweg von der Schule hatte Avril davon gesprochen, dass sie über die Sommerferien vielleicht zu ihrem Dad fahren würde, nachdem ihre Prüfungen vorbei waren. Ihr Dad wohnte in Birmingham, und als Avril vor zwei Jahren über die ganzen Osterferien dorthin gefahren war, war Lydia einsamer gewesen als je zuvor in ihrem Leben.

Sie griff nach dem Handy. Fünf Nachrichten.

**Avril, 15:40** Schade, dass du nicht kommen konntest, danke für das Top!
**Avril, 17:25** War ok. Ruf an. Bussi
**Mum, 18:06** Hi Süße. Oma ok. Werd ihr Sachen holen, damit sie versorgt ist. Wird hoffentlich nicht spät. Alles ok bei O u I? Kuchendose, falls du Hunger hast. LG
**Avril, 19:00** OMG Guckst du Top Model? Es ist ÜBEL, ruf an.
**<unbekannte Nummer> 19:11** jetzt schick mir 1

Die letzte SMS hatte einen Bildanhang. Das Foto war vor dem Spiegel aufgenommen worden. Das Handy verdeckte den Großteil seines Gesichts, aber sie konnte trotzdem sehen, dass es sich um Harry handelte. Oberkörper nackt, Unterhose weit nach unten gezogen.

Sie löschte es. Ohne auch nur eine Sekunde zu überlegen. Der Daumen war schneller als jeder Gedanke. Sie löschte es und hielt dann das Handy in der Hand, wütend und viel schockierter, als sie sein sollte, wenn man bedachte, dass sie schon viel Schlimmeres zu Gesicht bekommen hatte. Viel Schlimmeres. Dazu musste man nur Katzenfotos googeln.

Aber nie zuvor war so etwas an sie gerichtet gewesen. Nie direkt, damit sie es sich ansah, ohne es vermeiden zu können, weil es sich auf ihrem Handy befand.

Lydias Hände zitterten. Was wollte er? Glaubte er, dass ihr das *gefallen* würde? Glaubte er, sein Schwanz wäre so faszinierend, dass sie sofort dahinschmelzen, sich bei seinem bloßen Anblick die Kleider vom Leib reißen, ihm ein

Foto schicken und kreischen würde, bitte, bitte mach mich zu einem Objekt, hol dir einen runter auf meine digitalen Titten, *bitte!*

Der Signalton erklang. Eine weitere SMS.

<unbekannte Nummer> **19:26** od noch besser 1 von dir u Avril zusammen!

Lydia schleuderte das Handy quer durchs Wohnzimmer. Es traf scheppernd Oscars Plastikspielzeuggarage.

Sie starrte ihm hinterher, mit weit aufgerissenen Augen, schwer atmend.

Er wusste Bescheid.

Harry Carter wusste Bescheid. Und wenn Harry Bescheid wusste, dann wussten es seine Freunde, dann wusste es Erin, dann wusste es Avril …

Sie ballte die Hände zu Fäusten. Nein. Er konnte es unmöglich wissen. Sie war zu gut darin, es zu verbergen. Harry Carter war nicht clever genug, um in ihren Kopf hineinsehen zu können.

Harry Carter war bloß ein Perversling, der glaubte, Mädchen schuldeten ihm nackte Selfies. Der glaubte, wenn ein Mädchen und ein Mädchen zusammenkamen, geschah dies nur, damit ein Junge ihnen zusehen konnte. Der glaubte, das Einzige, was besser als zwei Titten wäre, wären vier. Der wahres Verlangen, wahre Liebe nicht kannte.

Der nicht begriff, dass sein widerliches Gesimse sich in Gedanken geschoben hatte, die sie sich nur nachts gestattete, allein und hinter geschlossenen Türen.

Wieder erklang der Signalton.

Sie zwang sich, langsam zu atmen. Sie ging zu der Spielzeuggarage und hob das Handy auf, bereit, Harrys Nummer zu blockieren, die SMS zu löschen.

Die Nachricht stammte von Avril.

Photoshoot bei TM gesehen? Sie heulen! Lass uns skypen, wenn die Kids im Bett sind. Kann das nicht allein ansehen!

Lydia presste sich das Handy auf ihr klopfendes Herz. Avril wusste nicht Bescheid. Harry konnte nicht Bescheid wissen. Ihre Maske war nicht verrutscht. Das hätte sie niemals zugelassen.

KAPITEL 6

# Jo

»Ich weiß nicht, wie sie allein in dem Haus wohnen soll«, sagte Jo und stellte zwei weitere Kaffeetassen auf den Tisch.

»Mit einer Pflegekraft?«, schlug Sara vor. Sie nahm noch einen Keks. »Ich sollte nicht, aber ich liebe deine Kekse. Samstag fange ich eine Diät an, damit ich auf Teneriffa nicht wie ein Wal aussehe.«

»Du siehst nicht wie ein Wal aus, du hast eine super Figur«, sagte Jo pflichtschuldigst.

»Danke, aber du lügst. Mein Hintern bräuchte seine eigene Postleitzahl.« Sie tunkte den Keks ein. »Bob macht sich lustig über mich, wenn ich eine Diät anfange.«

»Das liegt daran, dass er weiß, dass du keine nötig hast.«

»Das liegt daran, dass er mich nicht mehr beachtet. Er nimmt mich überhaupt nicht wahr, Ehrenwort. Wenn ich ihn frage, ob mir etwas steht, sagt er immer bloß Ja, ohne auch nur von seinem Handy aufzuschauen. Wir stoßen bloß nicht zusammen, wenn wir im Haus herumlaufen, weil wir uns selten im selben Zimmer aufhalten.«

»Na ja, ihr habt eben beide viel zu tun.«

»Die Kinder, die schaut er an.«

»Er ist ein toller Vater.«

Billy, Saras Ältester mit seinen vier Jahren, kam an den Tisch. »Mehr Kekse«, sagte er hoffnungsvoll, und Jo legte ein paar auf einen Plastikteller.

»Aber mit den anderen teilen, hörst du?«, gab Jo ihm mit auf den Weg. »Biete sie allen an, wie ein Kellner.« Billy trottete zur anderen Seite des offen angelegten Wohnzimmers.

»Das sollte uns fünf Minuten Ruhe verschaffen«, sagte Sara. »Bis er wieder mit Oscar streitet, wer mehr Autos bekommt.« Es war jedes Mal eine Zäsur bei ihren Spieltreffen, wenn sie einen Streit zwischen Billy und Oscar schlichten mussten. Zum Glück konnten Iris und Polly, beide keine zwei Jahre alt, Seite an Seite spielen und sich stundenlang glückselig ignorieren. Jetzt befanden sie sich in einem Sonnenstrahl beim Vorderfenster und bereiteten an Iris' Puppenküche getrennte Mahlzeiten zu. »Gibt sich das mit der Streiterei? Lernen sie irgendwann zu teilen? Ich frage dich als die erfahrenere Mutter.«

»Es gibt eine wunderbare Phase, wenn sie fünf sind, und sie dauert an, bis sie ungefähr elf sind. Dann sind sie lieb und nett und sehr witzig.«

»Und *ab* elf?«

Jo verdrehte die Augen in Teenagermanier.

»Lydia?«, fragte Sara.

»Sie ist ein wunderbares Mädchen. Ist sie wirklich. Sie hatte so viel zu bewältigen ohne Vater, und sie macht so eifrig in der Schule mit, und sie ist so lieb zu ihrem Bruder und ihrer Schwester.«

»Aber …?«

Eigentlich wollte Jo nicht jammern, aber der Drang war einfach zu groß. »Im Moment ist sie unmöglich. Gestern habe ich sie gebeten, zu Hause zu bleiben und auf die Kinder aufzupassen, als ich nach London zu Honor gefahren bin. Man hätte meinen können, ich hätte vorgeschlagen, sie mit Handschellen an den Küchentisch zu fesseln.«

»Ich war als Teenager genauso. Ich habe mich für so cool gehalten, und ich habe meiner Mutter das Leben zur Hölle gemacht. Jetzt tut es mir leid. Das ist ein Trost. Mum habe ich das natürlich nicht gesagt. Tut es dir leid, was du deiner Mutter angetan hast?«

»Ich habe meiner Mutter nichts angetan. Mum und ich haben uns immer gut verstanden. Und ich bin immer ein braves Mädchen gewesen, vielleicht zu brav. Ich habe es den Leuten gern recht gemacht. Aber sie hatte ja auch diese schlimme MS, und es ging ihr oft nicht gut, also musste ich schnell erwachsen werden.« Jo stützte die Ellenbogen auf den Tisch, lehnte den Kopf auf die Hände. »Ich glaube, ich war mehr wie Lydias Freundin Avril. Sie ist immer fröhlich, hat immer für jeden ein höfliches Wort.«

»Ist das nicht die, deren Mutter …«

Jo nickte. »Aber das hat sie nicht beeinträchtigt. Sie ist ein reizendes Mädchen. Ich wünschte, Lyddie würde sich eine Scheibe von ihr abschneiden. Lyddie ist immer so negativ. Manchmal habe ich das Gefühl, mein süßes kleines Mädchen von früher ist einfach verschwunden.«

»Es steckt immer noch in ihr drinnen.«

»Ich weiß noch genau, wann es passiert ist. Es war tatsächlich im Alter von elf Jahren. Alle Mädchen an ihrer Schule waren verrückt nach diesen Webbändern, die sie füreinander gemacht haben. Also habe ich ihr etwas Material gekauft, was in Ordnung war, aber dann beging ich den Fehler, mir Anleitungen im Internet anzusehen. Ich hab ihr ein Armband geflochten, nachdem sie zu Bett gegangen war. Es wurde ganz schön. Als ich es ihr am nächsten Morgen gab, war sie *entsetzt.*«

»Du hast zu sehr versucht, cool zu sein?«

»Ich dachte, ich würde ihr nur ein Armband machen. Davor haben wir solche Sachen immer gemeinsam gemacht. Als nur wir beide da waren.« Sie seufzte. »Das ist noch so eine Sache, mit der sie fertigwerden musste … ein Stiefvater, unsere Scheidung, und andere Kinder, die meine Zeit in Anspruch nehmen.«

»Du hast sie vorbildlich erzogen«, sagte Sara. »Früher oder später wird sie sich bestimmt wieder in ein menschliches Wesen verwandeln.«

»Das hoffe ich. Heute Morgen auf dem Weg in die Schule wollte sie sich noch nicht einmal verabschieden. Es ist, als wäre da eine ganze Welt in ihrem Innern, die sie einfach nicht mit mir teilen will.« Erneut verspürte Jo den stechenden Schmerz beim Anblick ihrer erstgeborenen Tochter, wie diese die Tür zuknallend das Haus verließ, mit gesenktem Kopf und verkniffenem Mund. »Oder sie ist wegen etwas wütend auf mich.«

»Weshalb sollte sie wütend auf dich sein? Du bist eine tolle Mutter. Deine Kinder können nie ernsthaft wütend auf dich sein.«

In Jo stiegen Schuldgefühle hoch. Sie hatte Sara nie von ihren Besuchen bei Adam erzählt, und auch nicht davon, wie erbost Lydia wäre, wenn sie Bescheid wüsste.

»Andererseits«, sagte sie rasch, »haben Oscar und Iris gestern Abend glücklich und zufrieden geschlafen. Sie hat sich offensichtlich richtig gut um sie gekümmert.«

»Unter der Oberfläche ist sie ein liebes Kind.«

Jo hob die Tasse an den Mund. Das waren Dinge, die sich Freundinnen aus Loyalität sagen. Niemals würde Sara auch nur in Erwägung ziehen zu sagen, dass sich Lydia in eine unerträgliche kleine Zicke verwandelt habe, genauso wenig wie Jo laut sagen würde, dass Sara seit dem Abstillen tatsächlich gute drei Kilo zugenommen hatte. Freundschaft unter Frauen setzte voraus, dass man einander aufbaute, die Fehler der anderen leugnete, ohne zu zögern Partei für die andere ergriff, sich Probleme anhörte und sagte, sie wären eigentlich gar nicht so schlimm. Dass man nicht zu tief nach Geheimnissen grub, die im Verborgenen bleiben wollten.

Freundschaft war ein kleines Wunder, etwas, das Jo heutzutage sogar noch mehr zu schätzen wusste. Die Frauen in der Stadtmitte – die jungen Mütter, die sie während ihrer ersten Ehe kennengelernt hatte, als Lydia noch klein war – hatten nach Stephens Tod den Kontakt zu ihr ziemlich schnell abgebrochen. Sie hatte Verständnis dafür. Sie waren sich komisch vorgekommen, mit ihren glücklichen Ehen und ihren lebenden Ehemännern. Jo war Witwe, eine traurige Gestalt. Eine ständige Mahnung – wie schnell das eigene Glück in die Brüche gehen konnte. Und als alleinerziehende Mutter, die versuchte, ihre Arbeit nicht zu verlieren, hatte sie auch gar nicht so viel Zeit gehabt, um Kontakte zu pflegen.

Dann hatte sie Richard geheiratet und war in einen Vorort gezogen, wo es schwierig war, mit Leuten ins Gespräch zu kommen, und wo sie damit beschäftigt war, Kinder auf die Welt zu bringen. Sie lebte in einem schönen Haus, das sich wie eine Insel anfühlte, und ihr Mann war immer distanzierter geworden, bis er sie verließ.

Sara kannte sie erst seit einem guten Jahr. Sie waren sich eines Tages im Park begegnet, an einem sonnigen Spätvormittag im Frühjahr, als der Spielplatz voller Kinder war. Oscar kletterte immer wieder die Rutsche hoch und rutschte jedes Mal mit einem Freudenschrei herunter. Jo saß daneben auf einer Bank, und die sechs Monate alte Iris lag in ihren Armen und schlief tief und fest im Sonnenschein. Der Frühling war immer hart für sie gewesen, seit Stephen, aber es war ein perfekter Tag.

Jo hatte ihren wunderbaren Jungen betrachtet, so lebhaft und glücklich, und dann den Blick auf ihr kleines Mädchen gesenkt, wie sie mit rosigen Wangen, vertrauensvoll in ihren Armen schlief. Sie lauschte auf die Rufe der spielenden Kinder, und zu ihrem Entsetzen spürte sie, wie sich in ihren Augen Tränen sammelten.

Sie durfte nicht im Park weinen. Jeder würde sie sehen. Man würde über sie reden. *Das ist die Frau, deren Mann mit dem einundzwanzigjährigen Au-pair-Mädchen durchgebrannt ist. Ja, anscheinend haben sie es die ganze Zeit über direkt vor ihrer Nase getrieben. Sie wohnen in einem dieser großen Neubauten, also gab es reichlich Platz. Und ihr erster Ehemann, das war doch der … Genau, der auf so schreckliche Weise …*

Die Tränen waren ihr über die Wangen gelaufen, wollten gar kein Ende nehmen, hatten sich geweigert, bis zum Abend zu warten, wenn es erlaubt war zu weinen, wenn die Kinder im Bett waren. Jo versuchte, sie sich mit Iris' Decke abzutupfen, aber es war schwierig, das zu tun, ohne das Baby aufzuwecken. Ein Baby sollte nicht die ersten Monate seines Lebens von Traurigkeit und Verzweiflung umgeben sein.

Eine Träne fiel auf Iris' Gesicht, und Jo wischte sie weg, so sanft es ihr mit den zitternden Händen gelang. Sie senkte den Kopf und spürte einen Tropfen Rotz, der an ihrer Nasenspitze hing. Zwar fuhr sie mit der Hand darüber, aber er kam immer wieder, wie die Tränen. Zwar hatte sie Taschentücher in ihrer Tasche, aber sie kam nicht an sie heran, ohne Iris aufzuschrecken. Inmitten ihrer Verzweiflung stieg Ärger in ihr hoch. Warum sagte niemand etwas zu ihr? Wenn sie jemanden im Park weinen sähe, egal wen, würde sie hingehen und wenigstens ein Taschentuch anbieten. Sie würde fragen, ob alles in Ordnung sei.

Aber es kam niemand. Es war das Gleiche wie nach Stephens Tod, als das Telefon zu klingeln aufhörte.

Es war eine Bestätigung, dass Jo von jetzt an allein wäre. Alles hing an ihr, nur an ihr. Bei dem Gedanken musste sie noch heftiger weinen …

»Wer auch immer es ist, er ist ein Mistkerl«, erklang eine Stimme vor ihr. Jo wischte sich die Nase ab, auch wenn es zwecklos war, und hob den Blick. Vor ihr stand eine Frau mit einem Baby auf der Hüfte. Schwarze, ungebändigte Locken fielen ihr ständig ins Gesicht. »Oder ist es eine postnatale Depression? Ich hatte das bei meinem ersten, es ist beschissen.«

»Wissen Sie … wissen Sie nicht Bescheid?«

Sara betrachtete sie. »Nein. Sollte ich? Sind Sie etwa prominent? Hier, nehmen Sie ein Taschentuch.«

Jo nahm es dankbar entgegen. »Ich dachte, jeder würde über mich reden.«

»Meine Liebe, ist Ihnen das noch nicht aufgefallen? Jede in diesem Park ist zu sehr damit beschäftigt, Selfies mit ihrem süßen Fratz zu schießen, da hat man keinen Blick für andere Erwachsene. Menschen mit zu viel Kohle treiben mich in den Wahnsinn. Drüben im Palmer Park sind die Leute viel netter. Als ich dort das letzte Mal einen Heulkrampf hatte, kam eine nette alte Dame zu mir und hat mir ein selbst gemachtes Sandwich angeboten. Ich bin nur wegen dem Sandkasten hier. Möchten Sie ein Feuchttuch?«

Jetzt, ein Jahr später, sagte Jo: »Ich will ja nicht negativ klingen. Es liegt wohl daran, dass ich Honor so gesehen habe. Ich dachte, sie wäre eine Naturgewalt, Sara. Ich dachte, ihr könnte niemals etwas zustoßen.«

»Also ich bin ihr ja nur das eine Mal begegnet, und sie war Furcht einflößend. Wie alt ist sie?«

»Mitte siebzig, mindestens. Und in dem Krankenhausbett hat man ihr auch jedes einzelne Jahr angesehen.«

»Letzten Endes wird es uns allen so ergehen, ganz egal, wie furchterregend wir sind.«

»Sie ist eine sehr intelligente Frau«, sagte Jo. »Sie hat Stephen ganz allein großgezogen, weißt du, während sie als Universitätsdozentin gearbeitet hat, und das war in den Siebzigern und Achtzigern. Sie ist wirklich bewundernswert. Nur ist sie … sehr direkt. Und sie hat es gern, wenn alles nach ihrer Nase geht.«

Sara schüttelte den Kopf. »Das ist das Erstaunliche an dir, Jo. Du redest nie ein schlechtes Wort über andere.«

»Tja, es gibt nichts Schlechtes zu sagen. Wir hatten in der Vergangenheit unsere heiklen Momente, aber Honor tut mir leid. Sie ist so allein. Denk dir nur, dass sie mich als nächste Angehörige angegeben hat. Das zeigt doch, wie wenige Menschen sie hat, die ihr helfen können.«

»Sie hat aber Geld, stimmt's? Ist sie nicht Ärztin oder so was gewesen?«

»Sie hat einen Doktortitel, aber nicht in Medizin. Sie hat an der Uni gelehrt.«

»Also sollte sie es sich leisten können, sich jemanden ins Haus zu holen. Wahrscheinlich hat sie für so etwas gespart.«

»Ich weiß nicht. Lehrkräfte an der Uni verdienen nicht so viel. Sie lebt von ihrer Rente, glaube ich. Ich frage natürlich nicht gern nach. Ich würde anbieten, ihr eine

Pflegekraft zu bezahlen, aber …« Jos Stimme verlor sich. Sara kannte ihre finanzielle Lage, wusste, dass sie auf die Unterstützung ihres Exmannes angewiesen war, solange die Kinder klein waren. »Richard kann ich auf jeden Fall nicht darum bitten.«

»Na ja, das Sozialamt wird ihr eine Hilfe besorgen.«

»Aber das Haus ist völlig unpraktisch. Die Küche ist im Souterrain. Das wäre kein großes Problem, wenn sie jemanden hätte, der ihr das Essen bringt, aber selbst wenn sie ein Bett ins Wohnzimmer stellen würde, gibt es im Erdgeschoss kein Bad. Man muss nach unten auf die kleine Toilette neben der Küche gehen oder nach oben ins eigentliche Badezimmer im ersten Stock.«

»Zeit, einen Treppenlift einbauen zu lassen?«

»Ich glaube nicht, dass Honor damit einverstanden wäre. Die sind so hässlich und langsam. Und das ganze Haus befindet sich sowieso einen Treppenabsatz über der Straße. Wenn sie dort bleibt, selbst wenn sie sich drinnen bewegen kann, wäre sie die meiste Zeit ans Haus gefesselt. Ich glaube, es würde sie in den Wahnsinn treiben. Normalerweise fährt sie überallhin mit dem Fahrrad. In ihrem Alter. Ist das zu glauben?«

»Du musst also einen großen, kräftigen Adonis von einem Pfleger finden, der sich um sie kümmert und sie jeden Vormittag auf seinen wunderbaren muskulösen Armen die Treppe hinunterträgt und dann im Rollstuhl im Park herumschiebt. Honor bekommt frische Luft und einen knackigen Kerl zum Anhimmeln. So einfach ist das!«

Jo lachte. »Und wo findet man so einen Adonis von einem Pfleger? Im Gesundheitshaus? Irgendwo neben den Blasenkathetern?«

»Irgendwo muss es so was geben. Es gibt Millionen alter Damen, die so ein Arrangement begrüßen würden. Wenn ich so darüber nachdenke, sollte ich mir vielleicht mal ein Bein brechen.«

»Die Sache ist nur, dass Honor so unabhängig ist. Sie hat immer alles selbst gemacht. Ich kann mir nicht vorstellen, dass sie damit einverstanden ist, dass sich Fremde um sie kümmern.«

»Ach, keiner ist mehr ein Fremder, wenn man erst einmal …«

»Mummy! Billy hat mir das Auto weggenommen!«

»Es ist wieder so weit«, sagte Sara und stand von ihrem Stuhl auf. »Ich kümmere mich darum.«

Während sie zwischen den Jungen in die Hocke ging und sich in der heiklen Kunst versuchte, Vorschulkinder zum Teilen zu überreden, wischte Jo den Tisch sauber, spülte ihre Tasse aus und stellte erneut den Wasserkocher an.

Das Haus in Stoke Newington, vollgestopft mit Büchern und Erinnerungen, war für Honor allein viel zu groß, aber es war *ihr* Haus. Es ähnelte ihr, war groß und angefüllt mit obskurem Wissen, es roch nach Papier und alter Wolle, wie Honor. Jos großes, luftiges Haus hier im vorstädtischen Woodley hingegen ähnelte Jo in keiner Weise. Ein Haus, das Jo repräsentieren würde, wäre windschief, voller Kissen und Textilien, hübscher Teetassen und einer antiken Anrichte in der Küche, gestrichenen Dielenbrettern und pastellfarbenen Wänden. Ein prasselnder Kamin, abgewetzte Ledersofas, Fenster mit alten Scheiben, die die Aussicht nach draußen verzerrten und magisch erscheinen ließen.

Dieses Haus war zu neu, ein Backsteinwürfel mit weißen Säulenimitaten vor dem Eingang. Der Schnitt der Räume war schlicht und übersichtlich, die neuen Fenster waren gegen Zugluft abgedichtet. Richard hatte darauf bestanden, den Großteil des Mobiliars auszusuchen, und auch wenn es geschmackvoll und bequem war, war es doch zu modern. Nach dem Einzug hatte Jo versucht, ihre Sammlung geblümter Teetassen auf einem offenen Regal in der Küche auszustellen, aber sie passten nicht zu all dem Edelstahl und Granit. Sie hatte sie wieder in ihr Seidenpapier eingewickelt, in der Absicht, einen anderen Platz für sie zu finden. Aber dann hatte sie Oscar bekommen und war zu beschäftigt, und dann Iris, und da war es nicht klug, Teetassen herumstehen zu haben. Die Tassen befanden sich in einer Kiste ganz hinten in einem Schrank.

Jo wohnte hier schon beinahe vier Jahre, seit Richard das Haus gekauft hatte und sie geheiratet hatten, und abgesehen von der Unordnung hatte sie kaum Spuren darin hinterlassen. Sie hatte vorgehabt, die Wände zu streichen, Bilder aufzuhängen, aber die Wände waren immer noch in ihrem ursprünglichen Weiß – abgesehen von den kleinen Handabdrücken und den Spritzern von durch die Luft geschleuderten Breilöffeln.

War es das, was Jo letztlich ausmachte – ein paar klebrige Fingerabdrücke und Breispritzer?

Stephen und sie hatten auf ein altes Cottage gespart, in das ihre Teetassen perfekt hineingepasst hätten. In dem jeder Gegenstand wertvoll und voller glücklicher Erinnerungen gewesen wäre. Doch dann war Stephen gestorben, und das war das Ende dieses Traums.

Sie griff nach der Keksdose, um den Teller aufzufüllen, und sah, wie sich etwas draußen vor dem Fenster bewegte.

Die Hecke an der Seite, die der Küche gegenüberlag, war niedrig. Richard hatte vorgehabt, einen Zaun zu errichten, um die Aussicht auf die Ansammlung unansehnlicher, pseudo-viktorianischer Backsteinhäuser zu versperren, die nach ihrem Einzug dort gebaut worden waren. Er war zornentbrannt gewesen, als mit dem Bau begonnen wurde. »Zu viele Menschen«, hatte er gesagt. »Das führt zu überfüllten Schulen und zu Staus in den Straßen.« Doch was er eigentlich gemeint hatte, war, dass die Häuser nicht teuer genug waren. Dass sie das Niveau der Gegend herunterzogen. Jedes Mal, wenn Richard aus dem Küchenfenster geschaut und die Bauarbeiter bei der Arbeit gesehen hatte, hatte er eine Schimpfkanonade über den Gemeinderat, über Baugenehmigungen und einen Zaun vom Stapel gelassen.

Doch dann hatte er den Zaun nie errichtet. Rückblickend tippte Jo darauf, dass ihn Tatiana zu sehr in Anspruch genommen hatte.

Da war jemand auf der anderen Seite der Hecke. Von hier aus konnte Jo nur den Oberkörper sehen. Es sah aus, als würde er gemähtes Gras zusammenrechen – ein junger Mann, vielleicht Mitte zwanzig. Er hatte eine Sonnenbrille nach oben in die braunen Locken geschoben und ein unrasiertes Gesicht.

*Schäm dich. In deinem Alter!*, dachte sie mit einem Lächeln. Doch sie sah weiter hin, bloß einen Augenblick, den Deckel der Keksdose in der Hand, falls sie wegschauen und auf einmal beschäftigt wirken musste. Denn so ein bisschen Herzflattern, ganz egal, wie unangebracht und einseitig, war besser, als immer nur über das Haus, das sie nie gehabt, und die Ehemänner, die sie verloren hatte, nachzudenken.

*Konzentrier dich auf das Positive, konzentrier dich auf die Zukunft.* Das hatte ihre Mutter immer gesagt und war Jo mit gutem Beispiel vorangegangen. Die multiple Sklerose, die sie letztlich das Leben gekostet hatte, hatte sie zuerst zum Krüppel gemacht. Doch trotz der Schmerzen und Beeinträchtigungen war sie stets fröhlich geblieben. Ihr Rat war es gewesen, der Jo nach Stephens Tod über Wasser gehalten hatte, in jenen trüben Tagen, die sich endlos hinzogen und anfühlten, als würden sie nie zu Ende gehen. Er hatte ihr über das vergangene Jahr geholfen, seit Richard fort war. Sie hatte drei wunderbare Kinder und ein komfortables Haus und eine gute Freundin und einen Körper, der noch nicht so abgenutzt war, dass er nicht auf den Anblick eines gut aussehenden Mannes reagieren würde.

»Wow, wer ist *das* denn?«

Sara war hinter sie getreten und starrte aus dem Fenster, nahe genug, dass sie Jo streifte. Jos Wangen glühten.

»Nicht! Er sieht uns noch.«

»Aber wer ist das?«

»Muss einer der Anwohner aus den neuen Häusern sein.«

Sara seufzte. »Weißt du noch, wie es war, mit einem Kerl unter dreißig zu schlafen? Bob hat die ganze Nacht durchgehalten.«

Saras wehmütiger, lüsterner Gesichtsausdruck brachte Jo trotz ihrer Verlegenheit zum Lachen. »Stephen hat früher …«

Sie hielt inne. Dann wandte sie sich wieder der Keksdose zu und füllte den Teller auf. Kekse. Mit Zucker bestäubt, in Quadrate geschnitten, an den Rändern zerbröckelnd. Das hier war die Realität, das hier war jetzt. Zu viele Kalorien in der Küche und spielende Kinder in der Nähe. Es war ein gutes Leben. Es sollte genügen.

»Wie dem auch sei«, sagte sie. »Ich finde, dass Honor vorübergehend hier bei uns einziehen sollte.«

KAPITEL 7

# *Lydia*

*Über meine erste Begegnung mit Avril muss ich nicht schreiben. Ich werde sie nie vergessen. Aber ich fühle mich gut, wenn ich daran denke. Es ist kaum zu glauben, dass es erst fünf Jahre her ist.*

*Mum hatte im August Richard geheiratet, und ich war die einzige Brautjungfer. Wahrscheinlich hätte ich heftiger protestieren sollen, aber ich konnte nicht so richtig fassen, dass es tatsächlich passierte. Mum machte da so ein richtiges Freundschaftsding draus: Kleider anprobieren, Musik und Blumen aussuchen. Wir gingen Kaffee trinken und verbrachten viel Zeit damit, über Dad zu reden. Nichts Ernstes, bloß nett, um die Erinnerung wachzuhalten. Wir redeten über die Dinge, die wir gemeinsam als Familie unternommen hatten, bloß wir drei. Wir sahen uns Bilder aus der Zeit an, als ich noch ein Baby war, und unsere Urlaube am Strand in Lowestoft. Sie erinnerte mich daran, dass er mir jeden Abend eine Geschichte vorgelesen und dass er meinem Lieblingsteddy den Namen Galileo gegeben hatte. Ich glaube, sie wollte mir versichern, dass sie ihn nicht vergessen würde, selbst wenn sie wieder heiratete.*

*Rückblickend weiß ich, dass sie mir damit auch sagen wollte, dass ich ihr immer noch wichtig war. Sie ließ mich auch die Musik für die Hochzeit aussuchen und sogar ihr Kleid. Was im Nachhinein, wenn man die Fotos betrachtet, ein Fehler war, denn mit elf Jahren hatte ich eine Schwäche für weite, bauschige Prinzessinnenröcke mit ganz vielen Pailletten. Ich war noch nie auf einer Hochzeit gewesen, und das Ganze war ziemlich aufregend.*

*Ich durfte all meine Freundinnen zu dem Empfang einladen und wir tranken literweise Cola und blieben bis spät in die Nacht auf. Dann fuhr ich mit auf Hochzeitsreise nach Thailand, was einerseits genial war, aber andererseits war es schrecklich, denn Richard war nicht froh darüber, dass ich mitgekommen war. Er versuchte es zu verbergen, und er kaufte mir viele Sachen, wohl weil er ein schlechtes Gewissen hatte, aber ich hatte den Eindruck, dass das alles Mums Idee gewesen war und er lieber mit ihr allein gewesen wäre. Jeden Morgen stand ich früh auf und schaute, wie viele Bahnen ich im Pool schwimmen konnte, bevor sie aus dem Zimmer kamen. Ich versuchte, nicht darüber nachzudenken, was sie da drinnen taten, aber ich wusste durchaus Bescheid.*

*Eines Abends in einem dieser schicken Restaurants am Meer unter freiem Himmel, wo immer alles voller Kerzen und Lichterketten war und unglaublich schöne Menschen einem das Essen servierten, fiel mir etwas ein, worüber meine Mum und ich schon früher geredet hatten, und ich platzte gleich damit heraus. »Weißt du noch, wie Dad immer den höchsten Sandturm bauen wollte? Er hat tausend Tricks probiert, damit er nicht zerbröckelt?«*

*Ich rechnete damit, dass meine Mutter lachen würde, wie sie es gewöhnlich tat, und vielleicht mit der Geschichte kontern würde, wie er einmal den Sonnenschirm aufgespannt hatte und ein Windstoß ihm den Schirm sofort aus der Hand gerissen hatte. Aber das tat sie nicht. Sie sah zu Richard, dessen Mund schmaler geworden war und der nach seinem Wein griff. »Ist das nicht ein schöner Sonnenuntergang?«, sagte sie stattdessen. »Was meint ihr, woran liegt es, dass die Farben hier so viel intensiver sind als in England? Es ist doch dieselbe Sonne, nicht wahr?«*

*Ich verstand die Botschaft klar und deutlich. Ein Mann wollte in den Flitterwochen nicht über den ersten Ehemann seiner Frau sprechen. Natürlich nicht. Aber die eigentliche Botschaft, die ich heraushörte, lautete, dass jetzt alles anders war, und alles, was gewesen war, war vorbei. Und innerhalb einer Woche nach unserer Rückkehr aus Thailand waren wir aus unserem eigenen Haus im Zentrum von Brickham in der Nähe meiner Grundschule in dieses neue Haus gezogen, und dann wurde Mum mit Oscar schwanger.*

*Ja, es war alles anders. Abgesehen davon, dass ich mit der weiterführenden Schule anfing, war ich auch noch neu in der Gegend. Meine neue Sommeruniform war zu groß und kratzte – und ich hatte Angst. Der Sommer war vorbei, und ich musste anfangen darüber nachzudenken, wie ich damit umgehen sollte, dass ich anders war.*

*Ich wusste längst, dass ich anders war. Ich hatte es gewusst, so lange ich zurückdenken kann. Aber ich kam nie so richtig dahinter, was es war, dachte es nie richtig zu Ende – bis zu jenem Herbst, als alles neu war.*

*Früher tat ich manchmal so, als besäße ich übernatürliche Kräfte, die noch niemandem außer mir aufgefallen waren. Beispielsweise, dass ich Augen hatte, die über das sichtbare Spektrum hinaus Dinge sehen konnten. Ich sagte mir, ich müsse eine Sonnenbrille tragen, um mich an die normalen Menschen anzupassen.*

*Aber natürlich hatte ich keine übernatürlichen Kräfte und habe auch heute keine. Ich muss mich auf viel offensichtlichere Weise verstellen, als eine Sonnenbrille zu tragen. Im Alter von elf Jahren, beim Übertritt in die weiterführende Schule, erfuhr ich allmählich davon.*

*Mum brachte mich an meinem ersten Tag zu Fuß zur Schule. Sie trug ein blaues Kleid, das beinahe die gleiche Farbe wie meine neue, kratzige Schuluniform hatte, und obwohl das eher lächerlich war, war ich irgendwie dankbar. Es sollte wohl eine Solidaritätsbekundung sein. Nach ein paar Wochen, in denen ich das Gefühl gehabt hatte, in Richards Haus im Weg zu sein, brauchte ich jegliche Hilfe, die ich kriegen konnte.*

*»Ich bin so stolz auf dich«, sagte Mum. So was sagt sie ständig. Sie ist stolz auf jede Kleinigkeit, die ich tue, was nett ist, und ich weiß, dass es das Selbstvertrauen fördern soll, aber wenn man ein gewisses Alter erreicht hat, wird einem allmählich klar, dass es eigentlich kein so großes Ding ist, worauf man stolz sein kann, wenn man sich die Schuhe selbst zubindet oder in die weiterführende Schule kommt oder gute Noten hat. Wir näherten uns dem Schultor, und ich hielt nach jemandem Ausschau, den ich kannte, irgendjemandem, vielleicht jemandem aus meiner alten Grundschule, der wundersamerweise auch hierher gezogen war. Ich brauchte einen Schutzschild. Wenn ich den Schulhof allein betrat, wäre ich zu sichtbar.*

*Aber alle Kinder, die hineingingen, waren mir fremd. Ich sah noch nicht einmal ein anderes neues Kind wie mich, allein mit seinen Eltern. Die anderen sahen alle hoffnungslos erwachsen aus, groß und selbstsicher, und sie wussten genau, wohin sie gingen.*

*»Ich habe was für dich«, sagte Mum. Sie war stehen geblieben, also blieb ich auch stehen. Sie holte etwas aus der Tasche ihres Kleids. Es war eine Männerarmbanduhr, golden, mit einem braunen Lederarmband.*

*Ich kannte diese Armbanduhr. Mum hob sie in ihrem Schmuckkästchen auf, ganz hinten. Ich holte sie manchmal heraus und betrachtete sie. Hinten war etwas eingraviert: Von J für S – in ewiger Liebe. Es war die Uhr, die meine Mutter meinem Vater zur Hochzeit gekauft hatte. Sie hatte beinahe ein Jahr lang ihr Gehalt in dem Café zusammengespart, um sie sich leisten zu können.*

*Die Goldlegierung war ein wenig zerkratzt, aber das Glas war unversehrt.*

*»Ich kann sie nicht tragen«, erklärte ich ihr. »Sie ist nicht Teil der Uniform.«*

*»Steck sie in die Tasche. Keiner wird etwas merken.«*

*Ich ließ sie in die Tasche gleiten und spürte ihr Gewicht. »Danke.«*

*»Daddy wäre stolz auf dich«, sagte Mum. »So stolz, sein kleines Mädchen herangewachsen zu sehen.«*

*Und das brauchte ich nicht zu hören, nicht jetzt, nicht mit der Armbanduhr meines toten Vaters in der Tasche und in einem Meer von Kindern, die ich nicht kannte und die nur darauf warteten, mich anzugaffen. Um nicht zu weinen, biss ich mir so heftig auf die Innenseite der Lippe, dass es wehtat. Ich drehte mich weg von Mum und ihren sanften grünen Augen, und in ebendem Moment erblickte ich ein Mädchen, das auf uns zukam. Die Sommeruniform wirkte an ihr nicht so steif wie bei mir, so als wäre sie schon länger getragen worden. Das Mädchen trug das dunkle Haar zu einem ordentlichen Pferdeschwanz nach hinten gebürstet. Sie hatte braune Augen und ein kleines Muttermal seitlich am Mund, und über einer Schulter hing ihr ein blauer »X-Men«-Rucksack.*

*Sie war das schönste Mädchen, das ich je gesehen hatte.*

*Ich kannte sie nicht, aber sie kam direkt auf Mum und mich zu und sagte mit einem Lächeln: »Hi, ich heiße Avril. Ich bin neu und ich habe niemanden, mit dem ich reingehen kann. Wollen wir zusammen reingehen?«*

*Ich konnte nicht anders, sondern starrte sie an. Dieses schöne Mädchen mit dem »X-Men«-Rucksack und dem lässigen, selbstbewussten Gang wagte es, direkt auf eine Fremde zuzugehen und so etwas zu fragen. In einer Million Jahre hätte ich mich das nicht getraut. Was war das für ein Mädchen? War ihr überhaupt zu trauen? Warum war sie ausgerechnet auf mich zugesteuert?*

*»Oh, das ist lieb von dir«, sagte Mum mit ihrer sanften Stimme. »Lydia kennt auch niemanden.«*

*Ich versetzte Mum einen Stoß mit dem Ellbogen, weil sie mich vor diesem Mädchen in einem schlechten Licht dastehen ließ. Aber das Mädchen lächelte Mum nur an, und dann lächelte es mir zu. »Wollen wir?«*

*Avrils Stimme bebte ein klein wenig. Ein winzig kleines Beben, von dem sie vielleicht hoffte, dass es niemand sonst bemerkte.*

*Ich bemerkte es.*

*»Okay«, sagte ich.*

*Mum machte Anstalten, mich zu umarmen, und ich wich ein Stück zurück. Vielleicht sehnte ich mich nach einer Umarmung, aber andererseits wusste ich auch, dass es eigentlich nicht cool war. Mum verstand schon (o Wunder!) und steckte die Hände zurück in die Taschen. »Ich wünsche dir einen wunderbaren Tag, Lyddie. Erzähl mir später alles.«*

*»Ja, ja«, sagte ich, und das schöne Mädchen Avril und ich gingen zusammen durch das Schultor. Wir gingen, ohne etwas zu sagen, Schulter an Schulter, und ich hatte nur einen Gedanken im Kopf: Ich gehe gerade neben dem schönsten Mädchen der Schule zu meiner Klasse.*

*Als wir die Mitte des Schulhofs erreichten, wagte ich einen Blick zurück, aber Mum war verschwunden. Bestimmt ging sie jetzt schnellen Schrittes nach Hause und hatte dieses Lächeln im Gesicht, das sie aufsetzte, wenn sie versuchte, nicht zu weinen. Ich war froh, es nicht sehen zu müssen.*

*»Magst du ›X-Men‹?«, fragte Avril. »Das ist mein Lieblingsfilm.«*

*»Ich mag ihn auch.«*

*»Was wäre deine Mutanten-Fähigkeit?«*

*»Ich wäre in der Lage, alles zu sehen.«*

*»Ich wäre unsichtbar. Aber wenn du alles sehen könntest, könntest du mich sehen!«*

*Ich könnte dich ewig ansehen, dachte ich. »Wir würden eben zusammenarbeiten müssen«, sagte ich mit klopfendem Herzen.*

*»Danke«, sagte Avril. »Vorhin hatte ich ein bisschen Angst, aber sobald ich dich und deine Mum gesehen habe, wusste ich, dass ihr mir helfen würdet.«*

*»Es gibt keinen Grund, Angst zu haben«, sagte ich, und in dem Moment wusste ich, dass es die Wahrheit war. »Du kannst die hier ein bisschen halten, wenn du willst.« Ich holte Daddys Armbanduhr hervor und legte sie ihr in die Hand. »Es ist eine Zauberuhr. Sie kann einem Mut spenden, denn mein Daddy war mutig, und sie hat ihm gehört.«*

*Sie nahm sie und drehte sie in den Händen. Und sie nickte. »Es geht mir schon besser.«*

*Und so fing alles an.*

KAPITEL 8

# Honor

»Nein«, sagte Honor. »Das ist keine gute Idee.«

Sie spürte Jos verletzten Gesichtsausdruck mehr, als dass sie ihn sah, spürte, wie sie zurückwich. Es war fast, als hätte sie eine Ohrfeige bekommen.

Ihre Schwiegertochter hatte noch nie etwas verbergen können. Schon beim ersten Mal, als Stephen sie mit nach Hause gebracht hatte, seine neue und schöne Freundin, war ihr Gesicht offen und kindlich gewesen, jede Emotion deutlich davon abzulesen. Ihre Emotionalität war enthüllender gewesen als ihr billiges Kleid und die schlechten Schuhe, die Bücher, die sie nicht gelesen hatte. Alles an ihr schrie: *Werden Sie meine Mutter sein? Meine neue Mutter, um diejenige zu ersetzen, die ich verloren habe?*

Honor hatte sich an ihrer Stelle vor Verlegenheit gewunden.

»Aber es ist das Beste so«, beharrte Jo jetzt. »Du müsstest dir keine Sorgen um das Essen machen oder um Gesellschaft oder darum, wie du aus dem Haus kommst. Du müsstest keine Treppen steigen, nicht wie zu Hause.«

»Das Stichwort ist *zu Hause*«, sagte Honor. »Ich verspüre keinerlei Verlangen, mein Zuhause zu verlassen, in dem ich beinahe mein ganzes Leben verbracht habe. Das Haus, das mein Vater gekauft und eingerichtet hat.«

»Mrs. Levinson, sie hatten einen schweren Unfall.«

Honor kannte den Facharzt nicht, und sie konnte sich

nicht an seinen Namen erinnern. Er war ein Strich in der Landschaft mit schriller Stimme.

»Reden Sie nicht so herablassend mit mir. Ich weiß, was Sie sagen wollen: Ich bin alt. Ja, ich *bin* alt, aber das ist nicht das Problem. Das Problem ist, dass ich die Treppe hinuntergefallen bin. Jeder kann eine Treppe hinunterfallen, egal wie alt er ist. Ich habe nicht die Absicht, es noch einmal zu tun.«

»Niemand sagt, dass du alt bist«, erwiderte Jo. »Ja, ich finde, dass du in unglaublich guter Verfassung bist, Honor. Du bist jeden Tag mit dem Fahrrad gefahren, nicht wahr, bis du gestürzt bist?«

Honor presste die Lippen zusammen. Das war das Schlimmste daran, schlimmer als die Schmerzen: die herablassende Art der Leute. Nicht nur von Jo, aber bei Jo störte es sie am meisten. Jo, die keine billige Kleidung oder schlechten Schuhe mehr trug, die sich aber ansonsten kein bisschen verändert hatte. Ein schöner Schopf aus wogenden rotbraunen Haaren, geblümtes Kleid, fröhliche Stimme. Sie trug ein Parfüm mit Rosenduft und eine Kette aus getrockneten, aufgefädelten, bunten Nudeln, die gegeneinander klickten, wenn sie sich bewegte, und verkündeten: *Ich bin eine Mutter von Kleinkindern.*

»Wir sagen nur«, fuhr Jo fort, »dass du an einem Ort sein solltest, wo sich jemand um dich kümmern kann, während du dich auskurierst.«

»Unsinn. Ich werde eine Pflegerin einstellen.«

»Du solltest bei Menschen sein, denen du am Herzen liegst.«

»Und du bist so jemand, ja?«

»Also … ja. Natürlich.« Doch da war dieses verräterische Zögern.

»Du magst mich nicht«, sagte Honor. »Wir haben uns noch nie gemocht, und Stephens Tod hat uns voneinander befreit. Du willst mich nicht bei dir zu Hause haben. Du besuchst mich nicht gern. Du bietest es aus schlechtem Gewissen an.«

»Ich biete es an, weil du Stephens Mutter bist und Lydias Großmutter, und weil du Hilfe brauchst. Und *natürlich* möchte ich dich bei mir zu Hause haben, Honor. Du bist dort immer willkommen.«

Wie schaffte sie es, solche Dinge zu sagen und so aufrichtig zu klingen? Es war eine Fertigkeit, die sie selbst nie besessen hatte.

»Nein«, sagte Honor schließlich.

»Wie Sie bestimmt wissen, Mrs. Levinson, entlassen wir ältere Patienten nicht gern, ohne dass Vorkehrungen für die Pflege zu Hause getroffen sind.«

»Dr. Levinson«, verbesserte sie ihn. »Ich heiße Dr. Levinson. Nicht Mrs. Levinson. Wenn Sie mich nicht gern mit ›Doktor‹ anreden, da ich nicht wie Sie Medizinerin bin, werden Sie vielleicht die Freundlichkeit besitzen, mich ›Honor‹ zu nennen.«

Der Arzt sortierte seine Papiere.

»Wir haben ein Schlafzimmer mit eigenem Bad im Erdgeschoss«, sagte Jo.

»Das ist Lydias Zimmer, oder?«

»Lydia wird es dir gern überlassen. Wir werden das Zimmer streichen und hängen neue Vorhänge auf. Bob – das ist der Mann meiner Freundin Sara –, er sagt, er kann mit seinem Lieferwagen nach London fahren und alle Möbel holen, die du bei dir haben möchtest, damit du in deinem eigenen Bett schlafen kannst, wenn du das bequemer findest. Und Dr. Chin sagt, er überweist dich gern an das Royal Berks, falls eine Nachbehandlung erforderlich sein sollte.«

»Du scheinst schon alles arrangiert zu haben«, sagte Honor.

»Die Kinder würden dich auch wahnsinnig gern bei uns haben«, sagte Jo.

Honor ächzte.

»Sie würden sich freuen«, beharrte Jo. »Lydia wollte dir eine Karte schreiben – das wollte sie wirklich –, aber sie hatte Hausaufgaben. Sie hat doch dieses Jahr Prüfungen.«

Honor hatte fünf Karten bekommen. Eine stammte von Oscar und zeigte ein Geschöpf aus Fingerfarben, das in Jos ordentlicher Handschrift als »ein Dinosaurier« ausgewiesen war. Zwei Karten stammten von Iris, ebenfalls mit Fingerfarben gemalt, aber ohne erkennbares Motiv. Eine war von Jo, ein Bild mit Hyazinthen. Eine von ihrer Nachbarin Charvi, die um die sechzig war und immer, wenn sie die Eingangsstufen hochging, über ihre Ischiasbeschwerden klagte. Die Karten drängelten sich auf dem winzigen Nachttisch, zusammen mit einer Plastikkanne Wasser und einer Nierenschale aus Pappe, in der sich Honors Zahnbürste und Zahnpasta befanden. Die Karten fielen jedes Mal herunter, wenn ein Arzt oder eine Krankenschwester den Vorhang um das Bett der schnarchenden Frau zog, die neben ihr auf der Station lag.

Außerdem hatte sie einen Ballon. Der war neu. Jo hatte ihn heute mitgebracht, zusammen mit Weintrauben, einem Roman, den sie gewiss niemals lesen würde, und einem Plastikbehälter mit selbst gebackenen Brownies, »damit du bei Kräften bleibst!« Nach Rosen duftend war Jo hereingehüpft, und der Ballon war hinter ihr hergeflattert. Es hatte ein paar Augenblicke gedauert, bis Honor dahintergekommen war, worum es sich überhaupt handelte. Er war silbern und gelb, rund, mit einem flatternden gelben Band, auf dem *Gute Besserung* stand.

»Was ist das?«, hatte Honor gefragt, während sie von dem Buch aufblickte, das sie gerade las.

»Ich dachte, er würde dich vielleicht aufheitern!«, sagte Jo, so fröhlich wie der Ballon, auch wenn Honor ihr ansah, dass die direkte Frage sie getroffen hatte. Jo band ihn an das Fußgeländer des Betts. »Da. Sieht doch nett aus.«

Es war lächerlich. Er würde den Krankenschwestern im Weg sein, wenn sie das Bett machten. Innerhalb eines Tages würde er Gas verlieren und schlaff herunterhängen. Sie kam sich vor wie auf einem Kindergeburtstag. Honor hatte vor, eine Krankenschwester zu bitten, ihn zu entfernen, sobald Jo gegangen war.

Doch Jo schien nicht darauf erpicht zu sein zu gehen. Stattdessen war sie erpicht darauf, dass Honor bei ihr einzog.

»Nein«, sagte Honor erneut. »Ich hätte lieber eine Pflegerin.«

Jo wandte sich an den Arzt. »Vielleicht brauchen Honor und ich ein wenig Zeit, um …«

»Ich lasse Sie am besten eine Weile allein«, sagte er und ging. Jo setzte sich auf den Stuhl neben dem Bett.

»Honor«, sagte sie sanft, so verdammt freundlich. »Ich habe Verständnis dafür, dass du bei dir zu Hause bleiben möchtest, aber das hier ist bloß eine vorübergehende Maßnahme. Pflegerinnen sind teuer, und auch wenn ich mir sicher bin, dass das Sozialamt dich unterstützt, müsstest du bei uns kein …«

»Ich bin sehr gut in der Lage, mich um mich selbst zu kümmern. Du brauchst dir keine Sorgen zu machen. Ich werde im Nu wieder auf den Beinen sein.«

»Aber die Treppen ...«

»Ich komme klar«, sagte sie bestimmt.

»Du musst mich doch aus *irgendeinem* Grund als nächste Angehörige angegeben haben, Honor.«

Es befriedigte Honor, den Ärger in Jos Stimme zu hören. Er war besser als diese kindische Fröhlichkeit und diese Engelsgeduld, die unecht sein mussten, die sie bestimmt dem Arzt zuliebe aufsetzte. Ihr zuliebe.

»Ich hatte sonst niemanden«, sagte sie. »Und ich brauche auch sonst niemanden. Ich komme allein klar.«

Die Matratze unter dem Laken war mit Plastik überzogen. Es raschelte bei jeder Bewegung. Feuchtigkeit wurde auf der Oberfläche gehalten, sodass sich ihr Körper nachts gedünstet anfühlte, wie ein Fischfilet.

Bis jetzt hatte Honor noch nie auch nur eine einzige Nacht in einem Krankenhaus verbracht. Selbst als sie Stephen bekommen hatte, hatte sie darauf bestanden, am selben Tag nach Hause zu fahren, noch vor dem Dunkelwerden. Die Frau ihr gegenüber litt an Demenz und verbrachte jeden Morgen von zwei bis vier Uhr damit, nach jemandem namens Twisty zu rufen. Die Frau neben ihr schnarchte. Wenn Honor doch einmal einschlief, wurde sie von Krankenschwestern geweckt, die sie untersuchten, und dann lag sie anschließend wach da, starrte in das Halbdunkel und wartete darauf, dass die Schmerzen wieder einsetzten.

Die Medikamente, die man ihr verabreichte, halfen zwar, aber die Wirkung ließ nach. Zuerst war da ein dumpfer, pochender Schmerz, dann ein Messer, das langsam durch ihre Hüfte fuhr. Bis die Krankenschwester mit ihren Pillen kam, litt sie längst Höllenqualen. Am Abend hatte sie sich dabei ertappt, wie sie sich geradezu auf die Pillen stürzte. Am liebsten hätte Honor sie sich in den Mund gestopft und hinuntergeschlungen, unter dem verdutzten Blick der Krankenschwester.

Doch sie hatte sie sorgfältig zurück in den Pappbecher gelegt. »Ich glaube nicht, dass ich sie heute brauche«, hatte sie gesagt.

Und jetzt war es drei Uhr morgens, auch wenn es nicht so wirkte, da das Licht eingeschaltet war und die Krankenschwestern auf ihren Kreppsohlen hin- und hergingen und sich unterhielten. Jedes Mal, wenn jemand vorüberging, hüpfte der Ballon am Ende ihres Bettes auf und ab und gab ein Knistern von sich.

Sie war schon lange nicht mehr ihre Kontoauszüge durchgegangen, aber sie hatte ein gutes Gedächtnis. Sie kannte ihre Einnahmen und ihre Ausgaben. Ihr einziger Vermögenswert war ihr Haus, das Haus, das ihr Vater gekauft hatte und das sie nicht verkaufen würde. Die Frau vom Sozialdienst, die am Nachmittag bei ihr gewesen war, nachdem Jo gegangen war, hatte ihr gesagt, wie viel eine private Krankenpflegerin kosten würde. Es war mehr, als sie sich leisten konnte. Und was würde das Sozialamt ihr schon anbieten können?

»Wir würden Sie in ein Rehazentrum verlegen«, sagte die Sozialarbeiterin, die energisch auftrat und nach Pfefferminzkaugummi und Zigaretten roch. »Dort würden Sie bleiben, bis Sie allein klarkommen, vielleicht, dass jemand einmal am Tag bei Ihnen vorbeischaut, um Ihnen zu helfen. Der Vorteil wäre, dass Sie im System wären, falls Sie in Zukunft mehr Hilfe benötigen sollten.«

Im System. Das System, das dazu führte, dass man das eigene Zuhause gegen eine Anstalt eintauschte, das eigenständige Leben an die Abhängigkeit verlor. Das System, das alte Menschen, für die es keine Verwendung mehr gab, wie einen Dreck behandelte und in fremde, kahle Zimmer abschob.

Honor legte sich auf das Kopfkissen zurück, tat einen tiefen Atemzug, der nach Krankenhauswäsche und Desinfektionsmittel roch, und schloss die Augen. Sie dachte an Stephen, wie immer. Als Erstes beim Aufwachen, als Letztes vor dem Einschlafen. Stephens Haare, die bei seiner Geburt an seinem Kopf klebten, und die Art, wie sich sein zerknautschtes Gesicht dem ihren zuwandte. Stephen, der im Sonnenschein durch den Clissold Park lief, die Knie voller Schorf und Grasflecken. Stephen nach einem Albtraum, wenn er zu ihr ins Bett stieg, den schweißfeuchten Kopf unter ihr Kinn schob, an ihren Hals, sich in diesen tiefen Kinderschlaf seufzte. Ihr Junge. Ihr Ein und Alles. Sie dachte an Stephen, bis der Schmerz sich woandershin verlagerte und sie einschlafen konnte.

*Sie ist in der Synagoge, der Synagoge ihres Vaters, in einem kleinen Seitenraum, und wartet darauf, zur Beerdigung ihres Sohnes gerufen zu werden. Sie trägt ein schwarzes Kleid, an die Brust ist ein zerrissenes Band geheftet. Sie ist allein, die einzige Trauernde, wie sie es bei der Beerdigung ihres Vaters war. Aber das hier ist die Beerdigung ihres Sohnes.*

*Das hier ist ein Traum, und sie weiß es sogar während des Träumens. So war Stephens Beerdigung nicht. Seine Beerdigung fand im Krematorium in Brickham statt, und der Raum war voller Blumen und Menschen. Sie saß in der ersten Reihe, und Jo war neben ihr, die Arme um Lydia gelegt. Die Luft war heiß und junihaft schwer. Es gab keine Bänder, die zerrissen werden konnten, keine andere Art, Trauer zu zeigen, als zu weinen.*

*Im Traum geht die Tür von allein auf, in den eigentlichen Raum der Synagoge, und Honor geht nach vorn, unter Schmerzen, als würde sie sich durch einen Wald aus Messern bewegen. Sie rechnet mit einem geschlossenen Sarg, schlichte schmucklose Kiefer, aber der hier ist offen. Stephen liegt in seinem schwarzen Anzug darin. Sein Gesicht ist friedlich und unversehrt. Als würde er schlafen, bloß dass er mit auf dem Bauch gefalteten Händen auf dem Rücken daliegt, und Stephen schlief immer auf der Seite, zusammengerollt.*

*In der Synagoge befindet sich niemand außer ihr und ihrem toten Sohn. Kein Rabbi, keine Gemeinde. Frau und Kind des Verstorbenen sind auch offizielle Trauernde, aber Jo und Lydia sind nicht da. Honors Schritte hallen in dem Raum wider. Sie legt die Hand auf die von Stephen.*

*»Du hättest es nicht tun sollen«, flüstert sie seinem schönen, reglosen Gesicht zu. »Du hättest weiterlaufen sollen.«*

*Stephen regt sich nicht. Doch hinter sich hört sie jetzt einen gedämpften Schritt, und sie dreht sich um, und Stephen steht im hinteren Teil der Synagoge, im Licht, das durch die hohen Fenster scheint. Er trägt seine Laufsachen: T-Shirt, kurze Hose mit Loch am Saum, abgenutzte Turnschuhe.*

*»Warum hast du es mir nie gesagt?«, fragt er sie, quer über die Bänke und die Zeit hinweg.*

*Seine Stimme klingt so wie immer. Genau wie sie klang, als er ihr diese Fragen tatsächlich stellte. Damals hatte sie nichts erwidert. Auch jetzt kann sie nichts erwidern. Sie will zu ihm laufen, ihn in die Arme schließen, ihn tief einatmen, doch der Zorn in seinen Augen lässt sie wie angewurzelt stehen bleiben, die Hand immer noch auf der Hand des toten Sohns.*

*»Warum hast du ihn vor mir geheim gehalten?«, fragt er. »Mein ganzes Leben lang, warum hast du es mir nie gesagt?«*

Honor wachte jäh auf. Ihre Hüfte schmerzte heftig, doch sie hatte nur ein Keuchen von sich gegeben. Es hallte in ihren Ohren wider, zusammen mit ihrem Herzklopfen.

Ihr Traum war hell und deutlich gewesen, jede Form gestochen scharf, doch jetzt drückte das Halbdunkel der Station auf ihre Augen und ihre Brust. Es war still, wie es das nie in einem Krankenhaus war, die Vorhänge um ihr Bett waren zugezogen, und sie war allein. Für immer und ewig allein, mit all den Entscheidungen, die dazu geführt hatten, dass sie allein war.

Sie tastete nach dem Rufknopf, und noch bevor sie darauf drücken konnte, wusste sie, dass sie in das Haus ihrer Schwiegertochter ziehen würde. Sie würde es tun. Ihr blieb keine andere Wahl, und wenn es nur war, um mitten in der Nacht die Geräusche anderer Menschen zu vernehmen, ihre Gravitationskraft zu spüren, wenn es dunkel war, wenn sie allein war und Schmerzen litt, ohne aufhören zu können, die Fragen zu vernehmen, sich an ihre Versäumnisse zu erinnern, an die Menschen, die sie verloren hatte, die Gebete – das Kaddisch einer Trauernden am Grab, vertraut wie der Rhythmus ihres Herzens –, die sie nie gesprochen hatte.

KAPITEL 9

# *Lydia*

*Jeden Tag spiele ich hundert Szenarien durch, wo es passieren könnte. Auf dem Oberdeck eines Busses, hinten im Klassenzimmer, auf dem Schulweg. In einer windgepeitschten Moorlandschaft. In der letzten Reihe im Kino. Beim Übernachten in meinem Bett.*

*In jeder einzelnen dieser Fantasien erröte ich und stammele vor mich hin. Ich wünschte, ich wäre in meiner Fantasie wortgewandter und leidenschaftlicher, aber das bekomme ich nicht hin. Ich erröte und stammele und sehe verängstigt aus.*

*Und in jeder einzelnen dieser Fantasien ergreift Avril meine Hand und zieht mich an sich. »Ich auch«, sagt sie. Oder sogar noch besser, sie flüstert es.*

*Es könnte passieren. Es ist möglich. Vielleicht hat Avril die ganze Zeit über ihre wahren Gefühle verborgen. Oder vielleicht ist sie sich nur nicht im Klaren darüber, aber wenn ich es ihr gestehe, wird sie die Augen aufreißen. Es wird Klick machen. Die Welt wird endlich Sinn ergeben, und wir werden genau die sein, die wir eigentlich sein sollen.*

*Und die Welt wird voller Blumen und Einhörner und überglücklicher, freudiger Ballons und Luftschlangen und Konfetti sein, und es wird keinen Krieg mehr geben, sondern nur noch ewige Regenbogen.*

*Es ist unmöglich. Das weiß ich.*

*Es ist nicht so, als hätte ich Angst davor, lesbisch zu sein. Wir schreiben das einundzwanzigste Jahrhundert. Lesbisch sein ist in Ordnung. Die schwulen Kinder in der Schule halten zusammen wie eine große Familie. Georgie und Whitney sind praktisch das Pärchen des Jahres, auch wenn ich mich manchmal frage, ob sie hauptsächlich zusammen sind, weil sie die einzigen lesbischen Mädchen an der ganzen Schule sind, die sich geoutet haben. Also haben sie abgesehen voneinander keine große Auswahl.*

*Wenn man es durchhält, wenn man ausreichend beliebt ist und auf die richtige Art »anders«, wenn man über die Beleidigungen und Sticheleien lachen kann und es einem nichts ausmacht, sich durch diese eine Sache definieren zu lassen, anstatt durch all die unzähligen anderen Dinge, die man auch ist. Wenn man sein Leben als Karikatur seiner selbst leben und sich dem anpassen kann, was die anderen von einem erwarten – wenn man sich von einer Art der Verstellung auf eine völlig andere Art der Verstellung einlassen kann –, dann ist es in Ordnung. Man kann es überleben. Man kann sogar stolz darauf sein, falls es Sinn ergibt, stolz auf etwas zu sein, bei dem man ungefähr so viel Wahlfreiheit hatte wie bei der eigenen Augenfarbe oder der Form der eigenen Nase.*

*Wenn man den Mut zu all dem hat. Und wenn man nicht zufälligerweise in seine beste Freundin verliebt ist.*

Lehrer glaubten zu wissen, was im Klassenzimmer vor sich ging, aber eigentlich hatten sie keine Ahnung. Während Mr. Singh weiter vor der Klasse in monotonem Tonfall über quadratische Gleichungen sprach und am interaktiven Whiteboard ein regelrechtes Feuerwerk veranstaltete, von dem er glaubte, es würde den Umstand wettmachen, dass seine Stunden galaktisch langweilig waren, ging ein gefalteter Zettel von Bank zu Bank durch das Klassenzimmer. Wer ihn bekam, faltete ihn auf, kicherte und schrieb etwas darauf und reichte ihn weiter.

Lydia kritzelte gerade in ihr Heft, große Wirbel und Schnörkel. Es half ihr beim Denken, besonders da sich

Harry Carter in der Stunde genau neben ihr niedergelassen hatte und alles daransetzte, ihre Aufmerksamkeit zu erregen. Er mochte es mit Hängen und Würgen in den Mathekurs für Fortgeschrittene geschafft haben, aber er war ein Idiot allererster Güte, der es einfach nicht kapierte.

Avril war in einem anderen Mathekurs, sodass Lydia noch nicht einmal zu ihr sehen und die Augen verdrehen konnte. Gestern Abend hatte sie wie üblich stundenlang mit Avril geredet. Sie hatten sich über Skype zusammen *Top Model* angesehen und dann die Wiederholung von Anfang an, und danach hatten sie sich noch über dies und das unterhalten, wie sie es immer taten.

Die Spitze von Lydias Stift kreiste spiralförmig, immer rundherum nach innen auf einen kleinen Mittelpunkt zu. Sie wusste absolut alles über Avril, und Avril wusste alles über sie, abgesehen von dieser einen Sache. Es war die eine Frage, die sie nie stellen konnte. Also durchforstete sie die Informationen, die sie über ihre beste Freundin besaß, all die Geheimnisse und die Vertraulichkeiten – wie einer dieser alten Seher, von denen sie bei der Lektüre von *Julius Cäsar* erfahren hatte, die in Eingeweiden herumstocherten, um etwas über die Zukunft zu erfahren. Avril hatte noch nie einen richtigen Freund, bloß ein paarmal herumgeknutscht – genau wie Lydia. Sie hatten in der neunten Klasse mit demselben Jungen, Lucius Arnsworthy, geknutscht, und sie waren übereingekommen, dass er schleimige Fischlippen hatte, aber hatte das überhaupt etwas zu bedeuten? Wenn man die Lippen eines Jungen als schleimig empfand, musste man nicht unbedingt lesbisch sein …

»Pssst!«

Das war Harry. Lydia hielt den Blick auf ihre Spirale

gerichtet und fuhr immer wieder über den Mittelpunkt, sodass ihr Stift ein Loch in das Papier bohrte.

»Pssst!« Diesmal streckte er die Hand nach ihr aus. Lydia wich zurück, aber er versuchte nicht, sie festzuhalten. Er legte den gefalteten Zettel, der durch die Klasse ging, auf ihren Tisch, auf ihr Heft. Dann grinste er sie an.

Lydia wartete, bis Mr. Singh ihnen am Whiteboard den Rücken zukehrte, bis sie den Zettel unter dem Tisch versteckt auffaltete.

BAILEY SWINDON IST EINE LECKSCHWESTER – INITIALEN DRUNTERSCHREIBEN WENN DU ZUSTIMMST UND WEITERGEBEN!

Darunter befanden sich ein Dutzend Initialen in verschiedenen Farben mit Füller und Bleistift.

Sie drehte sich zu Bailey um. Sie war über ihr Heft gebeugt und schrieb etwas – vermutlich die Gleichungen, die Mr. Singh so am Herzen lagen. Mit der anderen Hand kratzte Bailey sich an der Nase. Die Arme hatte keine Ahnung, dass um sie her dieser Grundschulstreich gespielt wurde.

Lydia hielt den Zettel hoch und riss ihn durch. Dann riss sie ihn noch einmal durch und noch einmal. Sie nahm die Papierfetzen in die hohle Hand und ging nach vorn, wo sich der Papierkorb befand.

»Lydia?«, fragte Mr. Singh, dem erstaunlicherweise aufgefallen war, dass sie von ihrem Platz aufgestanden war. »Was machen Sie da?«

»Müll entsorgen, Sir«, sagte sie und warf die Schnipsel in den Abfall. Gekicher. Harry zog eine doofe Grimasse.

Bailey schrieb und schrieb.

Als es zur Pause läutete, war Harry wie der Blitz bei ihr. »Hat dir gefallen, was ich dir gestern Abend geschickt habe?«

»Nicht sonderlich.« Lydia steckte ihre Bücher in die Tasche und versuchte, die perfekte Mischung aus Verächtlichkeit und Gleichgültigkeit hinzubekommen. Als hätte sie nicht das Geringste zu verbergen, als hätte sie kein einziges Mal an Harrys SMS gedacht, seitdem er sie geschickt hatte. »Deinen Zettel gerade eben habe ich auch nicht sonderlich gemocht.«

»Das war nicht mein Zettel. Ich habe ihn nicht unterschrieben. Wie dem auch sei, du schuldest mir jetzt ein Bild. Vergiss das nicht.«

»Ich schulde dir gar nichts, Harry.« Sie hob ihre Tasche auf und ging in Richtung Tür.

»Ich finde dich echt hübsch. Und schlau bist du auch.«

»Tja, wie nett.«

Ihr entgingen die eifersüchtigen Blicke der Neuntklässlerinnen nicht, an denen sie vorüberkamen. Am liebsten hätte sie ihm gesagt, er solle Leine ziehen. Doch sie wurde die nagende Angst nicht los, dass er etwas wissen könnte.

»Hat dir meine Idee von dir und Avril zusammen gefallen? Wäre doch geil, oder?«

»Tu nicht so blöd.«

»Ich schicke dir heute Abend wieder was. Vielleicht änderst du dann deine Meinung. Oder vielleicht würdest du es dir lieber persönlich ansehen?« Bei diesen Worten beugte er sich näher zu ihr, und sein warmer Atem traf ihr Ohr. Seine Hand ruhte auf ihrer Hüfte. Es reichte. Lydia blieb stehen und starrte ihn erbost an.

»Kapierst du es nicht oder muss ich es dir erst buchstabieren? Ich habe kein Interesse an dir. Ich halte dich für einen unreifen Wichser mit aufgeblasenem Ego und dem Humor eines Drittklässlers. Ich will keine Selfies von deinem winzigen Schwanz oder sonst irgendeinem deiner Körperteile zu Gesicht bekommen. Verstanden?«

Harry wich zurück. Seine Augen verengten sich. Er machte auf Lydia sonderbarerweise einen intelligenteren Eindruck als je zuvor. Sie war sich der Menschen um sie herum bewusst, die jetzt verstummt waren.

Er würde es sagen, sagen, was er wusste. Er würde ihr eins auswischen, weil sie ihm in aller Öffentlichkeit einen Korb gegeben hatte.

Er zuckte die Schultern. »Ciao«, sagte er, drehte sich um und sprang in großen Sätzen davon. Lydia fühlte sich schwach, und ihr war übel.

Später waren sie in Lydias Zimmer. Avril lag auf dem Bett und trug Lydias violetten Nagellack auf, und Lydia saß auf dem Boden, mit dem Rücken ans Bett gelehnt, und suchte auf ihrem iPod Musik aus. Jedes Mal, wenn Avril sich bewegte, konnte Lydia es im Rücken spüren.

»Ich finde, du warst Harry gegenüber ein bisschen heftig«, sagte Avril.

Sie hatte die Sache Avril gegenüber nicht erwähnt. »Wer hat dir davon erzählt?«

Avril zuckte die Schultern. »Ein paar Leute haben darüber geredet. Warum hast du es gemacht?«

»Also zum einen hat er diesen dummen Zettel über das neue Mädchen in meinem Mathekurs rumgehen lassen. Das ist etwas, das ein Zehnjähriger tun würde. Und außerdem bittet er mich ständig um Bilder von meinen Titten.«

»Ach, das machen alle Jungs. Sie meinen es nicht so.« Avril drehte sich auf den Rücken, die Finger hoch in die Luft gestreckt. »Bist du dir sicher, dass du nicht auf ihn stehst?«

»Auf ihn stehen? Herrgott, nein! Warum sollte ich ihm sagen, dass er Leine ziehen soll, wenn ich auf ihn stehe?«

»Ich weiß nicht. Manchmal bist du eigenartig, Lyds. Du machst die Leute immer gleich an.«

»Tue ich nicht.«

»Doch. Mit Darren Raymond zum Beispiel. Und mit deiner Mum. Mit der streitest du auch dauernd.«

»Das liegt nicht daran, dass ich es *gern* tue.«

»Ich meine, du weißt schon … was sich neckt, das liebt sich und so.«

»Ich *liebe* Harry Carter nicht.«

»Okay.«

»Tue ich nicht. Ich mag ihn noch nicht einmal rein menschlich.«

»So übel ist er nicht. Eigentlich scheint er ganz okay zu sein.«

Ihre Stimme war betont beiläufig. Lydia drehte sich zu ihr um.

»*Du* stehst doch nicht auf ihn, oder?«

»Er sieht gut aus. Das finden alle.«

»Vielleicht sieht er gut aus, aber eins ist ja wohl klar, Avril, er ist ein Idiot.«

Avril wedelte mit den Händen in der Luft herum, wie zwei Seesterne mit violetten Spitzen. Lydia schnappte sich den Nagellack, bevor Avril ihn umschmeißen konnte.

»Aber er sieht *wahnsinnig* gut aus, Lyds«, gestand Avril. »Diese Grübchen! O mein Gott, am liebsten würde ich sie ablecken.«

»Wirklich?«

»Ich wollte bisher nichts sagen, weil ich dachte, dass du ihn vielleicht magst. Aber wenn du sicher bist, dass du nicht …«

»Ich bin mir wirklich sicher. Aber Avril, du kannst nicht in ihn verliebt sein.«

»Warum nicht? Ich kann mich verlieben, in wen ich will.«

»Aber er ist …« Es fiel Lydia schwer, es in Worte zu fassen. Die Sache war die, dass Avril recht hatte. Harry war keine Spur schlimmer als die meisten anderen Jungen. Das eigentliche Problem an Harry war, dass er nicht Lydia war. »Du hast etwas Besseres verdient.«

»Alle sind in ihn verknallt. Absolut alle. Als ich … als ich dachte, dass er in dich verliebt ist, war ich irgendwie eifersüchtig.«

»Er ist nicht in mich verliebt. Er kennt mich noch nicht einmal.«

»Dann macht es dir nichts aus, wenn ich ihn anrufe?«

Lydia fing an, sich selbst die Nägel zu lackieren, und wandte das Gesicht von Avril ab.

»Ich werde ihn nicht anrufen, wenn es dir etwas ausmacht«, fügte Avril rasch hinzu.

Lydia biss sich auf die Lippe und konzentrierte sich darauf, den Daumennagel anzumalen. »Tut es nicht. Ruf an, wen immer du willst, Av. Aber ich finde wirklich, dass du etwas Besseres verdient hast.«

»Besser als der beliebteste Junge der Schule?«

»Du … du solltest dich für Harry Styles aufsparen. Das mache ich jedenfalls.«

Avril kicherte. »Na ja, gleicher Name. Und ich finde, er sieht genauso gut aus. Ich frage mich, wie er nackt aussieht. Eine Haut wie Schokoladeneis.«

Das Bild, das Harry Lydia geschickt hatte, schwamm vor ihren Augen, sodass sie die Haut neben dem Nagel lackierte. Sie schüttelte den Kopf, um das Bild zu vertreiben, doch das Problem war, wenn man so etwas einmal gesehen hatte, konnte man es nicht ungesehen machen. Man dachte immer daran: Jedes Mal, wenn Harrys Name fiel, dachte man automatisch an Harrys Schwanz. Vielleicht war es das, was Harry beabsichtigt hatte. Aber warum? Warum sollte jemand wollen, dass man so an ihn dachte? Es schien so niveaulos, so primitiv, so weit entfernt von Liebe.

Sie fragte sich, ob sie das Foto hätte behalten sollen, anstatt es zu löschen. Sie hätte es jetzt Avril zeigen können, wie einen Leckerbissen, den nur Lydia mit jemandem teilen konnte, und wäre mit einem erfreuten Kreischen belohnt worden oder, noch besser, mit Abscheu. Es hätte sie zu Komplizinnen machen können.

Doch selbst wenn sie darüber kicherten, lachten und ihn verspotteten, in hämisches Gelächter ausbrachen, sobald sie ihn im Gang erblickten, würde Lydia dennoch wissen, dass Avril für immer jenes Bild im Kopf hatte.

Und wenn es Avril gefiel? Wenn es das war, was Avril wollte?

»Du wirst es nicht glauben …«, setzte sie an, doch dann überlegte sie es sich anders und schloss den Mund. Da das Foto nun weg war, hatte sie Avril davon erzählen wollen, hatte das Erlebnis auf irgendeine Weise teilen wollen, weil zusätzliche Geheimnisse vor ihrer besten Freundin das Letzte waren, was Lydia gebrauchen konnte. Und weil sie immer noch das Kichern, die Komplizenschaft haben konnten, auch ohne in Besitz des bescheuerten Fotos zu sein.

Doch wenn Avril tatsächlich in Harry verliebt war, richtig in ihn verliebt war, dann wäre sie vielleicht eifersüchtig, weil er Lydia ein Foto geschickt hatte. Sie war eifersüchtig gewesen, als sie geglaubt hatte, Harry würde auf sie stehen.

Wahrscheinlich wäre Avril glücklicher, wenn sie nicht davon wusste.

»Was nicht glauben?«

»Wie super ich diese Maniküre vermasselt habe.« Lydia zog sich mit dem Nagellackpinsel eine violette Linie über die ganze Hand und hielt sie hoch, damit Avril darüber lachen konnte.

Es klopfte an der Tür. Zweimal kurz, keine Salve von Kleindkindgeklopfe, also war es Mum. Die Tür ging beinahe sofort auf, und Jo steckte den Kopf herein. »Hallo, Avril, ich wusste nicht, dass du hier bist. Möchtest du zum Abendessen bleiben? Es gibt Lasagne.«

»Ja, gern, Mrs. M, das wäre super.«

»Mum, macht es dir etwas aus zu warten, bis ich dich hereinbitte, bevor du ins Zimmer gestürmt kommst?«

»Oh. Tut mir leid.« Allerdings kapierte ihre Mutter den Fingerzeig nicht. Sie machte die Tür ganz auf, stand im Türrahmen und spielte an einer Haarlocke herum, als versuchte sie absichtlich, wie ein nervöses Schulmädchen auszusehen. »Lernt ihr?«

»Ja«, sagte Lydia, auch wenn jeder Idiot sehen konnte, dass das nicht stimmte.

»Ich muss mit dir über Oma Honor reden.«

Lydia nickte. Sie wusste, was käme: Ihre Mutter würde sie bitten, eine Genesungskarte zu basteln. Als wäre sie ein kleines Kind. »Ich rufe bei ihr an«, sagte sie schnell, bevor ihre Mutter es vorschlagen konnte. »Gestern habe ich es bei ihr versucht, aber sie ist nicht rangegangen, also habe ich ihr gesimst.«

»Weiß Honor überhaupt, wie Simsen geht?«, fragte Mum.

»Sie antwortet nie. Ich bin froh, dass es ihr besser geht«, fügte Lydia hinzu, weil es der Wahrheit entsprach.

»Sie hat eingewilligt, eine Weile bei uns zu wohnen. Ist das nicht großartig? Es wird dir guttun, ein wenig mehr Zeit mit deiner Großmutter zu verbringen. Und Oscar und Iris kennen sie noch nicht richtig.«

»Sie mag keine kleinen Kinder«, sagte Lydia. »Einmal hat sie mir gesagt, dass Dad das einzige Baby war, das sie je gemocht hat. Sie hat gesagt, sie hätte kein Bedürfnis, ihre Zeit mit einem Geschöpf zu verbringen, mit dem man nicht vernünftig reden kann.«

»Na ja, Oscar und Iris wird sie nicht lange widerstehen können. Sie sind einfach ulkig.«

»Die beiden sind wirklich goldig«, stimmte Avril ihr loyal zu.

Mum holte tief Luft. »Es gibt da nur eine Sache. Honor kann keine Treppen steigen. Also wird sie eine Zeit lang in dieses Zimmer ziehen müssen.«

»Aber das Gästezimmer ist winzig! Wo soll ich all mein Zeug hintun? Und ich habe die Prüfungen vor mir, ich brauche einen ruhigen Ort zum Lernen. Dort ist noch nicht einmal Platz für einen Schreibtisch.«

»Tja, ich habe mir überlegt, dass du vielleicht ins Dachgeschoss ziehen könntest. Es ist sowieso an der Zeit, dass wir anfangen, den Raum zu nutzen.«

Im ausgebauten Dachboden hatte Tatiana geschlafen, bis sie mit Richard, dem widerlichen Mistkerl, durchgebrannt war. Seither hatten sie das Zimmer als Rumpelkammer benutzt und sämtlichen Kram von Richard, mit dem sie nichts zu tun haben wollten, nach oben verfrachtet. Der Dachboden war größer als ihr jetziges Zimmer, allerdings ging viel Stellfläche durch die Dachschräge verloren.

»Dort oben hättest du dein eigenes Badezimmer«, fügte Mum hinzu, »und es wäre ruhiger zum Lernen. Wir können vielleicht am Samstag den ganzen Plunder wegwerfen und das Zimmer neu streichen.«

Lydia ließ den Blick durch ihr Zimmer schweifen, das in ihrem Lieblingsviolett gestrichen war. Ihre Poster hingen genau da, wo sie sie haben wollte, all ihr Kram stand genau am richtigen Platz. Das Zimmer war das einzig Gute an ihrem Umzug in dieses Haus gewesen. Abgesehen von Avril natürlich. Die Verandatür in den Garten, die sie an warmen Tagen öffnete, um frische Luft hereinzulassen. Nachts hörte sie im Garten Igel schnüffeln. Ein paarmal hatte sie das Bellen eines Fuchses vernommen. Wenn sie nicht schlafen konnte, schlüpfte sie aus dem Haus und betrachtete die Sterne. Das weit entfernte Funkeln ließ sie kurzzeitig denken, dass ihre eigenen Probleme eigentlich doch nicht so groß waren.

»Ich hätte wahnsinnig gern so ein Zimmer«, sagte Avril. »Oben im Haus versteckt. Das ist so romantisch.« Ihre Augen waren wehmütig.

»Na schön«, sagte Lydia mit genug Resignation in der Stimme, um ihrer Mutter zu signalisieren, wie viel man ihr abverlangte. Dass Lydia wieder einmal diejenige war, auf der die von ihrer Mutter beschlossenen Veränderungen lasteten.

»Wunderbar!« Mum strahlte. »Ich glaube, das Zimmer hier wird für Honor ideal sein. Sie kann alles erreichen und muss keine Treppen steigen … Wie dem auch sei, das Abendessen ist in ein paar Minuten fertig, Mädels. Ich rufe euch, wenn es auf dem Tisch steht.« Sie wandte sich zum Gehen, hielt noch einmal inne. »Weißt du, was nett wäre, Lyddie? Wenn du Oma Honor eine hübsche Genesungskarte basteln würdest. Natürlich erst, wenn ihr fertig damit seid, für eure Maniküreprüfung zu lernen.«

Sobald ihre Mutter gegangen war, ließ Avril sich der

Länge nach auf das Bett plumpsen. »Das andere Zimmer ist riesig! In welcher Farbe wirst du es streichen?«

»Ich weiß nicht. Und hast du dir überlegt, dass in dem Zimmer Richard mit Tatiana gevögelt hat?«

»Igitt.«

»Genau.«

»Deine arme Mum. Das hatte sie nicht verdient.« Avril seufzte.

»Ehrlich, ich habe keine Ahnung, warum Mum so scharf darauf ist, dass meine Großmutter bei uns einzieht. Sie hassen sich.«

»Ich kann mir nicht vorstellen, dass deine Mum irgendjemanden hasst.«

»Es ist nicht Hass. Eher so eine Spannung zwischen ihnen. Mum ist jedes Mal ganz aufgedreht, wenn sie da ist, steht total unter Druck. Und Oma Honor sieht von oben auf sie herab. Es ist echt unangenehm. Und sie ist so etwas wie meine einzige lebende Verwandte, abgesehen von Mum. Also hat Mum das Gefühl, dass wir Zeit miteinander verbringen müssen. Es ist leichter, wenn ich einfach nach London fahre, um Oma Honor zu besuchen. Dann müssen wir nicht viel reden.«

»Willst du ein Geheimnis erfahren?«

Lydia kletterte auch aufs Bett und legte sich hin, sodass sie Seite an Seite waren. Die Beine parallel, Köpfe dicht beieinander, ihre Schultern berührten sich, und sie hatten die Hände auf die gleiche Art gefaltet. Avril war warm, und ihre Haare rochen nach Grapefruit-Shampoo.

»Was denn?«, fragte Lydia.

»Manchmal wünsche ich mir, deine Mum wäre meine Mum. Wäre das nicht klasse? Dann könnten wir Schwestern sein, richtige Schwestern.«

Ihre Stimme klang traurig. Avril sprach fast nie über ihr Leben zu Hause, aber Lydia wusste natürlich Bescheid. Sie war oft genug dort gewesen, wenn die Schlafzimmertür geschlossen war und sie durchs Haus schleichen mussten, um so wenig Lärm wie möglich zu verursachen. Sie umarmte Avril.

»Ich wünsche mir das auch«, log sie.

KAPITEL 10

# Jo

»Wo ist Daddy?« Oscar sprang in die Höhe, um besser aus dem Fenster sehen zu können.

»Er sollte jeden Moment hier sein, mein Schatz.« Jo verlagerte Iris auf ihrem Schoß und richtete eine Spange in ihren dicken dunklen Locken. »Er kann es ganz bestimmt nicht erwarten, euch zu sehen.«

»Er kommt wieder zu spät?« Lydia erschien im Türrahmen, in einer Skinny Jeans und einem eng anliegenden T-Shirt, die Haare kunstvoll zerzaust und die Augen mit zu viel Schwarz umrandet. »Ziemlich erbärmlich, wenn du mich fragst.«

»Er ist ihr Vater«, ermahnte Jo sie. Sie hörte die Schärfe in ihrer eigenen Stimme und wählte einen sanfteren Tonfall. »Wohin gehst du?«

»Weg.«

»Ich dachte, dass du mir vielleicht beim Streichen helfen willst?«

»O *Mum*! Ich dachte, du streichst Oma Honors Zimmer, und ich streiche meins?«

»Ja, schon, aber ich könnte Hilfe gebrauchen. Oder du könntest oben streichen, und ich könnte unten streichen, und wir könnten uns zum Mittagessen treffen. Es wäre wie eine Renovierungsparty.«

»Party!«, rief Iris und klatschte in die Hände.

»Ich bin mit Avril verabredet.«

»Avril könnte mithelfen.«

Lydia schenkte Jo einen Blick, der ganz klar besagte: *Bist du verrückt geworden?* Jo fragte sich, wo Teenager diese Dinge lernten.

»Ich bin am Lernen, schon vergessen? Ich werde es morgen machen.«

»Morgen holen wir Oma Honor schon ab.«

»Dann mache ich es heute Abend.«

»Vergiss nicht, mir eine SMS zu schreiben.«

»Ja, ja.« Lydia ging auf die Haustür zu. »Ich komme später wieder.«

»Möchtest du Richard nicht begrüßen?«

»Wozu?« Sie schlug die Tür hinter sich zu.

Reizend. Allerdings musste Jo zugeben, dass Lydia nicht ganz unrecht hatte. Obwohl Jo glaubte, dass sich Richard alle Mühe gegeben hatte, nett zu Lydia zu sein, war bei den beiden nie der Funke übergesprungen. Es war Thema vieler Diskussionen zwischen Jo und Richard gewesen, als sie noch verheiratet gewesen waren. Jo hatte gesagt, es läge vielleicht daran, dass Lydia mit ihren elf Jahren, als Jo und Richard geheiratet hatten, zu alt gewesen sei, um eine neue Vaterfigur in ihrem Leben zu akzeptieren. Richard hatte dann jedes Mal verächtlich geschnaubt. »Unsinn«, hatte er gesagt. »Sie vergleicht mich einfach mit ihrem Vater, und ich kann ihm nicht das Wasser reichen.«

Jo hatte es immer abgestritten. Doch bei dieser einen Sache, unter all den Dingen, die Jo und Richard während ihrer Ehe diskutiert hatten, hatte Richard recht gehabt. Jo hatte es gewusst, noch während sie es leugnete. Richard konnte Stephen nicht das Wasser reichen.

Vielleicht hatte sie Richard sogar deshalb geheiratet.

*Wahrscheinlich* hatte sie ihn deshalb geheiratet. Es war einfacher, etwas zu akzeptieren, das ihr weniger bedeutete.

»Daddy!«, rief Oscar, und Iris schnellte von Jos Schoß, um zu Oscar ans Fenster zu laufen. Jo erblickte Richards Jaguar, der in der Einfahrt hinter ihrem eigenen Range Rover parkte. Zwei Leute stiegen aus.

Ihr wurde flau im Magen, aber sie sagte fröhlich: »Da ist er! Schau, Iris, es ist Daddys Auto. Er ist hergekommen, um euch übers Wochenende mitzunehmen.«

»Daddy!«, schrie Oscar erneut und flitzte zur Haustür, gefolgt von Jo mit Iris auf dem Arm. Oscar war gerade groß genug, um den Türknauf zu erreichen. Er öffnete die Tür, bevor Richard klopfen konnte.

Sein Vater stand direkt vor der Haustür. Er trug das weiße Hemd offen, weil es gut zu seinem sonnengebräunten Teint passte. Seine schwarzen Haare waren lässig gestylt. Er sah keinen Tag älter aus als damals, als er in das Maklerbüro spaziert war, in dem sie am Empfang gearbeitet hatte. Er war schnurstracks auf sie zugegangen, hatte ihr seine Vorstellungen von dem Grundstück genannt, das er suchte, und sie dann zum Abendessen eingeladen.

»Hey, Oscar!«, sagte er und streckte seinem Sohn die Arme entgegen. Seine teure Armbanduhr glitzerte in der Sonne. Oscar rannte zu ihm und wurde hochgehoben.

Iris barg das Gesicht an Jos Hals.

»Hallo, Richard«, sagte Jo. »Hallo, Tatiana.«

Richards Freundin – die Person, die Jo nach Iris' Geburt eingestellt hatte, auf Richards Drängen hin – stand ein Stück hinter Richard und besaß den Anstand, verlegen auszusehen. Sie war groß und gertenschlank, mit langen, glatten dunklen Haaren und der lässigen Körperhaltung der Jugend. Ihr Gesicht war genauso sonnengebräunt wie

Richards. Sie trug ein mühelos elegantes Outfit, bestehend aus weißer Leinenhose und schwarzem ärmellosem Top. »Hi, Jo«, sagte sie mit ihrem russischen Akzent, ganz Fellmütze und Sexappeal.

Richard küsste seinen Sohn und streckte die andere Hand nach seiner Tochter aus, doch Iris wich vor ihm zurück. »Süße, ich bin's, Daddy.«

»Sie ist heute ein bisschen schüchtern«, sagte Jo mit einem Lächeln. Sie sagte nicht: *Sie erinnert sich kaum an dich.* Sie sagte nicht: *Du bist letzte Woche nicht hier gewesen, um die beiden zu besuchen, obwohl du gesagt hast, dass du kommen würdest.* Sie sagte nicht: *Du bist mit Tatiana davongelaufen, bevor Iris Gelegenheit hatte, dich richtig kennenzulernen, und tief in meinem Innern bin ich froh, dass sie dir gegenüber fremdelt.*

»Es ist Daddy, mein Schatz«, flüsterte sie Iris stattdessen zu. »Er wird etwas Schönes mit euch unternehmen.«

»Ich will aber nicht«, sagte Iris an ihrem Hals.

»Wir werden in Daddys Auto fahren!«, jauchzte Oscar, der seinen Daddy nicht vergessen hatte. Der ein Foto von Daddy neben dem Bett hatte und an den meisten Abenden vor dem Einschlafen von seinem Daddy redete, und dessen Fragerei, warum Daddy heute nicht gekommen sei, Jo gelegentlich dazu zwang, ihm etwas von Daddys wichtiger Arbeit vorzulügen, die ihn fortrief und daran hinderte, zu ihnen zu kommen.

»Es ist so ein sonniger Tag, da haben wir uns gedacht, wir fahren ans Meer«, sagte Richard, und Oscar zappelte herum und jauchzte erneut.

»Ans Meer?«, fragte Jo. »Das ist natürlich wunderbar, aber ich habe nichts eingepackt …«

»Keine Sorge, bloß nach Bournemouth. Wir kaufen Sonnencreme und all die anderen Sachen unterwegs. Und

Eis«, fügte Richard hinzu, und Oscar hüpfte in seinen Armen auf und ab.

»Schokoladeneis!«, brüllte er.

»Jede Sorte, die du willst, mein Junge.«

»Hast du das gehört?«, sagte Jo zu Iris, die heiß in die Kuhle an ihrem Schlüsselbein atmete. »Eis!«

»Und Fish und Chips zum Abendessen«, sagte Richard. »Was meinst du, Iris? Willst du mitkommen?«

»Nein.« Iris' Stimme wurde von Jos Haaren gedämpft. Sie klammerte sich noch fester. »Mummy.«

»Oh, Schätzchen«, murmelte Jo und wiegte den kleinen Körper. »Es ist dein Daddy. Er möchte mit dir etwas unternehmen. Sonntagnachmittag bringt er euch wieder zurück.«

»Nein.«

»Das ist im Moment ihr Lieblingswort«, erklärte Jo Richard. »Sie meint es nicht so.«

»Iris? Willst du mit mir mitkommen, mein Schätzchen?« Tatiana streckte die Arme aus.

»Nein«, sagte Iris, aber sie hob den Kopf und sah Tatiana an. Dann ließ sie Jos Hals los und streckte die Hände nach Tatiana aus. Jo überließ sie ihr. Sie spürte immer noch einen Nachklang des warmen kleinen Körpers.

»Was sind also deine Pläne für dein herrliches freies Wochenende?«, fragte Richard. »Mit ein paar Lebedamen zum Lunch?«

»Ich kenne keine Lebedamen.«

»Latte-Macchiato-Mamas dann eben. Na ja, du bist sowieso nicht dementsprechend angezogen.« Er nickte in Richtung ihrer alten Jeans, des abgetragenen T-Shirts und der Turnschuhe. »Gartenarbeit?«

»Ich streiche Lyddies Zimmer. Honor wird eine Weile bei uns einziehen.«

»Was, die alte Schachtel?«

»Alte Schachtel!«, wiederholte Oscar mit einem Kichern.

»Sie hat sich die Hüfte gebrochen und braucht ein Schlafzimmer im Erdgeschoss, bis sie wieder auf den Beinen ist.«

»Besser du als ich. Hör mal, Jo, wir haben dir was zu sagen. Ein Termin zum Vormerken.«

»Ans Meer!«, befahl Oscar.

»Einen Moment, Freundchen, ich muss mit deiner Mutter reden.« Doch er zögerte und spielte mit dem Klettverschluss an Oscars Schuh. Auf, zu, auf.

»Ein Termin?« Jo versuchte, die Ungeduld in ihrer Stimme zu verbergen. »Fährst du wieder in den Urlaub?« Wieder einmal ein oder zwei Wochen, in denen Richard seine Kinder nicht sehen konnte.

»Ja, schon. Letzten Endes.« Klettverschluss auf, Klettverschluss zu. »Zwei Wochen auf den Kaimaninseln.« Klettverschluss auf. Allmählich löste er sich von dem Schuh. »Aber davor werden wir heiraten.«

Jo starrte Oscars Schuh an, hatte das Gefühl abzustürzen.

»Vierundzwanzigste«, sagte Tatiana. »Es ist ein Sonntag.«

Jo sammelte sich und lächelte zu Richard und Tatiana hoch. Jetzt fiel ihr der Ring an Tatianas linker Hand auf, deutlich sichtbar, während sie Jos Tochter hielt. Selbstverständlich war es ein großer, glitzernder Diamant. Größer als der Stein, den sich Jo für ihren eigenen Ring ausgesucht hatte, anlässlich ihrer Verlobung mit Richard.

»Herzlichen Glückwunsch«, sagte sie. »Toller Ring. Wirklich hübsch.«

»Richard hat mir an meinem Geburtstag in Nizza ein Heiratsantrag gemacht«, sagte Tatiana.

Richard hatte auch Jo im April einen Heiratsantrag gemacht, allerdings in Paris.

»Tja, dann noch nachträglich alles Gute zum Geburtstag«, sagte Jo. »Das sind tolle Neuigkeiten, ich freue mich so für euch. Brauche ich einen Hut?«

Richard besaß genug Anstand, um betreten dreinzublicken. »Du bist natürlich eingeladen, Jo. Es ist alles einvernehmlich, nicht wahr? Aber wir wollten dir gleich Bescheid geben, weil Tatiana gern Oscar als Ringträger und Iris als Blumenmädchen hätte.«

»Meine Mutter näht die Kleider«, sagte Tatiana. »Sie macht eins in rosa mit silbernem Glitzer für Iris. Wie eine Prinzessin.«

»Wie schön«, sagte Jo. »Tja, natürlich werden sie sich riesig freuen. Ich notiere es im Kalender.«

»Du musst nicht kommen, wenn du nicht willst«, sagte Richard. »Mum kümmert sich gern um die Kinder.«

»Ich überlege es mir.« Jo griff nach der Wickel- und der Reisetasche, die sie gepackt und neben der Tür abgestellt hatte, und reichte sie Richard, der sie mit einem gespielten Zusammenzucken entgegennahm.

»Uff! Was ist denn da drin, Goldbarren?«

»Hauptsächlich Feuchttücher und Windeln.« Selbst wenn Richard ihres Wissens nach noch nie im Leben auch nur eine einzige Windel gewechselt hatte. Selbstverständlich hatte Tatiana reichlich Erfahrung darin.

Schon bald würden sie ihre eigenen Kinder bekommen, und was wäre dann mit Oscar und Iris?

»Wir bringen sie morgen Mittag zurück«, sagte Richard. Er beugte sich vor, um ihr einen Kuss auf die Wange zu geben, und Jo wurde von seinem Aftershave eingehüllt. Er hatte es nicht gewechselt. Es war immer noch das gleiche mit Sandelholz und Limette, das er benutzt hatte, als er sich zum ersten Mal mit ihr verabredet hatte. Das gleiche, das sie ihm jedes Mal zu Weihnachten gekauft hatte. Auch das war jetzt Tatianas Aufgabe.

Jo küsste Oscar und Iris. »Benehmt euch gut bei Daddy und Tatiana. Viel Spaß.«

»Nein!«, sagte Iris.

Tatiana lachte. »Der kleine Spatz wird immer süßer.« Richard machte sich mit Oscar auf den Weg zum Auto, aber Tatiana hielt inne. »Danke, Jo. Du benimmst dich sehr rücksichtsvoll.«

»Ach, ich will nur, dass alle glücklich sind.«

»Du bist tolle Frau.«

Jo zuckte mit den Schultern. Ihr Lächeln war zur Maske erstarrt.

»Und du solltest auf unsere Hochzeit kommen. Meine Mutter macht auch siebzehn verschiedene Kuchen.«

»Siebzehn! Unglaublich.« Jo gab Iris einen Extrakuss auf die runde Wange und atmete noch einmal den Babygeruch ein, damit sie bis morgen davon zehren konnte.

Sie stand da und winkte dem davonfahrenden Auto hinterher, aber soweit sie es sehen konnte, hatten es weder Oscar noch Iris bemerkt. Dann gestattete sie sich, die Schultern hängen zu lassen, und kehrte ins Haus zurück.

Der Spiegel in der Diele verriet ihr, was sie längst wusste. Ihr Haar war nach hinten geklatscht, ihr Gesicht ohne Make-up schrecklich blass. Am Kinn kam ein Pickel durch. Ihr T-Shirt kaschierte nicht ganz die Problemzone um ihre Taille und die Flachheit ihrer Brüste nach der Stillzeit. Die Jeans warf am Po unschöne Falten.

Überraschte es sie tatsächlich, dass sich Richard von der jungen, geschmeidigen Schönheit, die bei ihnen unter dem Dach gewohnt hatte, angezogen gefühlt hatte?

»Warte nur ab, bis sie Kinder hat«, sagte Jo zu ihrem

Spiegelbild, aber sie mochte ihre Miene bei diesen Worten nicht. Und wer wusste außerdem schon, ob es überhaupt stimmte? Tatiana könnte zu den Frauen gehören, die ihre Figur auch nach der Schwangerschaft behielten. Vielleicht würde Richard mehr Zeit zu Hause bei Tatiana und ihren Kindern verbringen. Vielleicht würden sie die ideale Familie abgeben, eine, die Richard mit Jo nie zustande gebracht hatte.

Oder vielleicht hatte es nicht das Geringste mit natürlicher Schönheit zu tun. Vielleicht ging es nur darum, dass man sich Mühe gab.

Jo schnaubte verächtlich und ging in ihr Zimmer. Eine Viertelstunde später hatte sie ein Oberteil an, das ein kleines Loch am Saum hatte, das aber gut saß. Außerdem trug sie Grundierung, Puder, Rouge, Eyeliner, Lidschatten, Wimperntusche und Lipgloss, und auch wenn sie sich nicht die Zeit genommen hatte, die Haare zu waschen, hatte sie sie wenigstens gebürstet und ordentlich zu einem Dutt oben auf dem Kopf zusammengebunden. Sie sah besser aus, auch wenn niemand sie sehen würde. Warum sollte sie das Zimmer ihrer Schwiegermutter nicht perfekt geschminkt streichen? Wenn sie es wollte, bloß um sich gut zu fühlen?

Weil sie sich albern vorkam. Aber doch nicht albern genug, um es abzuwaschen.

Sie ließ die Musik so laut spielen, dass sie von den Wänden widerhallte, während sie Honors Zimmer in einem blassen Blau strich. Die Farbe eines verwaschenen Himmels. Sie war frisch und schön, viel hübscher als das düstere Violett, in dem Lydia ihre Wände gestrichen hatte, als sie eingezogen waren.

Jo strich für ihr Leben gern. Sie erinnerte sich noch, wie

sie jedes einzelne Zimmer in dem winzigen Reihenhaus gestrichen hatte, das Stephen und sie gemietet hatten, als sie nach Brickham gezogen waren, damit er seine Dozentenstelle antreten konnte. Jedes Zimmer in einer anderen Farbe. Ihr Lieblingszimmer war das Schlafzimmer gewesen, ein weiches Moosgrün, das ihr das behagliche Gefühl gab, ein Vogel im Nest zu sein.

Und sie hatte auch Wände gestrichen, als ihre Mutter gestorben war – in dem Haus, in dem sie in Cambridge aufgewachsen war. Sie hatte die Raufasertapete mithilfe von Seifenlauge weggeschrubbt, und sie hatte alles in frischem, reinem Weiß gestrichen, um die Erinnerung an die schweren Atemzüge ihrer Mutter zu vertreiben, die Realität, dass sie nicht mehr da war und nicht mehr Jos Hand umklammern konnte.

Es hatte ein Neuanfang sein sollen. Soweit es in diesem Leben so etwas wie einen Neuanfang geben konnte.

Jo beendete die erste Schicht und betrachtete ihr Werk. Das Violett ergab sich nicht kampflos, sie würde mindestens noch eine Schicht auftragen müssen. Dennoch war das Zimmer schon viel heller als vorher. Wenn es erst einmal fertig war, würde Honor ein hübsches, heiteres Zimmer vorfinden.

Während sie darauf wartete, dass die Farbe trocknete, machte sie sich eine Tasse Tee und ein Sandwich. Die Farbspritzer wusch sie sich erst gar nicht von den Händen. Sie würden gleich sowieso wieder schmutzig werden. Sie nahm ihr Mittagessen mit nach draußen in den Garten hinter dem Haus, wo immer noch eine Sonnenliege vom vergangenen Sommer herumstand. An schönen Tagen nahm Oscar gern seine Teddys mit hinaus und tat so, als würde er sie zu Bett bringen.

Es war ein wunderschöner Frühlingstag – wirklich ein idealer Tag, um ans Meer zu fahren. Sie hoffte nur, dass Richard daran denken würde, Sonnenmilch zu kaufen und die Kinder damit einzuschmieren. Da alle Kinder fort waren, war Jo froh, ein Projekt zu haben, das sie ablenkte. Der Frühling war die Jahreszeit, die sie am wenigsten mochte. Schon jetzt, im April, spürte sie, was später käme: der Besuch bei Adam im Mai, den sie vor Lydia geheim halten müsste – und dieses Jahr auch vor Honor. Stephens Todestag im Juni. Die schlaflosen Nächte.

Früher hatte sie den Frühling geliebt. Hatte es geliebt, wie die Welt um sie herum wieder zum Leben erwachte. Doch jetzt empfand sie selbst die fröhlichen Blumen und neuen Blätter als unheilvoll. Man könnte meinen, sie hätte nach zehn Jahren gelernt, den Frühling wieder zu lieben. Die Zeit verfügte angeblich über heilende Kräfte, und es war schon viel Zeit vergangen. Sie sollte versuchen, den Frühling wieder zu lieben.

Jo aß ihr Sandwich und legte sich zurück, hielt die Tasse Tee auf dem Bauch und ließ sich das Gesicht und die Arme vom Sonnenschein wärmen, zwang sich dazu, sich zu entspannen. Der Rasen musste gemäht werden und die Beete gejätet, und überall lag Spielzeug herum und wartete darauf, weggeräumt zu werden, aber das war nicht Jos Aufgabe, nicht heute. Heute war sie am Streichen, und zwar nur am Streichen. Es kam so selten vor, dass sie die Zeit hatte, nur eine Sache zu tun, dass es sich wie ein unglaublicher Luxus anfühlte.

Es kam sogar noch seltener vor, dass sie mitten am Tag fünf Minuten hatte, in denen sie ruhig dasitzen konnte, nichts tun, für sich allein sein. Den Vögeln in den Bäumen zuhören, der Brise lauschen, die die Blätter zum Rascheln brachte. Dem entfernten Verkehrslärm, einem Flugzeug irgendwo weit über ihr, das irgendwohin flog, wohin auch immer.

Sie schloss die Augen und zwang sich, den Frühling wieder zu lieben. Frisches Gras, frische Blätter, die zwitschernden Vögel. Der Duft nach Grün und feuchter Erde. All das Leben, das sich um sie her regte. Ein Neuanfang, wie ein weiß gestrichenes Zimmer.

Doch konnte das Streichen eines Zimmers alles auslöschen, was darin geschehen war?

Eine Träne lief ihr über die Wange.

»Schöner Tag, was?«

Jo setzte sich so rasch auf, dass ihr der Tee aufs T-Shirt schwappte. Der Mann, der gesprochen hatte, befand sich auf der anderen Seite der Hecke, nur etwa einen Meter entfernt. Er lehnte auf etwas, vielleicht einem Rechen, und die Sonne befand sich hinter seinem Kopf, verfing sich in seinen braunen Locken. Sie brauchte eine Sekunde, um in ihm den Mann wiederzuerkennen, den Sara und sie vergangene Woche durchs Fenster angegafft hatten.

»Tut mir leid«, sagte er sofort. »Ich wollte Sie nicht erschrecken. Haben Sie sich verbrüht?«

»O nein, alles bestens, danke.« Jo wischte sich über die Wange und dann über das Oberteil. »Der Tee ist längst kalt«, fügte sie hinzu.

»Aber Ihr Shirt hat was abgekriegt. Tut mir leid, meine Schuld.« Er grinste sie an, eine Seite seines Munds höher gezogen als die andere, und in seinen Wangen waren Lachfältchen – eigentlich eher Grübchen, denn für Falten war er zu jung. Er hatte leichte Bartstoppeln im Gesicht, und irgendwie ließ ihn das sogar noch jünger wirken.

»Wenn Sie mir sagen, wo sie es gekauft haben, kaufe ich

Ihnen gern ein neues«, sagte er. »Oder ich kann es für Sie reinigen lassen.«

»Nein, nein, auf keinen Fall. Es ist ein uraltes Teil. Ich habe es nur angezogen, weil ich gerade streiche.« Zum Beweis hielt sie die mit Farbe bespritzten Hände hoch.

»Hübsche Farbe.« Er streckte die Hand über die Hecke hinweg aus, und Jo stand eilig auf, um ihm die Hand zu schütteln. Seine Handfläche war warm. »Ich heiße Marcus. Neuer Nachbar, der nicht widerstehen kann, über Hecken zu spähen.«

»Ich heiße Jo. Und das ist in Ordnung, völlig in Ordnung. Schön, Ihre Bekanntschaft zu machen.«

»Gleichfalls.«

Sie schwiegen eine Weile. Der junge Mann sah Jo nur an und lächelte, und Jos Puls hämmerte. Hatte er sie weinen gesehen? Hatte er sie vor ein paar Tagen gesehen, als sie ihn durchs Küchenfenster beobachtet hatte?

Sein Lächeln war offen und freundlich. Seine Augen waren graublau. Er hatte von der Sonne ein paar Sommersprossen auf der Nase.

»Tja«, sagte er. Er räusperte sich. »Dann werde ich wohl mal …«

»Wann sind Sie eingezogen?«, fragte Jo lauter als beabsichtigt. Sie errötete.

Doch er schien es nicht zu bemerken. Er steckte die Hände in die Gesäßtaschen seiner ausgeblichenen Jeans. »Vor einem Monat? Nein, vor drei Wochen. Ich habe noch nie zuvor in einem neuen Haus gewoht und habe ein bisschen das Gefühl, als müsste ich wer weiß wie vorsichtig mit allem sein, verstehen Sie?«

»Ich weiß. Mir ging es genauso, als wir hier eingezogen sind. Sind Sie … sind Sie von weit hergezogen?«

»Bloß vom anderen Ende der Stadt. Ich habe eine neue Stelle, und das hier liegt näher. Und es ist definitiv eine nettere Gegend. Wohnen Sie schon lange hier?«

»Drei Jahre, fast vier.«

»Mal im Ernst, wie lange dauert es, bis man kein schlechtes Gewissen mehr hat, wenn man Flecken auf den Fußleisten hinterlässt?«

»Das kommt darauf an, ob man Kinder hat oder nicht.«

»Aha. Das leuchtet ein.« Er nickte in Richtung des Durcheinanders aus Spielzeug in Jos Garten. »Helfen Ihre beim Streichen?«

»Sie verbringen das Wochenende mit ihrem Vater.«

»Seliger Frieden und Ruhe. Und ich habe die Ruhe gestört.«

»Es ist mir ein Vergnügen. Ich meine, ich wüsste sowieso nicht, was ich mit Frieden und Ruhe anfangen soll. Man hat zu viel Zeit, um nachzudenken.«

»Mir ist es auch ein Vergnügen«, sagte er leise, und für den Bruchteil einer Sekunde gestattete sich Jo zu fantasieren, dass dieser wunderbare junge Mann tatsächlich meinte, was er sagte, dass er tatsächlich mit ihr als einer attraktiven Frau redete, nicht der gehetzten, farbverschmierten Nachbarin, die ihre Seite der Hecke wirklich besser in Schuss halten sollte.

»Na ja«, sagte sie. »Ich kann jetzt wohl die zweite Schicht auftragen.«

»Viel Spaß beim Streichen. War nett, Sie kennenzulernen, Jo.«

»Gleichfalls.« Sie griff nach ihrer Tasse neben der Sonnenliege und ging zurück zum Haus. Es war lächerlich, aber sie hätte schwören können, dass er ihr nachsah. Sie spürte ein warmes Kribbeln im Nacken.

»Jo?«

Sie drehte sich um. Er sah ihr *tatsächlich* nach.

»Wenn Sie … wenn Sie wirklich nicht wollen, dass ich Ihr ruiniertes Oberteil ersetze, vielleicht kann ich dann Ihre Tasse Tee ersetzen? Irgendwann einmal?«

»Ähm.« Was war das denn? »Ja, natürlich. Ich meine, ja! Das wäre klasse. Danke.«

»Dann bis demnächst.« Er bückte sich, um etwas aufzuheben, und eine Minute später hörte Jo das Geräusch einer Heckenschere. Sie eilte ins Haus.

In der Edelstahltür des Kühlschranks warf sie einen Blick auf ihr Spiegelbild. Ihre Haare hatten sich strähnenweise gelöst, ihre Augen glänzten, und ihre Wangen waren gerötet. Kurzzeitig glaubte sie, eine viel jüngere Frau zu erblicken. Eine Frau, die sie früher einmal gewesen war.

KAPITEL 11

# Lydia

*Wo ist Daddy?*

Es war Oscars Stimme, die sie gehört hatte, als sie aus ihrem Zimmer kam, Oscars leises Flehen, doch einen Moment lang hatte sie es für ihre eigene gehalten. Hoch und unschuldig, mit einem kindlichen Lispeln, als sie das Gleiche gefragt hatte.

*Wo ist Daddy?*

*Daddy ist gestorben, mein Schatz. Er ist gestorben.*

Lydia rannte. Wenn sie allein unterwegs war, rannte sie stets mehr, als dass sie ging. Sie war gern schnell. Und außerdem hatte Avrils SMS dringend geklungen ... besorgt.

Und Mum hatte enttäuscht geklungen, als Lydia nicht geblieben war, um mit ihr eine Renovierungsparty zu veranstalten. Als versuchte sie, Lydia ein schlechtes Gewissen zu machen, weil sie ihr eigenes Leben leben wollte. Und Lydia hatte tatsächlich ein schlechtes Gewissen, ein klein wenig. Weil es stimmte, dass Mum und sie kaum noch Zeit zusammen hatten. Aber warum musste es immer unter Mums Bedingungen sein, immer etwas, das Mum mit ihr machen wollte?

Wie dem auch sei, Mum machte das Streichen ja Spaß. Fünf Minuten nachdem Richard die Kinder abgeholt hatte (falls der Idiot es denn endlich geschafft hatte), würde sie mit dem Radio mitsummen – auf ihre Art, immer ein wenig hinter dem Song her –, würde sämtliche Fenster aufreißen und mit einem breiten Grinsen im Gesicht herumwirbeln, weil es ein schöner Tag war.

Solche Sachen machte ihre Mutter. Sie bastelte Gänseblümchenketten und tanzte in Parks. Sie hielt es für einen Akt der Verwegenheit, einen extra Cupcake zu essen. Früher fand Lydia all das richtig toll. Oscar und Iris taten es immer noch, und das war auch gut so, überlegte sie.

Was in Mums Weltsicht keinen Platz hatte, war, dass man sechzehn war und lesbisch und in die beste Freundin verliebt. Selbst wenn es ganz schlimm kam, war Mum fröhlich. Sie lächelte, versuchte, sich zufriedenzugeben mit dem, was sie hatte. Sie sagte, man müsse immer das Positive sehen – obwohl doch klar war, dass alles viel besser gewesen wäre, wenn Dad nicht gestorben wäre und wenn Mum Richard nicht geheiratet hätte.

Avril wohnte fast eine Meile weit weg, in einer Wohnsiedlung mit Mehrfamilienhäusern, die vor zehn Jahren zu dicht gedrängt um einen Innenhof mit Parkplatz gebaut worden waren und inzwischen ziemlich heruntergekommen aussahen. Es war eine andere Welt im Vergleich zu Lydias Viertel mit seinen weiten Rasenflächen und hohen Zäunen. Hier war der Rasen mit Löwenzahn durchsetzt, und eine herrenlose Mülltonne lag umgekippt auf der Straße. Lydia machte einen Bogen um den verschütteten Abfall, der aussah, als hätten sich Füchse und Hunde darüber hergemacht, und ging über den Parkplatz auf Avrils Wohnblock zu.

Avril saß auf der Stufe vor der Haustür. Ihr Kinn ruhte auf den Knien ihrer angezogenen Beine, die sie mit den Armen umschlungen hielt. Sie wirkte einsam und hilflos, und Lydias Herz schlug bei ihrem Anblick heftig.

»Was ist los?« Sie war außer Atem.

»Ich brauche dich. Ich ...« Avril schluckte. Ihre Stimme war heiser, und sie trug das T-Shirt, in dem sie gewöhnlich schlief. »Ich kann sie nicht allein hochheben.«

Lydias machte große Augen. Avril stand auf, die Arme jetzt um ihre Brust geschlungen. Sie gingen hinein und die Treppe hoch zu der Wohnung, in der Avril und ihre Mum lebten. Ihre Schritte hallten von den Wänden wider.

In der Wohnung war es dunkel, und es roch säuerlich. Auf dem Boden der schmalen Diele, die in die Wohnung führte, lagen Schuhe verstreut herum. Die Vorhänge im Wohnzimmer dahinter waren alle zugezogen, aber durch die offene Badezimmertür drang Sonnenschein, und Lydia konnte etwas auf dem Badezimmerboden sehen, etwas, das durch den Türrahmen des Badezimmers ragte.

»Ich habe sie heute Morgen gefunden«, flüsterte Avril. »Ich weiß nicht, wie lang sie schon da liegt. Sie war nicht zu Hause, als ich gestern Abend ins Bett gegangen bin.«

Avril blieb in der Nähe der geschlossenen Wohnungstür stehen, immer noch die Arme um sich geschlungen. Lydia trat vor und sah beim Näherkommen, dass das Etwas auf dem Boden Beine waren. Ihr wurde mulmig zumute.

Als sie durch die Badezimmertür blickte, sah sie Arvils Mum auf dem Kachelboden liegen. Sie lag auf der Seite, mit offenem Mund, das Gesicht grau. Eine rosafarbene Plüschdecke war über sie gebreitet und unter ihr festgesteckt. Von ihrem Mund hing ein Spuckefaden und bildete eine kleine Lache auf dem Boden in der Nähe der Toilette.

»O mein Gott.« Lydia wich einen Schritt zurück. »Av, ist sie ...«

In diesem Moment atmete Mrs. Toller zittrig ein und stieß die Luft mit einem Stöhnen wieder aus.

»Sie hat das Bewusstsein verloren«, sagte Avril über

Lydias Schulter. »Ich habe sie zugedeckt, damit sie nicht friert. Aber ich kann sie nicht da liegen lassen, und ich kann sie nicht allein hochheben.«

»Hast du versucht, sie zu wecken?«

»Natürlich habe ich das! Als ich sie gefunden habe, hatte sie sich gerade übergeben. Ich habe sie gesäubert und auf die Seite gerollt. Stabile Seitenlage, du weißt schon. Und ich habe die ganze Zeit laut mit ihr geredet, damit sie bei Bewusstsein bleibt.«

Avrils Stimme war schrill und hysterisch. Lydia griff nach hinten und nahm sie bei der Hand. Sie war kalt.

»Ich … ich brauche deine Hilfe, um sie hochzuheben und ins Bett zu bringen.«

»Okay. Natürlich. Aber meinst du nicht, wir sollten den Rettungsdienst holen?«

»Nein. Nein, keinen Krankenwagen. Die Nachbarn würden es alle sehen. Ich habe das einmal gemacht, und sie …« Avril verzog das Gesicht, als versuchte sie, nicht zu weinen. »Nein, sie hat bloß zu viel getrunken. In ein paar Stunden, wenn sie ihren Rausch ausgeschlafen hat, wird es ihr wieder gut gehen.«

»Aber was, wenn sie sich den Kopf angeschlagen hat, wenn sie sich verletzt hat?«

Oma Honor hatte sich die Hüfte gebrochen, als sie nur ein paar Treppenstufen hinuntergefallen war. Ältere Frauen hatten zerbrechliche Knochen, besonders ältere Frauen, die nicht auf sich achteten wie Mrs. Toller. Sie wirkte spindeldürr unter der Decke. Lydia hatte sie noch nie etwas essen gesehen. An den Abenden, an denen Avril nicht bei Lydia zu Hause aß, machte sie sich oft selbst ein Sandwich oder kaufte sich an der Tankstelle Chips.

»Sie ist bloß … betrunken.« Jetzt war Avrils Stimme

nicht mehr hysterisch. Sie klang eher wütend. »Sie ist ins Pub gegangen und hat zu viel getrunken und ist nach Hause gekommen und hat im Bad das Bewusstsein verloren. Sie hat versprochen, es nicht mehr zu tun, aber sie hat es getan. Hilf mir einfach … sie wegzubringen.«

Lydia nickte. Vorsichtig betrat sie das Badezimmer, indem sie über Mrs. Tollers Beine stieg. »Mrs. Toller?«, rief sie laut. Sie bückte sich und schüttelte die Frau an der Schulter. Mrs. Tollers Augenlider zuckten, blieben jedoch geschlossen, und sie tat wieder einen dieser bebenden Atemzüge und stieß ihn mit einem weiteren Stöhnen aus.

»Ich nehme die Schultern und du die Beine, in Ordnung?«

»Okay.«

Lydia stieß gegen Mrs. Tollers Schulter, damit sie auf dem Rücken zu liegen kam, und sie legte ihr die Hände unter die Achseln. Sie hatte keine Ahnung, was die beste Art war, einen Menschen hochzuheben. Vielleicht war das mal in einem Erste-Hilfe-Kurs besprochen worden, den sie mit Avril besucht hatte, aber sie erinnerte sich nicht mehr daran. Sie erinnerte sich nur noch daran, an einer Plastikpuppe, die nach alten Barbiepuppen roch, die Herz-Lungen-Massage geübt zu haben.

»Bei drei?«, fragte sie in der Hoffnung, sie würden stark genug sein, um Mrs. Toller hochzuheben, in der Hoffnung, sie würden sie nicht auf halbem Weg ins Schlafzimmer fallen lassen. In der Hoffnung, sie würde sich nicht wieder übergeben. In der Hoffnung, auch wenn es Verrat an Avril war, ein Erwachsener käme durch die Tür und nähme die Sache in die Hand. Dass jemand bereits einen Krankenwagen gerufen hatte.

»Eins … zwei … *drei.*«

Mrs. Toller war schwerer als erwartet, lebloser Ballast, doch zu ihrer Überraschung gelang es ihnen, sie hochzuheben.

Avril schlurfte rückwärts in den Flur, und Lydia ging vorwärts, Mrs. Toller wie ein Kartoffelsack zwischen ihnen. Sie stöhnte und murmelte etwas vor sich hin.

»Wir bringen dich ins Bett, Mum«, sagte Avril, die versuchte, fröhlich zu klingen, was ihr aber – atemlos, wie sie war – misslang. Sie trugen Mrs. Toller den guten Meter durch den Flur und in ihr Schlafzimmer. Avril stieß die Tür mit der Hüfte auf. Es bedeutete noch einmal eine ziemliche Kraftanstrenung, sie hoch genug zu heben, um sie aufs Bett zu legen, das ungemacht war, die Bettdecke ein zerwühlter Haufen am Fußende. Lydia versuchte es mit Schwung, aber es gelang nicht. Schließlich kletterte sie aufs Bett, in ihren Schuhen, und zog Mrs. Toller mit sich, kroch auf den Knien rückwärts und ließ die Frau über das Laken gleiten, bis ihr Kopf mehr oder weniger in der Nähe des Kopfkissens lag.

Keuchend beobachtete sie, wie Avril ihrer Mutter die Schuhe auszog und ihre Beine auf das Bett schob. Sie breitete die Bettdecke über ihr aus, und Mrs. Toller ächzte erneut, drehte sich auf die Seite und rollte sich zusammen. Der Vorhang war bereits zugezogen, und Avril und Lydia schlichen auf Zehenspitzen aus dem Zimmer. Avril ging direkt in die Küche, suchte eine große Schüssel, schenkte ein Glas Wasser ein und brachte alles in das Zimmer ihrer Mutter.

Lydia wartete im Flur auf sie. »Bist du sicher, dass es okay ist?«, flüsterte sie. »Übergibt man sich nicht auch, wenn man sich den Kopf anschlägt? Falls sie eine Gehirnerschütterung hat, sollte sie da nicht in die Notaufnahme?«

Avril schüttelte den Kopf. »Es ist keine Gehirnerschütterung, es ist Gin. Ich habe ihren Kopf nach Beulen abgesucht und keine finden können. Ich glaube, sie hat sich bloß hingelegt und ist im Badezimmer eingeschlafen. Es wäre nicht das erste Mal, auch wenn ich sie normalerweise wach bekomme.«

Ihr Gesicht war immer noch weiß, und sie fing zu zittern an. Lydia legte ihr die Hand auf den kalten Arm und streichelte ihn, um ihn zu wärmen.

»Ich könnte meine Mum anrufen«, schlug sie vor.

Avril schüttelte wieder den Kopf, diesmal so heftig, dass ihre Haare Lydia ins Gesicht flogen. »Tu das nicht. Ich will nicht, dass deine Mum etwas erfährt.«

Jetzt klapperten Avrils Zähne.

»Möchtest du … möchtest du eine Tasse Tee?«, fragte Lydia. Sie hörte sich genau wie ihre Mum an. »Oder was anderes zu trinken? Ich weiß schon – eine Cola.« Avril machte Anstalten, in die Küche zu gehen, aber Lydia hielt sie auf. »Geh und setz dich aufs Sofa. Ich hole sie.«

Im Kühlschrank befanden sich sowohl Dosen mit normaler Cola als auch Cola Light. Lydia griff nach der roten Dose. Zwar trank Avril gewöhnlich Cola Light, aber sie konnte den Zucker gebrauchen. Sie steckte auch Toast in den Toaster und ging dann eine Decke aus Avrils Zimmer holen. Sie brachte Avril die Decke und die Cola und kehrte anschließend in die Küche zurück, um den Toast dick mit Butter und Marmelade zu bestreichen.

Das war auch etwas, das ihre Mum tun würde: aufpassen, dass niemand hungern musste. Manchmal trieb es sie in den Wahnsinn – als ließen sich alle Probleme mit Kohlenhydraten lösen. Doch Lydia wusste nicht, was sie sonst tun sollte, wie sie sonst helfen könnte. Sie trug den Teller mit zwei weiteren Coladosen ins Wohnzimmer. Avril starrte auf dem Sofa ins Leere, die Decke um sich gewickelt. Lydia balancierte den Teller auf der Armlehne des Sofas neben Avril, setzte sich neben sie und öffnete ihre eigene Dose.

»Sie hat bloß im Pub einen zu viel getrunken«, sagte Avril.

Es war mehr als das. Lydia hörte die Qualen in der Stimme ihrer Freundin, all die anderen Male, von denen Avril ihr nie erzählt hatte, all die Male, die Avril allein hatte durchstehen müssen, und sie wollte sie umarmen, sie küssen, sie eng umschlungen halten. Ihre Stirn küssen, ihre Augenbrauen, ihre Wange. Ihre Haare streicheln und ihr sagen, dass sie sich keine Sorgen machen müsse, dass sie sie liebte, dass sie sich um sie kümmern würde. Dass sie zu zweit glücklich sein könnten. Sie bräuchten niemanden sonst.

»Was kann ich tun?«, fragte sie hilflos.

»Einfach … hier bleiben. Geht das? Ich will sie nicht zurücklassen, und ich will nicht allein sein.«

»Ja, klar.«

Avril griff nach der Fernbedienung und schaltete den Fernseher ein. Sie saßen nebeneinander da in dem bläulichen Licht und starrten auf den Fernseher, ohne ihn zu sehen. Lydia spürte jeden Atemzug, den Avril machte. Langsam, von einer Minute zur nächsten, spürte sie, wie ihr Zittern nachließ und ihr Körper ruhiger wurde.

Sie konnte die Hand nicht ausstrecken.

Nach einer halben Ewigkeit – nachdem Avrils Mum tatsächlich aufgewacht und vornübergebeugt in die Küche geschlurft war, um den Wasserkocher einzuschalten – ging

Lydia nach Hause. Verblüfft stellte sie fest, dass draußen noch immer die Sonne schien.

Zu Hause roch das gesamte Erdgeschoss nach Farbe. In Lydias ehemaligem Zimmer reckte sich ihre Mum nach oben und trug mit einem Farbroller eine zweite Schicht Hellblau auf die Wände auf. Das Violett darunter schien an manchen Stellen immer noch durch. Bei Lydias Eintreten drehte sie sich um und stemmte sich die freie Hand ins Kreuz.

»Oh, hallo!«, sagte sie. »Ist Avril mitgekommen?«

Lydia sah, dass Mums Wangen gerötet waren. Sie schien geschminkt zu sein, auch wenn sie außerdem viel Malerfarbe im Gesicht und in den Haaren hatte. Ihre Augen glänzten, als hätte Lydia sie bei etwas Verbotenem erwischt und nicht dabei, eine zweite Farbschicht auf die Wände aufzutragen.

Sie sah jünger aus, hübscher. Mehr wie die Mum von vor langer Zeit, an die sie sich noch erinnern konnte, als sie, Lydia, noch klein war und als sie all diese Sachen gemeinsam gemacht hatten. Als Dad noch lebte. Es war die Mum, die ihr Disney-DVDs gekauft hatte und darauf bestand, ihre Zehennägel rosa zu lackieren, und die es liebte, Drachen steigen zu lassen und auf Feldern zu tanzen. Die ihr immer versicherte, dass alles gut werden würde, als Lydia noch jung genug war, es ihr zu glauben.

Am liebsten wäre Lydia ins Zimmer gelaufen und hätte sich in die Arme ihrer Mutter geschmiegt. Sie wollte den Kopf unter Mums Kinn stecken, wollte, dass Mum ihr über den Rücken streichelte und »Sch-sch«-Geräusche machte, wie sie es früher getan hatte, wenn Lydia in der Nacht schlecht geträumt hatte.

Aber das würde eine Erklärung erforderlich machen. Es

war zu lange her. Und sie wusste, dass es nichts ändern würde.

Stattdessen griff sie nach einem Pinsel. »Wo brauchst du Hilfe?«

Ihre Mutter riss überrascht die Augen auf. »Na ja … falls du eine zweite Schicht auf die Fußleisten auftragen möchtest, das wäre super. Danke.«

Lydia nickte, und die beiden arbeiteten eine Weile schweigend zusammen. Eine Streichparty war es nicht, aber jedenfalls war es irgendwie friedlich.

## KAPITEL 12

# *Jo*

Lydia hatte die Kopfhörer ihres Handys eingestöpselt und starrte durch die Windschutzscheibe nach draußen, während sie auf dem Weg zum Krankenhaus auf der North Circular fuhren. Jo vernahm leise Drum-and-Bass-Klänge. Es war, als hätte es Gestern nicht gegeben. Nicht dass sie gestern viel miteinander geredet hätten. Manchmal war es wirklich, als lebte man mit einer Fremden zusammen.

Sie streckte die Hand aus und berührte Lydia am Arm. Lyddie seufzte und zog einen Ohrstöpsel heraus. »Was?«

»Ich dachte, wir könnten uns vielleicht auf der Fahrt zu Oma Honor unterhalten.«

Lydia seufzte erneut und zog den anderen Ohrstöpsel heraus.

»Heutzutage scheinen wir nicht viel Zeit miteinander zu verbringen«, sagte Jo. »Als du klein warst, haben wir jeden Tag miteinander verbracht.«

»Tja, ich habe jetzt eben ein eigenes Leben.«

»Ich weiß. Und es ist ganz natürlich, dass du erwachsen wirst. Und ich habe ja auch jede Menge um die Ohren, mit deinem Bruder und deiner Schwester. Es tut mir leid, dass ich nicht so viel Zeit für dich habe wie früher.«

Jo wartete, hoffte auf eine Erwiderung, eine ähnliche Entschuldigung, doch Lydia fummelte nur an ihrem Handy herum.

»Wie läuft's in der Schule?«

Schulterzucken.

»Machst du dir Sorgen wegen deiner Prüfungen? Nicht dass du dir welche machen solltest, du bist ein kluges Mädchen. Aber ich weiß, dass der Druck heutzutage groß ist.«

»Es ist okay.«

»Ich habe mir gedacht, wir könnten zusammen einen Lernplan machen. Du weißt schon, mit Filzstiften und Aufklebern. Mit eingebauten Belohnungen, damit du ein Ziel vor Augen hast. Das könnte doch Spaß machen, oder?«

»Hm.« Lydia starrte aus dem Fenster.

Sie war dabei, sie zu verlieren. Ihr kleines Mädchen, ihre Erstgeborene – sie entglitt ihr zunehmend. Jo konnte sie nicht mehr in die Arme nehmen, konnte sie nicht mehr kitzeln, bis sie so heftig lachte, dass sie kreischte. Konnte nicht Verkleiden spielen und ihr die Nägel lackieren, konnte sie nicht mit Keksen und warmer Milch trösten, konnte sie nicht ins Bett stecken und auf die Stirn küssen.

Als Lydia noch klein war, hatte sie viel gelacht und auch viel geweint. Ihre Gefühle hatten sich so klar auf ihrem Gesicht widergespiegelt. Sie war weichherzig und zart gewesen. Mit sieben Jahren, als spindeldürres kleines Mädchen ohne einen Vater, hatte sie all ihr Taschengeld zusammengekratzt und Jo gebeten, es für die Gedenktafel zu spenden, die für Stephen an der Brücke angebracht wurde.

Lydias Handy gab einen Signalton von sich, vermutlich eine SMS von Avril. Jo hörte den Ton mindestens zwanzigmal am Tag im ganzen Haus. Lydia las die Nachricht und stopfte das Handy in die Tasche. Als Jo ihr einen Blick zuwarf, war ihr Gesicht verkniffen, als hätte sie soeben einen Schock erlitten.

»Lyddie? Alles in Ordnung?«

»Mir geht's gut.«

»Schlechte Nachrichten von Avril?«

Sie konnte Lydia nicht richtig ansehen, weil sie Auto fuhr, konnte ihr Gesicht nicht auf Seelenqualen oder Ausflüchte hin mustern. »Avril geht's gut«, sagte Lydia, aber in ihrer Stimme schwang Ärger mit.

Jo schluckte ihre Fragen hinunter und versuchte, sich auf das Fahren zu konzentrieren und ihrer Tochter etwas Freiraum zu lassen. Der Range Rover war viel zu groß, um damit durch London zu fahren. Er war überhaupt viel zu groß. Jo kam sich albern vor, derart erhöht zu sitzen und auf alle anderen hinabzublicken. Richard hatte ihn gekauft, so wie Richard alles gekauft hatte.

»Woher hast du gewusst, dass Dad in dich verliebt war?«, fragte Lydia unvermittelt.

Jo betätigte den Blinker und bog links ab, bevor sie antwortete. »Ich habe es gleich von Anfang an gewusst. Du kennst die Geschichte, stimmt's? Dass ich in dem Café in Cambridge gearbeitet habe, weil ich Geld verdienen wollte, um zur Uni gehen zu können?«

»Und dass er jeden Tag mit diesen dicken Wälzern in den Laden gekommen ist, um zu lernen und Tee zu trinken, und wie er die ersten drei Wochen nicht einmal von seinen Büchern aufgeschaut hat, und dann eines Tages hat er es doch getan?«

Jo lächelte, weil es sie freute, dass Lydia endlich etwas sagte. »Ich habe mich jeden Tag darauf gefreut, dass er kommen würde. Ich hatte sogar eine Tasse für ihn bereitgestellt, und ich habe ihm immer ein Stück von seinem Lieblingskuchen reserviert. Wahrscheinlich erinnerst du dich nicht mehr an die Eigenart, die er hatte, wie er so völlig in Gedanken versunken war, dass es schien, als würde sonst nichts für ihn existieren. Ich fand ihn hinreißend. Seine Haare gehörten geschnitten, und er war groß und schlaksig, und er trug eine Brille. Er wirkte wie ein zerstreuter Professor – nur in jung und gut aussehend.« Jo grinste. »Die anderen Mädchen in dem Café zogen mich damit auf, ich würde mich in einen Nerd verlieben.«

»Das Wort habt ihr damals benutzt? *Nerd*?«

»Nicht alles hat deine Generation erfunden, Lyddie. Wie dem auch sei, eines Tages schaute er auf, als ich ihm seinen Tee brachte – ich weiß nicht, warum er es an dem Tag tat. Später erzählte er mir, er habe schon am Morgen, als er aufgewacht war, das Gefühl gehabt, dass sich etwas Wichtiges ereignen würde. Ich stellte seine Tasse Tee und sein Stück Kuchen auf den Tisch, und er schaute von seinem Buch auf, und unsere Blicke trafen sich.«

»Es war Liebe auf den ersten Blick«, sagte Lydia in leierndem Tonfall. Sie waren diese Geschichte schon viele Male durchgegangen, die Geschichte des Augenblicks, in dem sich ihre Mutter und ihr Vater verliebt hatten.

»Das war es«, sagte Jo. »Genau. Er hatte wunderschöne haselnussbraune Augen, die gleiche Farbe wie deine, Lydia. Wir starrten uns in dem Café eine halbe Ewigkeit lang an, aber es waren wohl bloß ein paar Sekunden. Ich glaube nicht, dass ich die ganze Zeit über auch nur einmal geatmet habe. Und dann räusperte er sich und fragte mich, ob wir uns am Ende meiner Schicht treffen könnten. Und den Rest kennst du. Statt zur Uni zu gehen, habe ich ihn geheiratet, und dann bist du auf die Welt gekommen.«

»Aber woher hast du gewusst, dass er dich geliebt hat? Ich meine, woher hast du es *gewusst*?«

»Dein Vater hatte eine wunderbare Konzentrationsgabe«, sagte Jo. »Ich hatte es bereits an der Art gesehen, wie er seine Bücher las, was für mich einen Teil seiner Anziehungskraft ausmachte, glaube ich. Aber das war nicht nur bei der Physik so. Wenn er etwas oder jemanden liebte, gab er sich ganz seinen Gefühlen hin. Ich habe nie daran gezweifelt, dass er mich liebte. Es war in allem, was er sagte, allem, was er tat – diese Art, wie er mich berührte und mich ansah. Und weißt du, er hätte sich eigentlich nicht in mich verlieben sollen. Er stand im Begriff, sein Physikstudium in Cambridge mit einer Eins zu bestehen, er hatte eine glänzende Laufbahn vor sich, und ich war Kellnerin in einem Café und hatte nicht studiert. Aber deinem Dad war das alles gleich. Er liebte mich und das war ihm genug. Ganz genauso war er dir gegenüber, als du geboren wurdest. Du warst seine Welt.«

»Wenn es so war, warum hast du dich dann auf jemanden wie Richard eingelassen? Lässt das die Liebe, die du einst hattest, nicht billig erscheinen?«

»Meine Ehe mit Richard war nicht das Gleiche wie meine Ehe mit deinem Dad«, sagte Jo vorsichtig. »Und sie endete nicht gut, aber das heißt nicht, dass sie schlecht war. Wir haben jetzt Oscar und Iris. Um nichts in der Welt würde ich etwas ändern wollen, wenn das bedeuten würde, sie zu verlieren. Genau wie ich nichts daran ändern würde, was mit deinem Dad war, auch wenn wir ihn verloren haben. Der ganze Kummer war es wert, wegen der guten Dinge, weil ich ihn geliebt habe.«

»Aber du hast Richard nicht geliebt.«

»Warum sagst du das?«

Lydia stieß ein verärgertes Schnauben aus. »All das, was du eben erzählt hast … Richard hat dich nie so behandelt. Und du bist nie glücklich mit ihm gewesen, nicht wirklich.«

»Lydia, wenn du erst einmal erwachsen bist, wirst du einsehen, dass es viele verschiedene Arten von …«

»Bullshit.«

Jo blinzelte. »Wie bitte?«

»*Bullshit.* Es gibt nur eine Art von Liebe, und das ist die Art Liebe, die man ewig empfindet. Selbst wenn man sie nicht haben kann, empfindet man sie noch. Man lässt den Menschen, den man liebt, nie los, und man hört nie auf, ihn zu vermissen.«

Sie war so heftig, dass Jo einen längeren Blick riskierte.

»Ja«, sagte sie. »Du hast recht. Du hast Aufrichtigkeit verdient. Ich habe … ich habe Richard geheiratet, weil er verlässlich war. Weil er verlässlich zu sein *schien.* Es war nicht leicht, Lydia, als alleinerziehende Mutter ganztags zu arbeiten. Er schien eine gute Wahl zu sein. Ich dachte, er würde sich um uns kümmern. Und ich mochte ihn. Ich mochte ihn wirklich.«

»Aber du hast ihn nicht geliebt.«

»Ich … Er hat mein Herz im Sturm erobert. Du weißt ja, wie Richard ist. Damals dachte ich, er wäre das Richtige.«

*Und es war Frühling. Frühling, und ich wollte nicht daran denken. Ich wollte an etwas anderes denken, während ich nachts wach lag.*

»Ich dachte, er wäre das Richtige«, wiederholte sie, hörte jedoch selbst, wie wenig überzeugend sie klang.

»Tu es nicht wieder, Mum. Lass dich nicht auf einen Typen ein, weil er gut aussieht und du auf ihn stehst, und weil du denkst, es könnte eine gute Idee sein, oder weil du einen Mann für dein Selbstwertgefühl brauchst.«

Jo umklammerte das Lenkrad und versuchte, die Kränkung zu ignorieren. Sie versuchte herauszuhören, was

Lydia eigentlich sagte, unter den Anschuldigungen und der Wut. Versuchte, die verletzten Gefühle herauszuhören und zu verstehen, woher sie rührten.

»Hast du es dafür gehalten, als ich Richard geheiratet habe? Hattest du das Gefühl, dass ich Verrat an deinem Vater begangen habe?«

»Tu es einfach nicht. *Tu's nicht.* Bitte?«

»In Orndung.«

»Versprich es mir.« Lydia beugte sich in ihrem Sitz vor, stemmte sich gegen den Sicherheitsgurt, den Arm am Armaturenbrett abgestützt, und versuchte, ihrer Mutter ins Gesicht zu sehen. Mit der gleichen Intensität, die ihr Vater früher an sich gehabt hatte, den gleichen haselnussbraunen Augen. »Versprich mir, dass du es nicht tust.«

»Ich verspreche es.«

Bei ihrer Ankunft im Krankenhaus saß Honor in einem Sessel neben dem Haupteingang, ihre Habseligkeiten neben ihr in einem ordentlichen Stapel.

»Hallo!«, sagte Jo, die sich wie gewöhnlich fragte, ob sie versuchen sollte, ihr die Hand zu geben oder sie zu küssen, und sich gegen beides entschied. »Du wartest hoffentlich noch nicht lange?«

Honor zuckte nur mit den Schultern, was Jo als ja, sie warte schon lange, deutete. Honor stand allein auf und ging langsam mit ihrem Stock durch die Schiebetür nach draußen auf den Wagen zu, den Jo mit blinkenden Warnlichtern im Halteverbot abgestellt hatte, Lydia als Wachposten auf dem Rücksitz. Nach ihrem Gespräch mit dem seltsam eindringlichen Appell hatte Lydia wieder die Kopfhörer eingestöpselt und Musik eingeschaltet, als sei alles gesagt, was sie zu sagen beabsichtigt hatte, und das

Thema nun erledigt. Und Jo hatte nicht nachgebohrt, da sie zu sehr damit beschäftigt war, sich auf die Anweisungen des Navis zu konzentrieren.

»Sieht aus, als kämst du gut mit dem Stock zurecht«, sagte Jo und machte ihr die Wagentür auf.

»Ärgerliches Ding.« Sie reichte Jo den Stock. Honor stieß einen unterdrückten Schmerzlaut aus, und Jo griff schnell nach ihrem Arm.

»Komm, ich helf dir ins Auto.«

Sie stützte Honor und gab ihr Halt, während die alte Frau in den Range Rover kletterte. Honor stieß erneut ein leises Ächzen aus, als sie sich hochzog. Aber sie hielt sich tapfer.

»Soll ich dir helfen …«

»Ich kann mich selbst anschnallen«, fuhr Honor sie an, auch wenn ihr Gurt gerade erst einklickte, nachdem Jo Honors Sachen in den Kofferraum gelegt hatte und dann um den Wagen herum zu ihrer Tür gegangen war. Mit ernster Miene starrte Honor geradeaus durch die Windschutzscheibe. Lydia hatte ihre Großmutter begrüßt, als diese in den Wagen geklettert war, aber jetzt steckten die Kopfhörer wieder fest in ihren Ohren.

»Tja«, sagte Jo fröhlich. »Dann wollen wir mal!«

Honor redete wenig während der Fahrt. Jo versuchte, sich nach dem Krankenhausessen und den Ärzten und Krankenschwestern zu erkundigen, mit denen sie nach Honors Physiotherapie zu tun gehabt hatte. Aber es war genauso schwierig wie der Versuch, Small Talk mit Lydia zu betreiben, also gab sie auf und lauschte stattdessen der angenehmen Stimme des Navis.

Sie hielt im Halteverbot vor Honors Haus und schaltete erneut die Warnlichtanlage ein. »Ich schreibe bloß schnell eine kurze Notiz für die Windschutzscheibe. Hoffentlich bekommen wir keinen Strafzettel«, sagte sie und sah dann Honor an, deren Gesicht undurchschaubar war. »Es muss schön sein, dein Haus wiederzusehen.«

»Zum letzten Mal für eine ganze Weile«, sagte Honor säuerlich und schnallte sich ab. Sie kam leichter aus dem Wagen, als sie hineingekommen war, indem sie sich quasi vom Sitz gleiten ließ. Auf dem Gehsteig blieb sie stehen und betrachtete die Treppe zu ihrer Haustür, als gälte es, den Mount Everest zu erstürmen.

Jo hatte ihren Blick aufgefangen. »Also, da können wir dir raufhelfen, kein Problem. Stimmt's, Lyddie?«

Lydia, die endlich keine Kopfhörer mehr trug, nickte.

»Die Treppe kann ich hochsteigen. Ich brauche keine Hilfe.«

»Aber wir helfen dir gern ...«

Honor drehte sich zu Jo um. »Das hier wird alles viel besser funktionieren, wenn du aufhörst, mir ständig deine Hilfe anzubieten«, sagte sie. »Falls ich Hilfe benötige, gebe ich Bescheid.«

Es fühlte sich wie eine Ohrfeige an. »Ja. Okay. Also schön, das ist gut zu wissen. Wie wäre es ... wie wäre es, wenn Lydia hier bleibt und dir Gesellschaft leistet, und ich gehe schon einmal vor und stelle den Wasserkocher an.«

Sie eilte die Treppe hoch, öffnete die Tür und floh geradezu in die Küche. Wahrscheinlich war es unfair, Lydia allein mit Honor zurückzulassen, aber Jo lag schon eine bissige Entgegnung auf der Zunge, und sie wusste, dass das nicht ging. Sie brauchten einen guten Start. *Unbedingt.*

Honor war eine alte Dame mit starken Schmerzen, der viele Veränderungen bevorstanden. Es war klar, dass sie eine Weile gereizt sein würde.

*Sie war schon immer gereizt, solange ich sie kenne. Und sie hat mich noch nie gemocht.* Jo versuchte, den Gedanken zu verdrängen, und füllte den Wasserkocher mit frischem Wasser.

Das Haus wirkte verlassen. Der frische Geruch nach Reinigungsmitteln hatte sich verflüchtigt, stattdessen roch es nach altem Linoleum und Feuchtigkeit. Und Staub. Es war wirklich das Beste, dass Honor nicht gleich wieder hier einzog. Sie wäre niemals in der Lage, sich um alles zu kümmern, und einen fremden Menschen würde sie nicht bei sich im Haus dulden.

*Aber bei mir zu Hause soll es funkionieren?*

Jo fand einen frischen Lappen und wischte die Arbeitsflächen in der Küche, während sie auf Lebenszeichen oben lauschte. Es würde Honor Mühe bereiten, die Treppe hochzukommen. Sie würde nicht mehr Publikum als nötig haben wollen.

Das Wasser hatte gekocht, und sie hatte alles abgewischt, den Küchenboden gefegt, das Fenster geöffnet, um ein wenig zu lüften, und ein Tablett mit Teekanne, Tassen, Löffeln, Teesieb, Zucker und Milchkännchen vorbereitet, bevor sie endlich Stimmen hörte. Sie spülte den Lappen aus, hängte ihn gefaltet zum Trocknen auf und stellte den Wasserkocher an, um das Wasser erneut zum Kochen zu bringen. Dann erst ging sie nach oben.

Lydia hatte ihrer Großmutter einen Stuhl aus dem Wohnzimmer geholt, stand neben ihr und nahm Honors Anweisungen entgegen. Sie lächelte und nickte geduldig, und Jo überkam eine Woge der Liebe zu ihrer Tochter.

Honor hingegen war blass, und ihr Gesicht glänzte vor Schweiß. Jo verbiss sich einen besorgten Ausruf, da sie wusste, dass er unerwünscht wäre, und ging zum Auto, um die kleine Flasche Milch und die Kekse zu holen. Sie brauchte weniger als zehn Sekunden, um die Stufen zur Haustür hochzusteigen. Honor hatte beinahe zwanzig Minuten gebraucht.

*Wir tun das Richtige*, sagte sie sich.

»Sitz einfach da und entspann dich«, sagte sie so fröhlich wie möglich zu Honor. »Lydia und ich werden alles im Nu gepackt haben.« Sie hielt eine Taschenflasche in die Höhe. »Ich habe Milch mitgebracht. Ich werde dir eine wunderbare Tasse Tee kochen, während du wartest. Bestimmt hast du dich die ganze Zeit im Krankenhaus nach einer anständigen Tasse Tee gesehnt.«

»Tee ist ungefähr das einzig Genießbare, das sie dort hinbekommen haben.«

»Bin gleich wieder da!«

Sie bereitete den Tee richtig zu, indem sie die Kanne vorwärmte und den losen Tee aus Honors Dose abmaß. Zu Hause tunkte sie einfach einen Teebeutel ein. Doch ab jetzt würde sie sich Mühe geben müssen. Sie stellte die Dose deutlich sichtbar auf den Tisch, um sie später nicht zu vergessen. Es wäre Honor ein Trost, den Tee zu trinken, den sie gewohnt war.

Als Jo das Tablett nach oben brachte, sah Honor ein wenig besser aus. »Mein Vater hat dieses Haus gekauft«, verkündete sie einmal mehr. »Ich habe hier den Großteil meines Lebens verbracht, abgesehen von meiner Zeit in Oxford. Ich mag die Vorstellung nicht, dass es leer steht.«

»Na ja, es ist ja nicht für lange.« Jo stellte das Tablett auf den Tisch in der Diele und schenkte Tee ein. »Sobald du dich erholt hast, kommst du wieder nach Hause. Was sollen wir denn nun alles einpacken?«

»Ich habe Listen verfasst.« Honor reichte ihr eine gefaltete DIN-A4-Seite. »Das hier brauche ich aus meinem Schlafzimmer. Lydia übernimmt mein Arbeitszimmer.«

»Überhaupt kein Problem.«

»Wo …«, setzte Honor an und hielt dann inne. Jo stellte das Milchkännchen ab. Dass Honor die Worte fehlten, kam selten vor.

»Was ist … mit dem Blut geschehen?« Honor deutete auf den Boden vor ihrem Stuhl, den Weg ins Wohnzimmer. Ihre von Venen überzogene Hand zitterte leicht.

»Oh, ich habe den Boden gereinigt, als ich hergekommen bin, um dir ein paar Sachen fürs Krankenhaus zu holen.«

»Das hättest du nicht tun sollen.«

»Aber selbstverständlich! Den Anblick wollte ich dir ersparen.«

»Ich sehe es immer noch«, murmelte Honor. »Auch Stephen sehe ich immer noch.«

Sie hielt den Blick unverwandt zu Boden gerichtet, so wie sie vorhin aus der Windschutzscheibe des Wagens gestarrt hatte. Jo empfand deutlich, dass diese Worte nicht ihr gegolten hatten.

»Ich schiebe nur eben diesen Tisch näher zu dir, damit du an das Tablett herankommst«, sagte Jo. »So, dann fange ich mal an.« Damit lief sie eilig davon.

Die Liste war lang und umfassend. Sie war in einer runden, gleichmäßigen Handschrift verfasst – nicht Honors, also ging Jo davon aus, dass ihr eine Krankenschwester geholfen hatte. Sie machte sich daran, Kleidungsstücke aus der Kommode und dem Kleiderschrank zu holen, sie ordentlich auf dem Bett zu falten, um sie in einen Koffer packen zu können, sobald sie einen vom Speicher geholt hatte.

Während sie zwei Blusen hochhielt und sich fragte, welche die »weiße kurzärmelige« war, die Honor meinte, und sich entschied, beide einzupacken, sah sie es.

Natürlich war es schon die ganze Zeit da gewesen. Es wurde nur zufälligerweise von den beiden Blusen eingerahmt, als Jo sie in die Höhe hielt. Ihre Augen wurden verleitet, in ebendie Richtung zu schauen, obwohl sie ihnen antrainiert hatte, es nicht zu tun. Sie blieben daran hängen, sahen immer weiter hin.

Es war ein Foto von Stephen.

Er trug seinen akademischen Talar. Es war an einem Sommertag. Die Sonne schien ihm in die Augen, und er blinzelte lächelnd und kräuselte die Nase, wie er es immer getan hatte. Er war einundzwanzig Jahre alt, und es war nach seiner Uni-Abschlussfeier, bei der er eine 1,0 in Physik erhalten hatte.

Jo war dort gewesen. Sie hatte seitlich von ihm gestanden, jenseits der Kamera, als Honor das Foto gemacht hatte. Sie hatte eine Flasche Champagner gehalten. Als sie nun hier in Honors Zimmer stand, konnte sie den kalten Hals der Flasche spüren, die Kondensationstropfen auf der Hand. Den Sonnenschein auf ihrem Kopf, ihre neuen Schuhe, die rechts drückten, sodass sich an der Ferse eine Blase bildete.

*Auch Stephen sehe ich immer noch*, hatte Honor gesagt.

Nachdem dieses Foto gemacht worden war, nachdem Honor nach Hause gefahren war, waren Jo und Stephen vom Bahnhof in Cambridge zurück zu Jos Haus gegangen und hatten den ersten Streit ihrer Beziehung gehabt, und einen der schlimmsten. Jo war in Tränen ausgebrochen und hatte immer wieder gesagt: »Sie hasst mich. Sie hasst mich, und ich weiß nicht, was ich tun soll, damit sie mich nicht hasst.«

»Sie hasst dich nicht«, hatte Stephen erwidert, doch er musste gewusst haben, dass das nicht stimmte.

»Sie denkt, ich wäre dumm und nicht gut genug für dich.«

»Tja, wir wissen aber, dass du nicht dumm bist, und du bist mehr als gut genug für mich.«

»Ich kann es nicht. Ich kann sie nicht mehr sehen. Es gibt mir das Gefühl ...«

»Sie ist der einzige Mensch, den ich habe, Jo.«

»Du hast mich.«

»Sie ist meine Mutter. Und sie ist kein schlechter Mensch, sie ist bloß ...«

Jo hatte seinen Arm von ihrer Taille geschoben. Sie erinnerte sich noch an den Tag, an dem sie Honor das erste Mal begegnet war. Sie hatte sich so darauf gefreut, Stephens Mutter kennenzulernen, die Frau, von der er nur in den höchsten Tönen sprach. Naiverweise hatte sie auch geglaubt, Honor könnte eine Art Ersatz für ihre eigene Mutter sein, die im Jahr zuvor gestorben war.

»Hast du gesehen, wie sie mich anschaut?«, hatte Jo anklagend gerufen. »Sie schaut mich an, als wäre ich der letzte Dreck. Und du hast nie etwas gesagt, kein einziges Mal.«

»Du strengst dich zu sehr an, ihr zu gefallen, das gibt dir den Anschein, du wärst ...«

»Dumm? Dumm inmitten all deiner schlauen Freunde und deinem Genie von einer Mutter, ich, die Kellnerin-Freundin, die Kleinstadtgöre ohne Uniabschluss? Wenn du das auch denkst, dann sollten wir vielleicht ...«

»Das denke ich nicht. Meine Mutter versucht nur, mich zu beschützen.«

»Dich zu beschützen?«

»Jo, ich liebe meine Mutter. Sie hat eine sehr schwierige …«

»Sie hat eine schwierige Zeit durchgemacht? *Sie?*«

»Es tut mir leid, dass du so empfindest, aber ich kann nicht Partei ergreifen.«

»Und wenn du nicht Partei ergreifen kannst, werde ich immer den Kürzeren ziehen.«

Jetzt, in Honors Schlafzimmer, blinzelte Jo heftig. Sie ließ die Blusen sinken und setzte sich aufs Bett, ohne auf die Kleidungsstücke zu achten, die sie gefaltet hatte. Und sie starrte das Foto ihres ersten Ehemanns an, als er noch jung gewesen war und lebendig und noch nicht ihr Ehemann. In ihrer Erinnerung vernahm sie ihre eigene Stimme, tränenerstickt und hysterisch, die wütenden Worte, die sie kaum je ausgeprochen hatte. Sie hatte verzweifelt gehofft, dass sie ihm durch ihre gemeinsame Liebe ebenbürtig sein würde, dass sich alles zum Guten wenden würde, wenn sie ihn nur richtig und von tiefstem Herzen liebte. Dass sie alle eine glückliche Familie sein würden. Die Demütigung, als Honor sie mit erhobenem Fotoapparat bat, sie möge doch bitte aus dem Bild gehen, hatte sie schier erdrückt.

Sie rieb den Ringfinger mit dem Daumen ihrer linken Hand. Den Finger ohne Ring.

Das war vor zwanzig Jahren gewesen, in einem anderen Leben.

Und nun war sie hier, Stephen war tot, und sie packte Honors Sachen, um sie mit nach Hause nehmen zu können.

Sie hatten jenen fotografierten Moment gemeinsam durchlebt, sie alle drei, Stephen und Jo und Honor, und sie hatten alle unterschiedliche Erinnerungen daran, und jetzt war der Moment gefroren und beinahe alles, wofür er stand, existierte nicht mehr. Ein Ehemann verloren, und ein Sohn. Übrig waren nur Jo und Honor.

Vielleicht hatten sie mehr gemeinsam, als Jo gedacht hatte.

»Ich sehe dich auch immer noch«, murmelte Jo dem Foto zu. Sie erhob sich vom Bett und berührte das Bild. Ihr Finger glitt über das kühle Glas. Sie betrachtete die Einzelheiten von Stephens Gesicht, nicht die Dinge, die er mit Lydia gemeinsam hatte und die sie jeden Tag sah – das Lächeln mit der gekräuselten Nase, die haselnussbraunen Augen, die angewachsenen Ohrläppchen –, sondern Stephen. Wie er aussah, die Tatsachen seines Gesichts. Sie dachte fast jeden Tag an ihn, aber es war leicht, ihn als reale Person zu vergessen. Wie er früher einmal hier gewesen war, der wichtigste Mensch in ihrem Leben. Sie waren so jung gewesen. Sie hatten zusammen gelernt, wie man liebte, und Stephen hatte nie Partei ergriffen, ganz gleich, wie viele Male sie ihn darum gebeten hatte, und Lydia hatte recht: Trotz all der Hindernisse und Schatten, trotz der Geheimnisse, die sie bewahrt hatte, war es die wahre Liebe gewesen. Die Art von Liebe, die man nur einmal fand.

Sie fuhr seine Haare, sein Kinn, seinen Hals entlang, und dann widmete sie sich wieder dem Einpacken von Honors Kleidung.

KAPITEL 13

# Honor

Ihre ehemalige Schwiegertochter wohnte mit den drei Kindern in einem hässlichen neuen Haus in einer hässlichen Pendlersiedlung, in der alle Straßen aufgrund eines unergründlichen Strebens nach intellektuellem Prestige nach englischen Dichtern benannt waren. Das Haus im Keats Way war ein protziger Backsteinbau, von außen pseudo-klassizistisch, im Innern aber kühl modern – die Art Haus, vor dem zwei Autos in der Einfahrt parkten, das eine immer ein Range Rover, das andere ein Audi oder ein BMW oder ein Mercedes. Die Nachbarn waren alle weiß, und es gab keine Kirchen oder Moscheen oder Synagogen oder Büchereien, dafür aber einen Waitrose-Supermarkt und mehrere schicke Coffeeshops und Blumenläden und sogar eine Cupcake-Konditorei in einer verkehrsberuhigten Einkaufszone.

Honor kam nicht oft hierher, und wenn sie es doch tat, konnte sie nicht anders, sondern rezitierte stumm Keats' *Ode auf eine griechische Urne*. Die Erbauer dieser Siedlung hatten, wenn überhaupt, sehr wenig Sinn für Schönheit oder Wahrheit oder Ironie besessen.

»Da wären wir«, sagte Jo fröhlich. »Endlich zu Hause!«

Für sie war es kein Zuhause. Sie kannte sich nicht aus, wusste nicht, wo was war. Sie hatte nur ein paar wenige Habseligkeiten. Sie musste sich mit Kindern arrangieren, die vermutlich ständig ein großes Durcheinander anrichteten, und sie wäre von Jo abhängig. Jede Handlung würde einer genauen Prüfung unterzogen werden. Sie würde sich nicht verstecken können.

Schmerzen schossen durch ihre Hüfte, als sie sich aus dem Wagen auf die Einfahrt sinken ließ. Jo eilte herbei, um ihr den Stock zu bringen. Lydia fing an, die Bücherkartons auszuladen, die sie gepackt hatte, und ging vor ihnen ins Haus. Honors Füße knirschten auf dem Kies, und ihr Stock verrutschte, als sie sich in Bewegung setzte. Ihr Fuß verfing sich am Türpfosten, sie geriet ins Straucheln und hielt sich am Türrahmen fest.

»Honor, alles in Ordnung?« Jo war natürlich gleich hinter ihr.

»Mir geht's gut.« Sie hob den Fuß – übertrieben hoch – über das kleine Hindernis. Im Haus war die Luft kühl, und es roch nach Farbe.

»Dein Zimmer ist gleich hier entlang. Aber warum ruhst du dich nicht erst ein bisschen im Wohnzimmer aus, während Lydia und ich für dich auspacken?«

»Ich kann auspacken«, sagte Honor rasch.

»Aber wir tun es gern. Du musst doch müde sein?«

»Ich möchte die Dinge finden können.« Sie erinnerte sich von ihren seltenen früheren Besuchen noch gut genug an das Haus, um zu wissen, wo das Zimmer lag, das man ihr zugewiesen hatte. Quer durch die Diele, an der Treppe vorbei …

Jo begleitete sie dorthin. Sie redete die ganze Zeit.

»Das Zimmer hat ein eigenes Badezimmer und eine eigene Tür in den Garten hinaus. Hoffentlich wirst du es ruhig haben, nicht zu viel Kinderlärm.«

»Man hört alles, was in der Küche vor sich geht«, erklärte Lydia ihr im Vorübergehen, vermutlich auf dem Weg zurück zum Auto. »Ich bin in den letzten vier Jahren jeden Morgen von Mum aufgeweckt worden, wenn sie den Wasserkocher eingeschaltet hat. Tut mir leid.«

»So laut ist es doch nicht … Ach, ich bin mir sicher, dass Lydia übertreibt. Wie dem auch sei, wir werden versuchen, leise zu sein. Im Moment ist es auf jeden Fall ruhig, wo Oscar und Iris bei ihrem Vater sind.«

*Es wäre vielleicht ruhig, wenn du mit dem Gequassel aufhören würdest*, dachte Honor.

»Warum setzt du dich nicht hierhin, und ich bringe dir Tee. Dann können wir die Sachen reinbringen, und du kannst uns sagen, wohin wir sie räumen sollen.«

Honor streckte die Hand zur Lehne des Sessels aus, den Jo für sie hervorgezogen hatte. »Ich brauche nicht schon wieder Tee. Lasst die Kartons und Taschen einfach an der Tür. Ich komme schon klar.«

»Aber …«

»Ich komme klar.«

Sie saß da und wartete, das Gesicht dem Fenster zugekehrt, während Jo und Lydia ihre Habseligkeiten hereinbrachten und auf dem Boden abstellten. »Tja, das ist der letzte«, sagte Jo schließlich, ein wenig außer Atem, ihre Stimme nicht so aufgekratzt wie noch vor einer Viertelstunde. »Bist du sicher, dass …«

»Alles bestens.« Honor stand von dem Stuhl auf und wartete an der Tür darauf, dass Jo ging.

»Dann werde ich das Mittagessen machen«, sagte Jo. »Wir essen, wenn Richard die Kinder zurückgebracht hat. In der Zwischenzeit lasse ich dich allein, damit du dich ein bisschen akklimatisieren kannst.«

»Bitte sehr.« Dann schloss Honor die Tür mit Nachdruck, drehte sich zu diesem neuen Zimmer um und holte tief Luft.

Die Gerüche waren ungewohnt, die Geräusche. Der Sessel kannte ihren Körper nicht, wie es der Sessel zu Hause tat. Das Bett würde sich fremd anfühlen. Wie lang würde es dauern, bis sie sich in diesem Haus wie in ihrem eigenen bewegen konnte, bis sie nach allem greifen konnte, ohne nachzudenken? Würde sie je dazu in der Lage sein?

Es war töricht, hergekommen zu sein. Doch welche andere Wahl hatte sie gehabt?

Honor seufzte. Sie stieß auf einen Bücherkarton und zerrte ihn über den Teppich zu einem der Bücherregale.

Lydia hatte recht gehabt: In diesem Zimmer konnte man alles hören, was im Erdgeschoss vor sich ging. Das Erdgeschoss wurde größtenteils von einer großen offenen Küche mit anschließendem Wohnzimmerbereich eingenommen. Honor hörte, wie Jo dort herumhantierte, Töpfe auf den Herd stellte, den Wasserhahn laufen ließ. Sie hörte, wie Lydia nach oben ging. Langsam machte sich Honor daran, ihre Sachen auszupacken und sie so weit wie möglich auf eine Weise anzuordnen, die dem Arrangement zu Hause entsprach.

Ihre Bücher waren ihre Freunde. Sie betastete jedes einzelne, wog sie in den Händen, als könnte sie ihren viel gelesenen Inhalt durch Berührung aufnehmen, und stellte sie dann nach Autoren sortiert in die Regale. Als das getan war, hängte sie ihre Kleidung auf, räumte Unterwäsche in Schubladen.

Ganz hinten in einer Schublade bekam sie gefaltetes Papier zu fassen. Sie zog es hervor und hielt es ins Licht: ein Papierkranich, sorgfältig gefaltet. Sie stellte ihn auf der Kommode auf und packte dann weiter aus.

Als sie fertig war, spürte sie pochende Schmerzen in der Hüfte und im Kopf, also legte sie sich aufs Bett. In der

Handtasche hatte sie eine weiße kleine Plastiktüte mit Schmerzmitteln, an die sie nicht zu denken versuchte.

Es klingelte an der Tür, und sie vernahm den tiefen, arroganten Tonfall von Jos zweitem Ehemann, Richard, und dann den russischen Akzent seiner neuen Freundin, diesem Flittchen, sowie die schrillen Stimmen der Kinder. Ihre Schritte trappelten überall herum, begleitet von Kreischen und Gepolter und Gelächter, und Honor dachte an Spielsachen, die auf dem Boden lagen und die sie nicht würde sehen können, kleine Leiber, die mit ihren alten Knochen kollidierten. Sie kniff die Augen fest zu.

Jo klopfte an Honors Tür. »Mittagessen!«, trällerte sie, wie nur Jo trällern konnte, als wäre das Mittagessen ein großartiges, noch nie dagewesenes Ereignis. Honor erhob sich vom Bett, griff nach ihrem Stock und ging in den Flur, auf das Wohnzimmer zu, den Ursprung all des Lärms und auch des Geruchs nach Brathähnchen mit Kartoffeln.

Ihr Magen knurrte. Das Essen im Krankenhaus war nicht gut gewesen. Und in letzter Zeit hatte sie fast nie für sich gekocht.

Der Stock glitt auf dem gebohnerten Parkett aus. Honor ergriff ihn fester und ging mit schlurfenden Schritten auf den Tisch am anderen Ende des Zimmers zu, gleich bei der Terrassentür in den Garten. Mit dem Fuß stieß sie an etwas Hartes, nach Plastik Klingendes und schreckte zurück, kämpfte mit dem Gleichgewicht, rechnete mit Schmerzen. Unwillkürlich entschlüpfte ihr ein leiser Angstschrei, bevor es ihr gelang, mithilfe ihres Stocks Halt zu finden.

»Alles in Ordnung?«, rief Jo, offensichtlich aus dem Küchenbereich. »O Gott, es sind Spielsachen auf dem Boden.« Sie stürzte herbei und hob etwas auf. »Oscar, Süßer, du musst dein Spielzeug wegräumen, es ist gefährlich für Oma Honor. Honor, es tut mir leid.«

Abgesehen von den Treppen war es hier um einiges gefährlicher als in dem Zuhause, in dem Honor nicht leben durfte. Sie ging zum Tisch und ließ sich auf dem nächstbesten Platz nieder. Der einzige, der ganz im Licht stand, das durch die Fenster drang. Doch als sie sich daraufsetzte, war er zu hoch.

»Das ist mein Stuhl!«, rief Oscar, der Dreijährige. Und es war tatsächlich sein Stuhl. Es war ein hölzernes Gestell, vermutlich höhenverstellbar. Honor erhob sich mühsam wieder.

»Honor, dich habe ich neben Oscar gesetzt.« Jo zog ihr einen Stuhl hervor. Auf dem Weg stieß Honor mit Iris zusammen, die ihren Bruder um den Tisch jagte. Honor musste sich an der Stuhllehne festklammern, um nicht hinzufallen.

»Iris!«, sagte Jo. »Oscar! Setzt euch sofort hin, kein Herumlaufen. Wir müssen auf Oma Honor achtgeben.«

In ihrer Stimme war keine Spur von Zorn oder Tadel, sie klang so fröhlich wie immer. Die Kinder liefen gleich wieder herum, ohne auf die sanfte Zurechtweisung zu achten. Honor nutzte die Gelegenheit, sich langsam hinzusetzen, während die Kinder erneut kichernd an ihr vorbeirannten.

»Lydia!«, schrie Jo die Treppe hoch und widmete sich wieder dem Hantieren mit Töpfen und anderen Gerätschaften. Der Geruch nach Brathähnchen und heißem Fett war hier in der Küche beinahe überwältigend. Jo stellte einen Servierteller vor Honor. Sie spürte die Hitze im Gesicht, hörte das Brutzeln. Ihr lief das Wasser im Mund zusammen, und sie musste die Lippen zusammenpressen.

»Lydia!«, schrie Jo noch einmal. Dann sagte sie, näher: »Soll ich das Hähnchen tranchieren, Honor, oder möchtest du?«

»Ich glaube nicht, dass man mir ein scharfes Messer anvertrauen sollte«, murmelte Honor und zuckte zusammen, als eines der Kinder wieder an ihren Stuhl stieß.

»Oscar!« Ein leises Ächzen, als Jo den kleinen Jungen hochhob und auf den Stuhl setzte, den Honor freigemacht hatte. Noch eines, als sie das Gleiche mit Iris tat. »Lydia! Ehrlich, dieses Mädchen hört mich nie. Ich werde nach oben …«

»Nur eine Minute!«, ertönte Lydias Stimme irgendwo in der Nähe der Treppe.

»Na ja, wir können genauso gut anfangen. Brust oder Keule, Honor?«

»Brust.«

»Ich will den Flügel, ich will den Flügel, ich will den Flügel, ich will …«

»Flügel für dich, Oscar. Und Iris, ein paar Erbsen?«

»Nein!«

»Du musst Gemüse essen, Liebling, damit du groß und stark wirst. Zwei Kartoffeln oder drei, Honor?«

»Eine.«

Ein Stuhl scharrte über den Boden, und Lydia saß Honor gegenüber. Sie war ganz Erdbeer-Lipgloss und bewegliche Glieder, die Haare in einem helleren Rotton als ihre Mutter. »Wie läuft's, Oma H?«, erkundigte sie sich und griff über den Tisch nach einer Servierschüssel. »Schon ein bisschen eingelebt?«

»Lydia, greif nicht über den Tisch. Honor, kann ich dir sonst noch was holen? Möchtest du etwas Bratensoße? Wie wäre es mit einem Glas Wein? Ich habe eine Flasche Weißwein kühl gestellt.«

»Alles bestens, danke.«

»Oscar, bitte nimm die Gabel. Iris, kannst du ein paar Erbsen probieren? Ihr Lieben, lasst uns anstoßen! Um Honor willkommen zu heißen.«

Sie hoben die Gläser und Trinkbecher. Lydia beugte sich über den gesamten Tisch, um mit Oscar anzustoßen.

»Du bist herzlich willkommen, Honor. Wir freuen uns, dich hier zu haben.«

»Mit ein bisschen Glück wird es nicht für lange sein.« Sie spießte Essen mit der Gabel auf, biss ab und kaute, heiße Ofenkartoffel, außen knusprig, aber innen ganz weich. Sie frage sich, wie in aller Welt sie die Mahlzeiten in diesem Haus durchstehen sollte.

»Hey, hey, Wickie!«, kreischte Iris so laut, dass Honor zusammenzuckte.

»Hast du schon deine Hausaufgaben gemacht, Lyddie?«

»Ich mach sie später.« Lydias Handy spielte eine Melodie, und sie zog es aus der Tasche.

»Muss das bei Tisch sein?«, fragte Jo, und Lydia reagierte, indem sie geräuschvoll aufstand und ans andere Zimmerende stampfte.

»Hey, Wickie, hey!«

Etwas Nasses, Weiches traf Honor an der Hand. Sie hob sie hoch: ein Stück Kartoffel, ein Soßenfleck.

»Iris, spiel nicht mit dem Essen! Es tut mir leid, Honor.« Jo beugte sich mit einer Serviette zu ihr über den Tisch, aber Honor zog die Hand weg.

»Ich mach das selbst«, sagte sie mit einer Stimme, in der mitschwingen sollte, was sie von kleinen, außer Kontrolle geratenen Kindern hielt, die während der Mahlzeiten herumkreischten, von Teenagern, die vom Tisch aufstanden, um ans Telefon zu gehen, von Müttern, die nichts taugten und in Häusern wohnten, in denen überall Spielsachen verstreut herumlagen.

»Lydia, bitte komm zurück an den Tisch«, sagte Jo.

»Nein, ich muss los.«

»Lydia!«

Die Tür fiel knallend ins Schloss.

»Ich will Nachtisch, Mummy!«, sagte Oscar.

Honor dachte an Stephen. Sie fragte sich, was Stephen von dieser neuen Familie halten würde. Von der Art, wie seine Tochter heranwuchs. Von der Art, wie seine Frau unruhig herumflatterte und alles nur noch schlimmer machte.

Sie hob die Gabel an die Lippen, aber es befand sich nichts darauf.

KAPITEL 14

# Lydia

*Ich glaube einfach nicht, dass sie mit ihm rumgemacht hat.*

*Ich hätte nicht mit Mum mitfahren sollen, um Oma H abzuholen. Ich hätte hier bleiben und mich mit Avril treffen sollen, denn wenn ich bei ihr gewesen wäre, wären wir zusammen losgezogen, und wenn wir Harry im Costa über den Weg gelaufen wären, hätten wir bloß mit ihm gequatscht oder so, und er wäre wieder gegangen.*

*Aber Mum bestand darauf, und deshalb war ich bei ihr im Auto auf dem Weg nach London, als ich die SMS bekam, dass sich Avril und Harry getroffen hatten. Und dann praktisch minütliche Updates, dass sie Kaffee tranken und dass Harry genau wie sie Zitronen-Mohn-Muffins mag, und dass sie im Park abhängen würden. Und dann den restlichen Vormittag überhaupt keine SMS mehr. Sie beantwortete keine von meinen. Was sogar noch schlimmer war, denn dann malte ich mir aus, was sie gerade taten.*

*Und dann die Qual, Oma H herzubringen! Sie war total eingeschnappt, besonders weil wir sie die Eingangsstufen von ihrem Haus praktisch runtertragen mussten. Sie wollte nicht, dass wir das machten, und sie gab sich wirklich große Mühe, die Treppe hinunterzukommen, aber es war ihr anzusehen, dass sie wahnsinnige Schmerzen hatte. Sie sah plötzlich total alt aus.*

*Ich habe im Spiegel mein eigenes Gesicht betrachtet und versucht, mir vorzustellen, wie ich aussehen werde, wenn ich alt bin. Ich weiß nicht einmal, ob ich so alt werden will. Es muss irgendwie schrecklich sein zu spüren, wie einem das Fleisch irgendwie von den Knochen wegschmilzt, wenn die Haut ganz schlaff und faltig wird. Ich frage mich, was sie sieht, wenn sie in den Spiegel schaut – ob sie sieht, was ich sehe, wenn ich sie anschaue, mit den Falten und den eingefallenen Wangen und den borstigen Haaren links und rechts vom Mund, die sie übersehen und nicht ausgezupft hat. Bloß zwei oder drei, aber trotzdem. Ich frage mich, ob sie sieht, wie sie jetzt wirklich aussieht, oder ob sie eine jüngere Version von sich selbst sieht. Denn Oma H sah in ihrer Jugend gut aus, ich habe Bilder gesehen. Nicht hübsch wie Mum früher und wie sie es in gewisser Weise immer noch ist. Oma H sah eher vornehm aus. Aber trotzdem attraktiv.*

*Und jetzt ist sie nur noch Haut und Knochen. Ich weiß das, weil Mum und ich sie wie eine Art Sessellift tragen mussten, um sie die Treppe runterzubekommen. Oma H war fuchsteufelswild, aber für uns war es kein Problem, weil sie so gut wie nichts wiegt. Aber sie hielt den Kopf hoch erhoben, ohne uns anzusehen, ohne irgendetwas anzusehen, die Hände zu Fäusten geballt, und es fühlte sich irgendwie peinlich an. Als wäre sie nackt, oder als hätten wir sie auf der Toilette überrascht. Ihre Wange strich beim Tragen gegen meine, und Oma H ist faltig, aber sie hat echt schöne weiche Haut und riecht immer nach Chanel N°5, aber ich konnte ihr nicht den Kopf zuwenden, um sie anzulächeln oder etwas zu sagen, weil mir die Sache zu peinlich war. Nachdem wir sie ins Auto verfrachtet hatten, stieg ich hinten ein und hörte die ganze Fahrt über meine Musik, was egal war, weil sich Oma H und Mum eigentlich sowieso nicht unterhielten, abgesehen von diesen dämlichen aufgekratzten Bemerkungen, die Mum immer wieder von sich gab, damit sie so tun konnte, als wären alle glücklich. Und keine SMS von Avril.*

Montag musste Lydia in Mathe neben Harry Großkotz Carter sitzen und versuchen, sein Grinsen zu ignorieren. Sie senkte den Kopf und konzentrierte sich mehr auf Mathe als je zuvor.

Sie hatte auf dem Schulweg alles erfahren: wie unglaublich gut Harry Carter küsste, was für schöne Augen Harry Carter hatte, wie Avril und Harry Carter Ellie Jacobs aus der Abschlussklasse dazu gebracht hatten, ihnen ein paar Dosen Cider zu kaufen, und wie sie beim Trinken Händchen gehalten hatten. Dass Harry Carter The Clash mochte, was ja so cool war, und dass sie beide die *Transfomers*-Filme echt mochten, was ein unglaublicher Zufall war. Und *noch einmal*, wie unglaublich gut Harry Carter küsste, und dass er außerdem gefragt hatte, ob sie sich nach der Schule treffen könnten.

Lydia sagte überhaupt nichts. Sie wagte nicht, etwas zu sagen. Doch Avril schien es nicht zu bemerken. Sie hüpfte auf ihren langen Beinen mit den heruntergerollten Strümpfen und dem hochgerollten Rock neben ihr her. Alles an ihr war so vertraut, dass es Lydia am ganzen Körper wehtat.

Als Lydia sie am Samstag verlassen hatte, hatte Avril zusammengekrümmt in einem Sessel gehockt und abgespannt den Fernseher angestarrt, vor lauter Sorge um ihre Mum. Und jetzt war sie quietschvergnügt, platzte geradezu vor Aufregung, und mit Lydia hatte all das nichts zu tun …

Ein Klaps an der Schulter ließ sie aufsehen. »Eifersüchtig?«, formte Harry lautlos mit den Lippen und hob die Augenbrauen.

*Eifersüchtig genug, um dich mit einem Blick zu töten, du Scheißkerl.* Sie verdrehte die Augen und kehrte zu ihren Gleichungen zurück. Allerdings rechnete sie sich stattdessen aus, was er gemeint haben könnte.

Sie traute ihm nicht über den Weg. Harry Carter war ein Blender. Er konnte Avril unmöglich lieben, nicht einer wie er.

In der nächsten Stunde hatten sie Erdkunde, und sie schrieben eine Probeklausur, was bedeutete, dass sie die ganze Zeit über still schreiben mussten, während Mr. Graham zwischen den Bänken auf und ab ging. Ihr blieb keine Zeit, mit Avril zu sprechen, bevor er die Blätter verteilte. Früher hatte Avril ein bisschen für Mr. Graham geschwärmt, aber heute würdigte sie ihn kaum eines Blickes. Als Lydia hinübersah, starrte sie mit dieser albernen Miene ins Leere, als stünde sie unter irgendeiner Droge. Bei Lydias Versuch, sich zum Schreiben zu zwingen, ergoss sich aus ihrem Stift nur Unsinn aufs Blatt.

Mr. Graham bestand darauf, dass sie schrieben, bis es läutete. Avril war beim Einpacken ihrer Sachen auffallend langsam. Lächerlich langsam. »Wie geht's deiner Mum?«, flüsterte Lydia ihr zu, und Avril schüttelte den Kopf.

»War gestern wieder alles in Ordnung mit ihr?«, fuhr Lydia trotzdem in leisem Tonfall fort, als sie auf den Flur hinaustraten, denn selbst wenn Avril nicht darüber reden wollte – Lydia wollte es. Sie wollte Avril ins Gedächtnis rufen, dass sie Geheimnisse miteinander teilten. Dass Lydia der Mensch war, dem sie vertraute, an den sie sich wenden konnte, wenn etwas schieflief. »Hat sie dir gesagt, was passiert ist?«

»Es war nichts, okay? Keine große Sache.«

»Das sagst du so, aber ich weiß, dass du dir Sorgen gemacht hast.«

Avril drehte sich verärgert zu ihr. »Ich habe gesagt, keine große Sache.« Ihr Handy läutete in ihrer Tasche und sie holte es hervor. Sie ging schneller als Lydia. Lydia holte sie noch rechtzeitig ein, um Avrils Entzücken zu sehen, als sie die SMS las.

Beim Mittagessen stocherte Lydia zum ersten Mal genauso in ihrem Essen herum wie Erin und Sophie. Avril aß auch nichts. Der einzige Trost war, dass sie den anderen Mädchen noch nichts von sich und Harry erzählt hatte. Oder war es schlimmer, dass Avril ihr Glück geheim hielt? Sie warf immer wieder verstohlene Blick zum anderen Ende der Mensa, wo Harry mit seinen Freunden saß und lachte. Wahrscheinlich über Avril. Wie leicht es Harry gefallen war, Avril rumzukriegen.

In Lydias Kehle bildete sich ein trauriger Kloß.

Und das hier war erst der Anfang. Nur der Anfang eines ganzen Lebens, in dem Lydia ihre törichten Träume hinunterschlucken und Avril mit anderen Menschen beobachten müsste, die sie mehr liebte als sie, Lydia. So sollte Liebe nicht sein. Man sollte nicht den Menschen, den man liebt, verlieren.

Harry blickte von dem Gespräch mit seinen Freunden auf und suchte nach Avril. Er hob die Hand, und Avril erwachte zum Leben. Sie sprang auf und ging hin zu seinem Tisch.

Erin stand der Mund offen. »Was läuft denn zwischen Avril und Harry?«

»Nichts«, erwiderte Lydia.

»Da ist doch was im Busch. Weißt du etwa nicht Bescheid? Seid ihr beide sonst nicht untrennbar?«

Lydia fing an, ihre Sandwichverpackung in Stücke zu reißen.

»Wow, sie benimmt sich wie sein Schoßhund«, sagte Olivia, und zum ersten Mal teilte Lydia ihre Meinung.

»Sind die zusammen?«, fragte Erin. »Du musst es doch wissen.«

»Ich will nicht darüber reden«, fuhr Lydia sie an, bevor

sie nachdenken konnte, bevor sie sich etwas zurechtlegen konnte, das sie nicht verraten würde.

»Oooh«, machte Sophie. »Eifersüchtig? Bist du traurig, dass du deine Chance verpasst hast?«

»Ist es in Ordnung, wenn ich mich hierhin setze?«

Es war Bailey, die Neue, die sich an Lydia wandte. Die anderen Mädchen verstummten und starrten sie an. Baileys Haare waren immer noch total daneben, und sie trug immer noch diese Söckchen, aber wenigstens bestand ihr Mittagessen aus einem Salat und einem Joghurt, anstatt der Pampe, die sie beim letzten Mal gehabt hatte.

»Ich meine, ist der Platz besetzt?«, versuchte es Bailey erneut.

Es war Avrils Platz.

»Ich werde nicht mit euch reden, wenn ihr nicht wollt«, fügte Bailey hinzu. »Ich brauche bloß einen Platz, an dem ich sitzen und essen kann.«

Das war es, was Lydia zu schaffen machte: dieses Angebot, nicht zu reden, das direkte Eingeständnis, dass sie nicht dazupasste und sich damit abgefunden hatte. Sie schob Avrils Bücher beiseite, sodass am Tisch Platz für Bailey war. »Mach schon!«, sagte sie.

Erin beugte sich zu Lydia. »Sie ist in dich verknaaahallt«, säuselte sie ihr ins Ohr. Lydia verdrehte die Augen.

Am anderen Ende der Mensa hörte sie Avrils glockenhelles Lachen.

## KAPITEL 15

# *Jo*

»Ich sehe was, was du nicht siehst, und das ist grün.«

»Baum!«

»Nein.«

»Blume!« Oscar hielt sich seitlich am Buggy fest und sprang auf und ab. Iris schlief, und das seit zwanzig Minuten, erschöpft von einem Wutanfall im Waitrose-Supermarkt. Oscar war immer noch putzmunter, und Jo hegte die Hoffnung, dass sie ihre Einkäufe vielleicht tatsächlich ohne große Katastrophen hinter sich bringen könnte.

Vergangene Nacht hatte sie nicht viel geschlafen. Hauptsächlich machte sie sich Sorgen um Honor, aber gegen drei Uhr waren die alten Gedanken allmählich wieder zurückgekehrt, die gleichen, die sie nun schon seit zehn Jahren mitten in der Nacht heimsuchten. Im Frühling war es immer am schlimmsten. Schließlich war sie aufgestanden, hatte sich eine Tasse Kamillentee gekocht und beinahe bis zum Morgengrauen ihr Buch gelesen.

Sie unterdrückte ein Gähnen. »Blumen sind nicht grün, Oscar.«

»Die da ist grün!« Er deutete auf einen Blumentopf in der Mitte des Einkaufszentrums.

»Das ist keine Blume, Süßer, das ist ein Farn.«

»Farn!«

»Also – such weiter.«

»Apfel!«

Jo sah sich um. »Wo ist denn ein Apfel?«

»In meinem Kopf.«

»Dinge, die du dir in deinem Kopf ausdenkst, zählen nicht, Süßer. Es müssen Dinge sein, die man wirklich sehen kann.«

»Gras!«

»Jetzt wird es schon wärmer.« Oscar sah verwirrt aus, also erläuterte Jo. »So ähnlich wie Gras.«

Oscar blieb stehen und betrachtete eingehend das Rasenbeet vor dem Stoffladen. In Gedanken ging Jo ihre Liste durch: Waitrose erledigt. Als Nächstes zum Schlüsseldienst, um Honor einen Schlüssel nachmachen zu lassen, was in Ordnung wäre, weil Oscar gern an all den Schlüsseln in der Auslage herumspielte. Zum Schluss in die Bücherei, weil Iris bis dahin vielleicht endlich wach war, und obwohl sie gewöhnlich schlecht gelaunt aufwachte, wäre Oscar mit den Büchern beschäftigt, sodass Jo Iris im Arm halten konnte. In der Bücherei gab es auch eine Toilette mit Wickeltisch.

Ihre Einkäufe bestanden heutzutage immer aus einer Zickzackroute durch das Einkaufszentrum, während sie Läden in der optimalen Reihenfolge aufsuchte, damit die Kinder zufrieden blieben und nicht das Interesse verloren. Den Supermarkt musste sie immer zuerst erledigen, solange die Kinder noch Ausdauer hatten. Denn der Supermarkt war immer heikel: Oscar bat um Süßigkeiten, die er nicht haben durfte, und Iris fand, dass es Spaß machte, sich Dinge in Buggyhöhe aus den Regalen zu greifen und auf den Boden zu werfen. Wenn die Kinder relativ zufrieden und noch nicht gelangweilt waren, ließen sich diese Hürden ohne allzu viel Ärger nehmen.

Natürlich bedeutete das, dass sie, wenn sie etwas Tiefgekühltes haben wollte, am Ende ihrer Erledigungen noch einmal in den Supermarkt musste, damit es nicht schmolz, während sie ihre anderen Einkäufe machte. Bisher war ihr noch keine Methode eingefallen, das zu umgehen, außer Lydia dazu zu bringen, auf ihre Geschwister aufzupassen, während Jo allein einkaufen ging. Selbst ohne Kinder ertappte sich Jo dabei, wie sie ihre Route um die Süßigkeitenregale herum plante und den Einkaufswagen nie zu nah an die schweren Konservendosen brachte.

Manchmal sah sie Paare, die den Wocheneinkauf zusammen mit ihren Kindern machten. Sie hielten einander den Rücken frei, indem einer die Kinder ablenkte, während der andere in den Regalen nach Artikeln suchte. Sie erinnerte sich noch, wie sie das mit Stephen gemacht hatte. Er hatte früher immer illustrierte Einkaufszettel für Lydia geschrieben, damit sie Artikel abhaken konnte, sobald sie im Einkaufswagen landeten.

»Mülleimer!«, rief Oscar.

»Die Mülleimer sind schwarz«, sagte Jo und hielt, um sicherzugehen, nach dem nächsten Müll Ausschau. Dabei erblickte sie Marcus von nebenan, der das Einkaufszentrum durchquerte. Er trug ein weißes Hemd und eine grüne Krawatte und hatte eine Stoffeinkaufstasche in der Hand. Als er sie erblickte, lächelte er, hob die Hand und änderte seine Route, um zu ihr zu kommen. Jo rieb sich schnell die Augen, als könnte sie die Ringe darunter loswerden.

»Hallo, Nachbarin!«, rief er. »Wie geht's?«

»Gut«, antwortete Jo, die sich absurderweise darüber freute, dass er einen Umweg gemacht hatte, um sie zu begrüßen – und die absurderweise enttäuscht war, dass er offensichtlich ihren Namen vergessen hatte. »Wie geht's, Marcus?«

Er hielt die Stofftasche hoch. »Mittagspause in der Arbeit. Man hat mich losgeschickt, Tee und Kekse zu kaufen. Für die Tasche kann ich nichts.«

Sie war rosa mit Gänseblümchen darauf. »Sie ist doch hübsch.«

»Na ja, ich weiß nicht.« Er ging in die Hocke, auf Augenhöhe mit Oscar. »Hallo, ich wohne nebenan von euch. Ich glaube, ich habe deine Lastwagen im Garten gesehen.«

»Ich spiele am liebsten Laster«, sagte Oscar. »Ich habe achtzig Millionen.«

»Das ist eine beeindruckende Zahl.«

»Das ist Oscar«, stellte Jo vor. »Und die Schlafmütze im Buggy ist Iris. Oscar, das ist unser Nachbar, Mister …?«

»Marcus reicht völlig. Freut mich, deine Bekanntschaft zu machen, Oscar.« Marcus streckte feierlich die Hand aus, und Oscar schüttelte sie, auf und ab, eins, zwei.

»Ich wusste gar nicht, dass er weiß, wie man das macht«, sagte Jo.

»Ein schöner fester Handschlag. Immer ein gutes Zeichen.« Lächelnd richtete sich Marcus auf. Obwohl er förmlicher gekleidet war als bei ihrer letzten Begegnung, waren seine Haare immer noch zerzaust, als hätte er vergessen, sie vor der Arbeit zu bürsten, oder als wäre er sich gerade mit den Fingern hindurchgefahren. »Und, hast du auch so einen wichtigen Auftrag wie ich, Jo?«, fragte er, und Jo war entzückt, dass er sich doch an ihren Namen erinnerte. Dieser junge Mann, der wahrscheinlich keine zehn Jahre älter als ihre Erstgeborene war.

»Ich habe einen sehr aufregenden Terminplan, erst Schlüsseldienst und dann die Bücherei. Wir sind bereits bei Waitrose gewesen auf der Suche nach etwas, das ich meiner Schwiegermutter als Mittagessen vorsetzen könnte.«

»Oh. Schwiegermütter sind heikel, habe ich mir sagen lassen. Ich selbst habe keine.«

Heute war sein Gesicht glatt rasiert. An seiner Wange befand sich ein Muttermal, der einzige Makel auf seiner glatten Haut. Jo versuchte, sich zu konzentrieren.

»Honor wohnt eine Weile bei uns. Sie hat eine Hüft-OP hinter sich und muss erst wieder zu Kräften kommen. Die einfachste Mitbewohnerin ist sie nicht gerade.«

Das war eine Untertreibung. Honor hatte kaum ein Wort von sich gegeben, seitdem sie am gestrigen Tag in Lydias ehemaligem Zimmer untergebracht worden war. Sie hatte fast nichts von dem Sonntagsbraten gegessen, den Jo zubereitet hatte, und sich in ihr Zimmer zurückgezogen, bevor die Kinder im Bett waren, jegliche Angebote heißer Getränke oder Hilfe ausschlagend. Jo hatte sie um elf Uhr, als sie selbst nach oben gegangen war, immer noch hinter der geschlossenen Tür herumschlurfen gehört.

Am Morgen war Honor auf gewesen, bevor Jo mit den Kindern nach unten gekommen war. Jo hatte den Wasserkocher heiß vorgefunden und einen Teller mit Toastkrümeln in der Spüle.

»Eigentlich will sie keine Zeit mit uns verbringen«, hörte Jo sich sagen. »Sie bleibt hinter der geschlossenen Tür in ihrem Zimmer. Sie schaut einen noch nicht einmal direkt an. Sie starrt einem die ganze Zeit quasi über die Schulter, selbst wenn sie mit einem redet. Als wäre Blickkontakt zu viel verlangt.«

»Klingt wie die meisten Teenager, die ich kenne.«

Jo lachte, über seine Äußerung und auch über sein sonniges Grinsen. »Ich weiß nicht, was ich davon halten soll«, gestand sie. »Auf der einen Seite ist es großartig, dass sie sich im Haus selbstsicher genug fühlt, sich um sich selbst zu kümmern, andererseits … Irgendwie hatte ich gehofft, dass wir uns wie eine Familie benehmen würden.«

»Was sagt dein Mann dazu?«

»Oh, er ist … Honor ist die Mutter meines ersten Mannes, der verstorben ist.«

»Das tut mir leid.«

»Es war vor langer Zeit.« Jo dachte an ihren Moment gestern in Honors Zimmer, als sie das Foto betrachtet hatte. Den Moment gerade eben im Waitrose, als sie das Paar beobachtet hatte. Daran, dass sie die letzte Nacht wach im Bett gelegen hatte. Sie fuhr eilig fort. »Oscar und Iris habe ich mit meinem zweiten Mann bekommen.«

»Bestimmt nicht ganz leicht für ihn, eine Schwiegermutter zu ertragen, die noch nicht einmal seine eigene ist.«

»Er muss sie nicht ertragen. Wir sind geschieden.«

»Oh.«

Ohne etwas zu sagen oder zu tun, stand er einfach nur höflich da. Weil sie albern genug gewesen war, ihm mitten im Einkaufszentrum, mit den beiden Kindern im Schlepptau, zu sagen, dass sie Single und zu haben war.

»Also wegen …«, setzte er endlich an.

»Wie dem auch sei«, unterbrach sie ihn, bevor er sagen konnte, dass er los müsse, sich entschuldigte und sie noch verlegener machte, »ich wollte dich nicht mit meiner Lebensgeschichte …«

»Straßenlaterne!«, brüllte Oscar in diesem Moment.

Sie sahen beide zu Oscar, der auf und ab hüpfte und auf eine Straßenlaterne mitten auf dem Rasenstück deutete, als wäre sie eine aufregende Entdeckung.

»Was meinst du, Kollege?«, frage Marcus.

»Straßenlaterne! Die Straßenlaterne ist grün, Mummy, war's das?«

»Ja, mein Schatz, das war's! Ich sehe was, was du nicht siehst«, erklärte sie Marcus.

»Du bist dran!«, sagte Oscar und wandte sich an Marcus. »Du musst raten!«

»In Ordnung.«

»Musst du nicht …«, begann Jo und machte eine vage Handbewegung. »Ich meine, fühl dich nicht verpflichtet. Ich weiß, dass das hier deine Mittagspause ist …«

»Ich hab schon zu Mittag gegessen«, sagte Marcus. »Und die Welt wird nicht untergehen, wenn die Leute ihren Tee und die Kekse ein paar Minuten später bekommen. Schieß los, Oscar.«

»Ich sehe was, was du nicht siehst, und das ist braun!«

»Hm.« Marcus legte den Finger ans Kinn und ließ den Blick umherschweifen. »Der Boden?«

»Nein!«

»Die Bank?«

»Nein!«

»Der Himmel?«

»Der Himmel ist *blau!*« Oscar strahlte und hatte die Schultern zurückgeworfen, so wie er es tat, wenn er andere herumkommandierte.

»Ist er tatsächlich. Die Haare von deiner Mummy?« Marcus sah Jo eine Sekunde lang in die Augen. »Nein, die Haare deiner Mummy sind nicht braun. Sie sind eher … kupferfarben.«

»Rot«, sagte Jo.

»Kupferfarben«, bekräftigte Marcus. »Hm. Dann lass mich mal sehen. Nicht der Boden oder die Bank oder der Himmel, der blau ist, oder Mummys Haare. Wie wär's mit … meinen Schuhen?«

»Ja!«, rief Oscar. »Braune Schuhe!«

»Bravo! Fast hätte ich es nicht rausbekommen, Kollege.« Er klatschte mit Oscar ab und richtete sich auf.

»Du kannst gut mit Kindern«, sagte sie.

»Ich habe einen Neffen ungefähr in Oscars Alter.«

Er zögerte, und Jo brach das Schweigen. »Tja, wir müssen die Schlüssel nachmachen lassen, bevor Iris aufwacht. Schön, dich wiedergesehen zu haben, Marcus.«

»Gleichfalls. Und schön, dich kennengelernt zu haben, Oscar. Iris' Bekanntschaft werde ich ein andermal machen. Jo, ich wollte …« Er fuhr sich mit der freien Hand durch die Locken, sodass sie noch ein wenig mehr abstanden. »Ich schulde dir noch eine Tasse Tee.«

»Oh. Ja, das wäre …« *Noch eine Gelegenheit, dich blöd anzuglotzen und mich zum Narren zu machen.* »Das wäre schön.«

»Klasse. Komm vorbei, wann immer du Zeit hast. Meine Hausnummer ist sechsunddreißig.« Er warf einen Blick auf seine Armbanduhr. »Tut mir leid, aber ich muss wirklich los, sonst komme ich zu spät.« Er entfernte sich, rückwärts, und hielt die rosafarbene Gänseblümchentasche hoch. »Einen Keks spendiere ich auch noch!«, rief er, bevor er sich umdrehte und halb davonjoggte. Jo betrachtete seinen lässigen Gang, seinen anmutigen Körper, bis er außer Sicht war.

KAPITEL 16

# Honor

Wenn das Haus leer war, war es viel ruhiger als in ihrem Haus in Stoke Newington. Verkehr gab es fast keinen, die vorüberfahrenden Autos waren nagelneu und voller Kinder.

Honor hatte nichts zu tun. Keine Hausarbeit, keine abzuschließende Forschungsarbeit, keine kleinen Besorgungen, die sie erledigen konnte. Bevor Jo das Haus verlassen hatte, hatte sie ihr eine Thermoskanne Tee, einen Teller mit Keksen und einen weiteren Teller mit belegten Broten gebracht, mit Klarsichtfolie überzogen, zusammen mit einem Apfel und einer Banane. Das alles stand unberührt auf dem kleinen Tisch bei dem bequemen, wenn auch nicht zu weichen Sessel, den Jo ebenfalls extra für sie hingestellt hatte. Außerdem hatte sie ihr einen Greifer besorgt, eine Art Zange am Ende eines Stocks, die sich mithilfe eines Abzugs am Griff bewegen ließ. Der Greifer sollte es Honor ermöglichen, Dinge aufzuheben, ohne aus dem Sessel aufstehen oder sich bücken zu müssen.

Dies war der Radius ihrer Welt: was sie aus den Augenwinkeln sehen konnte und was sie mit dem Ende eines Stocks erreichen konnte.

Honor stand auf und ging am Stock aus dem Schlafzimmer in das leere Haus. Sie hatte ihre sämtlichen Schmerzmittel im angrenzenden Badezimmer die Toilette hinuntergespült. Die Schmerzen waren erträglich, oder richtiger:

Sie würde sich dazu zwingen, sie zu ertragen. Der Arzt hatte ihr versichert, dass sie nachlassen würden, während die Verletzungen abheilten. Außerdem hatte er ihr geraten, so aktiv wie möglich zu sein. »Sie müssen das Gelenk benutzen, um es zu kräftigen, auch wenn das anfangs schwer sein wird. Aber seien Sie sehr vorsichtig. Wir wollen schließlich nicht, dass Sie noch einmal hinfallen!«

Das herablassende »Wir«. Wenigstens bediente sich Jo nicht dieser unerträglichen Sprechweise. Dafür war Honor dankbarer als für das Zimmer oder den Greifer oder das aufwendig zubereitete Essen.

Mithilfe des Stocks bahnte sie sich einen Weg über den glatten Boden durch die Küche zu der Tür, die in die Garage führte. Hier im Halbdunkel, inmitten des Geruchs von Öl und Beton, der freien Fläche, die das übergroße Auto zurückgelassen hatte, war noch etwas, wofür sie vermutlich dankbar sein sollte. Im Zwielicht versteckte es sich wie ein großes, unförmiges Insekt.

Es war am Morgen eingetroffen, gebracht von einem Lieferwagen, der ein Warnpiepen von sich gegeben hatte, als er rückwärts in die Kieseinfahrt fuhr. Jo und die Kinder hatten Honor nach draußen geholt, damit sie es bestaunen konnte.

»Roller!«, hatte Oscar geschrien und war wild herumgehüpft. »Es ist ein Roller, Oma H! Er ist lila!«

Der Sonnenschein blendete. Honor erblickte gedrungene Räder, etwas Violettes. »Du hast mir ein Elektromobil besorgt?«

»Ich dachte, es wäre nützlich, und du wärst dann unabhängiger«, sagte Jo. »Du kannst ins Einkaufszentrum fahren, deine eigenen Besorgungen machen. Ich meine, ich kann dich natürlich fahren, aber falls du es selbst machen möchtest.«

»Wie viel kostet so ein Ding?«

»Ich habe es gemietet. Sie sind wochenweise zu haben. Es ist nicht so gut wie dein Fahrrad, aber …«

»Ich bin mir nicht sicher, ob das …« Zu ihrer Überraschung fühlte Honor eine kleine kühle Hand in ihre gleiten. Oscar zog sie zu dem Elektromobil hin. »Fahr mal damit, Oma H!« Da sie nicht wusste, was sie tun sollte, folgte sie ihm. »Das hier ist der Sitz«, erklärte er ihr und deutete darauf. »Und das hier ist der Startknopf. Darf ich drücken?«

»Nein, Oscar, das ist Oma Honors Elektromobil, nichts für kleine Kinder«, sagte Jo.

Honor hatte den Startknopf nicht gefunden, aber Oscar legte ungeduldig ihre Hand darauf. »Drück ihn!«, drängte er, also tat sie es. Das Elektromobil erwachte brummend zum Leben. Oscar brach in Freudengeschrei aus. »Ich will fahren!«, rief er.

Sie hatte es ausgestellt, und Oscar gab ein enttäuschtes Geräusch von sich.

»Ich werde es erst einmal in die Garage stellen«, sagte Jo fröhlich, doch Honor hörte ihr die Enttäuschung an. Wieder etwas, das Jo getan hatte und das Honor zu schätzen wissen sollte, was sie jedoch nicht tat.

Jetzt, Stunden später und allein, näherte sich Honor dem Gefährt. Sie legte die Hand auf die glatte Hülle. Einen Augenblick spielte sie mit dem Gedanken, sich hineinzusetzen und den Knopf zu betätigen. Sie würde über die Gehsteige von Woodley zuckeln und mit vier Meilen pro Stunde den Keats Way hinunterfahren, über die Tennyson Street, aus den reglementierten Vorstadthäuserblocks hinaus in das Straßengewirr Londons, zurück nach Hause. Zu dem Thema hatte sie mal einen Film gesehen, glaubte sie sich zu erinnern. Ein alter Mensch, der sein Schicksal selbst in die Hand nahm.

Sie schnaubte verächtlich. Sie war keine Filmheldin. Sie war ein realer Mensch. Früher war sie einmal Tochter, Dozentin, Geliebte, Leserin, Mutter gewesen. Objekt des Mitleids, Objekt der Begierde, Gegenstand der Geringschätzung.

Jetzt nichts davon. Bloß eine Frau. Eine hilfsbedürftige alte Dame. Nutzlos, irrelevant, unsichtbar. Dieses Elektromobil verschaffte ihr keine Freiheit. Es machte ihr einmal mehr ihre Grenzen klar.

Es verriet ihr aber auch, dass Jo noch nicht hinter ihr Geheimnis gekommen war.

Es hatte vor knapp einem Jahr begonnen. Sie hatte in einem Buch gelesen, als plötzlich ein Satz auf der Seite verrutschte. Ein Wort sprang heraus, änderte seine Position, befand sich auf einmal höher als vorher. Honor verfolgte das Gelesene zurück – zurück zum Anfang des Satzes, und fing noch einmal an. Und an derselben Stelle bockte der Satz erneut, als hätte er sich von der Seite gelöst.

Und dann das nächste Wort und das nächste – und so weiter bis zum Seitenende, wo die Wörter wieder reglos dalagen. Sie versuchte die nächste Zeile, die am Rand vollkommen reglos dalag und dann in der Mitte, mitten im Satz, ein Eigenleben zu entwickeln schien. Dasselbe in der nächsten Zeile, im nächsten Absatz, auf der nächsten Seite.

Sie ließ das Buch sinken und ruhte ihre Augen aus, rieb sich die Stirn. Es war Abend und sie lag im Bett, die Leselampe war eingeschaltet. Bei dem Buch handelte es sich um *Anna Karenina*. Die Seiten waren weich von der Berührung ihrer Finger. Mit geschlossenen Augen konnte sie sich die Seite vorstellen, die sie gerade zu lesen versucht hatte. Sie konnte den Satz sehen, wie er eigentlich sein sollte, gleichförmig und beruhigend. Würde sie das Buch auf ihrem Schoß aufschlagen, könnte sie ohne hinzusehen den Finger darauflegen, weil Wörter sich nicht bewegten. Ihre Bedeutung mochte sich mit der Zeit und durch Erfahrung, Übersetzung und Kontext, Literaturtheorie und Mode verändern. Doch *die Wörter selbst* wackelten nicht auf der Buchseite herum wie unbeholfene Tänzer.

Ihr ganzes Leben lang hatte sie im Stehen und in Bewegung gelesen. Bewegung half ihr beim Denken. Sie las gern als Passagierin in einem Auto oder einem Zug oder einem Flugzeug. Gelegentlich hatte sie beim Fahrradfahren ein Buch aufgeschlagen und einzelne Sätze gelesen, das Buch auf dem Lenker.

Sie mochte das Gefühl, dass sich die Welt um sie herum bewegte, während ihre Wörter solide und sicher und wahr blieben.

Honor dachte an den Satz, den sie gelesen hatte: *Sie haben keine Vorstellung davon, was Glück ist, und sie wissen nicht, dass es für uns ohne Liebe kein Glück oder Unglück gibt, denn es gäbe kein Leben.* Sie schlug das Buch auf und legte den Finger darauf, ohne hinzusehen. Sie stellte sich den Satz in Gedanken vor.

Als sie die Augen aufmachte, tanzte der Satz.

Nach diesem ersten Tremor las sie trotzdem noch mehrere Monate weiter. Bei einem Buch, das sie gut kannte, war es kein allzu schwerwiegendes Problem. Die Wörter am Rand hielten gehorsam still wie verlässliche Wachsoldaten, und die Bedeutung der ungehorsamen Wörter in der Mitte konnte sie vorhersagen, selbst wenn sie sie nicht entziffern konnte. Doch es war unmöglich, ein neues Buch zu lesen.

Honor wusste, was die Ursache war. Vor fünfunddreißig Jahren hatte sie gesehen, wie ihr Vater die Zeitung sinken ließ und sich die Stirn rieb. Ihr war aufgefallen, dass ihm, einem Mann, der seinem Erscheinungsbild immer sehr große Sorgfalt gewidmet hatte, Stellen beim Rasieren entgingen, dass er sich die Krawatte schief umband. Sie hatte eine stärkere Brille vorgeschlagen, und Stephen und sie hatten ihn zum Optiker begleitet. Um ihm bei der Auswahl des neuen Brillengestells zu helfen, behauptete sie. Aber eigentlich geschah es, weil sie wusste, dass ihr Vater ihnen nicht erzählen würde, was der Optiker mit ihm besprach. Die Levinsons waren in diesen Dingen sehr eigen.

Also war sie dort gewesen und hatte mit angehört, wie ihr Vater das, was er sah, beschrieb: *Es ist in der Mitte ganz verschwommen und manchmal hüpfen die Zeilen.*

Sie sah auch, wie der Optiker Untersuchungen durchführte, und hörte die Diagnose. Fünfunddreißig Jahre hatten ihre Erinnerung an das Entsetzen nicht abgemildert, das ihren Vater ergriffen hatte. Er hatte sein Leben lang in derselben Gemeinde gelebt, war sein ganzes Leben in dieselbe *shul* gegangen, als Kaufmann war er es gewohnt, jeden auf den ersten Blick zu erkennen und mit Namen zu begrüßen …

Und jetzt, fünfunddreißig Jahre danach, war Honor älter als ihr Vater damals, als bei ihm die Erblindung eingesetzt hatte. Auch ihre Welt war in der Mitte ganz verschwommen und hüpfte.

Ein Computerbildschirm war kein bisschen besser als ein Buch, aber sie hatte es trotzdem gegoogelt, und obwohl der Text von allein zu scrollen schien, hatte sie alles, was sie wissen musste, herausgefunden. Makula-Degeneration – eine fortschreitende Zerstörung der Netzhautpigmente, die sich als Verschwommenheit in der Mitte des Sehfelds manifestierte, letztlich gefolgt von Schwärze.

Erblich, unheilbar, unaufhaltbar.

Die Wörter hüpften, weil ihr peripheres Gesichtsfeld besser als ihre direkte Sicht war und sie den Kopf bewegte, um die Wörter in den Blick zu nehmen. Sie selbst bewegte sich, nicht die Wörter. Das Zentrum ihres Gesichtsfelds stand im Begriff, sich aufzulösen, wie ein Blatt Papier, das man über eine Kerze hielt.

Sie konnte nichts tun, um den Prozess zu verlangsamen oder zu verhindern. Also brachte sie ihr Fahrrad in den Schuppen und stellte die herumliegenden Bücher zurück in die Regale und räumte alles fort, was Sehkraft erforderte. Abgesehen von den paar Jahren in Oxford hatte sie seit ihrer Kindheit in ihrem Haus gelebt, und sie kannte es wie ihren eigenen Körper, sie konnte es ertasten, riechen und hören.

Doch dann war sie daneben getreten. Sie war gestürzt.

Und nun war sie hier in einem Haus, das sie nicht kannte, und sie musste so tun, als gäbe es nicht dieses fatale Loch mitten in ihrem Gesichtsfeld.

KAPITEL 17

# *Jo*

Sie erwachte und hörte Stephens Schrei.

Als Jo die Augen aufschlug, war es dunkel. Zitternd setzte sie sich auf. Sie wischte sich den Schweiß von der Stirn. Die fluoreszierende Uhr zeigte 3:14 an. Sie war hier, in ihrem Haus, allein in dem großen Doppelbett, ihre schlafenden Kinder in der Nähe, Stephens Mutter, die im Erdgeschoss schlief. Der Schrei war nur ein Traum gewesen.

Sie hörte ihn immer noch.

Sie schob die Bettdecke von sich und schwang die Beine aus dem Bett. Es war immer noch April. Es war zu früh. Der Jahrestag war erst im Juni. Erfahrungsgemäß wusste Jo, dass sie aufstehen musste, sich ein warmes Getränk zubereiten, ein Buch zum Lesen suchen oder eine Fernsehsendung, die sie angucken konnte, ansonsten würde sie weiter darüber nachdenken. Über Stephens letzte Augenblicke, darüber, was er gesehen, was er gefühlt hatte. Die Angst, die ihn durchzuckt haben musste, und seine geheimsten Gefühle, die zum Leben erwachten, während er starb.

Seine Hände, die ins Leere griffen. Seine Brille, die ihm vom Gesicht fiel. Die Polizei hatte sie ihr nicht zurückgegeben, sie musste in tausend Einzelteile geborsten sein. Sie hatte dem Leichenbestatter seine Ersatzbrille gegeben, obwohl der Sarg geschlossen war, obwohl nichts überflüssiger war als diese Brille.

Was hatte Stephen gesehen?

Jo ließ den Kopf in die Hände sinken. Sie wusste, dass sie heute Nacht nicht wieder einschlafen würde, und morgen musste sie wieder ein Strahlen im Gesicht haben.

Es war erst April.

Jo klopfte bei Honor an. »Ja?«, kam die Antwort, und Jo öffnete zögernd die Tür. Honor saß in ihrem Sessel mit einem dicken Buch auf dem Schoß.

»Oscar und ich haben Cupcakes gebacken. Ich habe hier einen für dich, und auch eine Tasse Tee …«

Sie trug den Teller und die Tasse durchs Zimmer. Honor warf einen Blick auf den kleinen Kuchen – Rührkuchen mit einem grünen Klecks Zuckerguss –, nickte einmal und richtete ihre Aufmerksamkeit wieder auf das Buch. Es war groß und schwer, auf dem Umschlag prangte russische Schrift. Wie schaffte es Honor, dass Jo sich klein fühlte, nur indem sie ein Buch in Händen hielt?

»Oscar mag so gern grüne Lebensmittelfarbe«, erklärte Jo. »Egentlich ein Witz, weil er sonst für Grünzeug nichts übrighat.«

Honor gab ein Ächzen von sich. Sie blätterte um.

»Außerdem«, fuhr Jo fort, »wollte ich dich fragen, was du davon hältst, wenn wir in der Küche einen Kalender aufhängen. Wir könnten alle unsere Termine und dergleichen hineinschreiben, damit wir uns besser aufeinander abstimmen können.«

»Einen Kalender.«

»Ja, genau. Sachen wie Lydias Prüfungen oder Oscars Kindergarten würde ich notieren, und dann natürlich deine Termine. Es wäre mir eine große Hilfe, damit ich weiß, wann ich dich ins Krankenhaus fahren muss und so weiter.«

»Ich werde mir ein Taxi zum Krankenhaus nehmen.«

»Aber das brauchst du doch nicht, wenn ich dich fahren kann. Ich mache das sehr gern, schließlich bist du aus dem Grund hier eingezogen.«

Honor sah Jo an, auf ihre seltsame Art – über die Schulter hinweg anstatt direkt in die Augen. Es war eine weitere Ohrfeige.

»Ich habe mir gedacht, es wäre gut, wenn wir ihn an der Schranktür neben dem Kühlschrank aufhängen«, fügte Jo hinzu. Außerdem würden sich unangenehme Gespräche wie dieses erübrigen. Sie hielt ihr den Kalender entgegen, den sie unter dem Arm gehabt hatte. Iris hatte ihn ausgesucht. Er war mit Fotos von kleinen Kätzchen geschmückt.

»Na schön«, sagte Honor. »Wenn du darauf bestehst.« Sie nahm den Kalender, und Jo zog sich zurück.

Iris und Oscar hatten all ihre Stofftiere nach unten ins Wohnzimmer gebracht. Beide Kinder hatten grüne Gesichter und Finger, und das Fell der Spielsachen wies verräterische Flecken auf.

»Seid ihr bereit, zur Teegesellschaft nach draußen zu gehen?«, fragte Jo die beiden.

»Nein!«, rief Iris und drückte Irving, ihren rosafarbenen Elefanten, der jede Nacht bei ihr schlief.

»Unter dem Baum, Mummy!«, befahl Oscar.

»Unter dem Baum hört sich gut an. Ihr bringt Irving und Mr. Diddy nach draußen und sucht die Stelle aus. Und bringt auch die anderen nach draußen, und sobald ich die Bettwäsche aufgehängt habe, komme ich gleich mit noch mehr Kuchen nach.«

Sie trug den Wäschekorb voller Bettwäsche ins Freie, wo sie den Kindern dabei zusehen konnte, wie sie ihre Tiere in einem annähernden Kreis zwischen den heruntergefallenen Blüten anordneten, während Jo die Laken an die Leine hängte. Sonnenschein und Kinder waren das ideale Heilmittel nach einer schlaflosen Nacht. Oscar und Iris trotteten zwischen dem Haus und dem Baum hin und her, völlig in ihre Aufgabe versunken. Sie beobachtete Oscars zielstrebiges Stapfen, die auf- und niederfahrenden Arme und Beine. Iris' federndes Gehüpfe, die fliegenden Locken. Wann verloren sie diese kindliche Art des Gehens und verfielen auf eine erwachsene Gangart? Sie wusste noch, wie Lydia früher gegangen war – schnell, leichtsinnig, auf Teufel komm raus auf das nächste Hindernis zuhaltend und erst in letzter Sekunde ausweichend. Und sie wusste, wie Lydia jetzt ging, mit ihren langen Beinen und der unbewussten Anmut, als würde sie jeden Moment in einen mühelosen Lauf verfallen. Doch sie erinnerte sich nicht mehr an die Verwandlung vom kleinen Mädchen zur Frau. Sie war zu sehr damit beschäftigt gewesen, ihr Leben weiterzuleben, um es zu bemerken. Es war traurig. Sie musste darauf achten, den Moment bei Iris und Oscar nicht zu verpassen.

Als die Bettwäsche aufgehängt war, holte sie einen neuen Teller Kuchen und eine Teekanne voller Fruchtsaftgetränk und ließ sich im Gras neben Irving nieder.

»Tee, Mummy«, sagte Iris. Sie hob die Kanne hoch und bekleckerte sich mit Fruchtsaftgetränk.

»Ich mach das«, sagte Oscar, nahm die Kanne und goss behutsam eine Plastiktasse voller Fruchtsaftgetränk ein. Er reichte sie seiner Schwester, die Nein sagte und sich beim Trinken erneut mit Saft bekleckerte.

»Gut eingeschenkt, Oscar. Schenkst du mir und den Tieren auch etwas ein? Und Iris, kümmerst du dich darum, dass jeder Kuchen hat?«

Jo strich sich ein Blütenblatt aus den Haaren und beobachtete ihre Kinder, die glücklich im Sonnenschein beschäftigt waren. Sie hatte Erinnerungen wie diese an ihre eigene Mutter. Ja, wenn ihre Mutter heute noch leben würde, wäre sie bei ihnen im Gras und würde auch aus einer Teetasse Saft trinken. Sie würde sich – allen Schmerzen zum Trotz – nicht daran hindern lassen, Zeit mit ihren Enkeln zu verbringen. Genau wie Jo hatte sie gewusst, dass diese Momente nicht ewig währten.

Jo biss von dem grünen Kuchen ab und hielt das restliche Stück Irving dem Elefanten ans Maul, damit er abbeißen konnte. Sie blickte genau in dem Moment auf, als Honor durch die Hintertür kam. Jo stand auf und eilte zu ihr, damit sie nicht durch den Garten zu gehen brauchte.

»Da bist du ja.« Honor hielt den Kätzchenkalender hoch.

»Das ist schnell gegangen.« Jo griff nach dem Kalender und warf einen Blick darauf. Honor hatte mit ihrer kühnen, spitzen Schrift darauf geschrieben. »Oh. Heute steht schon etwas drin.«

»Das ist mein Termin.«

»Zwei Uhr?« Es war beinahe halb zwei. Sie hatte sich auf eine halbe Stunde Spielzeit gefreut und einen entspannenden Nachmittag, an dem sie die Kinder nicht durch die Gegend schleppen musste. Jetzt würde sie sich und die Kinder sauber machen und sie alle in den nächsten zehn Minuten in den Wagen verfrachten müssen. Und um zwei legte sie gewöhnlich Iris zum Mittagsschlaf hin. Sie hatte gehofft, Oscar dann auch hinlegen zu können, weil er den ganzen Vormittag herumgetobt hatte. Sie hatte die Stunde bereits eingeplant, in der die Kinder schliefen, um sich um die Wäsche kümmern zu können. Vielleicht wäre sogar eine Tasse Tee und ein bisschen Lektüre drin gewesen …

»Ja«, sagte Honor. »Er ist um zwei.«

»Aber du hast mir gar nichts davon gesagt, Honor.«

»Ich wollte mit dem Taxi fahren. Wie schon gesagt. Ich werde mir jetzt eins rufen.«

»Nein, nein, nein, natürlich nicht! Iris, Oscar, wir müssen uns sauber machen und dann mit dem Auto los.«

»Nein!«, sagte Iris und stampfte mit dem Fuß auf. Oscar sah enttäuscht aus, gleich würde es Tränen geben. Honor hatte ihr Handy aus der Tasche gezogen.

»Du kannst kein Taxi rufen«, erklärte Jo ihr. »Es wird nie rechtzeitig hier sein. Es ist nicht wie in London, wo man sich ein vorbeifahrendes Taxi heranwinkt. Es dauert eine ganze Weile, bis sie aufkreuzen.«

»Nein«, murmelte Honor. »Wie in London ist es nun wirklich nicht.«

»Ich werde dich fahren. Das ist kein Problem.« Vielleicht würden Iris und Oscar im Auto einschlafen, und Jo könnte ihr Buch auf dem Parkplatz lesen, während sie auf Honor wartete.

Doch von Müdigkeit konnte bei den Kinder keine Rede sein. Oscar und Iris sangen den ganzen Weg zum Krankenhaus aus voller Kehle »Old MacDonald«, während Honor stoisch aus dem Fenster starrte. Jo wollte mitmachen, sie liebte es, mit den Kindern zu singen und die Tiergeräusche nachzuahmen, aber Honors Miene hielt sie davon ab, und dann wurde sie wütend auf sich. Warum sollte sie nicht mit ihren Kindern singen?

In der Nähe des Eingangs gab es keine Parklücke, sodass Jo Honor absetzen musste. »Ich werde einen Parkplatz suchen und die Kinder in ein Café oder zu einem Spielplatz bringen«, erklärte sie Honor durch das heruntergelassene Seitenfenster. »Schick mir einfach eine SMS, wenn du fertig bist, dann hole ich dich genau hier ab.« Honor nickte und ging los. »Und lass dich von jemandem in einem Rollstuhl in die Orthopädie bringen!«, rief Jo ihr nach. »Oder in einem dieser Golfwagendinger!«

Honor schien ihr keine Beachtung zu schenken. Jo seufzte und fuhr auf der Suche nach einer Parklücke auf dem Parkplatz herum, während hinter ihr das »Gack-gack hier« und »Gack-gack da« der Kinder erklang. Letzten Endes musste sie bis ganz auf die oberste Ebene des Parkhauses fahren und ihren Wagen neben einen gewaltigen schwarzen Lexus quetschen.

»Verstecken im Park!«, erklärte Jo den Kindern und schnallte sie ab.

»Nein!«, sagte Iris. »Singen!«

»Du kannst im Park singen, mein Schatz.«

Oscar kletterte aus dem Auto und lief los, direkt auf die Fahrbahn zu. Es gelang Jo gerade noch, ihn an der Kapuze seines Pullis zu packen. Sie hielt sie fest und trug Iris auf der Hüfte, bis sie die Aufzüge erreicht hatten, wo Oscar sofort sämtliche Knöpfe drückte, sodass sie auf dem Weg nach unten auf jeder Ebene hielten.

Gegenüber vom Krankenhaus, auf der anderen Seite einer viel befahrenen Straße, befand sich ein Park. Oscar drückte auch noch auf den Knopf an der Ampel, und Iris kreischte und streckte die Hände aus, weil sie auch auf den Knopf drücken wollte. »Dann aber schnell, mein Schatz«, sagte Jo und stellte sie auf den Boden, als die Ampel auf Grün umschaltete. Iris drückte mit ihrem pummeligen Finger heftig auf den Knopf. Als sie fertig war, war die Ampel wieder rot, und die beiden Kinder mussten immer wieder auf den Knopf drücken, bis grün war.

In dem Park war kaum etwas los, abgesehen von ein paar Leuten auf Bänken, die zu Mittag aßen. »Ich zähle als Erster!«, rief Oscar und kniff die Augen zu. »Eins, zwei, drei, vier, sechs, neun, fünf …«

Iris kreischte entzückt auf. Jo nahm sie bei der Hand, und sie liefen zu einem Gebüsch. »Versteck dich dahinter, Iris«, flüsterte Jo, aber Iris sagte Nein und barg das Gesicht in den Händen, was sie offensichtlich für das bessere Versteck hielt. Jo ging neben ihr in die Hocke.

»Vierzehn, fünfzehn, zwanzig! Ich komme!« Oscar öffnete die Augen. »Ich habe euch gefunden!«, schrie er. »Das war zu einfach, Mummy!«

»Warum versteckst du dich nicht, und Iris und ich suchen«, schlug Jo vor.

»Mit Oscie verstecken!«

Oscar zog einen Flunsch. »Ich will nicht mit Iris verstecken spielen. Sie macht das nicht richtig.«

»Mit Oscie verstecken!«

Iris hatte in beiden Nasenlöchern Klumpen von verkrustetem Rotz. Da Jo kein Taschentuch hatte, wischte sie Iris mit der Hand über die Nase und streifte dann die Finger im Gras ab.

»Bitte, Oscar, nimm deine kleine Schwester dieses eine Mal mit. Beim nächsten Mal kannst du dich dann verstecken, und Iris und ich werden dich suchen. Aber bleibt im Park, okay?«

Widerwillig nahm er sie bei der Hand. Jo ließ sich ins Gras sinken, froh um die momentane Ruhe. Vor einer halben Stunde war sie zwar müde gewesen, hatte sich aber auf einen Tag mit ihren Kindern gefreut. Was war geschehen?

Was soll's, wenigstens würden sie sich im Park amüsieren, und vielleicht kämen die Nickerchen später noch. Und die Wäsche … tja, die würde sie irgendwie erledigen. Mit etwas Glück wäre sie heute Abend erschöpft genug, um tief und fest zu schlafen.

»Zähl!«, befahl Oscar ihr.

Sie machte die Augen zu. »Eins, zwei, drei …«

Die Kinder tapsten davon. Jo öffnete die Augen ein Stück und sah ihnen zu, wie sie das Gebüsch ansteuerten, es sich dann anders überlegten und auf ein paar Bäume zugingen.

Ihr Magen knurrte. Sie war nicht dazu gekommen, zu Mittag zu essen. Einen halben grünen Cupcake hatte sie seit dem Frühstück am Morgen zu sich genommen. Ihre Tasche, in der Rosinen und ein paar Kekse waren, hatte sie in der Eile zu Hause vergessen. Ihr Buch auch. Wie die Taschentücher für Iris' Nase.

Man brauchte so viele Dinge für Kinder. Was hatten die Menschen bloß vor den Zeiten von Plastikbehältern mit Snacks und Papiertaschentüchern und Wegwerfwindeln gemacht? War es leichter gewesen, weil man weniger hohe Erwartungen hatte? In manchen Gesellschaften trugen Frauen ihre Kinder jahrelang auf dem Rücken. Und stillten sie, bis sie fünf waren. Das hatte gewiss den einen oder anderen Vorteil, jedenfalls musste man nicht überall gigantische Wickeltaschen mit sich herumschleppen.

Ein Heulen von der Baumgruppe. Jo sprang auf und rannte zu ihren Kindern. Der Teil ihres mütterlichen Gehirns, der jeden Schrei ihrer Kinder erkannte und sofort in unterschiedliche Kategorien von Schmerz, Angst, Trotz und Wut einordnete, wusste, dass das hier nicht lebensbedrohlich war, aber ihr Körper reagierte trotzdem augenblicklich. Weil sich Katastrophen ereigneten, wenn man eigentlich nicht damit rechnete. Wenn man gerade glücklich war.

Oscar stand da und sah weinend an sich hinunter. Die Knie seiner Hose und sein T-Shirt waren mit braunem Dreck beschmiert. Er musste die einzige schlammige Pfütze im Park gefunden haben und reingefallen sein, dachte Jo – bis sie nahe genug heran war, um es zu riechen.

»Oscie Hundekacka«, erklärte Iris ihr feierlich mit weit aufgerissenen Augen.

Verdammt! Verammter Mist! Und sie hatte keine Tüte, keine Feuchttücher, keine Ersatzkleidung. Sie sah den Hundekot, in dem er gekniet hatte: ein frischer Haufen, groß wie ein Kuhfladen. Und darin zwei Mulden – die Abdrücke von Oscars Knien.

»Ich habe es nicht gesehen, Mummy! Ich habe versucht, mich zu verstecken!«

»Ist schon okay, Oscar, das kann passieren«, besänftigte sie ihn. Sie rollte sein T-Shirt unten ein, damit sie es ihm ausziehen konnte, ohne Hundekot in seinen Haaren zu verteilen. Dann zog sie ihm die Schuhe aus und überprüfte die Sohlen – zum Glück sauber – und zog ihm die Hose aus. Oscar weinte immer weiter. Seine Tränen tropften auf Jos Kopf, während sie ihn auszog.

Sie nahm ihn zum Knuddeln auf den Schoß, um ihm wieder die Schuhe anzuziehen. »Hier, Süßer, du kannst meine Strickjacke zum Spielen anziehen. Schau.« Sie zog sie ihm an und krempelte die Ärmel hoch. Sie reichte ihm fast bis zu den Füßen.

»Will nicht spielen«, sagte Oscar schniefend. »Das stinkt.«

»Hast du was an den Händen abbekommen?«

»Nein«, sagte Oscar, auch wenn Jo schnell schnupperte und zu dem gegenteiligen Schluss kam. Natürlich. Oscar fasste alles an. Es war ein Zeichen von Intelligenz und Neugierde, sagte sie sich. Kein Mangel an gesundem Menschenverstand.

»Steck sie nicht in den Mund, hörst du? Wir müssen zurück zum Krankenhaus und einen Ort finden, an dem wir sie waschen können.« Sie rollte die schmutzige Kleidung zusammen, sodass das Gröbste innen war, stand auf, wollte Oscars Hand nehmen, zögerte einen Moment und nahm sie schließlich doch. »Komm, Iris, wir gehen.«

»Nein!«, sagte Iris, aber nachdem Jo sie zum dritten Mal gebeten hatte, kam sie mit. Jo suchte auch sie auf Hundekot ab, aber zum Glück war alles sauber. Um beide an der Hand halten zu können, musste sie sich Oscars Kleidung unter den Arm stecken. Der Gestank von Hundekot begleitete sie durch den Park, über die Straße und in den Empfangsbereich des Krankenhauses.

»Gibt es eine Toilette für Besucher?«, fragte sie die Frau am Empfang. Mit gerümpfter Nase deutete diese den Korridor hinunter.

Jo zwang sowohl Iris als auch Oscar, sich zweimal die Hände zu waschen und außerdem das Desinfektionsmittel zu benutzen. Mithilfe von Toilettenpapier säuberte sie ihnen die Gesichter – Oscar wies ein paar verdächtige Flecken auf. Eigentlich hatte sie auf Papierhandtücher gehofft, um Oscars Kleidung darin einzuwickeln, aber es gab nur Händetrockner. Also rollte sie die Kleidungsstücke zu einem unauffällig aussehenden Bündel zusammen. Der Gestank ließ sich allerdings auf diese Weise auch nicht verbergen.

»Ich habe Hunger«, verkündete Oscar. Jo sah ihn an, wie er in ihrer lilafarbenen Strickjacke fast verschwand, und Iris, die, wie ihr jetzt erst auffiel, grünen Zuckerguss in den Haaren hatte. Sie steckte die Hand in die Tasche und fand zu ihrer Erleichterung eine Zehnpfundnote.

»Gehen wir ins Café, ja?«, sagte sie fröhlich und lenkte die beiden den Korridor entlang auf den verlockenden Kaffeegeruch zu.

Sie verstaute die schmutzige Kleidung unter dem Tisch und besorgte ihnen allen Muffins und Getränke, einschließlich eines doppelten Mokkas mit Schlagsahne für sich selbst. Beim Bestellen hatte sie sich geweigert, an ihre Problemzonen zu denken. Der unmittelare Kontakt mit Hundekot erforderte drastische Maßnahmen, und für Gin war es noch zu früh. Jo wollte gerade eben ihr Getränk an den Mund führen, als sie den verräterischen Ausdruck heftiger Konzentration auf Iris' Gesicht bemerkte.

»O nein, Iris, nicht jetzt«, sagte sie. Doch das Gesicht der Kleinen war rot angelaufen, und ihre Wangen waren gebläht.

»Iris hat Kacka in die Windel gemacht«, verkündete Oscar und biss in seinen Muffin.

Jo spürte die Aufmerksamkeit der Menschen um sie herum, die nichts als einen Kaffee genießen wollten. »Tut mir leid«, murmelte sie an das ganze Café gerichtet.

»Es stinkt, Mummy, du musst sie wickeln«, sagte Oscar.

»Ich weiß, und es tut mir leid, Iris, Süße, aber ich habe keine Windeln dabei.« Sie sah sich um. Heutzutage gab es in Krankenhäusern kleine Supermärkte. Aber nach den Muffins und dem Kaffee hatte sie nur noch wenige Münzen übrig. Vielleicht eine andere Mutter in der Nähe, eine, die besser ausgestattet war als sie …?

Ihr Handy klingelte, während sie verzweifelt zwischen den Gesichtern von Rentnern nach anderen Eltern mit kleinen Kindern suchte. »Wo steckt ihr?«, fragte Honor sie.

»Wir sind im Café«, sagte Jo, während Iris vor Anstrengung ächzte, und die Frau am Nachbartisch den Kopf schüttelte. »Bist du mit deinem Termin fertig?«

»Ich warte seit zehn Minuten am Eingang.«

»Aha. Schön, wir kommen dich mit dem Wagen abholen.« Sie stand auf. Irgendwie hatte ihr mit brauner Schokolade gesprenkelter Mokka an Reiz verloren. »Kommt, ihr Lieben, wir müssen Oma abholen. Eure Muffins könnt ihr mitnehmen.«

Sie versuchte, nicht an die Spur aus braunen Krümeln zu denken, die sie auf den gebohnerten Krankenhausböden hinterließen. Und sie gab sich große Mühe, nicht an den Gestank zu denken, der ihnen hinterherwehte. Im Parkhaus wagte sie es nicht, den Aufzug zu nehmen, aus Angst, jemand könnte mit ihnen einsteigen, und aus Mitleid mit den Leuten, die nach ihnen kämen. Folglich trug sie Iris vier Treppen nach oben, wobei sie so weit wie möglich den Atem anhielt. Oscar jammerte über das Treppensteigen, sodass sie ihn die letzte Treppe ebenfalls hochtrug. Iris wand sich in ihrem Autositz. »Es tut mir leid.« Jo versuchte, heiter zu klingen. »Ich weiß, dass es unbequem ist, Süße, aber wir wickeln dich, sobald wir nach Hause kommen, und baden dich schön, in Ordnung?«

Sie hoffte, dass es nicht die Art Kacka war, die an den Seiten hervorquoll und auf den Autositz lief.

Honor wartete vor dem Eingang, wie sie gesagt hatte. Sie sah blasser aus als zuvor und abgespannter. Jo sprang hinaus, um ihr in den Wagen zu helfen, aber Honor entzog ihr den Arm. »Ich schaff das schon.«

»Wie ist es gelaufen?«

»Es ist erniedrigend, was denkst du denn?«, fuhr Honor sie an. »Die Ärzte behandeln einen, als wäre man ein Schwachkopf. Es ist nicht damit zu vergleichen, sich in einem Café zu entspannen.«

Jo erwiderte nichts. Sie hatte eine bissige Bemerkung auf den Lippen.

»Was in aller Welt ist das für ein Gestank?«, fragte Honor.

Jo drückte auf den »Fenster nach unten«-Knopf für vorn und hinten und fuhr los. Iris schniefte, offensichtlich übermüdet. Oscar beschmierte mit seinen Schokoladenfingern die Innenseite der Wagentür. Honor warf einen Blick auf die Rückbank, erschauerte demonstrativ und setzte sich so hin, dass ihre Nase aus dem Fenster zeigte.

Honor war eine alte Frau, die Schmerzen litt (obwohl – Jos Mutter hatte jahrelang Schmerzen gelitten, und sie hatte es nie an anderen ausgelassen). Honor war es nicht gewohnt, mit »Kacka« in allen Spielarten umzugehen (obwohl – wer gewöhnte sich schon daran, selbst nach drei Kindern?).

Jo atmete durch den Mund, und als Iris' Geschniefe zu lautem Geschrei wurde, und als Oscar mit einfiel, bewahrte sie die Ruhe. Sie riss sich die ganze Fahrt lang zusammen, bis sie zu Hause in die Einfahrt einbogen und Jo sich an Honor wandte und fragte: »Kann ich dir beim Aussteigen helfen?«, und Honor erwiderte: »Ich bin Gott sei Dank keines deiner Kinder.«

»Dann mach es selbst!«, sagte Jo verärgert. »Ich habe genug um die Ohren, ohne dass du mir auch noch unverschämt kommen musst.«

Sie öffnete die Hintertür und holte Oscar heraus. Dann ging sie zur anderen Seite, um Iris zu holen. Sie trug beide ins Haus und ließ die Eingangstür offen. Sollte sie nachkommen. Wie Honor das schaffen wollte, war nicht ihr Problem.

Lydia war mit einem Mädchen in der Küche, das Jo nicht kannte. Die beiden hatten ihre Schulsachen auf dem Tisch ausgebreitet und eine Packung Kekse so aufgerissen, dass überall Krümel verstreut waren. Jo trug die Kinder schnurstracks durch das Zimmer und die Treppe hoch, um ein Bad einlaufen zu lassen.

Ihre Kinder waren in Ordnung. Es waren normale Kinder. Normale Kinder stanken manchmal, sie wurden schmutzig und sie weinten. Vielleicht hatte Honor so etwas noch nie erlebt. Vielleicht war Stephen ein Wunderkind gewesen. Vielleicht hatte Honor es auch nur praktischerweise vergessen.

Und das nächste Mal konnte Honor mit dem Taxi fahren und zu spät kommen.

»Ich will nicht baden!«, schrie Oscar, und Jo, die gerade Iris den Popo mit einem Feuchttuch reinigte, fuhr ihn an: »Hör auf, Oscar! *Hör* einfach *auf!* Mir *reicht's!*«

Er riss die Augen auf, und seine Lippen bebten. Doch er schluckte und war still. Iris und er stiegen in die Wanne, ohne wie üblicherweise einen Aufstand zu machen. Jo schrubbte sie ohne viel Geplänkel ab und hob einen nach dem anderen zum Abtrocknen heraus.

»Möchtest du sie einpudern?«, fragte sie Oscar und hielt ihm den Puder hin, aber er schüttelte nur den Kopf. Jo biss sich auf die Lippe.

*Ich bin eine schreckliche Mutter. Und ich habe Honor allein im Auto zurückgelassen.*

Sie zog beiden saubere Kleidung an und brachte sie nach unten, damit sie in eine Decke eingekuschelt fernsehen konnten. Die Haustür, die sie offen gelassen hatte, war zu, und als sie durch das Fenster vorn spähte, erblickte sie den leeren Wagen. Als sie in die Küche trat, war Lydias Freundin fort.

»Ist Oma Honor reingekommen?«, fragte Jo ihre Tochter. Lydia zuckte mit den Schultern. »Hast du sie gehört?«

»Ich habe nicht drauf geachtet.«

»Könntest du mir einen Gefallen tun, Lyddie? Könntest du bei deiner Großmutter anklopfen und schauen, ob alles in Ordnung ist? Ihr eine Tasse Tee bringen?«

»Wieso kannst du das nicht tun?«

»Weil Oma Honor im Moment nicht sonderlich gut auf mich zu sprechen ist, und ich bin auch nicht allzu gut auf mich zu sprechen. Außerdem glaube ich, dass es besser wäre, wenn du es machst.« Sie sank mit einem Seufzen auf den Stuhl, den Lydias Freundin freigemacht hatte. In ihrem Kopf war ein pochender Schmerz, ihre Arme taten weh, weil sie kiloweise Kinder herumgeschleppt hatte, ihre Anziehsachen waren feucht, und sie roch immer noch ein wenig nach Hundedreck.

»Ich versuche, Hausaufgaben zu machen.«

»Bitte, Lyddie. Und einen Keks, wenn ihr nicht alle aufgegessen habt. Wer war denn eben hier? Ich habe sie noch nie gesehen.«

»Bloß ein Mädchen, mit dem ich lerne. Mathe.«

»Ich dachte, du lernst mit Avril.«

Lydia stand auf. »Avril ist nicht in meinem Mathekurs. Denk mit.«

»Lydia, ich habe es nicht gern, wenn man mit mir redet, als wäre ich doof.«

»Tja, dann weißt du jetzt, wie es mir geht.«

Durch das offene Fenster drang Donnergrollen. Und beinahe sofort im Anschluss Regengeprassel.

»Ich habe Wäsche draußen«, stöhnte Jo. »Lydia, könntest du mir helfen …«

»Ich mache Oma Honor ihren Tee, wie du gesagt hast.« Lydia ging auf den Wasserkocher zu.

Jo erhob sich schwerfällig und trat durch die Hintertür ins Freie. Der Regen war kalt und fiel in dicken Tropfen. Am Ende des Gartens sah sie Oscars und Iris' Stofftiere. Sie lief zu ihnen und machte sich daran, sie aufzuheben, wobei sie hier draußen, wo niemand sie hören konnte, laut schimpfend ihrem Ärger Luft machte. Sie schimpfte über ihre Tochter und über ihre Schwiegermutter und wünschte sich nichts sehnlicher als einen verbündeten Erwachsenen, bloß um den täglichen Ärger mit ihm teilen zu können, jemanden, der mit ihr über all die täglichen Katastrophen lachen würde.

»Ist die Gartenparty ins Wasser gefallen?«

Jo zuckte zusammen, die Arme voller nasser Stofftiere. Marcus stand auf der anderen Seite der Hecke und deutete auf den im Gras stehen gelassenen Teller mit grünen Cupcakes. Diesmal trug er ein blaues Hemd, hatte hochgekrempelte Ärmel und keine Krawatte. Der Regen sprenkelte sein Hemd und landete in seinem Haar.

»Tut mir leid«, sagte er. »Ich wollte keine Witze machen. Kann ich dir helfen?«

Sie erwog, sich einen Vorwand einfallen zu lassen, damit er sich nicht genötigt fühlte, doch er kam bereits durch die Lücke in der Hecke und sammelte Stofftiere auf. »Danke«, sagte sie. »Wir haben eine Teegesellschaft veranstaltet, aber wir mussten sie abbrechen.«

»Überhaupt kein Problem«, sagte er. »Soll ich die Tiere

übernehmen, und du kümmerst dich um die Bettwäsche?«

Es regnete jetzt stärker. »Danke«, sagte sie noch einmal und lief zur Wäscheleine.

Sie machte ein Laken los, warf es sich über die Schulter und widmete sich dem nächsten. Marcus duckte sich unter der Leine durch, die Arme voller Stofftiere. »Leg das Laken hier drauf«, sagte er und nickte mit dem Kinn. »Ich wette, die Tiere sind kostbarer als die Laken.«

»Schwerer zu trocknen auf jeden Fall«, pflichtete Jo ihm bei, während sie ein zweites Laken herunterzog und es auf die Tiere legte, um sie vor dem Regen zu schützen. »Nochmals vielen Dank. Stofftier-Retten übersteigt eigentlich den Rahmen der üblichen Nachbarschaftshilfe, ich weiß …«

»Das ist die erste vernünftige Aktion am heutigen Tag.«

Sie zog ein weiteres Laken herunter und steckte die Wäscheklammern zu den anderen in die Tasche. Er folgte ihr, damit sie das Laken auf das erste legen konnte. »Das heißt, du hast einen schlechten Tag gehabt?«, fragte sie.

»Es ist schiefgegangen, was schiefgehen konnte. Verschlafen, Sandwich mit verschimmeltem Brot, Kollegen mit mieser Laune. Ich habe früh die Flucht ergriffen. Und du?«

»Kein verschimmeltes Brot, aber mein Tag war nicht viel besser, und es ist *viel* zu viel Kacka darin vorgekommen.«

»Willst du mir davon erzählen?«

Zu ihrer eigenen Verwunderung empfand Jo die Frage nicht als herablassend. Ganz im Gegenteil. Ein Gefühl der Dankbarkeit durchströmte sie.

»Ich bin … manchmal bin ich es einfach leid, mich allein um alles zu kümmern. Verstehst du? Manchmal wünschte ich, jemand würde etwas tun, ohne dass ich darum bitte, oder dass sich jemand bedankt, oder dass eine gute Fee kommt und die Wäsche und das Kochen und das Zubettbringen und den Einkauf erledigt.«

»Die gute Fee hätte ich auch gern.«

»Ich weiß, es ist lächerlich. Ich sollte mich nicht beklagen. Ich habe dieses schöne Haus und meine wunderbaren Kinder und alles. Ich habe Glück gehabt.«

»Selbst wenn man Glück hat, heißt das nicht, dass man keine miesen Tage haben kann.«

»Ich weiß. Aber ich bin manchmal so ... müde, Marcus. Unglaublich müde. Indem ich versuche, es allen Menschen recht zu machen, Menschen, die das gar nicht wollen.« Sie riss einen Kopfkissenbezug herunter. Mittlerweile waren sie triefnass. Der Regen bildete Perlen auf ihren nackten Armen und tropfte ihren Hals hinunter.

»Manchmal muss man es einfach sich selbst recht machen.«

»Weißt du, was ich mir wünsche? Es ist nichts Schwieriges. Einmal, bloß einmal, hätte ich gern, dass mir jemand eine Tasse Tee kocht, und ich dasitzen und ihn austrinken kann, ohne dass er kalt wird.«

Sie hatte ein weiteres Laken heruntergezogen. Die Bettwäsche stapelte sich auf Marcus' Armen, ein schneeweißer Haufen, der ihm beinahe bis zu seinem Hals reichte. In seinen Haaren waren Blütenblätter vom Baum.

»Das Angebot steht«, sagte er. »Ich koche dir, wann immer du willst, eine Tasse Tee.«

Jo hatte keine Ahnung, warum sie es tat. Vielleicht war es das so verlockende Angebot oder es waren die Blütenblätter in seinen Haaren oder der Regentropfen, der seine Wange hinunterrollte. Vielleicht waren es seine blauen Augen, von der Farbe des Himmels, bevor er sich mit Wolken überzog, oder seine Arme voller Stofftiere und der Bettwäsche, in der sie schlief.

Sie trat vor, auf Zehenspitzen, nahm sein Gesicht in die Hände und küsste ihn auf den Mund.

Er war warm. Auf seinen Lippen waren Wassertropfen, und seine Wangen waren ein wenig rau unter ihren Handflächen. Sie hörte, wie er überrascht durch die Nase einatmete, und einen Augenblick lang tat sie nichts, außer den Schock und das Vergnügen zu genießen. Ein Kuss auf die Lippen eines Mannes, die Art Berührung, die sie schon seit einer Ewigkeit nicht mehr gespürt hatte. Eine intime Verbindung mit einem Fremden. Sie spürte den Puls in seinen Lippen, seine geballten Hände an ihrem Bauch, roch den Regen und den Duft der Wäsche und den schwachen Zitrusgeruch seines Aftershaves.

All das in einem einzigen Augenblick, nicht länger als ein paar Sekunden.

Und dann wurde Jo klar, dass er ihren Kuss nicht erwiderte.

Sie taumelte voller Schmach rückwärts. »Es … es tut mir schrecklich leid.«

Er sah verblüfft aus. Verwunderlich war das nicht, nachdem seine Nachbarin über ihn hergefallen war.

»Es ist okay, Jo.«

»Du wolltest einfach nur nett sein, und ich … Ich weiß nicht, was in mich gefahren ist.«

»Es ist in Ordnung. Wirklich.«

Marcus hielt den Stapel aus Spielsachen und Wäsche. Er wäre nicht in der Lage gewesen, sie abzuwehren, selbst wenn er gewollt hätte.

»Ich mag dich sehr«, fügte er hinzu.

Jo unterdrückte ein Schluchzen. Er war dabei, ihr eine sanfte Abfuhr zu erteilen.

»Es war ein Fehler«, sagte sie. »Es war ein schrecklicher Fehler. Ich mache so etwas eigentlich nicht. Es tut mir wirklich leid. Komm, lass mich das tragen …«

Sie fing an, ihm die Laken aus den Armen zu reißen, knüllte sie in feuchte Haufen, mied seinen Blick.

»Ich mache das schon«, sagte er sanft.

Sie ertrug seine Nettigkeit nicht. »Nein, ich mache das, es geht schon, ich werde nur die Tiere in dieses Laken hier packen, wie in eine große Tasche, siehst du? Es ist in Ordnung. Alles ist bestens.« Sie ließ ein Spannlaken auf den Rasen fallen und stopfte die Tiere hinein, registrierte aus den Augenwinkeln seine Hände, seine Augen, die ihr zusahen, den Regen in seinen Haaren, seine feuchten Lippen, seinen Geruch, o Gott.

»Jo …«

»Danke für deine Hilfe, ich weiß es wirklich zu schätzen, und noch mal – es tut mir wirklich leid.« Sie legte Irving den Elefanten oben auf den Haufen und zog das Laken zu einem Sack zusammen. Sie würde das Laken noch einmal waschen müssen. Sie würde mit allem ganz von vorn anfangen müssen.

»Es macht mir wirklich nichts …«

»Ciao«, brachte sie erstickt hervor und lief ins Haus, wobei ihr die nassen Laken gegen die Beine schlugen.

KAPITEL 18

# Lydia

Lydia lief.

Beim Laufen ergaben die Dinge mehr Sinn. Die Welt um sie her verlangsamte sich. Ihr Körper mit all seinen widersprüchlichen Wünschen und Bedürfnissen konzentrierte sich einzig und allein darauf, einen Fuß vor den anderen zu setzen, die Arme hin- und herschwingen zu lassen, gleichmäßig zu atmen, geschmeidig zu laufen und Meilen zurückzulegen.

Als sie noch klein war, war sie immer mit ihrem Vater laufen gegangen. Sie liefen durch den Park, immer im Kreis außen herum. Ihr Vater kaufte ihr richtige Laufschuhe, in Blau und Rot und Silber, und sie trugen beide die gleichen Superman-T-Shirts. Ihre kleinen Beine ermüdeten bald, aber es hatte den Anschein, als könnte ihr Vater ewig laufen. Früher lief er Marathons. Wenn sie Seitenstechen bekam, nahm er sie auf die Schultern, und sie streckte lachend die Arme nach oben, um zu versuchen, die Blätter der Bäume zu berühren.

Das war eine der Lieblingserinnerungen an ihn.

Lydia lief, ohne die Umgebung zur Kenntnis zu nehmen. Nach dem Regen waren die Gehsteige glatt, und die Luft war kühl auf dem Schweiß, der ihre Stirn und ihren Nacken und ihre Beine überzog. Ein Haus nach dem anderen, eine Straße nach der anderen, Tennyson nach Yeats nach Coleridge nach Browning. Ihre Englischlehrerin in der neunten Klasse hatte einen Stadtplan des Viertels mit kleinen Bildern der Dichter und Beispielen ihrer Gedichte neben den nach ihnen benannten Straßen angefertigt. Es waren alles Männer.

Wenn sie ihrem Vater erzählen könnte, was sie empfand, hätte er darauf eine Antwort parat. Er würde wissen, was zu tun wäre. Ihr Vater würde sie verstehen. Er würde nicht versuchen, so zu tun, als wäre alles super, würde sich nicht nur bei ihr vergewissern, dass alles okay ist und so wie immer. Er würde sie zum Laufen mitnehmen, und er würde sie hochheben, damit sie gegen die Blätter streichen konnte.

Und sie achtete nicht auf ihre Umgebung, aber ihre Beine wussten, dass sie an ihren Vater dachte. Sie trugen sie an den Häusern vorbei in einen Tunnel aus Bäumen. Die Straße führte ein wenig bergauf, und die kühle Luft dämpfte die Geräusche. Und dann kam die Brücke.

Manchmal lief sie gern hier. Ihre Mutter mied die Brücke, fuhr noch nicht einmal darüber, machte lieber meilenweite Umwege. Doch Lydia fand, sie wirke friedlich. Lydia blieb stehen, schnell atmend, und zog die Kopfhörer aus den Ohren.

Die Brücke ging über einen Bahneinschnitt. Die Seiten waren steil und mit Grün bewachsen, neigten sich abwärts bis zum kiesbedeckten Boden, wo vier Gleise in beide Richtungen verliefen. In der Ferne befand sich eine Brücke genau wie diese: ein Bogen aus rotem Backstein mit schwarzem Eisengeländer.

Es war ruhig hier. Dank der Bauweise des Einschnitts, oder vielleicht lag es an den Bäumen darum herum, drangen die normalen Geräusche aus dem Viertel nicht bis hierher. Lydia legte die Hand aufs Geländer und machte Dehnübungen, indem sie ein angewinkeltes Bein mit der

Hand hinter sich hielt, um die Anspannung in ihrem Oberschenkelmuskel zu lockern. Wie immer sah sie die metallene Gedenktafel, die an der Brücke angebracht war.

IM GEDENKEN AN
DR. STEPHEN LEVINSON
3.9.1970 – 10.6.2005

Die Gedenktafel war an den Rändern grün verfärbt. Lydia dehnte das andere Bein und fuhr mit den Fingern über die Buchstaben, wie sie es im Lauf der Jahre so oft getan hatte.

»Ich liebe sie, Dad«, flüsterte sie. »Ich weiß nicht, wie ich von ihr loskommen soll.«

Lydia strich noch einmal mit der Handfläche über die Gedenktafel. Sah in die freie Luft, den leeren Raum zwischen der einen und der anderen Brücke, wartete auf eine Antwort, die ausblieb.

Sie dachte an das Buch, das sie sich am Nachmittag aus Oma Honors Zimmer ausgeliehen hatte. War es, wie sie vermutete, ein Teil der Geschichte ihres Vaters? War es etwas, das ihr dabei helfen konnte zu verstehen, was sie tun sollte?

Lydia blieb noch eine Weile auf der Brücke stehen, strich über die Wörter, bis ein Zug unter ihr vorbeibrauste und die Stille zerriss. Da drehte sie sich um und lief wieder los.

Sie lief so schnell, bis ihre Lunge brannte und sie ihr Herz nicht mehr spüren musste.

KAPITEL 19

# Honor

»Du musst drehen, Oma H, schau!«

Oscar streckte die Hand aus und drehte an ihrem Teller. Die Lasagne erschien unten in ihrem Blickfeld.

»Oscar, bitte lass bei Tisch deine Finger bei dir«, sagte Jo.

Honor nickte dem Kind nur zu, stillschweigender Dank, und fing zu essen an.

»Ich muss gleich nach dem Abendessen weg«, verkündete Jo. »Es ist dein Elternabend, Lydia, also musst du zu Hause bleiben und auf Oscar und Iris aufpassen.«

Jos Tonfall war herausfordernd, als rechnete sie mit Widerspruch. Es war das erste Mal, dass Honor gehört hatte, wie sie gegenüber einem ihrer Kinder eine klare Forderung aussprach, statt einer flehentlichen Bitte.

Unwillkürlich musste sie nicken.

Sie hätte niemals damit gerechnet, dass Jo wütend werden konnte. In den zwanzig Jahren, die sie sie nun schon kannte, hatte sie kein einziges Mal die Stimme erhoben. Sie war wie ein harmloser blinder Fleck. Sie war gütig, höflich, fröhlich – und ließ sich von Menschen wie Honor auf der Nase herumtanzen. Selbst bei Stephens Beerdigung war sie still gewesen, hatte sich ausschließlich Lydia gewidmet und ihre eigene Trauer zurückgestellt. Sie hatte kaum geweint. Damals hatte Honor sie dafür gehasst.

Doch es hatte den Anschein, als sei da doch ein Funke in der Frau ihres Sohns. So klein er auch sein mochte, so schwach er auch sein mochte – sie hatte genug Kampfgeist, um es mit Honor aufzunehmen.

»Noch etwas Lasagne, Honor?«, fragte Jo.

Honor legte Messer und Gabel ab. »Warum nicht?«, sagte sie.

Nach dem Essen kehrte sie in ihr Zimmer zurück, wie sie es gewöhnlich tat, und setzte sich in ihren Sessel. Sie hielt sich die Hand vor den Mund, um ein Aufstoßen zu unterdrücken. Was auch immer Jos Fehler sein mochten, sie war eine sehr gute Köchin, besonders von tröstlicher Hausmannskost. Nach ein paar Minuten klopfte es an ihrer Tür.

»Oma H?« Lydia steckte den Kopf ins Zimmer. »Ich wollte nur mal sehen, ob dir vielleicht langweilig ist?«

*Langeweile ist etwas für Menschen ohne innere Ressourcen*, wollte sie schon erwidern, aber etwas an Lydias Stimme hielt sie davon ab. »Ist es mir nicht. Aber ich würde mich gern unterhalten.«

»Ich muss auf Oscar und Iris aufpassen. Möchtest du rauskommen und ein bisschen mit mir auf dem Sofa sitzen?«

Lydia wollte etwas von ihr, das war offensichtlich. Honor nickte und ging hinaus in den Wohnbereich, ganz langsam, um den Spielsachen auf dem Boden auszuweichen. Sie ließ sich auf einem Sofa nieder. Die beiden jüngeren Kinder saßen auf einem Sitzsack auf dem Boden und schauten fern. Lydia setzte sich neben sie und wippte mit dem Fuß. Honor spürte die Vibrationen durch das Sofa hindurch.

»Was beschäftigt dich?«, fragte Honor.

»Ich wünschte, Dad wäre hier«, sagte Lydia. »Ich wünschte wirklich, er wäre hier. Ich würde gern mit ihm reden. Ich kann auch mit Mum reden, aber sie ist so … Ich weiß nicht, ob sie es wirklich verstehen würde. Sie denkt, wenn man nur nett ist, dann wird sich schon alles einrenken.«

»Das scheint mir ein wenig viel erwartet von reiner Nettigkeit«, erwiderte Honor. »Laut meiner Erfahrung funktioniert es nicht so auf der Welt.«

Sie schwiegen und lauschten dem Fernseher. Bei der Sendung schien es um irgendwelche Geschöpfe zu gehen, die Yoga machen, aber kein Englisch sprechen konnten. Es war ein Wunder, dass Kinder heutzutage überhaupt zu sprechen lernten.

Nahe hatten sie sich nie gestanden, Lydia und sie. Als ganz kleines Kind war sie übermütig gewesen, zu energiegeladen, nie hielt sie still. Und nach Stephens Tod konnte Honor sie nicht anschauen, ohne Stephen zu erblicken.

Jo war nicht lange nach der Beerdigung mit ihr zu Besuch gekommen, und als Lydia ins Haus kam, selbst im Alter von sechs Jahren, hatte sich das Licht in ihrem Gesicht auf die gleiche Art gespiegelt, wie es das früher bei Stephen getan hatte, wenn er von der Schule nach Hause gekommen war. Die Haare waren anders, die Kleidung war anders, aber die Mienen waren die gleichen, und Honor war von einer Sehnsucht durchzuckt worden, so scharf, dass sie wie ein Messer schnitt. Sie wollte dieses kleine Mädchen nehmen und es halten und nie wieder loslassen. Sie wollte Lydia stundenlang anstarren. Sie wollte weinen und Lydia küssen, immer wieder, jede wache Minute mit ihr verbringen und den Rest der Welt ausschließen. Die Kindheit ihres Sohns noch einmal mit ihrer Enkelin durchleben.

Und natürlich war das völlig unmöglich. Es war irrational und ungesund. Es war unvernünftige Liebe, viel zu nah am Verlust, von der gleichen Art, mit der sie Stephen geliebt hatte und, früher einmal, Paul.

Also zog sich Honor zurück. Sie liebte Lydia zu sehr, und deshalb konnte sie sie nicht hemmungslos lieben. Sie waren vorsichtig miteinander, und vieles blieb ungesagt.

Dieses Mädchen war Honors einzige lebende Verwandte. Honor hatte keine Ahnung, wie sie unbefangen mit ihr plaudern sollte oder wie über das reden, was ihre gemeinsame Vergangengheit war. Sie hatten es nie getan. Das Einzige, worüber sie je ausgiebig gesprochen hatten, waren Bücher gewesen.

»Was hast du in letzter Zeit gelesen?«, fragte sie jetzt.

Lydia hörte mit dem Gewippe auf. »Ich habe mir deine *Hamlet*-Ausgabe ausgeliehen. Ich hoffe, es macht dir nichts aus. Du warst gerade spazieren.«

Sie hatte einen Spaziergang auf dem Keats Way gemacht. Vorsichtig, Schritt für Schritt den breiten Gehsteig entlang. Bei ihrer Rückkehr war sie völlig erschöpft gewesen.

»Natürlich macht es mir nichts aus. Du kannst dir gern jedes meiner Bücher nehmen, das weißt du. *Hamlet* ist ein wirklich bedeutendes Stück Literatur. Hast du es schon gelesen?«

»Ich habe angefangen. Ich …« Lydia rutschte ein Stück näher und sah Honor direkt an. »Eigentlich wollte ich dich danach fragen, was vorn in der Ausgabe steht.«

»Oh. Ich verstehe.«

Honor wusste, was da stand, sie wusste aus welchem Laden in Oxford das Buch stammte, sie erinnerte sich an die hohen Regale und den Geruch von Papier und Buchbinderleim – und an den Moment, als er es gekauft hatte. Sie sah seine Hände vor sich, wie sie das Buch aussuchten, das Geld überreichten. Seine geschmeidigen Bewegungen beim Schreiben, mit seinem goldenen Lieblingsfüllfederhalter, auf dem Vorsatzblatt. Sie erinnerte sich noch an den Moment, in dem er es ihr gereicht hatte, an einem Ecktisch in einem Café, wo niemand sie sehen würde, und sie hatte es aufgeschlagen, um zu lesen, was er hineingeschrieben hatte.

»Dort steht *H. Ich denke immer an dich*«, sagte Lydia. »Und unterschrieben ist es mit *P.*«

»Ja«, sagte Honor.

»War das … wart ihr …«

»Das hat dein Großvater geschrieben. Ja.«

Im Fernsehen hörte sie die seltsamen Wesen in unsinniger Freude aufschreien, während sie in die Höhe schwebten. Wie eigenartig, Paul »deinen Großvater« zu nennen. Wie eigenartig, überhaupt über ihn zu reden.

»Ich … weiß gar nichts über ihn«, sagte Lydia. »Ist er … ist er noch am Leben?«

»Ich weiß es nicht. Er war nicht viel älter als ich, also ist es möglich.«

»Ihr habt keinen Kontakt?«

Honor faltete die Hände im Schoß. »Paul Honeywell war mein Professor. Ich war wissenschaftiche Assistentin, neu ernannt. Und er war verheiratet.«

»Dein Professor? Also so was wie dein Lehrer?«

»Nein, der Leiter des Instituts, in dem ich arbeitete.«

»Und du warst in ihn verliebt? Hat er seine Frau verlassen?«

»Ja, war ich. Und er in mich, jedenfalls damals. Und nein, hat er nicht.«

»Hast du gedacht, er würde sie verlassen? Ich meine, du musst es dir doch erhofft haben, stimmt's?«

»Er hat mir nie gesagt, dass er seine Frau für mich verlassen würde.«

»Was ist also passiert?«

Honor schloss die Augen. Die schwindelerregenden Momente, wo sie glaubte, über einem Abgrund zu schweben – sie konnte sie wieder spüren.

Die verstohlenen Blicke, das versehentliche Berühren von Händen. Das betretene Schweigen am Ende eines Umtrunks im Institut, voller ungesagter Dinge. Das eine Mal, als er sie zurückgerufen hatte, indem er »Honor« sagte, und ihr Name dank seiner Stimme mehr bedeutete als ihr Name.

Und sie war zu ihm zurückgegangen. Sie hatte sein Gesicht berührt, im Schatten, bis sie jemanden kommen hörten und auseinandergefahren waren. Das Gefühl seiner Haut hatte noch Tage an ihren Fingern gehaftet.

Das erste Mal war es passiert an einem Wochenende, bei einer Konferenz in Kopenhagen. Sie hatten beim Abendessen zu viel Wein getrunken, da sie gewusst hatten, was passieren würde, beide voller Angst, obwohl sie es beide so sehr wollten. Und dann der unvorstellbare Luxus seines Hotelzimmers. All die Stunden bis zum Morgen. Sie berührte ihn vom Scheitel bis zu den Sohlen. Sie hatte nicht geahnt, dass sie ein so großes Verlangen verspüren konnte. Sie erkannte sich selbst kaum wieder.

»Ich habe ihn trotzdem geliebt«, sagte sie ihrer Enkeltochter. »Ich habe ihn ohne Hoffnung geliebt.«

Sie spürte Lydias Blick auf ihrem Gesicht. Sie wusste, was sie dachte: Sie fragte sich, wie so eine alte Dame, vertrocknet und gebrechlich, zu heftiger, unvernünftiger Leidenschaft fähig gewesen sein sollte.

*Warte ab, bis du achtzig bist. Dann wirst du dich auch noch wie fünfunddreißig fühlen. An manchen Tagen wirst du dich sogar wie zwanzig fühlen oder zehn oder sechs. Du wirst die Hand nach längst verstorbenen Menschen ausstrecken. Du wirst bestürzt sein, wenn du deine eigene papierne Wange berührst.*

Es war natürlich sinnlos, das zu jemandem in Lydias Alter zu sagen. Sie würde es nie glauben. Die Jugend denkt immer, sie werde ewig jung sein. Honor jedenfalls hatte das getan.

Ein heftiger Beschützerinstinkt erfüllte sie in diesem Moment für dieses Mädchen mit den jungen, ungestümen Gliedern, dem unordentlichen Haar und dem Geruch nach Süßigkeiten mit Fruchtgeschmack.

»Wie dem auch sei«, setzte sie eilig an. »*Hamlet* wird dir gefallen. Es geht natürlich nur um den Tod, und Hamlet ist ein Narr, aber das ist eben der Sinn der Geschichte.«

»Aber … wenn er nie seine Frau verlassen hat, wie hast du dann die Sache mit dem Baby hinbekommen? Mit meinem Dad, meine ich?«

»Ich bin zu meinem Vater in das Haus in Stoke Newington gezogen. Meine Mutter war eine Weile vorher gestorben, aber er hat mich bei sich aufgenommen. Ich war dankbar. Ich war eine erwachsene Frau, über dreißig, und alt genug, um es besser zu wissen. Nicht alle Eltern hätten es einfach so hingenommen.«

»Und wollte er nicht wissen, wo der Vater war?«

»Wir haben nicht darüber gesprochen.«

Sie hatten ohnehin nie viel geredet, Honor und ihr Vater. Shimon Levinson war kein redseliger Mensch. Er war auch kein besonders liebevoller Mann gewesen. Als Kind war sie nie von ihm geküsst oder umarmt worden. So etwas wäre undenkbar gewesen. Honors Mutter war diejenige gewesen, die die Wunden heilte und am Abend Küsse verteilte. Von ihrem Vater erfuhr sie vielleicht keine Liebe, dafür aber etwas anderes, ebenso Wichtiges: Es war seine pure Gegenwart gewesen. Seine Zuverlässigkeit. Selbst nachdem er den Haushaltswarenladen verkauft hatte und in Rente gegangen war, konnte man die Uhr nach seinen Gewohnheiten stellen.

Doch dann, als Stephen auf die Welt kam, war er zu ihr ins Krankenhaus gekommen, und er hatte das Baby, seinen Enkelsohn, mit einer Zärtlichkeit gehalten, die Honor Tränen in die Augen getrieben hatte. Er hatte Stephens flaumiges Köpfchen geküsst.

»Es ist ein Neuanfang«, hatte er gesagt, und seine Stimme war ganz heiser gewesen.

Und Honor hatte zum ersten Mal der Verdacht beschlichen, dass der Mangel an Zärtlichkeit ihres Vaters nicht von einem Mangel an Gefühlen herrührte, sondern dass vielleicht genau das Gegenteil der Fall war. Er empfand zu viel, um es unumwunden ausdrücken zu können.

Obwohl er längst tot war, verstand sie ihn im Laufe der Jahre immer besser. Sie nahm sein eigenes Wesen an sich wahr.

Jetzt streckte Honor die Hand aus. Sie berührte Lydias Hand und nahm sie in ihre. Die weiche, makellose, noch ganz kindliche Haut.

»Wir haben uns vielleicht nicht genug unterhalten, du und ich«, sagte sie.

»War es die Sache wert, ihn zu lieben?«, fragte Lydia sie. »Ich meine, mit deinem späteren Wissen … hättest du es trotzdem getan?«

Honor rieb mit dem Daumen über Lydias Handrücken. Sie erinnerte sich an andere Hände in ihrer. Pauls und Stephens. Die ihres Vaters, am Ende.

»Um nichts in der Welt hätte ich etwas daran geändert«, sagte sie.

Lydia ging nach oben, um die Kleinen ins Bett zu bringen, und Honor blieb auf dem Sofa und dachte darüber nach, was sie gesagt hatte. Sie sprach niemals über Paul. Dies war vielleicht das erste Mal seit fünfundvierzig Jahren, dass sie seinen Namen vor einem anderen Menschen erwähnt hatte. Es war nicht leicht, ihn laut auszusprechen.

Doch da war eine Linie, die von Paul durch sie zu Stephen und zu Lydia verlief. Honor war in einer religiösen Familie großgeworden, und obwohl sie diese Traditionen abgelegt hatte, hatten sie Honor auf eine Art und Weise an die Vergangenheit gebunden, die Lydia wohl nicht hatte.

Vielleicht war es an der Zeit, über ihn zu reden. Vielleicht hätte sie schon vor langer Zeit über ihn reden sollen, aber sie hatte sich die größte Mühe gegeben, nicht darüber nachzudenken.

*Warum hast du es mir nie gesagt?,* hatte Stephen gefragt. Honor schluckte schwer.

Lydia kam wieder ins Zimmer. Sie erkannte es am Klang ihrer Schritte. »Ich … ich habe die hier beim Aufräumen gefunden«, sagte das Mädchen und setzte sich neben Honor. Sie legte ihrer Großmutter etwas in die Hände. Ein Bündel Papier, offensichtlich Kuverts. Briefe.

»Die Schrift ist dieselbe wie in deinem Buch«, sagte Lydia. »Deshalb bin ich stutzig geworden, aber ich wusste nicht mehr, wohin ich die Briefe getan hatte.«

Honor durchforstete sie mit ihren Händen. Sie bewegte sie und hielt sie ins Licht. Sie konnte Pauls Handschrift darauf erkennen, auf jedem einzelnen, gleichförmige, geradlinige Zeilen mit Stephens Namen und seiner Adresse. Die Adresse in Brickham, das Haus, in dem Stephen und Jo gewohnt hatten, als er hier an der Universität unterrichtet hatte.

»Sie sind noch geschlossen«, sagte Honor.

»Ja«, erwiderte Lydia. »Meinst du, sie kommen von seinem Vater? Meinem Großvater? Der Absender ist in Kalifornien.«

»Ja.« Wie eigenartig, noch etwas zu berühren, das Paul berührt hatte, jetzt, so viel später. Die Umschläge waren dick, gute Qualität. Wohl eher Grußkarten als Briefe.

Sie hatte einen solchen Brief erhalten, bevor Stephen starb. Bevor sie mit ihrem Sohn gestritten hatte. Mit der gleichen Handschrift, der gleichen Briefmarke.

Lydia holte tief Luft. »Ich … ich habe früher immer auf die Post gewartet. Als kleines Mädchen. Das habe ich mir angewöhnt. Ich habe sie gern von draußen reingeholt. Nach Daddys Tod habe ich alles gesammelt, worauf sein Name stand, und habe es behalten. Ich habe es in eine besondere Schublade gelegt. Ich glaube, ich dachte … ich dachte, er könnte sie holen kommen, wenn ich sie behielt. Das ist dumm, nicht wahr?«

»Es ist dumm, aber verständlich«, sagte Honor, die in letzter Zeit Erfahrung damit gesammelt hatte, die Augen vor der Realität zu verschließen.

»Ich habe alle möglichen Sachen behalten. Hauptsächlich Reklamesendungen und Kontoauszüge, glaube ich. Ich habe sie nie geöffnet oder gelesen. Aber die hier kamen immer zu Weihnachten. Ich habe wohl gedacht, es wären Weihnachtskarten.«

»Vielleicht sind sie das auch.«

»Ich weiß nicht, ob wir welche von vor Dads Tod haben. Mum hat all seine Briefe und Sachen weggeworfen. Sie sagte, es wäre zu schmerzhaft, sie zu lesen. Sie hat nur ein paar seiner Bücher und seine Armbanduhr behalten.«

Die Briefmarken waren amerikanisch. Es waren acht Briefe. »Haben sie aufgehört anzukommen?«

»Ich glaube schon. Ich meine, das hier waren alle, die ich finden konnte. Sie sind alle an unser altes Haus adressiert, bevor wir hierhergezogen sind, also sind sie vielleicht bloß nicht nachgesendet worden. Er muss geglaubt haben …«

»Er muss geglaubt haben, dass Stephen noch am Leben war.«

»Ja«, sagte Lydia. »Hast du gewusst, dass er Dad geschrieben hat?«

»Nein.« Stephen hatte ihr nie von den Briefen erzählt. War das auch ihre Schuld?

»Sollten wir … Meinst du, dass wir sie lesen sollten?«

Acht Briefe von ihrem Geliebten an seinen Sohn, ungelesen. Honor schloss die Augen und rang mit sich. Doch sie war jetzt alt, und wem würde es schaden, die Zeilen zu berühren, sie durch ihre Finger gleiten zu lassen?

»Lies du sie«, sagte Honor. »Lies du sie mir vor. Einen nach dem anderen. Bitte.«

KAPITEL 20

# Jo

Elternabende wären leichter, wenn die anderen Eltern nicht wären.

Diejenigen, die sie nicht gut kannte, waren kein Problem. Es waren größtenteils sehr nette Leute, und Jo genoss es, bei einem Becher Orangensaft, den die Schule ihnen in der Turnhalle für die Wartezeit zwischen den Terminen bereitstellte, ein paar höfliche Floskeln auszutauschen. Vielleicht kannten sie den alten Klatsch über Richard und sie, aber sie würden sich nichts anmerken lassen. Sie stellten sich unwissend. Höflichkeitsfloskeln und Small Talk gewährten einem einen Schutzschild, zumal sie alle in der Schule ein gemeinsames Gesprächsthema hatten: die Prüfungen. Und es gab reichlich alleinstehende Elternteile oder solche, die ohne ihren Partner dort waren, sodass sich Jo nicht ausgeschlossen vorkam, weil sie allein gekommen war.

Es waren Leute wie Helen und Logan Travers, vor denen man auf der Hut sein musste.

»Jo!« Helen stürzte vom Eingang der Turnhalle auf sie zu. Logan zockelte mit ihrer Tochter Erin hinterher. »Wie geht es dir?« Sie küsste Jo auf beide Wangen.

»Prima, und euch?«

»Wir haben Richard gesehen und haben gehört, dass er Tatiana einen Antrag gemacht hat.«

Helens Gesicht war der Inbegriff von Mitgefühl und Besorgnis.

»Warum nicht. Iris freut sich darauf, Blumenmädchen zu sein.«

»Und wie geht Lydia damit um?«

*Lydia ist wahrscheinlich froh, dass sie ihn endlich los ist, und ich kann es ihr nicht sonderlich verübeln.* »Lydia geht echt gut damit um.«

»Es muss so schwer sein, wenn man auch den zweiten Vater gewissermaßen verliert, nicht wahr.«

»Lydia vermisst natürlich ihren Vater. Das tun wir beide.«

»Und du musst einsam sein!«

»Eigentlich bleibt mir dank der Kinder keine Gelegenheit, einsam zu werden, und Lydias Großmutter wohnt derzeit bei uns, während sie sich von einer Operation erholt.«

»Ihre Großmutter? Du bist eine Heilige! Ich denke oft an dich, Jo. Es tut mir so leid, dass ich so viel um die Ohren hatte.«

»Du musst mal zu uns zum Abendessen kommen«, sagte Logan. »Wir haben ein paar nette Freunde, die du vielleicht gern kennenlernen würdest.«

Früher hatten sie immer wieder gemeinsam zu Abend gegessen, bevor Richard sie verlassen hatte. Manchmal übernachteten auch ihre Töchter Erin und Lydia beieinander. Jo malte sich aus, wie es jetzt wäre, neben einem von Logans Freunden zu sitzen, einem Geschiedenen oder einem eingefleischten Junggesellen, der genauso wenig daran interessiert wäre, verkuppelt zu werden wie sie. Natürlich wäre er im Vorhinein von Logan und Helen über das traurige Scheitern ihrer Ehe aufgeklärt worden.

»Ja«, sagte sie. »Unbedingt. Hallo, Erin, wie geht es dir?«

»Gut«, sagte Erin laut. Sie trug eine Jogginghose, die so tief hing, dass oben ihre Unterhose zu sehen war, und sie starrte Jo mit einem seltsamen Lächeln im Gesicht direkt an. Zumindest war es gut zu wissen, dass Lydia nicht der einzige Teenager war, der sich merkwürdig benahm.

»Erin macht ihre Sache wirklich großartig«, sagte Helen. »Wir haben uns sehr über ihre Vorzensuren gefreut. Lydias sind bestimmt auch hervorragend. Aber dieser Erfolgsdruck! Ist sie nicht bei dir?«

»Sie passt auf ihre Geschwister auf. Ich habe erst mit den Englisch- und Französischlehrern gesprochen, aber so weit, so gut.«

»Komm mit, mein Schatz«, sagte Helen, »jetzt ist Mr. Treadbull dran. Ich habe keine Ahnung, warum wir mit den Sportlehrern sprechen müssen! War schön, dich zu sehen, Jo, machen wir bald einen Termin für ein Abendessen, ja?«

»Natürlich«, sagte Jo, die sich vornahm, nicht ans Telefon zu gehen, falls Helen anrufen sollte.

Sie sah auf dem Zettel mit ihren Terminen nach. Der Ablauf war straff organisiert. Gespräche wie am Fließband. Die Lehrkräfte saßen in der Turnhalle und in der Mensa hinter Reihen von Tischen, und eine Glocke erklang, um das Ende eines jeden Termins zu signalisieren. Als Nächstes war bei ihr Erdkunde dran, bei Mr. Graham, der auch Lydias neuer Tutor war, seitdem Miss Wheeler zu Weihnachten gegangen war. Laut des kleinen Lageplans, den sie hatte, saß er in der hinteren rechten Ecke der Mensa. Sie machte sich auf den Weg, um pünktlich zu sein.

Zwar hielt sie nach Avrils Mum Ausschau, aber sie schien nicht da zu sein, wie gewöhnlich. Mrs. Toller war bislang erst zu ein oder zwei Elternabenden an der weiterführenden Schule gekommen. Das waren die wenigen Male gewesen, bei denen Jo ihr tatsächlich begegnet war.

Avril half Lydia häufig beim Babysitten, während Jo zur Schule ging, aber heute Abend war sie nicht aufgekreuzt, und Lydia hatte Jo fast den Kopf abgerissen, als sie diesbezüglich eine Bemerkung hatte fallen lassen. Jo hatte gedacht, dass Avril stattdessen vielleicht mit ihrer Mum käme. Es war ein wichtiger Elternabend, der letzte, bevor die Mädchen mit ihren Abschlussprüfungen begannen.

Doch sie war nicht da.

Jo runzelte die Stirn. Da stimmte etwas nicht. Avril aß so häufig bei ihnen zu Hause zu Abend, verbrachte so viel Zeit bei ihnen. Nicht dass es Jo auch nur das Geringste ausmachte. Sie mochte Avril, sehr sogar – oft war sie viel netter zu ihr als Lydia. Doch Jo machte sich Sorgen um sie. Es war klar, dass sie zu Hause nicht bekam, was sie brauchte, wenn sie so häufig nicht bei ihrer Mutter war. Und dennoch konnte sie das Thema nicht ansprechen. Avril lenkte davon ab, und Lydia ebenfalls.

Sie nahm sich vor, es erneut zu versuchen, wenn sich ihr die Gelegenheit bot. Zwar respektierte sie Avrils Privatsphäre, aber Avril war noch ein Kind. Sie brauchte jemanden, der sich um sie kümmerte.

Erdkunde war drüben bei der Essenstheke. Es roch nach Kohl und Frittieröl, der gleiche Geruch wie früher zu Jos Schulzeit. Heutzutage schienen Teenager so kompliziert zu sein, so viel weltklüger als Jo es gewesen war, aber wenigstens solche Dinge änderten sich nie. Pommes blieben Pommes.

Die Glocke ertönte, und Jo ging auf den rückwärtigen Teil des Saals zu, wo ein Paar eben von einem Tisch wegging, an dem ein Mann in blauem Anzug mit Brille und braunen Locken saß.

Es war Marcus.

Aufgesehen hatte er noch nicht. Er notierte sich etwas.

Sein Tisch war übersät mit lauter Papieren. Vor ihm stand ein Plastikbecher mit demselben Orangensaft, den sie eben getrunken hatte. Seine Krawatte war gelockert, und die Brille, die sie noch nie an ihm gesehen hatte, war eine Hornbrille. Rund. Sexy.

Sie konnte nicht atmen.

Die Glocke hörte zu läuten auf. Hatte sie die ganze Zeit über gebimmelt? Sie hallte in ihren Ohren wider, und in dem Augenblick sah Marcus auf und erblickte sie.

Er hatte den Anflug eines Lächelns im Gesicht, aber es verschwand. Er riss die Augen auf.

Um sie herum bewegten sich andere Eltern, gingen auf Tische zu, schüttelten Hände, setzten sich. Nahmen ihre Termine wahr, wie sich das gehört. Als Jo weiterging, kam sie sich wie ein Roboter vor.

Das konnte nicht wahr sein. Er hatte nie erwähnt, was er von Beruf war – aber er konnte doch nicht Lydias Lehrer sein. Ihr Tutor.

Doch auf dem Namensschild auf seinem Tisch stand: *Mr. Graham – Erdkunde.*

Er stand auf. Das Scharren seines Stuhls auf dem Holzboden hallte laut.

»Du bist …« Er räusperte sich und sah auf die Liste auf seinem Tisch. »Du bist Lydias Mutter?«

Sie nickte. Er machte Anstalten, die Hand auszustrecken, aber dann schien er es sich anders zu überlegen.

»Warum … setzt du dich nicht?«

Er hatte jäh einen rosafarbenen Fleck auf den Wangen. Jo setzte sich mit steifen Gliedern, und er nahm ihr gegenüber Platz. Sie sahen einander an.

Blütenblätter in seinen Haaren, und sie hatte sich zu ihm gebeugt und ihn geküsst. *Gestern.*

»Es ist schön, dich wiederzusehen«, sagte er.

»Wie …«, setzte sie an und musste schlucken. »Wie macht sich Lydia in Erdkunde?«

»Prima.« Er fuhr sich mit der Hand durch die Haare. »Lydia Levinson. Ja, sie ist ein sehr gescheites Mädchen. Wird die A-Level-Prüfung in Französisch vorziehen, unter den Besten in allen Fächern. Ich … ich unterrichte sie ja noch nicht lang. Aber sie zeigt definitiv Begabung für das Fach, und sie macht sich in allen Fächern gut. Will in Cambridge studieren, sagt sie.«

»Ja, wie ihr Vater.«

»Jo, ich wusste nicht, dass du ihre Mutter bist.«

»Ich wusste nicht, dass du hier arbeitest.«

»Ja. Seit … ich habe Weihnachten hier angefangen.«

Der Geschmack seiner Lippen, feucht vom Regen.

»Also … gibt es irgendetwas, das ich tun kann, um Lydia zu Hause zu unterstützen?« Die gleiche Frage hatte sie bereits den Englisch- und Französischlehrern gestellt.

»Na ja, da die Prüfungen anstehen, muss sie natürlich lernen. Und sie … sie könnte sich vielleicht ein bisschen besser konzentrieren, besonders in letzter Zeit.«

»Das überrascht mich nicht, falls Avril mit ihr in der Klasse ist. Die beiden sind ständig am Reden. Sie sind beste Freundinnen.«

»Das könnte ein Grund sein. Ja, vielleicht. Du … ähm, ist alles in Ordnung bei dir, Jo?«

»Bestens, danke.«

»Weil ich gestern nicht den Eindruck …« Er sah sich im Saal um, da ihm anscheinend wieder in den Sinn gekommen war, wo sie sich befanden. »Ach. Möchtest du die Ergebnisse ihrer Probeklausuren sehen?« Er wühlte in seinen verstreut herumliegenden Papieren herum. Sie betrachtete das Blatt, das er ihr schließlich reichte, verstand die Zahlen darauf allerdings nicht.

»Sie … Was ist denn ihr Notendurchschnitt bis jetzt in Erdkunde?«

»Wir hoffen auf eine glatte Eins, wenn sie weiterhin gut bei der Sache bleibt.« Er sah ihr wieder in die Augen und senkte den Blick dann erneut auf das Blatt. »Natürlich ist das leichter gesagt als getan.«

»Ich verstehe.« Wo war die Glocke? Jo rang die feuchten Hände.

»Jo …«

Die Glocke ertönte. Sie erhob sich. »Tja, danke. Ich werde Lydia sagen, dass sie im Unterricht besser aufpassen soll.«

Er stand ebenfalls eilig auf. »Ja. Schön, danke. Ich … ähm … Man sieht sich.«

Sie nickte erneut und ergriff die Flucht.

Bei ihrer Heimkehr war sie immer noch völlig fertig. Oscar und Iris guckten im Schlafanzug *Rastamouse*, und Lydia und Honor saßen gemeinsam auf dem Sofa und sahen sich anscheinend Weihnachtspostkarten an. Normalerweise hätte ihr der Anblick von Familienharmonie Freude bereitet, doch sie war noch ganz durcheinander, sie fühlte sich beschämt und wollte jetzt nichts weiter als ein sehr großes Glas Wein.

Lydia fuhr hoch, sobald Jo eintrat. »Ich gehe noch mal los«, sagte sie.

Honor stand auf und ging wortlos, mit den Karten in der Hand, in ihr Zimmer.

Der Wein würde warten müssen. Jo setzte sich auf den Teppich, zog Iris auf ihren Schoß und sah sich mit ihr und

Oscar *Rastamouse* an. Die Handlung, die sich um verschwundenen Käse drehte, lenkte sie kein bisschen von ihren Gedanken ab. Ebensowenig Gutenachtgeschichten oder Ins-Bett-Bringen oder Küsse. Sie machte alles wie ferngesteuert. Als sie nach unten in die Küche ging und sich ein großes Glas Pinot Grigio einschenkte, hatte sie zwei Dinge beschlossen. Nein, drei.

Erstens: Sie würde sich Marcus gegenüber weiterhin locker und freundlich geben. Er war ihr Nachbar und Lydias Lehrer, also konnte sie ihn nicht vollständig ignorieren, aber sie würde unnahbar sein. Sie würde sich nicht längere Zeit im Garten aufhalten oder aus dem Küchenfenster schauen, und sie würde auch nicht seine Einladung auf eine Tasse Tee annehmen, falls er höflich genug sein sollte, sie erneut auszusprechen, was, gelinde gesagt, unwahrscheinlich war.

Zweitens: Sie würde nicht ansprechen, was zwischen ihnen im Garten vorgefallen war.

Und drittens: Sie würde nie wieder einen Mann küssen. Nie wieder.

Sie kippte den Wein hinunter, um ihre Entscheidung zu bekräftigen, und senkte die Stirn auf den Tisch.

Als es an der Hintertür klopfte, zuckte sie zusammen. Lydia war schon wieder zurück und hatte ihre Schlüssel vergessen, dachte sie, doch als sie die Tür aufmachte, war es Marcus. Er hatte sich das Jackett und die Krawatte ausgezogen, trug aber immer noch seine Brille. Ihr Herz und ihr Magen machten einen gewaltigen Satz.

»Hi«, sagte er. »Kann ich mit dir reden?«

»Komm rein.« So viel zu Vorsatz Nummer eins.

Er zögerte. »Ist Lydia da? Weil …«

»Sie ist ausgegangen.«

»Aha. Okay.« Er trat ein, und Jo schloss die Tür hinter ihm. »Es ist … Du hast ein schönes Haus. Ich mag, dass es so offen angelegt ist.«

»Danke. Tasse Tee?«

»Bitte. Ich habe … Das viele Reden … Auf dem Elternabend, meine ich.«

Sie stellte den Wasserkocher an, und er stand in der Küche. Er war nervös. In einem fort rieb er den Daumen gegen den Zeigefinger, als wollte er die Haut abwetzen.

»Die Kinder?«, fragte er.

»Sie sind im Bett. Und meine Schwiegermutter ist in ihrem Zimmer und macht dort, was auch immer sie da drinnen macht.«

»Es tut mir leid wegen vorhin. Ich konnte nicht … Es waren zu viele Leute da. Jo, ich hatte ehrlich keine Ahnung, dass du die Mutter einer meiner Schülerinnen bist. Ich wusste noch nicht einmal, dass du neben Oscar und Iris noch ein Kind hast.«

»Und ich wusste nicht, dass du Lehrer bist.«

»Es ist meine Schuld. Ich hätte es erwähnen sollen. Ich gehe wohl einfach davon aus, dass man es mir schon von der Ferne ansieht. Kreide an den Fingern. Tinte auf der Krawatte.« Er versuchte ein selbstironisches Lächeln, aber es verschwand gleich wieder.

»Du siehst nicht wie ein Lehrer aus. Du siehst wie …« Jo warf Vorsatz Nummer zwei über den Haufen. »Na ja, wahrscheinlich hast du dank dem, was ich gestern im Garten gemacht habe, gemerkt, dass ich dich für gut aussehend halte.«

Er lehnte sich mit dem Rücken an die Arbeitsfläche der Kücheninsel, hielt sich mit beiden Händen daran fest. »Hör mal, das gestern … Ich habe mich dumm verhalten. Das tut mir auch leid.«

»Nein, ich habe mich dumm verhalten. Es war völlig daneben.«

»Es war nicht daneben. Es war wunderbar.«

Sie starrte ihn an.

»Ich war überrascht, das war alles. Ich habe nicht damit gerechnet. Ich hatte nicht gedacht, dass du an mir interessiert bist. Deshalb …« Er ruderte mit den Armen und verzog das Gesicht. »Ich kann mich manchmal nicht sonderlich gut artikulieren. Ich meine, manchmal schon, aber dann wieder nicht. Das hast du wahrscheinlich schon gemerkt.«

»Du kannst dich gut genug artikulieren.« *Es war wunderbar?* »Du hast nicht gedacht, dass ich an *dir* interessiert bin?«

»Na ja, du hast viel um die Ohren, du hast ein Leben. Und du bist schön. Und wahrscheinlich haben sich schon etliche Kerle an dich rangemacht, und der über den Gartenzaun linsende Nachbar ist so ein Klischee, also …« Er zuckte mit den Schultern. »Und dann hast du mich aus heiterem Himmel geküsst, und ich war hin und weg und … hab kein Wort rausgebracht. Es tut mir leid.«

Sie kam nicht ganz mit. »Du warst hin und weg? Warte mal, willst du damit sagen, dass du mich anziehend findest?«

»Ja. Natürlich. Und ich mag dich sehr.«

Das Wasser kochte. Sie ließ es kochen. Marcus Graham, Erdkundelehrer, jung, attraktiv, mit sexy Brille und einem Hemd, das mal wieder gebügelt werden könnte. Mochte sie.

Stand in ihrer Küche, sah sie an und mochte sie.

»Aber das geht nicht«, sagte sie verzweifelt. »Wie alt bist du – fünfundzwanzig? Lange kannst du noch nicht unterrichten.«

»Ich bin neunundzwanzig, ich unterrichte seit sieben Jahren, das hier ist meine zweite Schule, ich bin Fachbetreuer. Tut das überhaupt etwas zur Sache?«

»Ich bin vierzig, Marcus. Ich habe drei Kinder.«

»Und?«

»Und? Es ist unmöglich. Ich könnte praktisch deine Mutter sein.«

»Nein, glaub mir, das könntest du nicht.«

Sein Lächeln war diesmal ein wenig schief. Sexy.

Ihr fiel das Atmen schwer.

»Aber du bist der Lehrer meiner Tochter.«

Marcus holte tief Luft. Seine Hände krallten sich wieder um den Granit. »Ja. Das ist ein Problem.«

»Ich meine, könntest du dafür rausfliegen?«

»Dafür, dass ich total in dich verknallt bin? Ich glaube nicht, dass ich deswegen von der Schulleitung Ärger bekommen kann. Du bist nicht meine Schutzbefohlene.«

»Nein, ich meine, wenn wir es … tun würden.«

Ihr Herz klopfte wie wild. Im Grunde hatte sie Marcus gegenüber soeben bestätigt, dass sie es mit ihm tun wollte. Sie hatte ihm praktisch ein eindeutiges Angebot gemacht – wenn auch nur theoretisch. Falls er den geringsten Zweifel daran gehegt haben sollte, nachdem sie ihn im Garten geküsst hatte.

Und er war total in sie verknallt.

»Ich … weiß nicht«, sagte er schließlich. »Ich halte es für keine gute Idee.«

»Nein«, sagte sie rasch. »Es ist ganz bestimmt keine gute Idee.«

»Weißt du zufällig, ob Lydia vorhat, Erdkunde als Leistungskurs bei den A-Levels zu belegen?«

Sie blinzelte. »Was? Nein … Ich meine, ich weiß es

nicht, aber es ist unwahrscheinlich. Sie hat Erdkunde nur belegt, um genug Fächer zusammenzubekommen. Sie mag Englisch und Fremdsprachen. Nimm es mir nicht übel.«

»Tue ich nicht.«

»Obwohl es dir bestimmt gelingen könnte, dass sie es sich anders überlegt.« Ja, angesichts eines unglaublich gut aussehenden Lehrers würde sich Lydia ihre A-Level-Auswahl vielleicht noch einmal überlegen. In Lydias Alter hätte Jo es sich anders überlegt.

Nein. Sie mochte nicht darüber nachdenken, dass ihre Tochter für denselben Mann schwärmen könnte wie sie.

»Aber wenn sie es sich nicht anders überlegt«, sagte Marcus, »wenn sie weiterhin bei den Sprachen bleiben will, wie du sagst – wobei ich ihr natürlich nicht davon abraten würde, ein Fach zu belegen, das ihr Spaß macht ...«

»Natürlich nicht.« Warum redeten sie über Lydia?

Weil Lydia so ziemlich das Einzige war, das sie in diesem Moment davon abhielt, etwas völlig Verrücktes zu tun.

»Also wenn sie Erdkunde *nicht* als A-Level-Fach belegt«, fuhr Marcus fort, »dann bin ich nur noch ein paar Monate lang ihr Lehrer. Für die A-Level-Phase bekommt sie auch einen anderen Tutor.«

»Du meinst, wir sollten einfach ...«

»Einfach abwarten.«

»Bis du nicht mehr ihr Lehrer bist. Und dann, wenn wir immer noch so empfinden ...«

»Wir könnten schon davor Zeit miteinander verbringen. Als Freunde.«

»Das wäre wahrscheinlich das Beste.«

»Wir könnten einander besser kennenlernen.«

»Aber wir werden *es* auf keinen Fall tun«, sagte Jo. »Denn das ist keine gute Idee.«

»Das ist keine gute Idee.«

»Dann sind wir also einer Meinung.«

»Ja. Gut.«

Sie hatte sich auch an die Arbeitsfläche gelehnt, auf der anderen Seite der Küche. Wie ein Spiegelbild seiner Haltung klammerte sie sich an der Kante fest.

Sie erinnerte sich, wie sich sein Gesicht in ihren Händen angefühlt hatte. An seinen Duft. Er sah sie unverwandt an, die Augen blau und forschend, leichte Röte auf den Wangenknochen. Sie konnte den Blick nicht abwenden.

Heute Abend würde sie bestimmt keine Vorsätze oder Versprechen mehr brechen. Bestimmt nicht.

Sie trafen in der Mitte der Küche aufeinander. Seine Hände in ihrem Haar, ihre an seinem Gesicht, ihre Münder aufeinandergepresst. Sein Geschmack hing ihr seit gestern nach, aber er schmeckte besser, sein Mund war heißer, und er hielt sie an sich und küsste sie, als könnte er nicht genug bekommen. Er fühlte sich so lebendig an, seine Küsse voll von einer Leidenschaft, an deren Möglichkeit sie sich kaum noch erinnerte. Seine Zunge berührte ihre, und sie stöhnte unwillkürlich auf.

Sie merkte erst, dass sie rückwärts gingen, als sie an die Küchenschränke stieß. Auf diese Weise konnte er näher kommen. Ihre Brüste waren an seine Brust gepresst, und seine Hüfte schmiegte sich an ihre. Marcus nahm, sie immer noch küssend, eine Hand aus ihrem Haar, um ihre Bluse aufzuknöpfen. Sie spürte, dass er zitterte.

Sie hatte keine Ahnung, wie das hier passieren konnte. Wie sie diese Grenze, von zögerlichen Worten hin zu einem Punkt, an dem keine Worte mehr nötig waren, so schnell überschritten hatten. Sie zog sein Hemd aus der Hose und legte die Hand auf seinen Rücken, streichelte über seine

Haut. Er machte tief in der Kehle ein Geräusch und neigte den Kopf auf ihre Brust, küsste die nackte Haut an ihrem Schlüsselbein. Sie bog den Kopf zurück. Er leckte ihren Hals, und sie erbebte.

»Es ist eine schlechte Idee«, flüsterte er an ihrer Haut. Sie konnte ihren Puls an seinen Lippen spüren.

Honor nebenan. Oscar und Iris, die oben schliefen.

»Nicht hier«, sagte sie, und er hielt inne. Trat einen halben Schritt weg von ihr. Sie starrten einander in die Gesichter. Weit geöffnete Augen, starrer Blick, die Brille schief, sein Mund stand offen, sein Atem ging schnell. Er sah wie erschüttert aus, als wäre er soeben von einer Katastrophe in Kenntnis gesetzt worden.

Die Haustür ging auf.

»Lydia«, flüsterte sie.

»Mist.« Er ließ sie los und fing hektisch an, sich das Hemd in die Hose zu stopfen.

»Durch die Hintertür.« Sie schubste ihn. Er ging.

Jo richtete sich den Rock, knöpfte sich die Bluse zu, fuhr sich mit den Fingern durch die Haare. Rieb sich mit dem Handrücken über den Mund. Sie spürte seine Hände auf sich, seine Lippen auf ihrer Haut. Auf Geräusche lauschend, drehte sie sich zur Spüle um und wusch sich die Hände.

Lydias Schritte gingen die Treppe hinauf und wurden oben im Haus immer leiser.

Jos Beine zitterten. Sie konnte Marcus auf der Zunge schmecken.

Was hatte sie getan?

Er war jetzt fort, und sie konnte denken. Das hier – das war nicht sie. Diese Art von Geschichten, das war nicht ihrer Welt. Einen Fremden zu küssen, während die Kinder im Haus waren, mit ihrer Schwiegermutter nebenan, während ihre Tochter im Begriff stand, nach Hause zu kommen. Den Lehrer ihrer Tochter zu küssen.

Sie war dabei, den Verstand zu verlieren.

Und was würde sie sagen, wie würde sie sich benehmen, wenn sie ihn wiedersah? Wie benahm man sich cool, erwachsen, als würde die Art Sache ständig passieren? Erwachsen und unbekümmert und weltklug?

Sie war nicht weltklug. Sie war zweimal verheiratet gewesen und hatte drei Kinder, und sie hatte keinen blassen Schimmer.

Jo schlich auf Zehenspitzen zur Hintertür und machte sie auf. Sie wollte frische Luft schöpfen, sie wollte die Lücke in der Hecke sehen, die Mauer seines Hauses betrachten und darüber nachdenken, was in aller Welt sie sagen würde, wenn sie ihm wieder über den Weg liefe, sei es nun morgen oder übermorgen. Hatten sie jetzt eine Grenze überschritten, oder war es das gewesen? Hatten sie sich geküsst, und jetzt war es vorbei?

Es musste vorbei sein.

Marcus stand in der Nähe der Tür, so nahe, dass sie mit ihm zusammenstieß. Er fing sie auf.

»Alles in Ordnung?«, flüsterte er.

»Sie ist in ihr Zimmer gegangen«, sagte Jo atemlos. Marcus sah ihr in die Augen, und sie lachten. Er fiel gegen die Hauswand, und sie lehnte sich gegen ihn, den Kopf an seiner Brust. Er legte den Arm um sie. Sein Herz pochte heftig.

»Das war unglaublich«, sagte er.

»Ja …« Sie atmete seinen Duft ein. Gab sie sich cool? Sorgte sie so dafür, dass es vorbei war? »Damit habe ich nicht gerechnet.«

»Ich auch nicht. Und wir waren übereingekommen, es nicht zu tun. Aber ich bin froh, dass wir es getan haben.« Er hob ihren Kopf und küsste sie. Einmal, zweimal, beim dritten Mal länger. Er nahm Abschied. Sie wusste, dass er Abschied nahm, es musste vorbei sein.

»Wann kann ich dich wiedersehen?«, flüsterte er.

»Ich weiß es nicht.«

»Morgen?«

»Morgen kann ich nicht.«

»Donnerstag?«

»Ich weiß es nicht. Ich brauche jemanden, der auf die Kinder aufpasst.«

»Du hast meine Nummer nicht.«

»Ich kann dir meine geben.«

»Ich habe mein Handy nicht dabei. Es ist in meinem Jackett. Hör zu. Ich lasse Licht an. Wenn du kommen kannst, komm einfach. Ich werde da sein.«

»Und warten?«

»Korrigieren.« Sein Mund verzog sich zu einem Grinsen. »Und warten. Komm zu mir, Jo. Wenn nicht Donnerstag, dann am nächsten Tag. Oder am nächsten.«

Er strich ihr die Haare aus dem Gesicht. »Wenigstens auf eine Tasse Tee.«

Sein Kuss versprach mehr als eine Tasse Tee. Und dann war er fort, lief durch den Garten, schlüpfte durch die Hecke. Jo legte sich die Hand über den Mund, als könnte sie die Erinnerung festhalten.

Erst da fiel ihr wieder das Versprechen ein, das sie Lydia gegeben hatte.

KAPITEL 21

# Lydia

Sobald ihre Mutter nach Hause kam, lief Lydia zu Avrils Haus. Sie konnte nur daran denken, was Oma H gesagt hatte. Dass sie ohne Hoffnung oder Verstand geliebt hatte. Dass sie nie einen anderen gefunden hatte, fünfundvierzig Jahre lang. Ihr Gesichtsausdruck, als Lydia die Briefe nach unten gebracht hatte, die Art, wie sie die Umschläge berührt hatte, als wären sie ein Mensch, zerbrechlich und unermesslich kostbar.

Sie hatten nur einen von den acht Briefen gelesen, den mit dem ältesten Poststempel. Er war an Weihnachten nach dem Tod ihres Vaters geschrieben worden, und die Sache war die, dass er so *normal* klang. Darin standen Neuigkeiten über seine Familie, seine drei Töchter und deren Kinder, die Lydias Cousins und Cousinen waren. Nichts daran deutete darauf hin, dass es sich um den Brief eines Vaters an seinen Sohn handelte, abgesehen von der letzten Zeile: *Ich denke oft an dich und hoffe eines Tages auf ein Wiedersehen*. Und was die Art betraf, wie Oma H ausgesehen hatte, als Lydia ihn ihr vorgelesen hatte: begierig jedes Wort aufsaugend, mit tränenfeuchten Augen.

Lydia lief schneller. Als sie Avrils Wohnblock erreichte, war sie außer Atem und musste sich eine Minute erholen, bevor sie auf die Klingel drückte. Avril erschien beinahe sofort in der Wohnungstür. »Hi«, sagte sie, offenkundig erfreut, und kurzzeitig glaubte Lydia, alles wäre wieder so, wie es letzte Woche gewesen war, vor Harry.

»Hast du Lust, spazieren zu gehen?«, fragte Lydia.

»Ja, klar, ich hole meine Jacke.«

Lydia wartete draußen auf sie. Sie selbst hatte keine Jacke dabei, und es war ein wenig frisch, zumal sie verschwitzt war. Sie rieb sich mit den Händen über die Arme, und als Avril nach unten kam, gab sie Lydia ihre pinkfarbene Kapuzenjacke. Sie roch nach Avril.

Sie gingen ein bisschen herum, aus der Wohnsiedlung und quer durch den Park. Lydia wusste nicht recht, was sie sagen sollte, und je länger sie nichts sagte, desto schwieriger war es anzufangen. Beim Laufen hatte sie die vage Vorstellung gehabt zu versuchen, Avril davon zu überzeugen, dass Harry es nicht wert war. Doch Avril lächelte, als hütete sie ein großes Geheimnis, und ihre Schritte waren beschwingt.

Eifersucht fühlte sich schrecklich an. Sie war eine brennende Säure, die sie von innen zerfraß und alles Gute zerstörte. Am liebsten hätte Lydia Avril dafür geschlagen, dass sie so glücklich war. Allerdings wollte sie nicht streiten. Sie wollte noch nicht einmal Harry erwähnen, weil Avril ihr anmerken würde, dass sie eifersüchtig war. Aber ganz offensichtlich wünschte Avril sich sehnlichst, dass sie sich nach ihm erkundigte, damit sie einen Vorwand hätte, über ihn zu reden. Sie wollte seinen Namen in ihrem Mund spüren, so wie Lydia manchmal Avrils Namen spürte: Das Summen des Vs an ihren Lippen, der Kuss des Ls auf ihrer Zunge.

»Wie geht's deiner Mum?«, fragte Lydia schließlich. »Ist sie zum Elternabend gegangen?«

Es war ein Fehler. Avrils Miene wurde verschlossen. »Nein. Und es geht ihr gut.«

»Ist sie heute Abend unterwegs?«

»Sie arbeitet. Warum erwähnst du sie ständig?«

»Weil … weil du mir etwas bedeutest?«

»Ich habe dir doch gesagt, dass ich nicht über sie reden will.«

»Schon gut, okay. Aber falls du doch …«

Avrils Handy gab einen Signalton von sich, und sie zog es sofort aus der Tasche, als hätte sie nur darauf gewartet. Sie blieb stehen und öffnete die SMS. Lydia hörte sie scharf einatmen.

»Was denn?«

»Es ist …« Sie kicherte. »Schau.«

Sie reichte ihr das Handy. Es war fast dunkel draußen, und das Display leuchtete. Noch bevor Lydia nach dem Handy griff, sah sie, dass es das Selfie von Harrys Schwanz war.

»Echt?«, sagte sie.

Es war dasselbe – derselbe Spiegel, dieselbe heruntergezogene Unterhose, dieselbe Reflexion des Blitzlichts an derselben Stelle.

»Herrgott, das ist erbärmlich.«

Avril riss ihr das Handy aus der Hand. »Ich finde es nicht erbärmlich. Ich finde es sexy.«

»Av, findest du es nicht ein bisschen beunruhigend, dass er dir Bilder von seinem herausbaumelnden Ding schickt?«

»Nein.« Sie ging weiter. Schnell.

»Jetzt wird er dich auffordern, ihm auch ein Bild zu schicken.«

»Was hast du nur?«, fragte Avril. »Warum kannst du dich nicht einfach freuen, dass ich einen Jungen gefunden habe, der mir gefällt?«

»Weil du jemand Besseren verdient hast. Harry ist es nicht ernst mit dir. Dem ist es mit niemandem ernst.«

»Und woher willst du das bitte schön wissen?«

»Weil er …«

»Weil er was, Lydia? Weil du ihn aus irgendeinem Grund nicht magst? Weil du ihn doch magst, aber die Sache vermasselt hast und er jetzt stattdessen mich mag?«

»Weil er mir dasselbe Bild geschickt hat, das er eben dir geschickt hat.«

Avril blieb stehen. »Wann?«

»Vor zwei Wochen.«

»Das hast du mir nicht erzählt.«

»Ich habe es nicht für wichtig gehalten. Zu dem Zeitpunkt habe ich nicht gewusst, dass es sein Standardbild ist, das er allen Mädels schickt.«

»Zeig her.«

»Ich habe es gelöscht.«

Avril schüttelte den Kopf. »Ich glaube dir nicht.«

»Warum sollte ich mir das ausdenken?«

»Wie schon gesagt. Weil du eifersüchtig bist.«

»Ich … ich bin nicht eifersüchtig. Ich finde nur, dass er nicht gut genug für dich ist. Das ist alles.«

»Lydia, alle haben es auf Harry Carter abgesehen. *Alle.* Er ist der bestaussehende Junge an der Schule. In welcher Hinsicht könnte er denn nicht gut genug für mich sein? Weil er nicht gut genug für dich war? Oder war er bloß nicht gut genug für dich, solange ihn sonst niemand hatte?«

»Ich glaube nicht, dass du ihm vertrauen kannst.«

»Ich kann *ihm* nicht vertrauen? *Du* hast mich angelogen!«

»Ich habe nicht gelogen, ich habe bloß …«

»Entweder hast du gelogen, als du das Bild bekommen hast, oder du lügst mich jetzt an.«

»Denk doch mal nach«, sagte Lydia verzweifelt. »Du weißt überhaupt nichts über ihn. Und du hast jemanden verdient, der dich richtig liebt. Dem du wirklich vertraust. Kannst du dir vorstellen, Harry von deiner Mum zu erzählen?«

Avril wirbelte herum. »Ich habe dir doch gesagt, dass ich nicht über meine Mum reden will!«, sagte sie, schrie es praktisch. »Ich will einfach nur *normal* sein! Einfach nur normal, wie alle anderen, mit einem richtigen Freund und einem normalen Leben! Warum gönnst du mir das nicht? Warum kannst du dich nicht für mich freuen?«

Und dann rannte sie davon, und Lydia war so schockiert, dass sie ihr nicht folgen konnte.

KAPITEL 22

# Honor

Honor war außer sich vor Empörung. Sie kramte unter der Spüle nach dem Bleichmittel, dem Reiniger und den Putzlappen und fand sie durch Ertasten.

Direkt hier in der Küche, dem Herzstück des Hauses, dem Ort, an dem Jo ihren Kindern zu essen gab. Einer zum Wohzimmer offenen Küche zumal. Honor hatte die Stimmen und das Keuchen gehört. Die panischen Schritte, als der Liebhaber, wer immer es sein mochte, eilig durch die Hintertür verschwunden war, um sich nicht erwischen zu lassen. Ihr Fenster war offen, und sie hörte die anschließende Unterhaltung im Flüsterton. Das Gelächter. Sie hatte nicht jedes Wort verstanden, aber es reichte.

Wie lange lief die Sache schon?, fragte sie sich. Jo, die sich als die perfekte Mutter aufführte, bei der sich alles um die Kinder und ihr Zuhause drehte, die sogar ihre alte Schwiegermutter bei sich aufnahm, während sie die ganze Zeit ein Doppelleben führte?

Honor schrubbte zuerst den Tisch. Er war mit einem hübsch gepunkteten Wachstuch bedeckt. Am Morgen war sie nicht zum Früstück aus dem Zimmer gekommen. Sie hätte es nicht über sich gebracht, in dieser Küche zu essen, jedenfalls nicht mit Jo in einem Zimmer. Indem sie sich vorantastete, putzte sie die gesamte Tischoberfläche und fing dann mit den Arbeitsflächen an.

Jo war die Art Frau, die immer einen Mann in ihrem

Leben brauchte. Honor hatte es gleich bei ihrer ersten Begegnung gewusst. Sie hatte keine Karriere, keine Interessen, keine intellektuellen Betätigungen. Um Himmels willen, sie war Kellnerin gewesen, bevor sie Stephen gefunden hatte und Hausfrau geworden war. Sie brauchte einen Mann, um sich von ihm definieren, um sich führen zu lassen. Ein schlaffer Waschlappen von einer Frau, schwach und nett und liebenswüridg und hübsch, die darauf wartete, dass ein Märchenprinz vorbeikam und sie auf sein Märchenschloss mitnahm. Honor hatte Hunderte solcher Frauen gekannt. Honors Eltern hatten erwartet, dass sie auch so sei, bis klar wurde, dass dem nicht so war.

Jo hatte keinen eigenen Willen so wie sie, Honor. Sie war zu gefügig, zu leicht beeinflussbar. Ihren Kindern und der ganzen Welt gegenüber zu nachgiebig …

Honor hielt in ihren wütenden Überlegungen inne. Nun, da war dieser Funke neulich – diese Andeutung von Rückgrat …

Honor schüttelte den Kopf und schrubbte heftig mit dem Lappen. Nein, sie hatte recht gehabt, was Jo betraf. Sie hatte Stephen geheiratet, der ein anständiger Mann war und sie, Gott stehe ihm bei, liebte. Aber dann, als Stephen nicht mehr war, hatte sie diesen Richard geheiratet, der sich am Ende als genau der Nichtsnutz erwies, der er war. Und jetzt suchte sie Halt bei einem anderen Mann. Bald würde er bei ihr einziehen, oder sie zog mit den Kindern zu ihm, und die ganze Geschichte würde von vorn losgehen. So war es immer bei Frauen wie ihr. Was für ein Vorbild gab sie damit für Lydia ab? Wie brachte sie ihrer Tochter bei, auf eigenen Beinen zu stehen?

Sie tastete sich zur Spüle vor und wusch den Lappen aus. Der Geruch nach Zitrusreiniger holte sie in die Realität zurück. Es war eine riesige Küche, viel größer als Honors. Es gab gewaltige Flächen zu reinigen. Jo schien keine Putzkraft zu haben, zumindest war noch keine aufgekreuzt. Sie schien sich selbst um alles zu kümmern. An den meisten Abenden hörte Honor, wie sie herumwuselte, liegen gebliebene Wäsche oder Hausarbeit erledigte, die Spielsachen aufräumte, die sich über Nacht zu vermehren schienen. Neulich hatte sie den Rasen gemäht, erst vor dem Haus und dann hinten.

»Mit einem neuen Ehemann könnte sie sich wenigstens eine Putzkraft leisten«, murmelte Honor und wischte aggressiv am Toaster herum. Ihre Fingerknöchel schlugen gegen das Metall. Beim Klang ihrer eigenen Stimme hielt Honor inne.

Hatte sie wirklich gerade eben laut gesagt, dass ihre Schwiegertochter mit irgendeinem fremden Mann in ihrer Küche herummachte, damit sie *sich eine Putzkraft leisten konnte*? Nachdem sie, Honor, selbst den gestrigen Abend damit verbracht hatte, ihrer Enkeltochter von ihrer eigenen Affäre mit einem verheirateten Mann zu erzählen? Davon, wie sie die Selbstbeherrschung verloren hatte, sich in etwas Leidenschaftliches und Hoffnungsloses gestürzt hatte, weil sie nicht widerstehen konnte?

Wer war sie, die Schwächen oder Freuden einer anderen Frau zu verurteilen? Auf wen war sie in Wahrheit wütend?

Honor putzte die restliche Küche methodisch, ihrem Geruchs- und Tastsinn folgend. Anschließend wrang sie den Lappen aus und legte ihn in die Waschmaschine. Als sie mit allem fertig war, hatte sie Schmerzen in der Hüfte und auch in den Schultern. Allmählich war sie zu nichts mehr zu gebrauchen. Nicht nur ihre Körperkraft hatte gelitten, sondern auch ihre Urteilskraft.

Ihr eigenes Leben war von drei Männern bestimmt worden: Shimon, Paul und Stephen. Eine feine Feministin war sie! Ein schönes Vorbild hatte sie abgegeben.

In ihrem Zimmer legte sie Tschaikowskys Violinkonzert in den CD-Player und setzte sich mit geschlossenen Augen hin, um der Musik zu lauschen. Honor folgte der einleitenden Melodie der Geige, wie sie sich aufschwingt zu hohen, schwelgerisch süßen Tönen und dann wieder herabsinkt. Sie dachte an Jo in der Küche, das Flüstern und das Gelächter. Sie dachte an Paul, das letzte Mal, als sie ihn gesehen hatte, fünfunddreißig Jahre, bevor er jene Karte geschrieben hatte, die Lydia gestern Abend vorgelesen hatte. Dachte an jenen Nachmittag bei ihm zu Hause, als sie dem Mann, den sie liebte, ein schreckliches Unrecht zugefügt hatte.

KAPITEL 23

# *Jo*

Sie konnte ihn unmöglich wiedersehen. Es war das Einzige, woran sie denken konnte, als sie allein in dem großen Doppelbett lag, und auch noch am Morgen. Nach dem Frühstück ging sie mit Oscar und Iris zum Spielplatz. Dabei machte sie einen großen Bogen um Marcus' Haus, damit sie nicht versucht wäre, es anzustarren, obwohl er gewiss in der Arbeit wäre.

Sie hatte nicht versprochen, sich wieder mit ihm zu treffen. Sie hatte gesagt, sie wüsste es noch nicht.

Doch Lydia gegenüber hatte sie ein Versprechen gegeben.

*»Tu es nicht wieder, Mum. Lass dich nicht auf einen Typen ein, weil er gut aussieht und du auf ihn stehst, und weil du denkst, es könnte eine gute Idee sein, oder weil du einen Mann für dein Selbstwertgefühl brauchst.«*

Und die Qualen in Lydias Stimme. Was sie eigentlich gemeint hatte, war: *Verrate meinen Vater nicht. Nicht noch einmal.*

Jo schubste Oscar auf dem Karussell an und Iris auf der Schaukel, und sie dachte darüber nach, was Stephen sagen würde. Wenn Stephen hier wäre, hätte sie Marcus nicht geküsst. Da Stephen nicht hier war, könnte er nur eine Meinung dazu haben, falls es ein Leben nach dem Tod geben sollte. Und daran glaubte Jo nicht. Menschen lebten in ihren Kindern weiter und in den Erinnerungen der anderen. Wenn man in diesem Leben sein Bestes gab, würde man in guter Erinnerung bleiben. Daran glaubte sie. Das war eine Regel, die sie auf ihr alltägliches Leben anwenden konnte.

Sie wusste, dass Stephen nicht der eifersüchtige Typ gewesen war. Es wäre unvorstellbar, dass er etwas verurteilte, das Jo glücklich machte. Er hätte gewollt, dass sie ihr Leben weiterlebte. Und wenn sie es sich nur einredete? So wie sie sich eingeredet hatte, dass es das Richtige sei, Richard zu heiraten?

Jo versetzte dem Karussell einen extra starken Stoß, womit sie bei Oscar Freudengeschrei erntete. Marcus zu küssen war kein Verrat an Stephen. Es war ein Verrat an Lydia, daran, worum Lydia sie gebeten hatte, wie Lydia sie als Mutter brauchte. Also musste sie die Sache mit Marcus beenden, falls »die Sache« tatsächlich existieren sollte. Auch wenn ihr Körper immer noch wie elektrisiert war, auch wenn sie ihn immer noch auf den Lippen schmeckte, seinen Körper dicht an ihrem spürte. Auch wenn sie, sobald sie die Augen schloss, nur noch sehen konnte, wie er sie angeschaut hatte.

Auch wenn sie vergangene Nacht wach gelegen und an Marcus' Kuss gedacht hatte und nicht an Stephens Schrei.

Ihr Handy piepte. Es war eine SMS von einer unbekannten Nummer.

*Nicht böse sein – ich hab die Nummer aus Ls Akte. Meine Entschuldigung ist, dass ich nicht aufhören kann, an dich zu denken. M*

Ihr Herz tat einen Sprung, und ihre Hände wurden feucht. Mit zittrigem Finger verfasste sie eine SMS – *Ich BIN böse* – und schickte sie los. Erst da wurde ihr klar, was sie eigentlich hätte tun sollen: sie löschen. Und seine Nummer blockieren. Und ihm einen förmlichen, höflichen Brief schreiben, der besagte, dass es eine schlechte Idee sei, dass sie nicht bereit für irgendeine intime Beziehung sei, dass sie sich auf ihre Kinder konzentrieren müsse, aber dass sie hoffe, sie könnten Freunde sein. Und dann den Brief per Post schicken, anstatt ihn in seinen Briefkasten zu stecken, denn wenn sie in die Nähe seines Hauses ging, wäre sie versucht anzuklopfen und ihn anzubetteln, er möge sie hereinlassen, damit sie noch einmal für kurze Zeit so empfinden könnte. Wie eine Frau. Wie jemand, der es wert war, mit liebenden Augen angesehen zu werden.

Die Antwort-SMS kam umgehend. *Ich will dich küssen.*

Ihre Kinder lachten und winkten. Jos Herz klopfte heftig, und ihr Zeigefinger tippte wie von selbst die Wörter *Ich auch* und schickte sie dorthin, wo er war, real und körperlich, weniger als eine Meile entfernt, in einem Klassenzimmer oder im Lehrerzimmer, in dem er daran dachte, sie zu küssen.

»Anschieben, Mummy!« Iris hatte sich zu Oscar in das Karussel begeben.

Sie schob das Karussel an. Es waren noch andere Mütter auf dem Spielplatz: Zwei unterhielten sich auf einer Bank, eine stand unter ihrem Kleindkind am Klettergerüst, die Arme hochgestreckt, um es aufzufangen, falls es herunterfiel. Sie fragte sich, ob eine von ihnen ein Geheimnis wie sie hatte.

Sie fing eine weitere SMS an. *Sorry*, lautete sie, *das hätte ich nicht schreiben sollen. Marcus, ich halte das für eine schlechte …*

Ihr Handy piepte, bevor sie zu Ende schreiben konnte.

*Was willst du sonst noch alles mit mir machen?*, fragte er.

Ihr wurde fast schwindelig vor Begierde. Nachdem sie an der Lehne einer Bank in der Nähe Halt gesucht hatte, sah sie verstohlen zu den anderen Müttern. Es war unmöglich, dass eine von ihnen genauso empfand, hin und her gerissen zwischen dem, was sie tun musste, und dem, was sie verzweifelt tun wollte.

Sie wollte Marcus nackt sehen. Sie wollte ihn berühren, ihn überall schmecken, seinen Körper kennenlernen, mit den Händen über seine Brust fahren, ihn rückwärts auf ein Bett stoßen und rittlings auf ihm sitzen. Sie wollte, dass er in ihr Gesicht blickte und sie sah: nicht die Mutter im Park, die ihre Kinder immer wieder im Karussel anschubste, nicht die Hausfrau mit den Armen voller Wäsche und Spielzeug – sondern *sie*. Den Teil tief in ihrem Innern, der Verlangen verspürte, der sich immer noch danach sehnte, mehr herauszufinden, mehr zu erleben.

Jo schloss die Augen. Sie holte tief Luft. Sie war kein leichtsinniger Mensch. Sie hatte nie alle Vorsicht in den Wind geschlagen. Sie hatte stets ihre Pflichten an erste Stelle gesetzt. Eine kranke Mutter, zwei Ehemänner, Kinder. Rechnungen, die bezahlt, Häuser, die geputzt, Kleidung, die gewaschen, Mahlzeiten, die gekocht werden mussten.

Doch in ihrem Leben fehlte etwas, etwas Wichtiges, etwas Unwiderstehliches. Oder nicht? Wenn sie derart empfinden konnte, in eben diesem Moment, auf einem Spielplatz um halb elf Uhr an einem Donnerstagvormittag im Mai?

Und doch war da ihr Versprechen Lydia gegenüber.

Noch eine SMS. *Oder, sag es mir besser nicht jetzt. Später, wenn ich nicht in der Schule bin. Es läutet gleich. Ich will den Korridor entlanggehen können, ohne dass es mir peinlich sein muss. M*

Jo lachte laut auf. Sie malte sich aus, dass er wie ein Teenager unter seinem Tisch simste und ihm die Brille die Nase hinunterrutschte. Sie lachte erneut.

»Warum lachst du, Mummy?«, fragte Oscar, als er an ihr vorübersauste.

»Ich bin einfach glücklich«, antwortete sie ihm. Sie steckte das Handy in die Tasche zurück und schubste ihre Kinder an, immer schneller.

»Hallo? Erde an Joanna?« Sara wedelte mit einer Hand vor ihrem Gesicht herum, und Jo blinzelte.

»Tut mir leid«, sagte sie. »War gerade in Gedanken.«

»Möchtest du noch einen Kaffee?«

Sie betrachtete das Durcheinander, das die vier Kinder auf dem Tisch in dem Coffeeshop angerichtet hatten. Doch Iris und Polly malten, Oscar aß, heftig krümelnd, ein Stück Kuchen, und Billy war selig mit seinen Autos. »Okay. Ich hole welchen.«

An der Theke, wo sie die Bestellung aufgab, sah sie auf ihrem Handy nach. Sie hatte noch nie im Leben so oft auf ihrem Handy nachgesehen, wie sie es seit heute Vormittag getan hatte. Zum ersten Mal verstand sie, warum Lydia ihr Handy immer in Reichweite hatte.

Sie hatte ihren SMS-Entwurf gelöscht und ihn dann über Mittag noch einmal verfasst. Dann gelöscht. Sie war nicht stark genug, um Marcus' Nummer zu löschen. Allerdings hatte sie sie auch nicht in ihrem Adressbuch abgespeichert.

Sie hatte seine SMS mindestens zwei Dutzend Mal gelesen. *Was willst du sonst noch alles mit mir machen?*

Neun Wörter. Sie konnte an nichts anderes denken.

»Also gestern Abend«, sagte Sara, als sie mit den Kaffeetassen an den Tisch zurückkam. »Ich habe die Kinder früh ins Bett gesteckt und habe meine besondere Unterwäsche angezogen. Das Zeug, das ich nicht mehr getragen habe, seitdem Polly auf die Welt kam. Tatsächlich glaube ich, dass ich sie anhatte, als Polly gezeugt wurde. So lange ist das schon her. Und ich bin nach unten, wo Bob Fußball geschaut hat, und hatte sonst nichts an, außer einem verführerischen Morgenmantel, den ich hinten im Kleiderschrank gefunden habe. Und jetzt rate mal, was passiert ist?«

»Was?«, fragte Jo, aber sie war nicht bei der Sache. Sie hob einen Buntstift auf, reichte Oscar eine Serviette und trank einen Schluck Kaffee, ohne etwas zu schmecken.

»Ich habe vor Bob gestanden und habe den Morgenmantel von der Schulter gleiten lassen, wie in einem kitschigen Film. Und er hat doch tatsächlich den Kopf schräg gelegt, *um an mir vorbeizusehen*. Er hat gefragt, ob ich ein paar Minuten warten könnte, es gäbe gleich Elfmeterschießen!«

»Oh.«

Sara sah empört aus. Jo überlegte fieberhaft, was Sarah erzählt hatte.

»Echt?«, versuchte sie stattdessen.

»Und die Sache ist die, dass ich noch nicht einmal allzu enttäuscht war. Irgendwie war ich erleichtert. Ich hatte mir Mühe gegeben, weißt du? Mir konnte er nicht die Schuld geben. Ich bin einfach nach oben gegangen und hab mich schlafen gelegt.«

»Manchmal ist Schlaf das Allerwichtigste«, sagte Jo.

»Glaubst du, dass es bei allen so ist? Es versiegt einfach, nachdem man die Kinder bekommen hat?« Sara sah auf einmal bestürzt aus. »Oh, warte, es tut mir leid, das wollte ich dich eigentlich nicht fragen.«

»Du meinst, weil Richard nach Iris' Geburt was mit Tatiana angefangen hat?«

»Es war taktlos. Tut mir leid.«

»Ist schon gut. Mir ist es auch schon in den Sinn gekommen. Iris hat sich nicht gut stillen lassen. Ich war die ganze Zeit müde.«

»Na ja, das war nicht deine Schuld. Und das gibt ihm doch noch lange nicht das Recht, das Au-pair-Mädchen zu verführen.«

»Ich hätte mir mehr Mühe geben sollen. Er hatte Tatiana eingestellt, damit wir mehr Zeit miteinander verbringen konnten. Das hat er gesagt. Aber bei mir kamen die Kinder immer an erster Stelle.«

»Gut, dass du ihn los bist. Kann ich einen haben?« Sarah nahm sich einen Keks aus der Packung, die Jo geöffnet hatte, ohne etwas davon zu essen, und tunkte ihn in ihren Kaffee. »Wie war es mit deinem ersten Mann nach Lydias Geburt?«

»Es war anders. Irgendwie haben wir die Zeit füreinander gefunden.« Obwohl Lydia fast nie durchschlief und fünf von sieben Nächten bei ihnen im Bett landete. Stephen arbeitete Tag und Nacht, schrieb Vorlesungen, Artikel. Dann gab es da die schlimmen Tage, an denen er zwar zu Hause war, aber nicht anwesend, in seiner eigenen Welt des Kummers verloren. Doch dann gab es immer wieder eine Stunde, die sie sich am Wochenende gönnten, wenn Lydia ein Nickerchen machte. Manchmal schliefen sie ein, die Glieder ineinander verschlungen, und wachten erst auf, wenn ihre Tochter zwischen sie krabbelte.

Wenn sie gewusst hätte, was kommen würde, wie wenig Zeit ihr mit Stephen blieb, hätte sie all ihren Schlaf drangegeben, um mit ihm zusammen zu sein.

»Es war gut«, fügte sie hinzu, denn sie spürte das Bedürfnis, Stephen zu verteidigen. Aber wogegen?

»Mit nur einem Kind muss es leichter sein.«

»Stephen war wunderbar«, sagte sie. »Aber er hatte immer schrecklich viel Arbeit. Und dann ist er gestorben.«

Sara nickte. »Okay, verstehe«, sagte sie, auch wenn Jo gar nicht versucht hatte, ihr etwas verständlich zu machen. »Ich werde es bei Bob noch einmal probieren. Billy, fährst du mit deinen Autos bitte nicht durch Oscars Kuchen? Wie dem auch sei, wenn wir gerade dabei sind – hast du schon unseren heißen Nachbarn gesehen?«

Jo stieg die Röte ins Gesicht. Sara beugte sich vor. »Was?«

»Oh, der …« *Der schickt mir SMS-Nachrichten, in denen steht, dass er an mich denkt, dass er mich küssen will.* »Es hat sich herausgestellt, dass er Lydias Lehrer ist.«

»Nein! Welche Enttäuschung.«

»Ja.« Sie trank rasch von ihrem Kaffee und verbrühte sich den Mund. »Au!«

Sara reichte ihr eine Plastikschnabeltasse mit Wasser, die mit kleinen Fingerabdrücken verschmiert war. »Ich dachte, er wäre mindestens ein heißer Gärtner.«

»Er ist Erdkundelehrer. Und auch noch Lydias Tutor. Ich bin ihm beim Elternabend begegnet.«

»Verdammt! Aber es macht den Elternabend bestimmt interessanter, wenn es was zu gucken gibt. Hast du dich ihm als seine arme alleinstehende Nachbarin vorgestellt?«

»Wir … haben uns vor allem über Lydia unterhalten.«

Warum belog sie Sara deswegen?

»Ich habe eine Idee«, sagte sie auf einmal. »Gehen wir doch im Anschluss Unterwäsche kaufen. Ein bisschen Geld verprassen. Etwas kaufen, in dem wir uns hübsch fühlen.«

Sara lachte. »Mit der Bande hier? Ich habe keine Lust, die nächsten beiden Stunden damit zu verbringen, Billy aus BHs zu entwirren, vielen Dank.«

»Stimmt. Ja. Gutes Argument.«

Heimlich berührte sie ihr Handy in der Tasche.

Am Abend, nachdem die Kinder im Bett waren, als Lydia in ihrem Zimmer lernte und Honor in ihrem Musik hörte, stand Jo am Küchenfenster und sah nach draußen. Sein Licht war an, wie er versprochen hatte. Die Außenbeleuchtung und ein Licht im obersten Fenster seines Hauses, was sein Schlafzimmer sein könnte. Sie beobachtete den Streifen Licht zwischen den Vorhängen und hoffte, einen Blick auf ihn zu erhaschen. Hoffte, ihn dabei zu erwischen, wie er zu ihr sah.

Herrgott, sie war besessen! Es waren kaum vierundzwanzig Stunden vergangen, und sie hatte fast nur an Marcus gedacht, was er gerade tat, ob er an sie dachte. Sie hatte ihrer Freundin Sara die Unwahrheit gesagt. Sie hatte noch immer nicht die SMS losgeschickt, um die Sache zu beenden. Sie wusste, auf die Minute, vor wie langer Zeit er mit ihr in dieser Küche gewesen war.

Jo zwang sich, sich vom Fenster abzuwenden und die Tasse Tee aufzugießen. Das Wasser im Kessel wurde schon kalt. Sie nahm sie mit nach oben, zusammen mit ihrem Handy. Jetzt war sie allein. Sie würde klar denken können. Sie konnte seine Nachrichten löschen, ihm einige freundliche, aber kühle Zeilen schicken, und mit ihrem Leben weitermachen. Das Elternschlafzimmer mit seinem Doppelbett, den begehbaren Schränken, die halb leer standen, war viel zu groß für einen Menschen allein. Die Möbel waren neu und eine Bettseite kaum benutzt. Jo hatte versucht, in der Mitte zu schlafen, hatte versucht, sich auszubreiten, aber sie landete jedes Mal auf der rechten Seite. Sie war daran gewöhnt, sich zurückzunehmen. Nachdem Richard gegangen war, hatte sie ein paar geblümte Dekokissen gekauft, mit der nicht ganz ausgegorenen Vorstellung, das Zimmer femininer zu gestalten, mehr zu *ihrem* Zimmer zu machen. Viel bewirkt hatte das nicht.

Manchmal blieb sie länger auf, als sie sollte, und erledigte Hausarbeit, um nicht in dieses Zimmer gehen zu müssen.

Ihr Handy piepte, sobald sie auf dem Bett saß.

*Jetzt ist es sicher. Sind die Kinder im Bett? Hattest du einen schönen Tag? M*

Ihr Schlafzimmer befand sich über der Küche. Sie ging ans Fenster und öffnete es. Von diesem Aussichtspunkt aus konnte sie sein Bettende sehen. Eine blaue Bettdecke. Sonst nichts.

*Das hier muss aufhören*, simste sie und löschte es.

*Ich habe Lydia versprochen …*

*Ich kenne dich kaum.*

*Du bist jung genug, um …*

Sie drückte auf die Taste und beobachtete, wie die Wörter Buchstabe für Buchstabe verschwanden. Jo schluckte und buchstabierte stattdessen die Wahrheit.

*Ich konnte auch nicht aufhören, an dich zu denken*, schrieb sie und hielt den Atem an, während sie es abschickte.

Es fühlte sich nicht an wie ein Fehler. Es fühlte sich an wie … es fühlte sich genauso an, wie es sich in dem Café in Cambridge angefühlt hatte, als Stephen von seinen Büchern aufsah und sie zum ersten Mal anblickte.

Nein, nicht genauso. Es konnte nicht genauso sein. Aber sie war atemlos, ihr Herz schlug heftig, ihr Magen war in Aufruhr, die Füße berührten kaum den Boden. Allein im Schlafzimmer, während die Kinder im Haus schliefen, und sie wollte tanzen.

Es war körperlich. Die körperlichen Symptome des Begehrens. Es war eine vorübergehende Sache, eine Schwärmerei, bloß ein Teil davon, was sie für Stephen empfunden hatte, aber es war stärker, als sie es in Erinnerung hatte. Vielleicht konnte man sich an etwas derart Intensives, derart Allumfassendes nicht erinnern, wenn es einmal fort war. Nicht in allen Einzelheiten. Vielleicht hinterließ es, wenn man es einmal erlebt hatte, wie sie es mit Stephen erlebt hatte, ein Loch im Innern, und die meiste Zeit fiel einem noch nicht einmal auf, dass etwas fehlte, bis man auf einmal, eines Tages, jemanden fand, der es füllte, und man wusste, dass man es nicht ertrüge, wieder ohne es zu sein.

Es war stärker als fast alles andere, abgesehen von der Anziehungskraft, die sie verspürte, wenn sie ihre eigenen Kinder hielt. Und selbst das war anders. Ruhiger, sanfter, auf mehrere verteilt. Nicht so hungrig, nicht so gierig oder konzentriert.

*Sag mir, was du gedacht hast*, simste Marcus. *Sag mir, was du tun willst.*

Ohne sich auszuziehen, schlüpfte sie unter die Bettdecke. Sie zog sie sich über den Kopf, um sich zu verstecken, geborgen zu sein, in einer warmen Höhle. Von niemandem gesehen oder gehört, abgesehen von diesen unsichtbaren Strahlen aus ihrem Handy, hoch ins All geschickt und wieder zurück zu ihm. Tausende Meilen zurücklegend, um ein paar Meter zu überbrücken. Sie leckte sich die Lippen.

*Zuerst würde ich dein Hemd aufknöpfen*, fing sie an.

KAPITEL 24

# Lydia

»Ich will mich nicht wegen einem Jungen streiten«, sagte Avril, als sie vorbeikam, um Lydia auf dem Weg zur Schule abzuholen. Lydia hatte durchs Fenster nach ihr Ausschau gehalten, während sie so tat, als würde sie mit Kopfhörern Musik hören.

»Ich auch nicht«, sagte Lydia.

»Gut. Aber du darfst mich nicht anlügen. Das darfst du nicht. Es macht mich fertig zu denken, dass du etwas vor mir verheimlichen könntest. Wir sind doch beste Freundinnen.«

»Ich habe nicht gelo…«

»Versprich mir einfach, es nicht zu tun, okay? Versprich mir, immer die Wahrheit zu sagen.«

Lydia nickte. »Ich verspreche es«, log sie.

*»Manchmal frage ich mich, ob du diese Karten erhältst, da du so lange schon nicht antwortest. Ich kann es dir wohl nicht verübeln, dass du mich auf Abstand hältst. Schließlich bin ich ein Fremder, mit einer Frau verheiratet, die nicht deine Mutter ist. Ich schreibe diese Karten genauso für mich wie für dich, rede mir ein, dass du mir vielleicht eines Tages antworten wirst, wenn ich einen Kommunikationskanal aufrechterhalte. Du musst schließlich einen Grund gehabt haben, mir deine Adresse zu geben, oder nicht?«*

Lydia ließ die Karte sinken. Es war die dritte, die sie gelesen hatte, die anderen fünf lagen, ungeöffnet, auf Oma Honors Bett.

»Was meint er damit, er sei ein Fremder? Hat Dad denn gar keine Zeit mit ihm verbracht?«

»Meines Wissens sind sie sich nur einmal begegnet.«

»Aber warum? Wollte er nichts über seinen Sohn erfahren?«

»Bis zu ihrer Begegnung wusste Paul nicht, dass er einen Sohn hatte. Ich habe es ihm nie gesagt.«

Lydia starrte ihre Großmutter an. Ihr Gesicht war friedlich, als hätte sie nicht gerade etwas derart Unglaubliches zugegeben.

»Du hast ihm nie gesagt, dass du schwanger bist? Ich dachte …«

Oma Honor hob das Kinn. »Du dachtest, ich würde einen Mann, der keinerlei Absichten hatte, seine Familie zu verlassen, zu etwas verpflichten? Dazu besaß ich viel zu viel Stolz. Und ich hatte nicht das Verlangen, in Pauls Leben die zweite Geige zu spielen. Die Qual wollte ich mir nicht zumuten.«

Lydia dachte an das Versprechen, das sie Avril am Morgen gegeben hatte. »Aber du hast Dad *belogen.*«

»Ich habe nicht gelogen. Ich habe über gewisse Dinge nicht gesprochen. Über seinen Vater zum Beispiel.«

»Und er hat nie nachgefragt?«

»Wenn er gefragt hat, habe ich ihm gesagt, dass sein Vater nicht Teil unseres Lebens sei.«

Wie sollte sie, Lydia, die eigene Großmutter wegen etwas kritisieren, das sie getan hatte, als ihr Vater ein Kind war? Lydia musterte Oma Honor: die Patriziernase, das stolz vorgereckte Kinn, die ruhigen braunen Augen. Sie hatte schon immer ein wenig Angst vor Oma Honor gehabt. Neben ihr kam sie sich immer dumm vor. Aber das hier …

»Ich …« Sie schluckte und überlegte, wie sie es sagen sollte. »Ich wäre echt traurig gewesen, wenn ich aufgewachsen wäre, ohne etwas über meinen Vater zu wissen.«

»Du denkst, es war ein Fehler. Du denkst, es war falsch, keinem von beiden etwas zu sagen.«

»Na ja …«

»Dein Vater hat auch so empfunden.«

Honor sagte es leise und blickte bei den Worten auf ihren Schoß.

»Ein paar Monate vor seinem Tod kam Stephen zu mir«, fuhr sie fort. »Er sagte mir, er wäre bei einem Abendessen einem Akademikerkollegen begegnet. Der Mann hatte ihn den ganzen Abend angestarrt. Er hatte beunruhigt gewirkt. Nach dem Essen kam er auf Stephen zu und fragte ihn nach dem Namen seiner Mutter. Er war dahintergekommen, dass Stephen sein Sohn war«, sagte Honor. »Weißt du, Stephen und Paul sahen sich sehr ähnlich. Für Paul war es vielleicht, als hätte er bei sich am Tisch sein jüngeres Ich gesehen.«

»Wie ist Dad damit umgangen?«, fragte Lydia.

»Dein Vater … war sehr wütend auf mich. Wir hatten einen Streit. Was sonst nie vorkam …« Honor reckte wieder das Kinn. »Ich habe oft darüber nachgedacht. Besonders da Stephen nicht lange danach starb. Ich bin zu dem Schluss gekommen, dass ich einen Fehler begangen habe. Und ich kann nichts tun, um es deinem Vater gegenüber wiedergutzumachen. Bei seinem Tod stand diese Sache immer noch zwischen uns.«

Oma Honor saß in dem Sessel, und Lydia hockte auf dem Bett neben den ungeöffneten Briefen. Honors Körperhaltung war immer noch die gleiche: stolz, herausfordernd, grimmig. Doch etwas glitzerte in ihren Augen. Vielleicht waren es ungeweinte Tränen. Wenn sie zusammen auf dem Sofa gesessen hätten, hätte Lydia vielleicht die Hand nach ihrer Großmutter ausgestreckt und sie umarmt. Doch da war ein Abstand zwischen ihnen. Und etwas an Oma Honors Haltung verbot ihr, ihn zu überwinden.

»Meinst du, Dad hat ihm je zurückgeschrieben?«, fragte sie.

»Ich weiß es nicht. Vielleicht.«

»Ich hasse die Vorstellung, dass Paul immer wieder geschrieben hat, ohne zu wissen, dass Dad tot ist. Vielleicht sollten wir ihm zurückschreiben«, sagte Lydia. »Auf der Rückseite des Briefumschlags steht eine Anschrift.«

»Nein«, sagte Honor schnell.

»Aber er würde wahrscheinlich wissen wollen, dass Daddy …«

»Was würde das schon ändern?«

Lydia runzelte die Stirn. Sie persönlich fand, es würde sehr viel ändern, aber Oma Honor schien so strikt dagegen zu sein, dass sie nicht weiter drängte.

»Mir hat Paul auch geschrieben«, sagte Oma Honor, wieder leise. »Es war um die gleiche Zeit, als Stephen und ich unseren Streit hatten. Es muss aufgrund seiner Begegnung mit Stephen gewesen sein.«

»Weißt du denn nicht, warum? Hat er das nicht in dem Brief geschrieben?«

»Ich habe den Brief gleich nach Erhalt verbrannt.«

Lydia konnte sich nicht vorstellen, jemals etwas von Avril zu bekommen und zu verbrennen. »Warum?«

»Das Kapitel in meinem Leben war abgeschlossen.«

»Aber vielleicht hat er dir geschrieben, um dir zu sagen, dass er vorhatte, sich scheiden zu lassen. Oder dass seine Frau verstorben war.«

»Was beides nicht zutraf, laut der Briefe, die wir gerade lesen«, versetzte Honor schroff. »Es war vorbei. Wir müssen mit den Entscheidungen leben, die wir treffen, Lydia. Manchmal ist es zu schmerzhaft, Hoffnung zuzulassen.«

Sie stand auf und ging mit schlurfenden Schritten zum Fenster. Lydia spürte, dass sie allein sein wollte. Sie stand ebenfalls auf, zögerte jedoch und betrachtete den schmalen Rücken ihrer Großmutter. Fragte sich, ob sie zu ihr gehen und sie vielleicht in den Arm nehmen sollte. Ihr sagen, dass sie sie lieb hatte, egal, was sie getan oder nicht getan hatte.

Doch Oma Honor benahm sich nicht, als suchte sie Trost. Und was würde Lydias Trost schon nützen? Als sich all das zugetragen hatte, war Lydia ein kleines Kind gewesen.

Sie legte den Brief neben die anderen aufs Bett und ging nach oben in ihr neues Zimmer.

*Manchmal ist es zu schmerzhaft, Hoffnung zuzulassen.*

Herrgott, Oma Honor hatte ein ganzes Leben allein verbracht. Sie hatte sich entschieden, allein zu sein, weil sie es nicht ertrug zu hoffen. Sie hatte sich von dem Mann, den sie liebte, abgeschottet, und ihren Sohn ebenfalls, weil sie glaubte, dass es auf die Art weniger wehtäte. Weil sie den Mann, den sie liebte, nur haben wollte, wenn sie ihn voll und ganz haben konnte.

Stand das auch ihr, Lydia, bevor?

Sie legte sich aufs Bett. Es war komisch, aber als ihr Zimmer noch unten war, hatte sie all der Lärm in den Wahnsinn getrieben. Doch hier oben konnte sie gar nichts hören. Es war beinahe, als wäre sie völlig allein.

KAPITEL 25

# Honor

### *Oxford, 1969*

Honor war noch nie bei Paul zu Hause gewesen. Er lädt sie jedes Mal ein, wenn er den Rest des Instituts einlädt, zu einem Umtrunk oder dem Grillfest am Semesterende, aber sie macht immer Ausflüchte. Selbst bevor sie eine Liebesbeziehung hatten, wollte sie sein Haus und die Art, wie er lebt, nicht sehen. Doch heute ist es anders. Heute ist *sie* anders.

Jetzt steht sie auf der Schwelle, eine Flasche Wein in der Hand. Er wohnt in Headington in einer Siedlung mit Doppelhaushälften aus den Dreißigerjahren. Der Stuck ist weiß gestrichen und die Tür knallrot. Es ist überhaupt nicht die Art von Haus, in der sie ihn sich vorgestellt hat.

Sie hört Stimmen durch die Tür, bevor diese von einer blonden Frau in einem gelben Hosenanzug geöffnet wird. Sie sieht überraschend gewöhnlich aus.

Seine Ehefrau.

»Hallo«, sagt sie lächelnd. »Sie müssen Honor sein. Sie sind ein bisschen früh dran, es ist sonst noch niemand da. Sie können mir helfen, Häppchen aufzuspießen, wenn es Ihnen nichts ausmacht.«

»Ja, natürlich«, erwidert Honor ohne große Begeisterung. Sie betritt Pauls Haus, das Haus ihres Geliebten. Neben der Tür stapeln sich Gummistiefel und Turnschuhe. Mehrere Regenmäntel hängen an Haken.

»Kommen Sie in die Küche. Ich besorge Ihnen einen Drink. Oh, ich heiße übrigens Wendy.«

»Ich weiß«, sagte Honor. »Es ist schön, endlich Ihre Bekanntschaft zu machen.«

Sie folgt Wendy durch die mit Teppich ausgelegten Zimmer. Es gibt Bücherregale, Tapeten, Chintzsofas, gestreifte Vorhänge. Blumen in Vasen, Aschenbecher auf Tischen. Ein Roman in einer Taschenbuchausgabe liegt aufgeschlagen auf einem Sessel. Unter einem Sofa ragen die Beine einer Stoffpuppe hervor. Das Modell eines Jagdbombers, halb zusammengebaut auf einem Beistelltisch. Das Haus riecht nach Kaffee und Blumen und Tabak, einen Geruch, den Honor von Pauls Kleidung kennt.

Das Haus könnte jedem gehören. Einfach jedem.

Die Küche ist weiß und gelb, wie Wendy. Kinderzeichnungen kleben mit Tesafilm an den Küchenschränken. »Ich habe schon mit dem Gin angefangen«, räumt Wendy ein und schenkt Honor ein argloses Lächeln. »Ich brauche ein Polster, um diese Veranstaltungen durchzustehen. Alle sind so schlau, und es wird so viel politisiert, dass man immer das Gefühl hat, das Falsche zu sagen. Möchten Sie auch einen?«

»Nein, danke«, sagt Honor. »Lieber Wasser.«

Wendy ist zierlich, hat eine ordentliche Figur und trägt die Haare zu einem Pferdeschwanz zurückgebunden. Sie trägt Ohrreifen. Wendy lässt Leitungswasser in ein Glas laufen und reicht es Honor, und Honor sieht sich den goldenen Diamantverlobungsring an Wendys Finger an. Den Ring, den er ausgesucht hat. Er hat ihn ihr gegeben und um ihre Hand angehalten.

Es ist ein ganz gewöhnlicher Ring.

»Paul hat mir viel von Ihnen erzählt«, sagt Wendy. »Er

sagt, Sie sind außerordentlich begabt, einer der scharfsinnigsten Menschen, denen er je begegnet ist. Solches Lob habe ich noch nie aus seinem Mund gehört.«

Schwingt da etwas in ihrer Stimme mit? Honor betrachtet Wendys Gesicht forschend, findet aber keinerlei Anzeichen von Argwohn. Andererseits kennt sie Wendy nicht. Sie könnte alles Mögliche gemeint haben.

»Das ist sehr nett von ihm«, sagt Honor, »aber natürlich übertrieben. Ist Paul da?«

»Er ist schnell mit den Kindern los, um noch etwas Essen für den Grill zu besorgen. Na ja, er hat zwei dabei, die Kleinste ist oben, mit einer Erkältung. Kinder bekommen immer irgendein Wehwehchen, wenn man Pläne hat oder Gäste, oder? Haben Sie Kinder?«

»Nein«, sagt Honor.

Am Vormittag hat der Arzt die Testergebnisse bestätigt. In der zehnten Schwangerschaftswoche. Das ist fast das erste Schwangerschaftsdrittel. »Mit fünfunddreißig sind Sie überdurchschnittlich alt, um Ihr erstes Baby zu bekommen, Miss Levinson«, hatte er gesagt. »Sie sind eine ›Spätgebärende‹, wie der offizielle Terminus lautet. Aber Sie sind kerngesund, also würde ich mir keine Sorgen machen.«

Rückwärts rechnend hat Honor daraus geschlossen, dass dieses Baby während einer Mittagspause in Pauls Büro gezeugt worden sein muss. Honor hatte das Gesicht an Pauls Hals gedrückt, um nicht laut aufzuschreien. Als sie anschließend die Tür öffnete, um zu gehen, die Haare wieder hochgesteckt, die Kleidung gerichtet, wartete draußen ein Student. Honor hat keine Ahnung, ob er damals etwas mitbekommen hatte. Vermutlich nicht, sonst hätte das Gerücht wohl die Runde gemacht. Jedenfalls ist ihr nichts zu

Ohren gekommen, und es lässt sich nicht sagen, ob die Blicke, die Kollegen ihr zuwerfen, bedeutsam sind oder nicht. Ihr sind schon immer Blicke zugeworfen worden. Sie wird demnächst noch mehr ernten, sobald man ihr die Schwangerschaft ansieht.

»Dafür haben Sie eine Karriere«, sagt Wendy. »Das muss doch befriedigend sein. Aber wie fühlt sich das an, in diesem Männerverein zu sein? Es sind doch alles Männer, nicht wahr? Abgesehen von der Sekretärin. Ich würde durchdrehen.«

»Mir ist es gleich. Ich mag den Umgang mit Männern.«

Wendy trinkt ihren Gin Tonic aus und betrachtet ihn reuevoll. »Wenn ich so weitermache, bin ich betrunken, bevor die anderen Gäste aufkreuzen. Könnten Sie wohl das Gemüse auf diese Grillspieße aufspießen?«

Während Honor gerade versucht, eine rutschige Kirschtomate zu durchbohren, geht die Haustür auf, und sie hört Schritte näherkommen. »Mum, können wir jetzt ein Eis haben?«, schreit ein flachsblondes Mädchen in kurzer Hose, das auf Wendy zugestürmt kommt. Ein zweites, ebenso blondes Mädchen folgt, eine Packung Eis in den Händen.

»Euer Vater ist zu nachgiebig«, sagt Wendy. »Hat er auch an die Würstchen gedacht?«

»Ja, er …«

Und dann ist Paul da, in der Küche, das Hemd aufgeknöpft, eine Plastiktüte in der Hand. »Zweifelst du etwa an mir?«

Er hält inne. Er sieht Honor an und sofort wieder weg. Dann wieder zu ihr, mit veränderter Miene. In die Augen sieht er ihr nicht.

»Oh, hallo, Honor, ich wusste nicht, dass du schon da

bist.« Er küsst Honor flüchtig auf die Wange, und sie spürt seine Lippen, riecht den Tabak und den Kaffee und die Blumen. Erinnert sich an das letzte Mal, als sie allein zusammen waren, in einer Pension in der Nähe von Chipping Norton. Wie sie sich löslichen Kaffee kochten und über Heidegger sprachen, seine Hand auf ihrer nackten Brust. Vor zwei Wochen. Damals hatte Honor bereits den Verdacht, aber sie hatte noch keinen Test gemacht.

»Hat Wendy dich eingespannt?«, fragt er.

»Jeder, der diese Küche betritt, wird eingespannt.« Wendy greift nach der Plastiktüte und späht hinein. »Oh, Paul, du hast die falschen Würstchen besorgt!«

»Es gibt so etwas wie falsche Würstchen?«

»Ja, die hier mag keiner. Und ich habe dich um zwei Packungen gebeten. Ehrlich, Paul, ich bin sowieso schon mit den Nerven fertig, da möchte ich mich nicht auch noch um die Würstchen kümmern müssen.«

»Ich gehe zurück ins Geschäft.«

»Nein, die Gäste werden gleich hier sein.«

»Mum, kann ich ein Eis haben?«

Honor wischt die Hände an einem Geschirrtuch ab. »Ich müsste mal eben ihr WC aufsuchen, wenn es Ihnen nichts ausmacht.«

»Oben, erste Tür auf dem Treppenabsatz«, sagt Wendy auf dem Weg zum Kühlschrank.

Dieses Haus ist voller Dinge. Bücher, Schallplatten, Blumen, Möbel, Bilder. Eine Beziehung, die durch Gegenstände und die gemeinsam verbrachte Zeit gefestigt wird. Honor geht durch die Zimmer und denkt: *Alles in diesem Zimmer hat seine Geschichte in ihrer Ehe, eine private Geschichte, die Außenstehenden nicht zugänglich ist. Wendy hat Paul das hier geschenkt. Er hat das hier ausgesucht, um ihr eine Freude zu bereiten. Das hier war ein Hochzeitsgeschenk. Ihre Älteste hat das hier in der Schule gebastelt.*

Honor und Paul haben kein solches Basislager. Sie treffen sich in Hotels und in seinem Büro und ausnahmsweise einmal in ihrer Wohnung. Ein Leben mit Paul, mit Chintzsofa, Keramikaschenbecher, Kinderbett und allem, mit einer Geschichte hinter den Dingen – einfach unvorstellbar.

Sie berührt ein Foto, silbergerahmt, neben dem Flugzeugmodell. Es ist ein gestelltes Foto, allem Anschein nach in seinem Zimmer aufgenommen: Wendy, Paul, die drei Mädchen, zwei blond, die Jüngste mit dunklen Haaren, wie die von Paul. Wendy trägt rosafarbenen Lippenstift und ein geblümtes Kleid. Der Länge von Pauls Haaren und der Größe der Kinder nach zu schließen, wurde es vor ein paar Jahren gemacht. Vielleicht um die Zeit, als Honor Paul kennenlernte. Davon ist allerdings auf dem Foto keine Spur zu sehen: kein Anzeichen in seiner Miene, dass er einer Frau begegnet ist, die er begehrt. Er lächelt einfach nur. Ein gewöhnlicher Vater. Ein gewöhnliches Haus.

Honor sieht ihr Spiegelbild in dem Glas. Ihr Gesicht ist streng, Nase und Kinn vorspringend, hohe Wangenknochen. Ihre Augen sind dunkel, die schwarzen Haare trägt sie am Hinterkopf hochgesteckt. Vor Kurzem hat sie einzelne silberne Haare entdeckt.

Aus der Zimmerecke dringt ein Geräusch, und Honor zuckt zusammen. Ein Kind liegt zusammengerollt auf dem Sofa. Das kleinste Mädchen, das mit den dunklen Haaren. Es hält seine Puppe im Arm und lutscht am Daumen.

»Hallo«, sagt Honor zu ihr. Nach einer Pause nimmt das Mädchen den Daumen aus dem Mund.

»Meine Mummy und mein Daddy haben mir gesagt, ich soll nicht mit Fremden reden.«

»Eine sehr gute Strategie.«

Paul betritt den Raum. Sie spürt es als Veränderung in der Zimmertemperatur. Sie ist empfänglich für jede seiner Bewegungen, schon seit dem Moment, in dem sie ihn zum ersten Mal erblickte.

»Ich muss zurück zu diesem Laden«, sagt er und ergreift Honors Handgelenk. »Hör zu«, setzt er leise an, und Honor deutet mit dem Kopf in Richtung des Kinds. Er lässt ihren Arm sinken.

»Geht es dir ein bisschen besser, Alice?«, wendet er sich an die Kleine, geht zu ihr und setzt sich neben sie. Er legt die Hand auf ihre Stirn, eine Geste, die er schon tausendfach durchgeführt hat, und in der Geste sieht Honor alles. All die Minuten und Stunden und Tage und Jahre, an denen sie nicht teilgenommen hat.

Die Zärtlichkeit, die er ihrem gemeinsamen Kind in ihrer Gebärmutter schenken würde, eben diese Zärtlichkeit wäre ein Diebstahl an diesem Kind auf diesem Sofa in diesem Moment. Es wäre Diebstahl an diesem gewöhnlichen Haus, der gewöhnlichen Frau in der Küche, die Eis an ihre beiden Mädchen verteilte.

Sie legt die Hand auf ihren Bauch, der immer noch flach ist. Sie schließt die Augen und bittet ihr zukünftiges Baby um Verzeihung, weil sie auch an ihm einen Diebstahl begeht.

»Ich gehe für dich zu dem Laden«, sagt sie zu Paul. »Bleib du hier.«

Sie verlässt das Haus und kehrt nicht zurück.

## KAPITEL 26

# *Jo*

Richard rief auf ihre Nachrichten, ob er am Wochenende die Kinder nehmen könnte, nicht zurück. Lydia war abends unterwegs – sie sagte nicht, wohin sie ging, bloß dass es etwas mit der Schule zu tun habe –, und als Jo sie fragte, ob sie und Avril an einem Abend zu Hause bleiben könnten, schüttelte Lydia nur den Kopf und drehte die Musik lauter. Selbst wenn die Kinder eingeschlafen waren, konnte Jo sie nicht mit Honor allein im Haus lassen, weil ihre Großmutter im Notfall nicht die Treppe hochkam.

Am Samstag war Lydia trotz stömenden Regens laufen gegangen, und wer wusste schon, wann sie wieder da wäre. Ihre Läufe schienen heutzutage stundenlang zu dauern. Es war eine gute Methode, den Prüfungsdruck abzubauen. Jo stand an der Spüle in der Küche, obwohl der Abwasch erledigt war, und sah in den Garten hinaus. War er zu Hause? Könnte sie später, wenn Lydia wieder da war, sich aus dem Haus schleichen?

»Wenn du weg möchtest«, sagte Honor, »bin ich durchaus in der Lage, ein oder zwei Stunden auf die Kinder aufzupassen.«

Überrascht drehte sich Jo um. Honor saß am Küchentisch. Jo hatte noch nicht einmal gemerkt, dass sie ins Zimmer gekommen war.

»Oh, das geht nicht.«

»Natürlich geht es. Ich habe mich früher schon mal um

Kinder gekümmert. Ich kann ihnen nicht hinterherlaufen, aber wir können ruhige Sachen drinnen machen.«

»Aber Lydia sagt, du …« Jo brach ab. Es war unnötig, Honor daran zu erinnern, dass sie kleine Kinder nicht mochte. »Ich muss nicht weg.«

»Du hast nie eine Minute für dich. Glaub nicht, dass mir das nicht aufgefallen ist. Und eine Märtyrerin zu sein, macht dich noch lange nicht zur Mutter des Jahres. Ja, ich bin mir ziemlich sicher, dass die Auszeichnung noch keiner Frau verliehen worden ist, niemals, ganz gleich, ob sie ihre Karriere und ihr Privatleben für ihre Kinder aufgeopfert hat oder nicht.«

»Ich habe nichts aufgeopfert«, setzte Jo an, doch andererseits, warum abstreiten? »Eine Karriere hatte ich sowieso nie. In einem Café zu arbeiten und dann als Empfangsdame ist nicht gerade anspruchsvoll.«

»Warum gehst du nicht einen Kaffee trinken oder einkaufen? Triff dich mit einer Freundin. Nimm die hauseigene Kinderbetreuung in Anspruch. Ich werde nicht ewig hier sein.«

»Ich habe dich nicht zu uns geholt, um eine hauseigene Kinderbetreuung zu haben!«

»Aber ich habe recht, was das Privatleben betrifft, oder?«

Jo glaubte nicht, dass Honor sie seit ihrem Einzug jemals derart direkt angesehen hatte. »Ja«, gab sie zu. »Viel Spaß habe ich nicht. Aber es ist kein Opfer. Es macht mir nichts aus.«

»Natürlich macht es dir nichts aus. Zieh trotzdem los. Wir bekommen das hier schon hin. Amüsier dich.«

Jo betrachtete Honor eindringlich. Sie hatte doch wohl keinen Verdacht? Doch Honor wirkte wie immer – abgesehen von diesem Angebot. Ihr Gesicht war immer noch streng, die Stirn gerunzelt. Falls Honor auf einmal grinsen würde, wüsste Jo, dass tatsächlich etwas nicht stimmte. Aber sie grinste nicht.

Es war zehn Uhr vormittags. Sie wusste nicht, was Marcus gerade tat. Vermutlich hatte er sein eigenes Privatleben.

Aber sie könnte es versuchen.

Sie brachte sämtliches Regentage-Spielzeug von Oscar und Iris nach unten ins Wohnzimmer. Puzzles, Brettspiele, Bauklötze, Stofftiere, Autos. Sie legte eine Wickelmatte und einen Vorrat an Windeln und Wischtüchern auf das Sofa, damit Honor Iris notfalls im Sitzen wickeln konnte. In der Küche bereitete sie Snacks vor, belegte Brote und deckte sie mit Klarsichtfolie ab – viel zu viele Brote.

Sie lief nach oben, rasierte sich die Beine und zog sich frische Unterwäsche an.

Als sie wieder nach unten kam, saßen Oscar, Iris und Honor nebeneinander auf dem Sofa. Oscar und Iris hatten die Köpfe über dem Tablet-Computer zusammengesteckt, den Richard ihnen gekauft hatte. Sie wischten und drückten zu den blechernen Krächz-Geräuschen von *Angry Birds* darauf herum. Sie küsste die Kinder, die jedoch kaum von ihrem Bildschirm aufsahen.

»Bist du sicher, Honor?«, fragte sie und zögerte an der Tür.

»Geh schon. Ich rufe an, falls es ein Problem geben sollte.« Honor hielt den Blick auf die Kinder gerichtet. Jo entfloh hinaus in den Regen. Am liebsten wäre sie gelaufen, aber sie zwang sich, ruhig zu gehen. Bloß eine Nachbarin, die einen Nachbarn auf eine nachbarschaftliche Tasse Tee besuchte.

Freudige Erregeung stieg in ihr hoch. Sie hätte jubeln mögen. Sie machte einen Hüpfer, beschleunigte ihre Schritte.

Dann sprang sie die Stufen zu seiner Haustür hoch, Nummer 36, und klopfte.

Vielleicht war er nicht da. Wahrscheinlich war er nicht da. In dem Fall müsste sie sich zu Hause einen Regenschirm holen und woandershin gehen, vielleicht in die Bücherei oder in ein Café. Wie Honor vorgeschlagen hatte. Sie könnte Sara anrufen. Oder nach einem neuen Paar Schuhe schauen. Marcus und sie hatten sich gestern Abend bis spät in die Nacht SMS geschrieben, aber heute hatte sie noch nichts von ihm gehört. Vielleicht hatte sie es mit ihren Nachrichten übertrieben. Vielleicht hatten sie ihn irgendwann gelangweilt …

Zum ersten Mal kam ihr in den Sinn, dass sie in den letzten Tagen zwar beinahe ständig miteinander kommuniziert, sich aber nie tatsächlich angerufen hatten. Warum nicht? War telefonieren zu ernst? Verpflichtete man sich zu sehr, wenn man tatsächlich miteinander redete? Sie war anmaßend, wenn sie glaubte, ein paar Küsse in ihrer Küche und ein paar freizügige Textnachrichten gäben ihr das Recht, unangemeldet bei ihm vorbeizuschauen und sich ihm aufzudrängen.

Die Tür ging auf. Marcus trug Jeans und ein hellblaues T-Shirt. Bei ihrem Anblick machte sich auf seinem Gesicht ein Strahlen breit. Ihr Körper schien auch zu strahlen.

»Wow, hi!«, sagte er.

»Ich habe nur ganz kurz Zeit.«

Er ließ sie eintreten und schloss die Tür hinter sich. Sie atmete schwer. Seine Füße waren nackt. Im Zimmer nebenan spielte Musik, etwas mit Gitarren. Sie standen in der Diele und lächelten sich an. Er war der gleiche Mensch, an den sie in den vergangenen Tagen ständig gedacht hatte, bloß dass er real war.

Sie hatte nicht die leiseste Ahnung, was sie sagen oder tun sollte. Small Talk? Ihn begrüßen? Ihn packen und ihm die Kleider vom Leib reißen?

Hätte sie mehr Make-up auflegen sollen? Andere Kleidung? Stöckelschuhe?

Auf einmal spürte sie die Last seines ganzen Lebens, an dem sie überhaupt keinen Anteil hatte. Seine Arbeit, seine Gedanken, seine Freunde und seine Familie, seine Musik, was er gern aß, wie er seine Zeit verbrachte. Sie hatten bislang kaum hundert Wörter miteinander gewechselt. Die ganze Zeit über hatte sie sich danach verzehrt, einen Fremden zu sehen.

»Wie geht es dir?«, fragte er.

»Gut. Klasse. Es tut mir leid, dass ich nicht schon früher kommen konnte. Was … hast du getrieben?«

Er zuckte die Schultern. »Arbeiten korrigieren. Und du?«

»Kinder. Kochen. Putzen.«

»Auf dich warten«, fügte er an. Er streckte die Hand aus und berührte ihre. Sie schlang die Finger um seine. Seine Handfläche war warm, ein wenig feucht.

Er konnte doch nicht so nervös sein wie sie?

Sie sollte um eine Tasse Tee bitten. Sie sollten sich hinsetzen, vielleicht an seinen Küchentisch, und reden. Sie sollte ihn besser kennenlernen. Das war die natürliche Ordnung der Dinge.

Doch irgendwie hatten sie die natürliche Ordnung der Dinge hinter sich gelassen.

»Wo ist dein Schlafzimmer?«, fragte sie ihn.

Er zog sie an sich und küsste sie. Es war nicht so fieberhaft wie ihr erster Kuss in der Küche, dauerte nicht so lange wie ihr letzter Kuss hinter dem Haus. Dieser Kuss war gemächlicher, gründlicher. Trotzdem hungrig.

»Es ist oben«, murmelte er an ihrem Mund. Sie nickte.

Sie folgte ihm nach oben. Sie zitterte. Vor sich sah sie seinen Hintern, die weiche Jeans. Sie betrachtete seinen Rücken, seine Schultern in seinem T-Shirt. Die Art, wie sich seine Haare im Nacken kräuselten. Seine Füße, nackt, mit schmalen Zehen. Er war perfekt, alles an ihm. Seine Haut war glatt und makellos, sein Körper schlank und stark. Keine einzige graue Strähne in seinen Haaren. Auf einmal wusste sie, was Männer empfanden, wenn sie sich Fotos in einer Zeitschrift ansahen: Bilder, die sich in Begehren verwandelten.

*Ich werde auf das hier zurückblicken und mich fragen, ob es tatsächlich passiert ist, oder ob es ein Traum war.*

Oben angekommen, führte er sie in sein Zimmer. Weiße Wände, Doppelbett, blaue Bettdecke, weiße Laken. Es war das Zimmer, das sie von ihrem eigenen Schlafzimmer aus gesehen hatte, aber es kam ihr nicht im Geringsten vertraut vor. Es duftete schwach nach seinem Aftershave. Das Bett war ungemacht. Sie malte sich aus, wie er darin lag, und ein Schauer lief ihr über den Rücken.

Er zog sie an sich. »Ich habe fast den Verstand verloren, während ich an dich gedacht habe«, sagte er und fing von Neuem an, sie zu küssen. Er schob ihr die Handfläche in den Nacken, unter ihre Haare.

Jo schloss die Augen. Dann öffnete sie sie wieder. Sie wich ein wenig zurück. »Bist du dir sicher, was das hier betrifft?«

Er zog die Augenbrauen hoch. »Bist du's?«

»Ich …«

»Wir müssen nicht«, sagte er eilig. »Ich möchte nicht, dass du etwas tust, was du nicht wirklich willst. Ich dachte nur, nach dem, was du gesimst hast …«

»Vielleicht bin ich in SMS-Nachrichten mutiger als im richtigen Leben.« Sie trat einen Schritt zurück, um ein wenig auf Abstand zu gehen, um sich seiner Berührung zu entziehen.

»Was stimmt nicht?«

Sie ging in Gedanken sämtliche Dinge durch, die nicht stimmten, und wählte das Offensichtlichste aus.

»Die Sache ist die, dass ich vierzig bin. Ich bin vierzig, Marcus, ich habe drei Kinder zur Welt gebracht. Ich habe Schwangerschaftsstreifen. Ich habe Brüste, die mit BH besser aussehen. Zellulitis und Speckröllchen. Ich habe nicht all die Beckenbodenübungen gemacht, die ich hätte machen sollen.« Sie fuhr zusammen. »Vielleicht ist das zu viel Info. Aber ich finde, dass du wissen solltest, dass ich alles andere als perfekt bin.«

Er legte die Hände auf ihre Schultern. »Du musst nicht perfekt sein«, sagte er ihr. »Ich bin so froh, dass du hier bist.«

»Bist du … bist du früher schon mit älteren Frauen zusammen gewesen?«

»Abgesehen davon, dass ich dich neulich geküsst habe?« Er lächelte. »Nicht, dass ich wüsste. Jo, ich bin ein erwachsener Mann.«

»Aber ich bin zehn Jahre älter als du!«

Er schüttelte den Kopf. »Dein Alter tut nichts zur Sache. Du bist wunderschön.«

»Und du hast keinen Fetisch? Keinen Mutterkomplex?«

»Ich habe dir doch gesagt, dass du überhaupt nicht wie meine Mutter bist. Du bist wie keine Mutter, die ich kenne.« Er machte die Knöpfe oben an ihrem Kleid auf. Seine Finger strichen ihren Brustkorb hinab, zwischen den Brüsten. Er küsste ihre Lippen, ganz leicht, und ihr Kinn, seitlich ihren Hals. Hilflos bog sie den Kopf zur Seite, ihr Körper vibrierte.

»Ich bin in SMS-Nachrichten wahrscheinlich auch mutiger«, murmelte er ihr ins Ohr. »Aber vielleicht können wir zusammen mutig sein.«

»Wie denn?«

Sein Lächeln war schief. »Machen wir, was du laut deinen SMS machen wolltest, genau so, wie du es machen wolltest.«

»Ich weiß nicht, ob ich …«

»Ich weiß noch jedes Wort. Warum fängst du nicht damit an, mir das Hemd aufzuknöpfen?«

Sie lachte nervös auf. »Es sind keine Knöpfe dran.«

»Dann zieh es mir aus.«

Er sah sie an, immer noch den Anflug eines Lächelns auf den Lippen. Seine blauen Augen sexy, ganz leichte Stoppeln am Kinn. Sein Zimmer war kahl, anonym. Dort konnte alles geschehen.

»Ich will dich«, sagte er. »Ich will dich wirklich.«

Jo schluckte, und dann packte sie mit beiden Händen den Saum seines T-Shirts. Sie hatte schon vorher Menschen ausgezogen. Männer ausgezogen. Aber nicht so kühn, nicht, während darüber gesprochen wurde, bei Tageslicht, mit offenen Augen, sodass sie alles sehen konnte und selbst gesehen wurde.

Sie zog sein T-Shirt nach oben über seinen Kopf. Er hob die Arme, um ihr zu helfen, und sie sah die dunklen Haare in den Achseln. Als das T-Shirt ausgezogen war, wusste sie nicht, was sie damit tun sollte, also reichte sie es ihm, und er ließ es zu Boden fallen.

Jetzt lächelte er nicht mehr. Er sah sehr ernst aus. »Dann hast du geschrieben, dass du mich anfassen wolltest«, sagte er.

Sie streckte die Hand aus. Ihre Finger zitterten. Sie berührte seine nackte Schulter, die glatte warme Haut mit den Knochen und der Muskulatur darunter. Langsam ließ sie die Handfläche nach unten gleiten. Er hatte fast keine Haare auf der Brust. Sie berührte die weiche Wölbung seiner Brustwarze, die Erhöhungen seiner Rippen. Sein Bauch war fest, bewegte sich heftig im Rhythmus seines Atems. Sie ließ die Fingerspitze in seinen Nabel gleiten.

»Dann habe ich geschrieben, dass ich dich ausziehen wollte.«

Er tat es, Knopf für Knopf. Er ließ ihr Kleid von ihren Schultern gleiten und neben sein T-Shirt fallen. Er küsste sie nicht, sondern sah sie an. Er öffnete ihren BH und streifte ihn ihr von den Schultern. Während er in die Knie ging, schob er ihren Slip ihre Beine hinunter.

Jo konnte kaum atmen. Ihre Wangen brannten. Sie sah an sich hinunter und erblickte die blasse, weiche Haut ihres Bauches, den Abdruck, den ihr BH-Träger hinterlassen hatte. Sie sah Marcus' Lockenschopf neben ihrer Hüfte, spürte seinen Atem auf ihr, fragte sich, ob er sie küssen oder berühren und bei dem, was sie taten, die Regie übernehmen würde, sodass sie sich keine Gedanken darüber machen müsste.

Er stand auf. Er musterte sie von Kopf bis Fuß, und Jo musste den Drang niederkämpfen, sich in einem fort zu entschuldigen. Hinter ihr befand sich ein Spiegel. Sie hatte ihn beim Betreten des Zimmers erblickt. Hineinsehen würde sie nicht. Sie würde versuchen, sich in seinen Augen zu sehen.

Sie sah die Bewegung in seiner Kehle, als er schluckte. »Jetzt«, sagte er mit heiserer Stimme, »wolltest du mich aufs Bett stoßen.«

Sie tat es. Sie setzte sich rittlings auf ihn, die Handflächen gegen die Mulden an seinen Schultern gestützt. Sie spürte, dass er hart war, und sie sah in sein Gesicht hinab. In seine Augen, die unverwandt zu ihr emporblickten.

Später, viel später, folgte sie ihm nach unten, in seinem T-Shirt und ihrem spitzenbesetzten Slip. Ihre Oberschenkel fühlten noch die Hitze. Sie hatte kurz ihr Gesicht in dem Spiegel gesehen, bevor sie aus dem Schlafzimmer gegangen war: ihre geröteten Wangen, das zerzauste Haar.

Marcus ging in die Küche, um den Wasserkocher anzustellen, und sie sah nach dem Handy in ihrer Handtasche, die sie bei der Haustür auf den Boden hatte fallen lassen, und schlenderte dann in sein Wohnzimmer. Wie das übrige Haus waren die Wände weiß und der Teppichboden neutral – die standardmäßige Inneneinrichtung eines Neubaus. Er hatte ein weiches Sofa und einen zerschrammten Sofatisch, auf dem Ordner mit Korrekturen lagen. Einen Fernseher und eine Stereoanlage mit Plattenspieler. Die CD, die bei ihrem Eintreffen gespielt hatte, war längst zu Ende. Neben dem Sofa stand ein großer Karton, der anscheinend mit Zeitungen gefüllt war. Sie streckte die Hand aus, um nachzusehen, was sich darin befand, hielt sich dann aber selbst zurück.

»Es sind Fotos«, sagte er, als er ins Zimmer kam. »Ich hatte bisher noch keine Gelegenheit, sie aufzuhängen.« Er reichte ihr eine der Tassen, die er trug. »Deine Tasse Tee. Endlich.«

»Ich glaube, das, was wir gemacht haben, hat mir sogar noch besser gefallen als eine Tasse Tee.« Sie zog die Beine auf dem Sofa an, und er schmiegte sich an sie, den Arm um ihre Schultern. Er trug nur seine Boxershorts. Sie konnte nicht widerstehen, mit der Hand seinen Oberschenkel hinaufzufahren und zu sehen, wie sich die Härchen aufrichteten und an ihrer Handfläche blieben, wenn sie gegen den Strich darüberfuhr.

»Wo sind die Kinder?«, fragte er. »Bei ihrem Vater? Ich war zu abgelenkt um nachzufragen.«

»Bei Honor. Meiner Schwiegermutter. Sie hat nicht angerufen, also gehe ich davon aus, dass alles in Ordnung ist.« Sie hoffte, dass alles in Ordnung war. Schuldgefühle regten sich bereits wieder in ihr. Sie könnte zurücklaufen und nachsehen.

Aber eigentlich hatte Honor recht. Sie hatte etwas Zeit für sich verdient. »Was sind das für Fotos?«

»Du darfst sie dir gern ansehen.«

Sie kniete neben dem Karton nieder und holte die gerahmten Fotografien heraus, eine nach der anderen, voller Angst vor Fotos alter Freundinnen. Doch es waren Landschaften: kahl und felsig, Eis und Wasser. Manche schwarzweiß, manche in Farbe. Eine blaue Innenansicht von Eis, ein Lavafeld in Rot und Schwarz, ein aus dem Berg geschnittenes grünes Tal.

»Du hast die gemacht?«

»Ich bin oft auf Island gewesen. Ich liebe die geologische Beschaffenheit dort. Hier …« Er griff an ihr vorbei und holte ein Foto heraus: weiße und blaue Kurven, wie die Spirale eines Schneckenhauses. »Ich habe es mit Gletschern.«

»Dann ist das Unterrichten ein Hobby?«

»Das Unterrichten ist ein Job. Die Gletscher sind ein Hobby. Die Masse, und wie langsam sie sich bewegen, und wie sie die Natur verändern. Berge, die buchstäblich durch Wasser versetzt werden. Es rückt alles in die richtige

Perspektive.« Er lachte. »Meine restliche Familie fährt im Urlaub gern irgendwohin, wo es warm ist. Meine Mutter nennt mich einen Pinguin.«

»Auf Island gibt es keine Pinguine.«

»Na ja, meine Mum nimmt es wissenschaftlich nicht so genau.« Er legte das Foto beiseite. »Wie dem auch sei, da ist es. Du hast mein dunkles Geheimnis entdeckt.«

»Das ist dein dunkles Geheimnis? Gletscher?«

»Du hast recht, Gletscher sind kein Geheimnis. Meine siebte Klasse kann es schon nicht mehr hören, wie ich von ihnen schwärme.« Er grinste sie an. »Du bist mein einziges Geheimnis.«

»Und du bist meins, glaube ich.«

»Das bedeutet, dass wir viel gemeinsam haben.«

*Nein*, dachte sie. *Wir haben einander gemeinsam, und das ist alles.* Sie griff nach dem Foto, das er weggelegt hatte. »Du solltest sie aufhängen. Sie sind schön.«

Er wies auf die leeren Wände. »Wie gesagt, ich scheue davor zurück, im Haus irgendetwas kaputt zu machen – und sei es nur einen Nagel in die Wand zu treiben. Außerdem habe ich kein gutes Auge für so was. Ich habe sie rahmen lassen, aber ich habe keine Ahnung, wie sie am besten zur Geltung kommen.«

»Ich helfe dir dabei.« Sogleich errötete sie. Sie war zum ersten Mal bei ihm zu Hause, sie hatte einmal Sex mit ihm gehabt und ein paar SMS ausgetauscht, und schon drängte sie sich in sein Leben, wollte ihm bei der Einrichtung seines Hauses behilflich sein, ihm helfen, häuslich zu werden. Als wäre sie seine Mutter.

»Weil du ja sonst nichts zu tun hast, stimmt's?«, sagte er. »Komm her.« Sie setzte sich bereitwillig auf seinen Schoß. Er ließ die Hand unter das T-Shirt gleiten.

»Du willst noch mal?«, fragte sie.

»Und noch mal, falls wir Zeit haben.« Er strich mit der Nase an ihrem Ohr vorbei. »Erzähl mir ein Geheimnis. Etwas über dich, das ich noch nicht weiß.«

»Ich bin bloß eine Mum«, sagte sie und küsste seine Schulter, die Mulde an seinem Schlüsselbein. »Ich bin nicht die Art Mensch, die samstags aus dem Haus schleicht, um sich mit ihrem Liebhaber zu treffen.«

»Ich auch nicht«, sagte er. »Aber jetzt sind wir es beide.«

Als sie eine gute Weile später ihr Haus betrat, ihr Körper wohlig ermattet, saßen Oscar und Iris noch genauso wie vorher da und spielten noch immer ihre Computerspiele.

»Du bist zurück«, sagte Honor. »Hast du dich gut amüsiert?«

Marcus' Hände auf ihren Brüsten, sein Mund an der Wölbung ihrer Hüfte. Auf einmal wurde sie sich ihres Kinns und Halses bewusst. Sie mussten von den Bartstoppeln in Marcus' Gesicht gerötet sein.

»Ja, es war sehr nett«, sagte sie und legte die Hand ans Kinn. Eine Pose, von der sie hoffte, dass sie nachdenklich wirkte und nicht etwa verlegen. »Habt ihr zu Mittag gegessen?«

»Noch nicht.«

Jo ließ sich auf der Armlehne des Sofas nieder, neben Oscar, und strich ihm durchs Haar. So dünn und weich. »Ihr habt doch nicht die ganze Zeit Computer gespielt, oder?«

»Die Vögel hassen die Schweine, Mummy!«

»Nein«, sagte Iris.

»Bei uns war alles bestens«, sagte Honor.

»Es ist nur … normalerweise versuchen wir, die Zeit am

Bildschirm zu begrenzen.« Sie wand sich bei diesen Worten. Sie wusste, dass da ihr eigenes schlechtes Gewissen sprach.

»Warum?«

»Es ist … du weißt schon, es ist für die Kinder nicht gut, zu viel Zeit am Computer oder vor dem Fernseher zu verbringen.« *Es ist außerdem für die Kinder nicht gut, wenn sie ihrem Schicksal überlassen werden, während ihre Mutter sich einer heißen Affäre mit dem Nachbarn hingibt.* »Gewöhnlich erlaube ich ihnen eine Stunde am Tag.«

»Die Fähigkeit der Mittelschicht, sich selbst das Leben schwer zu machen, ist unglaublich. Wenn diese Computer existiert hätten, als ich in dem Alter war, wäre ich nie vom Sofa aufgestanden. Und ich glaube ja kaum, dass ich intellektuell unterbelichtet bin.«

Jo rieb sich das Kinn. »Ich hole das Mittagessen, ja?«

KAPITEL 27

# *Lydia*

*So fühlt sich Liebe an.*

*Sie ist ein Brennen in der Brust. Freier Fall durch brausende Luft. Es ist ein Jucken der Haut, das sich nur durch Berührung besänftigen lässt. Sie besteht darin, wie man jedes kleine Wort und jede Miene speichert und für später aufbewahrt, wenn man sie in Gedanken durchgehen und nach den verschlüsselten Botschaften suchen kann. Sie macht einen gierig und eifersüchtig und verbittert und traurig. Sie führt dazu, dass man den Menschen, als der man auf die Welt gekommen ist, hasst – ein Puzzle mit einem Teil, das fehl am Platz ist, da, wo das Herz sein sollte.*

*Nein. Ich will über die guten Seiten nachdenken, nicht die schlechten.*

*Liebe verleiht allem eine zusätzliche Bedeutung, eine Schicht über der gewöhnlichen. Sie führt dazu, dass sogar ein Winken oder ein Lachen bedeutsam sind. Sie lässt das Essen besser schmecken. Sie macht die Luft köstlich. Sie lässt das Blut, das durch den eigenen Körper strömt, wie ein Wunder erscheinen. Und wenn man einmal darüber nachdenkt: Wie unwahrscheinlich ist es, dass sich aus all den Atomen im Universum ausgerechnet jene zusammengefunden haben, die sowohl dich als auch den Menschen, den du liebst, gebildet haben, und dass der Zufall euch dann auch noch zusammenführt. Es gibt gewiss eine Million Gründe, warum ihr nie hättet existieren sollen, warum ihr euch niemals hättet begegnen sollen. Und trotzdem ist es geschehen, eines Morgens am Schultor, als wir beide niemanden sonst hatten auf der Welt.*

*Manchmal denke ich über das Schicksal nach. Wenn Dad nicht gestorben wäre, wenn Mum nicht Richard geheiratet hätte, wäre ich Avril niemals begegnet. Vielleicht wäre ich glücklicher gewesen. Wir wären nicht umgezogen, oder vielleicht wären wir zurück nach Cambridge gezogen, und vielleicht hätte ich ein Mädchen kennengelernt, das meine Liebe hätte erwidern können. Vielleicht hätte ich mich geoutet. Vielleicht hätte ich mich Dad anvertraut, und er hätte es Mum erzählt, und alles wäre jetzt entspannt, keine Streitereien, keine Sorgen. Vielleicht würde ich mich normal fühlen oder jedenfalls so normal, wie es eben geht.*

*Aber ich wäre Avril nie begegnet. Hätte nie gesehen, wie sie mir durch eine Menschenmenge hindurch zulächelt, hätte nie Geheimnisse oder Chipstüten mit ihr geteilt, wir hätten uns nie beieinander untergehakt oder uns an den Händen gehalten oder nachts nebeneinander geatmet. Und die Vorstellung ist schlimmer als die Vorstellung, dass ich es vielleicht verpasst habe, glücklich zu sein, vielleicht – in einer anderen Zeit, an einem anderen Ort.*

*Seitdem ich Avril begegnet bin, ist jeder April ihr Monat gewesen. Ich habe es niemandem erzählt. Wie so viele Dinge an Avril, ist es mein Geheimnis. Ich sehe zu, wie die Bäume und Blumen knospen und zu neuem Leben erwachen, und ich bin immer glücklich. Es fühlt sich an, als würde die Welt von vorn anfangen, und als wäre etwas in mir erneuert.*

*Wenn ich sie liebe, wenn ich sie wirklich liebe, will ich sie lieben, ganz gleich, was passiert. Ich will es als das Wunder begreifen, das es ist. Ich will sie lieben, ohne gierig zu sein, ohne eifersüchtig zu sein. Auf eine reine Art. Auf die beste Art, ohne jeden Gedanken an mein eigenes Glück.*

*Kann man überhaupt so lieben, in der realen Welt? Wenn es juckt und brennt und wehtut? Wenn man nur schreien will und gegen Dinge treten und damit hadern, dass Avril ohne diese Sache auf die Welt gekommen ist, die ich habe und die mich dazu bringt, sie zu lieben?*

*So fühlt sich Liebe an. Sie fühlt sich hoffnungslos und hilflos an, als würde man sich an einem rutschigen Felsen in einem tosenden Meer festhalten. Und ich würde sie für nichts in der Welt hergeben.*

*Niemals.*

»Was schreibst du?«, fragte Bailey, und Lydia klappte ihr Notizbuch zu.

»Nichts. Bloß ein paar Formeln.«

Es hatte geläutet, und alle anderen hatten das Klassenzimmer verlassen, doch Bailey war neben Lydias Tisch stehen geblieben. »Hat eher nach Wörtern ausgesehen.«

»Ich kann besser in Wörtern denken. Manchmal formuliere ich die Matheaufgaben in schriftlicher Form, um sie besser verstehen zu können.« Sie stand auf und stopfte ihre Bücher in die Tasche.

»Ich habe mich gefragt, ob du eventuell … ob du vielleicht heute nach der Schule mit zu mir kommen möchtest«, sagte Bailey.

Heute? Im Ernst? An ihrem letzten Tag vor den Prüfungen, ihrem allerletzten richtigen Schultag vor den Prüfungen und der Abschlussklasse?

»Ich weiß nicht. Ich glaube, ich mach etwas mit Avril.« Sie hatte tatsächlich etwas mit Avril vor: eine Party bei Sophie zu Hause, deren Eltern bis spät arbeiteten. Sie stand schon seit Wochen fest. Harry würde dort sein.

»Avril könnte auch kommen. Ich mag Avril.«

»Jeder mag Avril«, versetzte Lydia schroff und verließ das Klassenzimmer, mit Bailey auf den Fersen.

»Na ja, gib mir einfach Bescheid«, sagte Bailey. »Du

könntest zum Abendessen bleiben, wenn du willst. Mum macht echt gute Pizza. Sie ist glutenfrei, aber man merkt es überhaupt nicht.«

Aus dem Korridor hinter ihnen drang lautes Gelächter. Es hörte sich nach Erin an.

»Vielleicht«, sagte Lydia, und sobald sie die Tür des Mathegebäudes erreicht hatten, löste sie sich von Bailey und ging schnellen Schrittes über den Schulhof Richtung Erdkunde-Klassenraum, obwohl Pause war. Sie wollte ein paar Minuten für sich sein. Schlimmstenfalls konnte sie in das Zimmer von Mr. Graham gehen. Er sperrte nie ab, und sie konnte so tun, als würde sie lernen.

Eine Gruppe Siebtklässler kam plappernd heraus, und hinter ihnen Mr. Graham. Er las etwas auf seinem Handy, und als er Lydia erblickte, blieb er stehen und starrte sie eine Minute lang an, als könnte er sie nicht ganz einordnen. Dann lächelte er, wie er es immer tat. Die jüngeren Kinder nannten ihn »Mr. Smiley«, weil jeder die Regel kannte, dass neue Lehrer das erste Halbjahr in der Schule besser nicht lächeln sollten, damit alle Schüler sie für fies hielten. Mr. Graham hatte von Anfang an gelächelt, in seiner ersten Tutorensitzung mit Lydias Gruppe. Er wollte gemocht werden. Bei einem Lehrer war das eine Schwäche, und er musste deswegen von ein paar Jungen in ihrem Jahrgang Kritik einstecken, aber man konnte Lehrern nicht gerade sagen, sie sollten nicht so nett sein. Diese Dinge mussten sie selbst herausfinden.

»Wie geht's, Lydia?«, fragte er sie, und sie erwiderte sein Lächeln. Es war ein aufgesetztes Lächeln, aber das würde er niemals erkennen, denn es war das gleiche aufgesetzte Lächeln, das sie jedem schenkte.

»Gut«, sagte sie.

»Gibt es etwas zu besprechen?« Er steckte sein Handy in die Hosentasche, beinahe schuldbewusst, und Lydia fragte sich, ob er sich darauf etwas Unanständiges angesehen hatte. Gletscher-Pornos vielleicht. Mädchen, die auf Eisbergen posierten.

»Nein«, sagte sie. »Ich wollte bloß meine Sachen vor dem Unterricht hier ablegen.«

»Oh, okay. Nur zu! Ich bin gleich wieder da.« Er lächelte wieder, sogar noch breiter als davor. Dann ging er los, um sich Koffein zu spritzen, oder was auch immer Lehrer während der Pause im Lehrerzimmer machten. Sie sah ihm nach und schlüpfte dann um das Gebäude herum am Gebüsch vorbei zu dem Platz in der Nähe des Zauns, wo die anderen manchmal rauchten.

Zuerst erkannte sie die beiden nicht: Es waren nur zwei blaue Pullover und viel dunkles Haar, gegen das Backsteingebäude gelehnt, an der leeren Seite ohne Fenster. Dann sah sie seine schwarzen Turnschuhe, ihre langen Beine, seine Hand unter ihrem Oberteil, sodass Lydia ein Stückchen flachen Bauch erblicken konnte. Die hingeworfenen Taschen mit der Schlüsselkette, die Lydia Avril geschenkt hatte, lagen auf dem Boden. Dann sah sie ihre Gesichter, sah ihre Gesichter richtig: geschlossene Augen, Münder aufeinandergepresst.

Vor ihr tat sich ein Abgrund auf. Sie biss sich auf die Lippe, um kein Geräusch von sich zu geben, und wich zurück. Ihre Gesichter schwebten vor ihr, die leisen feuchten Geräusche, die ihre Lippen beim Knutschen verursachten. Sie stieß mit dem Rücken an etwas – erst hielt sie es für einen Baum oder einen Pfosten, aber dann lachte es, und sie roch schalen Zigarettenrauch. Es war Winston Anthony, der sagte: »Pass auf, wohin du trittst.«

Lydia floh in die Mädchentoilette. Da war eine Schlange – in der Pause gab es immer eine Schlange, und weitere Mädchen standen vor den Spiegeln und frisierten sich –, doch sie drängelte sich durch und ging in die letzte Kabine, ohne auf die Einwände der anderen Mädchen zu achten. Sie saß mit dem Kopf in den Händen auf der Toilette, während sich die anderen lautstark über sie beschwerten. Sie hatte das Gefühl, sie müsste sich übergeben.

Sie wusste, dass sie herumknutschten, sie wusste, dass es passierte. Warum war es so schlimm, es zu sehen? Seine Hand unter ihrem Oberteil, die Art, wie er breitbeinig dastand, als gehörte ihm der Boden.

Sie saß bis zum Ende der Pause dort und ging dann zu Erdkunde, wo Mr. Graham etwas zu ihr sagte, das sie nicht hörte, und wo Avril zu spät kam, atemlos und mit rosigen Wangen. Sie stupste Lydia im Vorübergehen an der Schulter an, aber Lydia hielt den Blick nur nach unten auf die Probeklausur gerichtet, die Mr. Graham ihr zurückgegeben hatte, als gäbe es nichts Interessanteres als seine Bleistiftkommentare.

Es war der letzte richtige Schultag, der letzte Tag, an dem sie noch Kinder waren.

»Also, kannst du?«

Bailey wartete vor dem Schultor auf sie. Avril war zu Sophie nach Hause gegangen, alle Mädchen waren gegangen, aber Lydia hatte so getan, als hätte sie etwas mit Mr. Singh zu besprechen. Folglich hatte sie Avril gesagt, sie solle schon einmal mit Erin und Sophie vorgehen, sie käme dann nach.

»Kann ich was?«, fragte Lydia.

»Kannst du kommen?«

Bailey war allein. Sie trug immer noch diese gottverdammten Söckchen. Ihrer Miene nach zu schließen, hatte sie nichts anderes als diese Frage im Kopf gehabt, seitdem sie sie am Morgen gestellt hatte. Wusste sie überhaupt von Sophies Party? Nein, bestimmt nicht. Sie hatte ein rundes Gesicht mit Sommersprossen, hellblaue Augen und einen schiefen Pony, und an ihrem Tonfall und der gerunzelten Stirn las Lydia jeden Zentimeter ihrer Einsamkeit ab. Eine traurige Vorstellung, verzweifelt am Schultor warten zu müssen, bloß um mit jemandem reden zu können.

Lydia war noch nie allein gewesen. Jedenfalls nicht, seitdem sie Avril an eben diesem Tor beim Hineingehen begegnet war. Seitdem hatte sie nie Angst davor haben müssen, allein zu sein.

Bis jetzt.

»Gut«, sagte sie zu Bailey. »Ich komme ein bisschen mit zu dir. Ich muss nur meiner Mum simsen.«

Vor Erleichterung sackte Bailey schier zusammen, auch wenn sie klug genug war, es sich nicht länger als den Bruchteil einer Sekunde anmerken zu lassen. »Okay, cool. Gehen wir.«

Lydia simste im Gehen ihrer Mum, und Bailey holte ihr Handy ebenfalls hervor und tat so, als sähe sie auch nach Nachrichten, aber da waren offensichtlich keine, und sie steckte es wieder ein. Lydia spielte mit dem Gedanken, Avril eine SMS zu schicken, aber ihr fiel nichts ein, nichts Normales, das sie schreiben konnte. Wenn Harry dort war, würde Avril sie bestimmt sowieso nicht vermissen.

»Meine Mum ist bestimmt noch auf der Arbeit«, erklärte Bailey ihr. »Sie arbeitet im IT-Bereich, und mein Dad ist Ingenieur. Was ist mit deiner Mum und deinem Dad?«

»Meine Mum arbeitet nicht, und mein Dad ist tot.«

»Oh«, sagte Bailey.

»Er ist vor zehn Jahren gestorben.«

»Oh, okay.« Bailey war offenslichtlich erleichtert. »Was hat er gearbeitet?«

»Er war Physikdozent an der Universität.«

»Wir haben früher in Southampton gewohnt«, sagte Bailey. »Bevor wir hierhergezogen sind. Es macht meiner Mum nichts aus, wenn ich Freundinnen mit nach Hause bringe. Ich hatte jeden Tag viele Freundinnen bei mir zu Hause, als wir noch in Southampton gewohnt haben.«

»Hm.«

»Wir haben immer Pizza-Partys veranstaltet und haben bei den Freundinnen übernachtet und so. Es war echt traurig, meine Freundinnen in Southampton zurückzulassen. Aber wir sind immer noch in Kontakt.«

Lydia nickte. Ermutigt fuhr Bailey fort.

»Ich hatte eine Freundin, Susannah, die hättest du bestimmt gemocht. War total sportlich und lustig. Wir sind zusammen shoppen gegangen und haben zusammen abgehangen und uns mit anderen Freundinnen getroffen, den ganzen Tag. Samstags. Und wir sind auf Konzerte gegangen.«

Lydia sah sie aus dem Augenwinkel an. Existierte diese Susannah überhaupt? Und falls ja, war sie wirklich Baileys Freundin oder nur jemand, mit dem Bailey gern befreundet wäre?

»Was für Konzerte?«, fragte sie.

»Ach, alles Mögliche. Susannahs Dad hat in einer Band gespielt und hat viele Musiker gekannt, deswegen sind wir immer kostenlos in Konzerte reingekommen. Wir wollten vielleicht diesen Sommer zusammen zum Reading-Festival fahren, aber dann sind wir umgezogen. Aber vielleicht fahren wir trotzdem.«

»Hm.«

»Vielleicht könntest du mitkommen, wenn du möchtest.«

»Vielleicht.«

»Du würdest Susannah mögen, ich glaube, ihr würdet Freundinnen sein. Und ich hatte noch andere Freundinnen. Eine erinnert mich voll an Erin.«

»Inwiefern?«

»Ach, sie war hübsch wie sie. Und beliebt. Hat immer gelacht. Du weißt schon … Hier ist mein Haus, es ist das hier. Es ist echt nah an der Schule, das ist voll praktisch. Deshalb haben meine Mum und mein Dad sich für dieses entschieden, und wir haben total viele besichtigt.«

Baileys Zuhause war eine quadratische Doppelhaushälfte, älter als Lydias und kleiner, mit ordentlich gemähtem Rasen im Vorgarten und ein paar niedriegen Heckensträuchern in der Nähe der schlichten Haustür. In der Einfahrt parkten keine Autos, und es gab nichts, was es von den anderen Häusern in der Tennyson Road unterschieden hätte.

Bailey holte einen Schlüssel aus ihrem Ranzen und schloss auf. »Willst du eine Cola?«

Lydia folgte ihr durch den Flur in die Küche. Das Frühstücksgeschirr war noch in der Spüle. An der Kühlschranktür prangte eine gewaltige Sammlung von Magneten in Form von Schweinen.

»Wow, da mag aber jemand Schweine«, stellte Lydia fest.

»Ach ja, meine Mum, sie ist verrückt danach. Überall sind Schweine drauf. Ich find's eher traurig. Willst du nach oben in mein Zimmer gehen?«

»Okay.«

An der Wand im Treppenaufgang hingen gerahmte Cartoons von Schweinen. Fast ganz oben hing eine große Zeichnung von drei sehr menschlichen Schweinen, zwei große und ein kleineres. Die Bildunterschrift lautete: *Die drei kleinen Schweinchen – Alan, Charlotte, Bailey.* Lydia konnte keine besondere Ähnlichkeit zwischen Bailey und dem kleinsten Schweinchen erkennen, aber sie stellte sich Bailey vor, wie sie mit ihrer Mum und ihrem Dad für dieses Bild posierte, die ganze Zeit in dem Wissen, dass man sie als Schwein zeichnen würde, nicht als sie selbst, und sie überkam eine Woge des Mitleids für Bailey, die stärker als alles war, was sie ihr gegenüber bisher empfunden hatte.

»Wir können uns Musik anhören, wenn du willst«, sagte Bailey und stieß die Tür zu ihrem Zimmer mit dem Ellbogen auf, da sie in den Händen Coladosen hielt. »Worauf stehst du?«

»Was hast du?«

»Ach, ich hab Spotify.« Sie stellte die Colas auf den Nachttisch und klappte ihren Laptop auf, der auf dem Bett lag. Die Bettdecke hatte rosafarbene Tupfen, wie bei einem kleinen Mädchen. Die Nachttischlampe hatte einen dazu passenden Schirm, auf dem Boden lag ein rosafarbener flauschiger Läufer, und vor dem Spiegel stand billiges Schminkzeug. Die Wände waren lilafarben, und es hing nur ein Poster an der Wand, von 5 Seconds of Summer. Es war in tadellosem Zustand.

»Du hörst 5 Seconds of Summer?«, fragte Lydia.

Sie spürte, wie Bailey sie vor ihrer Erwiderung rasch abschätzte. »Ach, früher einmal, das ist ein altes Poster. Boygroups müssen echt nicht mehr sein.«

»Okay.«

»Susannah hat sie früher geliebt. Sie hat mir das Poster geschenkt.«

»Warum hören wir uns nicht eine von den Bands an, die ihr bei einem dieser Konzerte in Southampton gesehen habt? Hast du die CDs gekauft?«

»Ja, klar, aber das CD-Laufwerk im Laptop ist kaputt. Ich gehe einfach auf Spotify. Was magst du so?«

»Sachen aus den Sechzigern und Siebzigern. Stones, Kinks, Aretha Franklin.«

»Echt?« In Baileys Stimme schwang ein Hauch Verachtung mit. »Nichts Neues?«

»Mein Dad war verrückt nach der Musik, und ich habe immer noch alle seine CDs. Ich habe sie mir oft angehört, und irgendwann mochte ich nichts anderes mehr.«

Bailey zuckte mit den Schultern. »Okay, cool. Ich mache eine Liste.« Sie öffnete ihre Cola und setzte sich aufs Bett, um an ihrem Laptop herumzuspielen. »Athena wer?«

»Aretha. Aretha Franklin …«

Da es keine Sitzgelegenheit gab, öffnete Lydia ihre Cola und setzte sich neben Bailey. Sie ließ den Blick durchs Zimmer schweifen.

Es gab keine CDs. Oder Bücher oder Klamotten, die auf dem Boden verstreut lagen. Es gab nichts, das etwas über Baileys Persönlichkeit verraten hätte, abgesehen von den rosafarbenen Kleinmädchensachen und dem einen Poster, das man auf jeder Website kaufen konnte, nichts, das anders wäre als in irgendeinem anderen Teenagerzimmer irgendwo sonst auf der Welt. Sie fragte sich, wo Baileys Sachen waren, ob sie in den Kleiderschrank gestopft oder unter dem Bett versteckt waren, falls tatsächlich einmal jemand zu Besuch käme. Sie fragte sich, ob Bailey seit heute früh geplant hatte, sie zu sich einzuladen, und ihr Zimmer extra aufgeräumt hatte.

Hier war nichts. Niemand. Die Schweine, die im Haus hingen, waren seltsam, aber wenigstens waren sie *etwas*. Dieses

Zimmer spiegelte keinerlei Persönlichkeit wider. Lydia nippte an ihrer Cola und betrachtete Baileys Profil, während sie im Internet Songs von der Liste aussuchte, die Lydia ihr gegeben hatte. Sie sah all die Stunden, die Bailey allein in diesem Zimmer verbringen musste, wie sie sich vielleicht mit den Schminkutensilien dort schminkte, vielleicht im Internet surfte, um mit den Leuten in Kontakt zu bleiben, die sie früher in Southampton gekannt hatte, falls es sie überhaupt gab.

Sie war einsam und gab sich so viel Mühe, etwas zu verbergen … aber was?

»Diese Jungs, die dich verarschen«, sagte Lydia unvermittelt, auch wenn sie nicht vorgehabt hatte, darüber zu sprechen. »Du solltest es dir nicht anmerken lassen, dass es dir was ausmacht. Wenn sie bei dir keine Reaktion ernten, werden sie aufhören.«

»Oh, ich weiß schon.« Bailey sah nicht von ihrem Laptop auf, lief allerdings rot an.

»Du darst ihnen keine Angriffsfläche bieten, sonst stürzen sie sich auf dich«, fuhr Lydia fort. »Am besten ist, wenn es dir einfach scheißegal ist.«

»Es ist mir scheißegal.«

*Ist es nicht*, dachte Lydia. *Es ist dir überhaupt nicht scheißegal. Und genau das macht dich zu ihrer Zielscheibe.*

Es stimmte Lydia traurig.

»Da«, sagte Bailey, und der Laptop fing an »I Can't Get No Satisfaction« zu spielen. Sie stellte ihn auf den Nachttisch, unter die Lampe, und setzte sich wieder neben Lydia aufs Bett, ihre Rücken an der Wand. Ihre Schultern berührten sich ganz leicht. Lydia sah auf ihre Beine hinab: ihre schlank und sonnengebräunt, Baileys blass und unförmig, mit diesen zerknitterten weißen Söckchen.

»Weißt du«, sagte sie, »deine Beine würden länger aussehen, wenn du deine Socken herunterrollen würdest oder am besten gar keine anziehst.«

»Meinst du?«

»Ja, klar. Und wenn du schwarze finden würdest, wäre das noch besser. Siehst du, was ich mit meinen mache? Ich rolle sie runter bis zur Ferse, damit sie nicht rausschauen.« Lydia streifte einen Schuh ab und zeigte es Bailey.

»Kann ich ja mal probieren, ja.«

»Und Avril hat mir diesen Trick mit Eyeliner gezeigt, damit es erst gar nicht so aussieht, als hätte man welchen aufgetragen, aber es lässt die Augen wirklich größer aussehen. Ich kann's dir zeigen, wenn du willst.«

»Ja, okay.«

Bailey schien sich zu freuen. Sie zog ihre Schuhe aus und versuchte, die Socken herunterzurollen, wie Lydia es tat.

Lydia war nicht so naiv zu glauben, dass Strümpfe allein viel an Baileys Leben ändern würden. Aber wenn sie sich selbstsicherer fühlte, wenn sie weniger wie ein Opfer aussähe, könnte sie vielleicht besser mit den Hänseleien umgehen. Sie würde es vielleicht schaffen, ein paar eigene Freundschaften zu schließen, anstatt sich an Lydia zu hängen. Oder vielleicht könnte sie sich einfach entspannen und sie selbst sein.

»Ich glaube nicht, dass meine Beine jemals so lang wie deine aussehen werden«, sagte Bailey.

»Na ja, das liegt daran, dass ich jogge.«

»Bäh, joggen könnte ich niemals.«

»Eigentlich ist es nicht so schwierig. Und nach den ersten paar Malen macht es sogar Spaß. Man legt einfach Musik ein und driftet ab. Die Mädchen im Joggingteam sind ziemlich nett. Manche von ihnen würdest du bestimmt mögen. Es ist eine einfache Art, Freundschaften zu schließen.«

»Hm. Ich weiß nicht, ob ich das könnte.«

»Du kannst irgendwann mal mit mir laufen kommen. Ich helfe dir.«

Sehr amüsant würde es höchstwahrscheinlich nicht werden, aber wer wusste das schon? Vielleicht fände Bailey Gefallen daran, und sie könnte nächstes Jahr dem Team beitreten und Kontakte knüpfen.

*Vielleicht wirst du Bailey genauso brauchen, wie sie dich braucht*, sagte eine leise Stimme in Lydias Kopf. *Falls Avril es mit Harry ernst meint.*

»Ist Erin in dem Team?«, fragte Bailey.

»Erin? Gott, nein. Sie hasst es zu schwitzen.«

»Ich frage mich, ob ich Erin gegenüber erwähnen sollte, dass ich dieses Mädchen kenne, das genau wie sie ist. In Southampton.«

»Vielleicht«, sagte Lydia skeptisch. »War sie manchmal gemein – wie Erin?«

Bailey sah sie verwirrt an. »Ich dachte, Erin wäre deine Freundin?«

»Ja, klar. Vergiss es. Willst du die Sache mit dem Eyeliner ausprobieren?«

Bailey nickte und stand auf, um ihr Schminkzeug zu holen. »I Say A Little Prayer« begann im Laptop zu spielen, als sie sich Lydia gegenüber im Schneidersitz aufs Bett setzte. »Das ist nicht übel. Irgendwie retro.«

»Ja, es ist … eines meiner Lieblingslieder.« Es war das Lied, das sie spielte, wenn sie an Avril dachte. Manchmal auf ihrem iPod, immer und immer wieder, als wäre es selbst schon ein Gebet, das Lied zu spielen und anzuhören.

Avril und Harry beim Knutschen im Gebüsch hinter dem Erdkundegebäude. Sie schluckte hart.

»Wie dem auch sei, mach die Augen zu«, sagte sie und griff nach einem Eyeliner. Bailey hob das Gesicht, damit Lydia sie schminken konnte. Lydia war ein Stück größer als sie.

Bailey sah eigentlich gar nicht so übel aus. Ihr Gesicht war rund, aber sie hatte schöne, glatte Haut. Die Blässe, die an ihren Beinen käsig aussah, wirkte in ihrem Gesicht fast edel. Blaue Äderchen bildeten schwache Linien unter ihren Augen. Sie hatte ein paar Sommersprossen auf der Nase, und ihre Wimpern bildeten zarte Fächer auf ihren Wangen. Ihre Lippen waren voll, leicht geöffnet, während Lydia den Eyeliner auf ihren Lidern auftrug. Lydia legte die linke Hand seitlich an Baileys Gesicht, um es ruhig zu halten.

Das Gleiche hatte sie schon mit Avril gemacht, und ihr Herz hatte so heftig geschlagen, dass sie den Eyeliner kaum auftragen konnte. Sie hatte ihrem Daumen gestattet, flüchtig über ihren Wangenknochen zu streicheln. Avril schien es nicht bemerkt zu haben, aber Lydia hatte sich gefragt, ob es ihr gefiel.

Sie tat das Gleiche bei Bailey, spürte, wie weich ihre Haut war. Und dann kam sie sich albern vor. »Okay, mach die Augen auf und schau jetzt nach oben, dann mache ich den unteren Rand.« Bailey öffnete die Augen, und eine Sekunde lang sah sie Lydia in die Augen, bevor sie nach oben schaute. Ihre Iris waren blassblau, und ihr Atem strich sanft über Lydias Handgelenk, während diese eine dünne Linie zog. Auf einmal war sich Lydia des Pulsschlags bewusst, der in Baileys Hals über dem Schulhemd pochte, der Art, wie sich ihre Knie berührten, da sie nun dichter beieinander auf dem Bett saßen.

»Ich weiß, wie es ist, das Gefühl zu haben, dass man nicht dazugehört«, sagte Lydia, weiter im Plauderton. »Ich fühle mich manchmal auch so.«

Bailey sah immer noch zur Decke hoch.

»Aber du wirst jemanden finden, der dich versteht«, sagte Lydia. »Das musst du. Es muss jemanden geben. Für jeden Menschen gibt es irgendwen ...«

Sie war mit Baileys Augenlidern fertig – perfekt war es ehrlich gesagt nicht geworden –, aber Bailey starrte immer noch an die Decke.

»Ich habe keine Ahunng, wer das sein könnte«, flüsterte Bailey. Ihre Unterlippe zitterte.

Lydia neigte ihren Kopf zu sich und küsste sie auf den Mund.

Sie dachte an Avril: neben Avril zu sitzen, während Avril weinte, sich ein Bett mit Avril zu teilen, während Avril schlief. An das Wochenende am Meer, als Avril und sie abends nebeneinander am Strand saßen und sich bei derselben Sternschnuppe etwas anderes wünschten. Dachte an Avril. Küsste Bailey. Ihr Herz hämmerte, und in ihren geschlossenen Augen brannten Tränen.

Baileys Lippen waren ein wenig klebrig. Sie waren voll, weicher als die Lippen der Jungen, die Lydia geküsst hatte, wenn die Situation es erfordert hatte. Ihre Haut war so glatt. Ihr Atem roch nach Cola. Sie war das erste Mädchen, das Lydia geküsst hatte. Ihr erster richtiger Kuss, mit jemandem, den sie nicht liebte, in Gedanken bei dem Menschen, den sie liebte.

O Gott, ein Fehler.

Sie schlug die Augen auf und wich zurück, schnell, ans Bettende. Bailey starrte sie an, mit großen Augen, offenem Mund.

»Es tut mir leid«, sagte Lydia. »Das war eine Dummheit.«

»Ich …«, sagte Bailey. »Ich bin nicht …«

»Es tut mir leid. Ich weiß nicht, was in mich gefahren ist.«

Eine Träne rollte ihre Wange hinunter. Sie wischte sie fort, hoffte, dass Bailey sie nicht gesehen hatte.

»Hast du deshalb …«, sagte Bailey. »Hast du gedacht, was sie gesagt haben, wäre …«

»Nein! Natürlich nicht. Es war ein Scherz! Aber ein dummer. Egal, ich muss los.« Lydia kletterte eilig vom Bett und griff nach ihrem Handy, wobei sie beinahe ihre Coladose über Baileys Laptop verschüttet hätte, doch sie fing sie gerade noch auf. »Puh! Das war knapp«, sagte sie fröhlich, in einem Tonfall, der sich in ihren Ohren wie ihre Mutter anhörte. Sie zog sich die Schuhe an, fühlte dabei, wie Bailey sie anstarrte. Lydias Lippen waren immer noch warm. »Okay, also, mach's gut.«

Sie floh die Treppe hinunter, vorbei an den Cartoon-Schweinen und raus aus dem Haus. Sie lief die Straße entlang, lief, so schnell sie konnte, in ihren Schulschuhen, die Haare flatterten ihr ums Gesicht, und ihre Tasche schlug ihr gegen ihren Rücken, lief, bis sie außer Atem war, bog um die Ecke des Shakespeare Drive in den Keats Way, und erst da wurde ihr klar, dass sie Bailey nicht gesagt hatte, sie solle niemandem erzählen, was vorgefallen war.

KAPITEL 28

# Honor

Emma Bovary – Arsen
Anna Karenina – Zug
Maggie Tulliver – Fluss
Lucy Westenra – Pflock
Tess D'Urberville – Strang
Porphyria – die eigenen Haare
Desdemona – Kissen
Klytämnestra – Sohn

Berühmte gefallene Frauen der Weltliteratur – eine lange Reihe, bis zurück zu Eva und ihrem Apfel.

Einen Großteil ihres Wissens von der Welt hatte Honor durch Lesen erfahren. Und aus der Lektüre wusste sie, dass es tödlich war, wenn man eine Frau war und Begehren empfand.

Und dennoch hatte sie sich nie so lebendig gefühlt wie damals, als sie selbst eine gefallene Frau gewesen war – als sie Paul begehrt hatte. Drei Jahre lang war sie so glücklich gewesen. Sie war regelrecht erblüht. Fremde hatten sogar Bemerkungen gemacht. Sie hüpfte leichtfüßig durchs Leben, zeigte sich gern, ihr Körper begriff endlich, warum er erschaffen worden war. Die Arbeit ging ihr leichter denn je von der Hand, sie war voller Inspiration und so produktiv wie zu keiner anderen Zeit ihres Leben. Sie hatte nie das Gefühl gehabt, etwas Falsches zu tun, hatte niemals auch nur einen Gedanken an seine Verpflichtungen oder ihre eigenen Sünden verschwendet – bis zu dem Abend, als sie sein Haus aufgesucht und seine Familie kennengelernt hatte.

Jo ging bei ihrer heimlichen Liaison mit wem auch immer alles andere als subtil vor. Sie kicherte über SMS-Nachrichten und sang kleine Liedchen. Ihr Gang war weiblicher geworden, mit Hüftschwung und allem. Sie pfiff, wenn sie die Kinder hochhob, Windeln wechselte, die Arbeitsflächen schrubbte, die Wäsche faltete. Honor konnte sie nicht deutlich sehen, aber sie sah das Strahlen, das von ihr ausging.

Denn die Wahrheit war die – trotz Honors Lektüre, trotz allem, was Männer und ein paar auserwählte Frauen über Hunderte, gar Tausende von Jahren geschrieben hatten: Für eine gefallene Frau war die richtige Art des Fallens keine Strafe. Es war der beste Teil des Lebens.

Und für die meisten gefallenen Frauen war die Strafe nicht der Tod. Die Strafe war, dass man noch lange lebte, nachdem das Fallen vorüber war.

Sie lasen jedes Mal nur eine Weihnachtskarte. Manchmal ließ sie Lydia die Briefe zweimal vorlesen, und wenn sie dann fort war, studierte Honor sie noch einmal ganz genau. Zwar sprangen die Wörter herum, aber sie waren vertraut genug, hatten sich ins Gedächtnis eingeprägt. Gestern Abend hatte Lydia ihr Folgendes vorgelesen:

*»Ich denke darüber nach, wie kostbar meine Zeit mit meinen Kindern gewesen ist, und ich weiß, wenn mir deine Mutter von deiner Existenz erzählt hätte, hätte ich nicht die gleiche Zeit mit meinen Mädchen gehabt. Ich wäre nicht in der Lage gewesen, jeden Tag*

*mit ihnen zu spielen oder jede kleine Veränderung zu sehen, während sie heranwuchsen. Aber ich hätte Zeit mit dir gehabt. Wie kann man zwischen Kindern wählen? Du bist jetzt ganz erwachsen, und es ist zu spät, aber ich kann es deiner Mutter nicht verübeln. Sie muss gewusst haben, dass sie dir alles würde geben können, was du brauchtest.«*

Lydia ließ den Brief sinken. »Er hat dir verziehen.«

Honor streckte die Hand nach dem Brief aus, als könnte sie die Worte absorbieren, indem sie sie berührte.

»Nur ich selbst habe mir noch nicht verziehen«, sagte sie.

»Bist du dir sicher, dass es dir nichts ausmacht, wieder auf sie aufzupassen, Honor?« Jo blieb im Türrahmen stehen. Aufgrund des heftigen Begehrens, das sie aus dem Haus trieb, ging sie beinahe auf Zehenspitzen.

»Die Physiotherapeutin hat mir geraten, aktiv zu bleiben«, erwiderte Honor. »Entweder das hier, oder ich muss mich irgendwo einem Korbballteam anschließen.«

Jo gab ein Geräusch von sich, das halb nach einem Lachen klang, als wüsste sie nicht recht, ob Honor scherzte oder nicht. »Na ja, wenn du dir sicher bist. Es ist ein wunderbarer Tag. Im Garten steht ein Stuhl, falls du mit ihnen nach draußen willst.«

»Hör auf, so einen Wirbel zu machen. Geh.«

»Und im Kühlschrank ist etwas zu essen, ein paar Joghurts. Oscar mag die ohne Fruchtstücke, und Iris mag die mit Fruchtstücken. Und ein paar Käsehappen. Und …«

»Es ist Kinderbetreuung«, sagte Honor, »keine Höhere Mathemathik.«

»Na ja, ehrlich gesagt denke ich manchmal, auf Kinder aufzupassen ist schwieriger als Höhere Mathematik.

Wenigstens kann man bei Höherer Mathematik in einem ruhigen Zimmer sitzen.«

»Ich schaffe das. Geh.«

»Ich habe mein Handy dabei«, sagte Jo und gab ihren Kindern einen letzten Kuss, bevor sie sie verließ, als verließe sie die beiden eine Woche lang und nicht für ein oder zwei Stunden mit ihrem Liebhaber. Zu Honors Überraschung bückte sich Jo und gab ihr auch einen Kuss auf die Wange.

»Danke«, sagte sie, drückte Honors Hand, und dann war sie fort.

Honor hielt inne und ließ das auf sich wirken. Hatte Jo sie jemals geküsst? Vielleicht einmal am Anfang, als sie und Stephen jung und frisch verliebt waren. Oder aus Pflichtgefühl an ihrem Hochzeitstag.

Eine kleine Hand zupfte an ihrem Ärmel. »Was machen wir, Oma H?«, wollte Oscar wissen.

»Honor«, erklärte sie ihm. »Ich heiße Honor.«

»Okay, Oma H. Können wir *Angry Birds* spielen?«

Iris drängte sich auch an ihre Beine. Kinder dachten nicht in Kategorien wie höfliche Distanz und persönlicher Freiraum. Ihre kleinen Körper fühlten sich warm an, und sie rochen nach Milch und Keksen.

»Eure Mutter hat gesagt, wir sollen nicht die ganze Zeit mit Videospielen verbringen.« Aber was machte man mit Kindern, wie beschäftigte man sie? »Warum spielt ihr nicht ein paar Minuten mit euren Spielsachen, und wir überlegen uns, was wir machen?«

»Nein!«, sagte Iris, aber beide stapften davon. Gemeinsam zogen sie die Spielzeugkiste auf und machten sich daran, Spielsachen auszugraben.

Es war über vierzig Jahre her, seitdem sich Honor um

ein Kleinkind gekümmert hatte. Entgegen dem, was sie Jo gesagt hatte, hatte sie kaum eine Vorstellung davon, was das bedeutete. Woran sie sich bei ihrem Mutterdasein noch am besten erinnern konnte, war die entsetzliche Eintönigkeit der täglichen Routine.

Sie hatte Stephen wirklich geliebt, vom Augenblick seiner Geburt an. Und dennoch hatte nichts im Leben sie auf das langweilige Füttern, Säubern, Bäuerchenmachen, Spazierengehen, Schlafen vorbereitet. Den Mangel an Zeit für sich selbst, kaum Zeit nachzudenken. Sie sehnte sich nach Paul – nicht zuletzt, weil Stephen ihm so ähnlich sah, von Anfang an. Sie fragte sich jede Minute, ob sie das Richtige getan hatte, als sie Paul nichts gesagt hatte. Sie trauerte um den Menschen, den sie verloren hatte, noch während sie sich um den Menschen kümmerte, den sie gewonnen hatte.

Und natürlich konnte sie nicht arbeiten. In London standen bei ihrer Rückkehr keine Dozentenstellen zur Verfügung, und sie ertrug den Gedanken nicht, Paul zu schreiben und ihn um ein Empfehlungsschreiben zu bitten. Sie hatte sich entschieden, auf Zeit auszusteigen, während sie sich um Stephen kümmerte. Doch die Arbeit war ihr Leben gewesen, und ohne sie kam sie sich unsichtbar vor. Verloren.

Nicht auszudenken, wenn sie in dieser Zeit ihren Vater nicht gehabt hätte. Er war wie verwandelt. Shimon Levinson wechselte Windeln, bereitete Fläschchen vor, drehte mit dem Kinderwagen eine Runde nach der anderen um den Clissold Park. Als Stephen gehen konnte, machte es ihm Spaß, seinen Großvater an der Hand herumzuführen. Shimon Levinson brachte seinen Enkelsohn zur *shul*, obwohl Honor Einspruch erhob, dass sie ihr Kind nicht religiös erziehen wolle – nein, auch das liberale Judentum war keine Option. Und dann erlitt ihr Vater seinen zweiten Herzinfarkt, und sie verlor auch ihn.

Wenn sie seither darüber nachgedacht hatte, glaubte sie, dass sie vielleicht an einer leichten postnatalen Depression gelitten hatte, auch wenn über derlei Dinge damals nicht viel gesprochen wurde. Es war diese quälende Langeweile – die dunkle, sich hinziehende Zeit vor dem Morgengrauen, und die Tage voller Stunden, die sich mit nichts füllen ließen. Mit dem Gedanken aufzuwachen: *O mein Gott, was soll ich den ganzen Tag machen?* Die anderen Mütter auf dem Spielplatz waren so jung, so *verheiratet*.

Sobald Stephen kein Baby mehr war und sich ein gewisser Tagesrhythmus eingespielt hatte, fing sie zu arbeiten an, während er seine Nickerchen machte. Sie forschte wieder, las, schrieb Aufsätze, die sie anführen konnte, wenn sie sich wieder für eine Dozentenstelle bewerben würde. In Gedanken übersetzte sie aus dem Russischen ins Deutsche, während Stephen einen Freudenschrei über einen Käfer ausstieß oder sich kleine Steine in die Hosentasche steckte.

Sie schien sich an jeden Moment seines Lebens erinnern zu können, als er älter war. Doch von den ersten drei Jahren war ihr nicht viel im Gedächtnis geblieben: Sonnenschein in Stephens Haaren, das Klappern von Steinen in seiner Tasche … Honor runzelte die Stirn und zwang sich, sich an mehr zu erinnern. Ihr fiel die feuchte Ecke einer Decke ein, an der Stephen genuckelt hatte. Der Geruch sterilisierter Glasfläschchen. Der Abdruck einer Hand auf ihrer Wange, als sie ihn in den Schlaf wiegte.

Für drei Jahre war das wohl genug.

Sie erinnerte sich besser an die Korridore, die sie stets in ihrem eigenen Gehirn betrat, um zu vermeiden, an Paul zu denken, um sich nicht eingestehen zu müssen, dass das Muttersein langweilig war, dass die alltägliche Hausarbeit, der Schlafentzug, der Mangel an Gesprächen über intellektuelle Theme eine Qual für sie war. Um zu vermeiden, an die Nächte zu denken, in denen sie von jenem Moment oben auf der Treppe träumte, als sie nach unten geblickt und Paul dort hatte stehen sehen. Um sich nicht mehr zu fragen, ob sie das Richtige tat, wenn sie es ihm nicht erzählte.

Als Stephen drei war, hatte sie am University College in London eine Dozentenstelle in Teilzeit angetreten. Ihre Kollegen blieben bis spätabends im Uni-Gebäude, besuchten Konferenzen, unternahmen Forschungsreisen, verwandten Jahre auf Publikationen. Sie wurde bei Beförderungen immer wieder übergangen, weil sie nicht die erwünschte Anzahl an Publikationen aufweisen konnte – weil die Zeit, die sie zum Schreiben hatte, von Kindergartenöffnungszeiten und Tagesmüttern abhing. Als Stephen heranwuchs, fand sie endlich mehr Zeit, aber bis dahin hatte sie an Boden verloren. Die großen Hoffnungen ihrer Oxforder Jahre hatten sich nicht erfüllt …

Oscar und Iris vollführten etwas Kompliziertes mit Bauklötzen. Das Spiel sah vor, dass Oscar seiner Schwester Befehle erteilte und sie mit immer mehr Klötzen hin und her eilte, sie holte und trug und fallen ließ. Hatte Honor sich auf den Boden gesetzt und mit Stephen gespielt, wie Jo es mit ihren Kindern machte? Vielleicht hatte sie es manchmal getan und erinnerte sich jetzt nur nicht mehr daran?

Sie hatte es nicht getan. Sie hatte ihm vorgelesen und mit ihm geredet, und als er älter war, hatten sie zusammen lange Spaziergänge gemacht, zu Galerien, zu Büchereien und zu Friedhöfen und irgendwelchen geschichtsträchtigen Gräbern.

Warum hatte sie nicht gespielt?

In diesem Moment ließen ein Getöse und ein entsetzter Schrei von Iris Honor in die Höhe fahren. Überall lagen Bauklötze verstreut. Noch viel länger im Haus zu bleiben, stellte allmählich ein Gesundheitsrisiko dar. »Wir gehen auf den Spielplatz«, verkündete sie.

»Nein!«, sagte Iris, die auf und ab sprang und vor Freude einen Bauklotz in die Luft warf. Er polterte, da niemand ihn auffing, zu Boden.

»Ja!«, erklärte Honor ihr, und das kleine Mädchen lachte.

»Schubst du mich auf der Schaukel an?«, fragte Oscar.

»Wenn ich das schaffe.« Sie dachte an die gewaltige Tasche, die Jo bei ihren Ausflügen mit sich herumschleppte, und entschied sich dagegen. »Kannst du eine Stunde lang mit einer schmutzigen Windel leben, Iris?«

»Nein!«

*Nein.* Die einzige Macht, die eigensinnigen Kleinkindern und mürrischen alten Frauen blieb.

»Ich kann Windeln wechseln«, sagte Oscar.

Das hielt Honor für höchst unwahrscheinlich, doch sie nickte trotzdem. »Dann bist du für die Windeln verantwortlich, und ich für die Verpflegung.«

»Eis?«, fragte Iris hoffnungsvoll.

»Dann eben Eis.«

»Ich nehme meine Laster mit!«, erklärte Oscar und machte Anstalten, sie zu holen. Honor hielt ihn mit einer Hand an der kleinen Schulter zurück.

»Denk mal nach«, riet sie ihm. »Du bist klein, und deine Schwester ist noch kleiner. Eure Tragekapazität in Sachen Laster ist nicht so groß, wie du denkst. Ich hingegen bin betagt.«

»Was ist betagt?«

»Alt. Ich bin alt. Und unfähig, alle deine Laster zu tragen.«

»Wir können deinen lila Elektroroller nehmen«, schlug Oscar verschmitzt vor.

Sie streckte die Hand aus, um sie ihm auf den Kopf zu legen. Er war sehr klein: kräftig, mit den rotblonden Haaren seiner Mutter und der heiseren Stimme seines Vaters. Mit Honor war er überhaupt nicht verwandt, was vielleicht der Grund war, weshalb sie nicht den Drang verspürte, ihn zu verbessern. Was sie mit ihm tat und ihm sagte, würde höchstwahrscheinlich keine Rolle spielen. Sie wäre wahrscheinlich tot, bevor er ein Alter erreichte, in dem er sich an sie erinnern könnte.

»Du wirst es im Leben weit bringen«, sagte sie mit neuem Respekt.

»In den Wald bringen?«, fragte Oscar verwundert.

»Nein!«, schrie Iris. Sie sprang auf und ab und schüttelte den Kopf. Ihre dunklen Locken wippten. »Nein, nein, *nein*!«

»›Nein‹ mag wie eine vernünftige und attraktive These aussehen, wenn man zwei ist«, erklärte Honor ihr, »aber wenn du einmal in mein Alter kommst, wird dir klar werden, dass du die Gelegenheiten, die dir das Leben bietet, beim Schopf packen musst, bevor es zu spät ist. Vielleicht sogar, nachdem es zu spät ist.« Sie klatschte in die Hände, und zum ersten Mal seit langer Zeit spürte sie ein kleines Kribbeln in der Brust. Ein bisschen so etwas wie Vorfreude. »Wollen wir das Elektromobil anschmeißen?«

Oscar führte sie geradewegs darauf zu, indem er wie ein kleiner Soldat durch die Garage marschierte. Er legte das riesige Feuerwehrauto, das er trug, in den Korb vorne an dem Elektromobil. »Darf ich fahren?«

Sie fand den Schalter, um das Garagentor zu öffnen, und drehte sich dann zu Iris um, die an ihrem Sonnenhut herumkaute. »Kannst du hinten auf das Mobil klettern? Und wenn ich mich setze, wirst du dich an mir festhalten müssen.«

»Nein«, sagte Iris mit einem Nicken und kletterte auf den Sitz.

»Darf ich fahren?«, fragte Oscar wieder.

»Nein«, sagte Honor. »Aber du kannst etwas Besseres machen. Du hast doch scharfe Augen, Oscar?«

»Ich habe *Super*-Augen. Ich sehe *alles*.«

»Gut. Genau das brauche ich.« Sie beugte sich zu ihm und senkte verschwörerisch die Stimme. »Du musst vor mir stehen, mit den Händen auf dem Lenker. Und du musst mit scharfen Augen nach Dingen vor uns Ausschau halten. Damit wir nirgends gegenstoßen. Kannst du das?«

»Ja!«

»Prima.« Sie kletterte auf den Sitz, ganz vorne sitzend, um Iris Platz zu lassen, und griff mit den Armen zu beiden Seiten um Oscar herum. Nachdem sie den Startschalter ertastet hatte, ließ sie den elektrischen Motor an. Die Kinder kreischten vor Aufregung.

»Können wir schnell fahren?«, fragte Oscar.

»Glücklicherweise nicht.« Sie legte die Hand an den Gashebel. »Jetzt haltet euch fest, Kinder.«

»Nein!«, schrie Iris in ihr Ohr.

Das Elektromobil fuhr ruckartig los. Sie steuerte auf das Licht zu. »Fahren wir nun nach rechts oder nach links, um zum Spielplatz zu kommen?«

»Links! Nein, rechts!«

Ihr kam ein Verdacht, und sie verlangsamte das Elektromobil auf Kriechgeschwindigkeit. »Kennst du den Unterschied zwischen links und rechts, Oscar?«

»Ähm …«

»Ach.« Sie hielt das Elektromobil an. Nach kurzem Überlegen löste sie ihre Armbanduhr und machte sie an Oscars linkem Handgelenk fest. »Wenn wir in Richtung von dem Arm mit der Uhr fahren müssen, sagst du ›Uhr‹. Und wenn wir in die andere Richtung müssen, sagst du …«

»Keine Uhr!«

»Sehr gut. In welcher Richtung liegt also der Spielplatz?«

Oscar überlegte. »Keine Uhr.«

»Also nach rechts. Sag mir, wenn wir auf dem Gehsteig sind, Oscar.«

Seine Haare kitzelten sie am Kinn, als er nickte. Sie ließ das Elektromobil wieder an und fuhr in Kriechgeschwindigkeit weiter, lauschte auf den Kies unter den Rädern, bis Oscar verkündete: »Jetzt!«

Sie lenkte nach rechts, und das Elektromobil fuhr problemlos aus der Einfahrt auf den Gehsteig. »Oscar, jetzt besteht deine Aufgabe darin, mir Bescheid zu geben, ob etwas im Weg ist. In Ordnung?«

»Ich seh alles ganz genau«, sagte Oscar.

»Das glaube ich dir gern.«

Der Spielplatz war keine Viertelmeile entfernt, aber es galt, zwei Straßen zu überqueren. Mithilfe seiner Armbanduhrhand brachte Oscar sie zu den abgeflachten Bordsteinkanten, und gemeinsam schätzten sie den Verkehr ein. Honor befahl den Kindern, leise zu sein, damit sie lauschen konnte. Bei der zweiten Straßenüberquerung fing Iris an, auf dem Sitz herumzuhüpfen und »Spielplatz!« zu schreien.

»Du musst leise sein und stillhalten, damit dein Bruder und ich uns konzentrieren können«, erklärte Honor ihr, und Iris hörte sofort auf.

»Siehst du Autos kommen, Oscar? Schau genau.«

»Keine Autos, Oma H.«

»Keine Autos!«, stimmte Iris zu.

Honor drückte den Gashebel, und sie rollten vom Bordstein. »Spie-hiel-pla-hatz«, trällerte Iris in ihr Ohr, und Honor sah, dass sich rechts von ihnen etwas bewegte. Zu spät hörte sie das Auto herannahen – ein leise brummender Motor, kaum lauter als das Jaulen ihres Elektromobils.

Wo war die Bremse, wie hielt sie an? Sie riss die Hand vom Gas, und das Elektromobil blieb ruckartig stehen. Iris wurde gegen ihren Rücken geschleudert.

»Aua!«, brüllte Oscar.

Sie hörte, wie das Auto vor ihnen vorüberfuhr. Es war so dicht, dass sie die Brise spürte, die es hervorrief, und seine warmen Reifen riechen konnte.

»Ich glaube …«, setzte sie an, doch ihr wurde klar, dass sie keinen Atem zum Sprechen hatte. Sie wartete, bis sie wieder Luft bekam. »Ich glaube, das hier ist vielleicht gefährlicher, als ich geahnt hatte.«

»Nichts passiert«, erklärte ihr Oscar. »Ich habe mir bloß den Arm angestoßen. Darf ich auf den Knopf drücken, damit es losfährt?«

»Nein«, sagte Honor. Ihre Hände zitterten ein wenig, als sie das Elektromobil wieder einschaltete. Sie lauschte aufmerksam und drehte den Kopf etliche Male zu beiden Seiten, bevor sie die Straße überquerte und auf den Gehsteig rollte, der zum Park führte. Langsam, stetig, während der Motor des Elektromobils gegen die leichte Steigung arbeitete, fuhren sie auf den Spielplatz zu. Beide Kinder sprangen von dem Gefährt.

Honors Herz pochte immer noch. Ihre Handflächen waren feucht.

»Ich helf dir«, sagte Iris, und Honor spürte eine kleine Hand, die sich in ihre schob. Sie ließ sich von Iris beim Absteigen helfen. Oscar hielt ihnen das Tor auf, und dann liefen die beiden Kinder los, schrien sich etwas zu, und rannten in den grauen Bereich, in dem sie nichts sehen konnte.

»Bleibt auf dem Spielplatz!«, rief sie ihnen nach und folgte dem Zaun gegen den Uhrzeigersinn, bis sie auf eine grün gestrichene Bank stieß, auf die sie sich setzen konnte. Sie hörte die Kinder miteinander reden.

Wie immer erfasste sie alles nur in Teilen: Auf dem Boden war offensichtlich ein gummiartiger Belag, wohl damit die Kinder sich beim Hinfallen nicht wehtaten. Ein Filigranmuster aus Linien und Schatten war ein Klettergerüst, eine pendelnde Bewegung waren die Schaukeln. Sie hob den Kopf und spürte den Sonnenschein auf der Stirn und den Wangen, ließ sich davon beruhigen. Kleine Schritte und Geplapper und Lachen.

Sie hatten es sicher hergeschafft, und sie würden es auch wieder zurück schaffen. Sie würde aufpassen. Aber in Zukunft sollten sie vielleicht im Garten bleiben.

Zu ihrer eigenen Überraschung lachte sie laut auf. Wer hätte gedacht, dass sie in ihrem Alter noch Abenteuer in Angriff nehmen würde? Oder dass diese Abenteuer so klein und dennoch so wichtig sein würden?

Jemand setzte sich neben sie, und sie hörte eine Unterhaltung zwischen zwei Müttern über ihren Urlaub, die Renovierungsarbeiten bei Mutter Nummer eins zu Hause, das Auto, das Mutter Nummer zwei zu kaufen beabsichtigte. Darauf folgte, was die beiden zum Abendessen zu kochen planten, und dann eine lange Erörterung dessen, was ihre Kleinkinder aßen und was nicht. Angeblich weigerte sich Liam alles zu essen, was nicht weiß war, während Ella nichts anrührte, was sich nicht mit Nutella bestreichen ließ, weil es sich auf ihren Namen reimte.

Wenn das das Gesprächsniveau war, das Jo täglich zu ertragen hatte, war es kein Wunder, dass sie sich in eine Affäre gestürzt hatte.

»Eis, Oma H«, erklang auf einmal Iris' Stimme dicht neben ihr.

»Kannst du mich zum Eiswagen führen?«, fragte sie, und zur Antwort umklammerte Iris wieder ihre Hand und zog daran. Sie stand auf, und ihre andere Hand wurde von Oscar ergriffen.

Sie ließ sich von ihnen – wie ein Kind – zum Eiswagen führen, wo sie drei riesige Softeis mit Schokoraspeln kaufte, indem sie die Waffeln durch Ertasten auswählte. Dann ließ sie sich von Oscar und Iris zu einer anderen Bank führen. Die Kinder setzten sich zu beiden Seiten von ihr, die Beine an Honors gepresst, sie mit den Ellbogen stoßend, während sie alle gemeinsam ihre Eisportionen verspeisten.

Schon lange hatte sie nicht mehr etwas derart Köstliches geschmeckt.

KAPITEL 29

# Lydia

Es war seltsam. Eigentich gab es zurzeit nichts Wichtigeres, als für die Prüfungen zu pauken, und doch konnte sie nichts anderes tun, als nachzudenken. Lydia malte ihren Lernplan mit den Textmarkern aus, die ihre Mum für sie gekauft hatte, duschte, stylte sich die Haare. Sie ordnete ihre Sammlung von Avrils Kranichen, die auf dem Regal über ihrem Schreibtisch aufgereiht waren. Ein oder zwei hatte sie bei dem Umzug nach oben verloren, aber es waren immer noch viele, alle in verschiedenen Farben und Größen. Ihre Flügel bebten, wenn sie sie bewegte, zerbrechlich und schön.

Sie hatte das Gefühl, ihre Freundschaft verraten zu haben, indem sie Bailey geküsst hatte. Wie verrückt war das denn?

Dieses Zimmer war so still. Man hörte nichts, was unten im Haus vor sich ging, überhaupt nichts. Früher hatte der Lärm sie gestört, aber jetzt fühlte sie sich von allem abgeschnitten.

*Ich will einfach nur normal sein,* hatte Avril gesagt. *Warum gönnst du mir das nicht?*

*Versprich mir, immer die Wahrheit zu sagen.*

Mit einem Seufzen griff Lydia nach ihren Laufsachen, aber dann überlegte sie es sich anders und ging nach unten zu Oma H's Zimmer. »Herein«, sagte Oma H auf ihr Klopfen hin, doch als Lydia eintrat, lag ihre Großmutter auf dem Bett, vollständig angezogen, die Augen geschlossen.

»Machst du ein Nickerchen?«

Oma H öffnete die Augen nicht. »Nein, ich schwelge nur in Erinnerungen.«

»Wo ist Mum?«

»Sie ist draußen, mit ihrer Freundin Sara und den Kindern.«

»Oh. Ich habe nur gerade eine Lernpause eingelegt und habe mich gefragt, ob du noch einen Brief lesen möchtest?«

»Wir haben nur noch einen übrig.«

»Wir können ihn später lesen, es eilt nicht«, sagte Lydia, doch, wenn sie ehrlich war, wollte sie ihn jetzt lesen. Avril hatte auf keine ihrer Kurznachrichten reagiert. Lydia hatte Angst, sie zu verlieren. Sie wollte eine Verbindung, etwas, das ihr das Gefühl vermittelte, dass sie irgendwohin gehörte, dass sie auf irgendeine Art gebraucht wurde. Selbst wenn es nur darum ging, einer Großmutter, deren Leben größtenteils ein Rätsel war, Briefe von einem Mann vorzulesen, dem Lydia nie begegnet war.

»Sie sind im Schreibtisch.«

Lydia fand sie in der obersten Schublade. Wenn es nach ihr gegangen wäre, hätte sie sie alle sofort geöffnet und gelesen, aber Oma H wollte die Sache offensichtlich in die Länge ziehen. Verständlich, wenn diese Briefe alles waren, was man von jemandem hatte, den man liebte, dann musste man wohl dafür sorgen, dass es länger währte. Wie eine Sammlung Papierkraniche.

Sie holte den letzten ungeöffneten Brief heraus und zog einen Stuhl ans Bett, bevor sie das Kuvert aufmachte. »Noch eine Karte mit einem Rotkehlchen«, sagte sie. »Ja, ich glaube, es ist die gleiche Rotkehlchenkarte, die er im Jahr davor genommen hat. Vielleicht hatte er davon gleich mehrere. Willst du sie dir nicht ansehen?«

»Ich kann sie mir vorstellen. Bitte lies sie mir vor.«

Lydia klappte die Karte auf. Das Datum war von vor zwei Jahren, und sie fragte sich erneut, warum Paul Honeywell (ihr Großvater, auch wenn es ihr schwerfiel, ihn so zu sehen) aufgehört hatte zu schreiben. War er gestorben, oder waren die Briefe einfach nicht mehr nachgesandt worden? Oder war er es leid geworden, keine Antwort zu erhalten, sodass er schließlich aufgegeben hatte?

Ihr fielen wieder die Papierkraniche ein, und sie musste sich räuspern, bevor sie anfing, den Brief laut vorzulesen.

*»Lieber Stephen, ich frage mich, ob du diese Briefe überhaupt bekommst. Jahr für Jahr schreibe ich und stelle mir vor, wie du meine Post direkt in den Abfall wirfst. Ich schreibe sie wohl für mich und nicht für dich, vielleicht, um mein schlechtes Gewissen, dich nie gekannt zu haben, zu besänftigen. Selbst die Entscheidung, sie als Weihnachtskarten zu schreiben, ist nicht ohne Hintergedanken, denn bei der vielen Post zum Jahresende fallen sie meiner Familie nicht auf. Aber du bist von Geburt Jude und feierst Weihnachten vielleicht gar nicht. All diese Briefe sind für dich vielleicht nichts weiter als eine unangenehme Erinnerung an einen Menschen, den du nie gekannt hast.*

*Verzeih mir. Selbst wenn ich diese Briefe vielleicht aus Egoismus schreibe, habe ich versucht, nicht selbstgerecht zu sein. Aber es ist ein schwieriges Jahr gewesen. Wendy ist im Frühling gestorben: Krebs. Sie war eine gute Frau, Stephen. Ich hatte sie nicht verdient, und ich habe versucht, ihr der beste Ehemann zu sein, der ich konnte, was bedeutete, dass ich dir kein Vater war.*

*In all den Jahren war ich Wendy nur einmal in Gedanken oder Taten untreu, und das war in jenen Jahren mit deiner Mutter. Jeden Tag, den ich mit Honor zusammen war, wünschte ich, ich wäre ihr zuerst begegnet, vor Wendy. In gewisser Weise wünsche ich es mir immer noch, auch wenn ich nie mutig genug war, dementspre-*

*chend zu handeln. Ich liebte deine Mutter mehr als das Leben. Ich liebte sie mehr als jeden anderen Menschen, abgesehen von meinen Kindern. Sie war klug und lebhaft, und wenn ich sie ansah, erblickte ich meine andere Hälfte.«*

Lydia hatte einen Kloß in der Kehle und musste sich erneut räuspern. Oma H rührte sich nicht auf dem Bett. Aber sie war nicht eingeschlafen, das spürte Lydia. Also fuhr sie fort.

*»Ich war der Schwache in jener Beziehung, und in meiner Ehe war ich es auch. All meine Liebe scheint schuldbeladen zu sein.*

*Und jetzt will ich doch einmal selbstgerecht sein. Ich weigere mich, ein schlechtes Gewissen zu haben, weil es dich gibt, Stephen Levinson, oder weil ich dir schreibe, ohne die geringste Hoffnung auf eine Antwort. Du bist eines meiner Kinder, und deshalb liebe ich dich, und ich liebe dich um deiner Mutter willen. – Dein Vater, Paul Honeywell.«*

Oma H atmete tief ein und ließ die Luft wieder entströmen. Lydia faltete den Brief zusammen. Eine Zeit lang schwiegen sie. Die einzigen Geräusche kamen von Mum und Sara und den Kindern im Garten.

»Ja, ja«, seufzte Oma H nach einer Weile.

Dann setzte sie sich auf. Ihre Augen, jetzt offen, waren auf Lydia gerichtet, aber sie schienen jemand anderen zu sehen, jemanden, den sie liebte und der ihre Liebe erwiderte, so sehr, dass sie beide beinahe dreimal so lange, wie Lydia alt war, damit verbracht hatten, aneinander zu denken.

»Ich bin lesbisch.« Lydia platzte heraus, ohne recht zu wissen, was sie da tat.

Oma H blinzelte. Sie legte den Kopf schief, musterte Lydia auf diese eigenartige Art, die sie neuerdings an sich hatte.

»Ich bin lesbisch«, wiederholte Lydia. »Ich stehe auf Mädchen. Nicht auf Jungs.«

»Ich weiß, was lesbisch bedeutet«, sagte Oma H, aber sie sagte es sanft. »Weißt du es schon länger, oder ist das eine neue Entdeckung?«

»Ich habe es schon immer gewusst, glaube ich. Sag Mum nichts.«

Oma H runzelte die Stirn. »Warum nicht? Du glaubst doch nicht, sie käme auf die Idee, es zu missbilligen, oder?«

»Nein … eigentlich nicht. Nein, bestimmt nicht. Aber sie würde sagen … Ich weiß, was sie sagen würde. Sie würde mir sagen, dass alles in Ordnung ist und dass alles gut werden wird. Dass ich eines Tages an meine Gefühle zurückdenken und mich fragen werde, warum ich so verwirrt und verletzt gewesen bin, und dass es nur ein kurzer Aussetzer auf meinem Weg in eine glückliche Zukunft gewesen sein wird.«

»Ich glaube, das ist genau das, was sie sagen würde. Und es ist nicht das, was du hören möchtest?«

»Nein. Weil ich das alles nicht umsonst gefühlt haben will. Ich will nicht, dass es ein kurzer Aussetzer ist, Teil der glücklichen Geschichte, die sich Mum über die Welt ausdenkt. Es ist real.«

Ihre Stimme klang in ihren eigenen Ohren heiser und verzweifelt. Oma H streckte die Hand aus, und Lydia ging zu ihr, setzte sich neben sie, legte ihre Hände in die papiernen, trockenen, weichen Hände ihrer Großmutter.

»Es ist real«, sagte Oma H. »Und es ist keine glückliche Geschichte, nicht die ganze Zeit über. Aber es gibt Entschädigungen.«

Oma H hielt ihre Hände, und sie lauschten beide Oscar und Iris draußen beim Spielen. Hohes, schallendes Gelächter und das Pochen eines Balls an der Hauswand. Es hörte sich nach einer anderen Welt an.

»Wenn seine Frau gestorben ist, könntest du ihn wiedersehen«, sagte Lydia.

»Du meinst, dass seine Frau mein kurzer Aussetzer gewesen ist?« In Honors Stimme schwang trockener Humor mit. »Du ähnelst deiner Mutter mehr, als du glaubst.«

Lydia errötete. »Tut mir leid. Es ist nur ..«

»Du willst ein Happy End. Aber obwohl wir die Geschichten lesen, sind wir Realistinnen, du und ich.«

## KAPITEL 30

# *Jo*

Sein Körper war unfassbar schön. Und nicht weniger unfassbar war, dass sie hier mit ihm im Bett war, und zwar nicht zum ersten oder auch nur zweiten Mal – Seite an Seite auf dem Rücken, auf dem bloßen Laken, die Bettdecke zu Boden geschoben. Sie waren so ungeduldig gewesen, dass Marcus immer noch seine Strümpfe trug.

Er zog Jo an sich, sodass ihr Kopf auf seiner Brust ruhte, und sie legte die Hand auf seinen flachen Bauch. Sein Herz schlug immer noch heftig. Selbst ihre kurze Erfahrung hatte sie gelehrt, dass er innerhalb der nächsten halben Stunde wieder bereit wäre. Sogar schon früher, wenn sie ein bisschen nachhalf.

»Warum lächelst du?«, fragte er.

Sie hob den Kopf. »Du konntest nicht sehen, dass ich lächle.«

»Ich habe es gefühlt.« Er strich ihr die Haare aus dem Gesicht. »Du lachst über meine Strümpfe, oder?«

»Ich habe bloß gedacht, dass ich selbst unter dreißig war, als ich das letzte Mal mit einem Mann unter dreißig geschlafen habe.«

»Ich habe nächsten Monat Geburtstag. Dann musst du leider mit einem dreißigjährigen Mann schlafen.« Er lächelte sie an, wurde dann nüchtern. »War es Lydias Vater?«

Jo nickte. »Stephen.«

»Wie ist er gestorben? Du musst es mir nicht sagen«, fügte er hastig hinzu.

»Es macht mir nichts aus. Er ist dabei gestorben, wie er jemandem das Leben gerettet hat.«

Seine Hand hatte träge mit ihren Haaren gespielt, doch jetzt verharrte sie. »Das ist … Wahnsinn.«

»So war Stephen.«

»Lydia weiß Bescheid?«

»Ja, natürlich. Wir sind sehr stolz auf ihn, während wir ihn gleichzeitig wie verrückt vermissen.«

»Und dein zweiter Mann …?«

»War ein Arschloch. Tatsächlich glaube ich nicht, dass ich das schon einmal laut ausgesprochen habe. Er heiratet im Juli wieder.«

»Huch!«

Sie lächelte Marcus an. Ihr gefiel das »Huch«. Es gefiel ihr, dass er sich nach ihren Ehemännern erkundigte. Ihr gefiel die Art, wie sich seine Haare in der Stirn lockten, und die Lachfältchen in seinem ansonsten faltenlosen Gesicht.

»Und du?«, fragte sie. »Warum hast du noch kein nettes Mädchen gefunden und dich häuslich niedergelassen?«

Er zuckte mit den Schultern. »Mir war es mit einem Mädchen ernst. Aber dem Mädchen war es nicht so ernst mit mir.«

»Wo ist sie jetzt?«

»Tasmanien.«

»Huch!«

»In der Tat.« Er küsste sie auf die Lippen »Die Geschichte meines Liebeslebens ist beschämend kurz.«

»Wart's nur ab.«

»Ich lerne jeden Tag etwas Neues dazu.« Er küsste sie länger, aber Jo musste es wissen. Also entzog sie sich ihm.

»Was ist mit dem Mädchen in Tasmanien geschehen? Wenn dir so sehr an ihm lag?«

»Sie wollte Abenteuer. Ich wollte zu Hause bleiben und unterrichten. Ich sei ihr zu nett, hat sie gesagt. Zu langweilig.« Er sagte es leichthin, aber Jo sah ihm die Pein an: dass er die Stimme des Mädchens hörte, während er die Worte sagte. Sie wusste, dass es genau derselbe Wortlaut war, den seine Freundin verwendet hatte, als sie ihn verlassen hatte.

»Ich kann mir nicht vorstellen, dass du irgendjemandem zu langweilig sein könntest«, sagte sie.

»Das ist das Wunderbare an dir, Jo. Wenn ich mit dir zusammen bin, komme ich mir kein bisschen langweilig vor.«

»Das bist du nicht. Du bist jung und klug und schrecklich sexy.«

»Und ich habe eine Hypothek und einen Job und mähe jeden Sonntag den Rasen.«

»Und hast eine Affäre mit deiner Nachbarin.«

Er lachte. Sein Gesicht war so sonnig, wenn er lachte.

»Meine Freundin Sara und ihr Ehemann machen gerade ein bisschen eine Dürreperiode durch«, erzählte Jo ihm. »Ich habe ihr geraten, ihm vielleicht ein paar heiße Kurznachrichten zu schicken. Um die Dinge ein wenig aufzupeppen.«

»Und, hat es funktioniert?«

»Er kam nach Hause und wollte wissen, mit wem sie eine Affäre hätte. Er dachte, sie hätte sie ihm aus Versehen geschickt. Aber sie hatten guten Versöhnungssex, also hat es wohl doch funktioniert.«

»Du hast Sara also von uns erzählt?«

»Ähm … nein.« Und da er eine Erklärung zu erwarten schien, fügte sie hinzu: »Noch nicht.«

Er beobachtete sie. Sie rollte sich auf den Rücken, um sich seinem forschenden Blick zu entziehen, und erhaschte einen Blick auf die Schlafzimmerwand. Bisher war sie zu beschäftigt gewesen, um es zu bemerken, aber er hatte seine Gletscherfotografien aufgehängt: sechs Stück, quer über die Wand seines Schlafzimmers. Es waren Fenster in andere Welten. »Du hast sie aufgehängt!«

»Hat den ganzen Vormittag gedauert, sie gerade hinzubekommen.«

»Sie sind schön.«

»Du bist schön.« Er zog sie näher an seinen nackten Körper und fuhr träge mit den Fingerspitzen über ihre Haut. »Erzähl mir noch etwas von dir. Nicht über deine Ehemänner oder über deine Freundinnen – über *dich*. Was ist dein heimliches Berufsziel?«

Sie wand sich. »Was ist deines?«

»Polarforscher. Wird nicht passieren. Ich bin nicht reich genug und mag meine Zehen zu sehr. Ich muss mit zwei Wochen im Jahr auf einem Gletscher vorliebnehmen. Dort kann man vergessen, dass es die Menschheit je gegeben hat. Ich glaube, deshalb mag ich es so gern. Was ist dein heimliches Ziel? Hör auf, der Frage aus dem Weg zu gehen, und sag es mir.«

»Früher wollte ich an die Uni gehen und auf Lehramt studieren.«

»Du wärst bestimmt eine gute Lehrerin. Du kannst immer noch studieren, in ein oder zwei Jahren, wenn die Kinder im Kindergarten sind. Dann könntest du zu arbeiten anfangen, sobald Oscar und Iris in die Schule gehen.«

»Nein, es ist zu lange her, seit ich gelernt habe. Ich wäre wahrscheinlich eine schlechte Studentin. Wie dem auch sei, ich bin immer erledigt, sobald die Kinder ins Bett gehen.«

»Auf mich machst du keinen erledigten Eindruck.«

»Na ja, in letzter Zeit schlafe ich ja auch.« Sie war sofort überrascht, dass sie es gesagt hatte.

Er stützte sich auf den Ellbogen. »Was meinst du mit *in letzter Zeit*?«

»Ich … ich leide um diese Jahreszeit sonst oft unter Schlafstörungen.«

»Warum um diese Jahreszeit?«

»Es ist …« Sie schluckte. »Es ist Stephens Todestag, Anfang Juni. Ich wache nachts auf, und ich denke über … Ach, das hört sich schrecklich morbid an.«

»Du denkst worüber nach, Jo?«, fragte er sie leise.

»Ich denke darüber nach, wie seine letzten Augenblicke waren. Ob er Angst hatte. Ich war nicht dort, aber manchmal höre ich ihn schreien.«

Sein Arm legte sich fester um sie.

»Sie war nicht perfekt, unsere Ehe«, sagte sie. »Wir hatten schwierige Zeiten. Honor verklärt ihn, und Lydia auch, und das ist in Ordnung. Eigentlich ist es wundervoll, dass sie das tun können. Aber manchmal habe ich das Gefühl, als wäre ich die Einzige, die die Wahrheit kennt, und dass ich mich für andere Menschen zusammenreißen muss. Und für Stephen, weil er nicht wollen würde, dass wir traurig sind. Das sind … die Dinge, über die ich mitten in der Nacht nachdenke, wenn ich nicht schlafen kann.«

»Aber du hast gesagt, in letzter Zeit kannst du schlafen.«

»Ja.« Sie lächelte ihn an. »Ich schlafe viel besser. Das verdanke ich dir.«

»Das freut mich.« Er setzte sich auf. »Möchtest du was essen? Ich bin am Verhungern. Ich hatte über Mittag Pausenaufsicht, und dann komme ich nie zum Essen.«

»Ich muss nach Hause und den Kindern Abendessen machen.«

»Mittlerweile habe ich etwas über dich gelernt, Jo. Du hast ihnen das Abendessen längst zubereitet, es wartet nur darauf, aufgewärmt zu werden.«

»Ja, aber Honor …«

Er hob ihr Kinn. »Ruf sie an. Sag, es ist dir was dazwischengekommen. Geh mit mir essen.«

»Essen gehen?«

»Ja. Du und ich, angezogen, bei einem Gespräch. Vielleicht einem Glas Wein. Wie Erwachsene. Hast du Lust?«

Sie hatte so große Lust, dass sie es schmecken konnte. »Das können wir nicht machen.«

»Warum nicht?«

»Lydia? Deine Stelle als Lehrer?«

»Verdammt, du hast es nicht vergessen.« Ein Kuss. »Wir könnten wegfahren. Zu einem kleinen Pub auf dem Land.«

»Ich habe nicht so viel Zeit.«

»Ich könnte dir hier etwas kochen? Meine Spaghetti bolognese sind klasse.«

»Ich muss zurück.« Doch ihre Hand glitt, scheinbar von allein, seinen Bauch hinunter, durch die Haare an seiner Leiste.

»Aber du hast ein bisschen Zeit.«

»Ein bisschen.« Ihre Hand glitt tiefer, aber Jo warf einen Blick auf seine Fotografien an den Wänden. All die Orte, an denen er gewesen war, dieses Leben, das er gelebt hatte, von dem sie niemals ein Teil sein könnte. Er war ein Fremder, noch immer, abgesehen von ihren wenigen gemeinsamen Stunden.

»Liebst du sie noch?« Sie musste die Frage einfach stellen. »Die, bei der es dir ernst war, in Tasmanien?«

»Ich … empfinde noch immer etwas für sie, ja. Sie hat mich verändert. Manchmal tut es noch weh. Ich weiß es nicht. Ist das Liebe?«

»Ich glaube schon.«

»Du liebst Stephen immer noch. Trotz der schwierigen Zeiten.«

»Ja«, sagte sie. »Aber ich denke nicht ständig an ihn. Nicht … wenn wir das hier machen.«

Er schloss kurz die Augen, als sie seinen Schwanz in die Hand nahm, aber dann sah er wieder in ihre Augen. »Was *ist* das, was wir hier machen?«, fragte er.

»Ich hätte gedacht, das ist offensichtlich.«

Er hielt sie zurück, indem er sie am Handgelenk packte. »Ich denke nicht, dass es völlig offensichtlich ist. Ich denke, du musst es sagen.«

Das von einem zehn Jahre jüngeren Mann, mit einem Körper und einer Ausdauer, die die meisten Männer beschämen würde. Ein Mann, dem seine eigene Macht und Schönheit nicht bewusst zu sein schienen, der ein wenig an einem gebrochenen Herzen litt, der gut zuhören konnte, der zu Gletschern reiste, um mit ihrer endlosen Weite allein sein zu können.

Und dieses Lächeln, das viel zu sympathisch war.

»Ich habe es nur auf deinen Körper abgesehen«, sagte sie. »Ist dir das noch nicht aufgefallen?«

Sie drückte zu, und er stöhnte, also tat sie es wieder.

»Dann tu dir keinen Zwang an«, flüsterte er, legte den Kopf zurück und schloss wieder die Augen.

KAPITEL 31

# Honor

Mit der Hand zu schreiben, war so gut wie unmöglich, also hatte sie sich Lydias Laptop geliehen, um blind zu tippen. Doch die Formulierungen, die sie in Gedanken verfasst hatte, fühlten sich in ihren Fingern falsch an. Wie konnte man einem Mann erklären, dass der Sohn, den er nie gekannt hatte, tot war? Wie konnte man die Jahre des Schweigens erklären, die Jahre des Sehnens?

Honor saß nun schon seit Stunden so da, ohne weiterzukommen. Schließlich erhob sie sich und ging auf der Suche nach einer Tasse Tee in die Küche. Mittlerweile fiel ihr das Gehen leichter. Die Schmerzen waren fast verschwunden, nichts weiter als ein dumpfes Ziehen abends, und sie kam jetzt ohne Stock aus, obwohl sie bei Jo zu Hause aus Gewohnheit herumschlurfte, um nicht über Spielzeug zu stolpern. Sie hatte sich für dieses Haus einen fast genauso guten Plan wie für ihr eigenes zurechtgelegt – wusste, wie viele Schritte es zum Küchentisch waren, wie viele Schritte zum Wasserkocher, wie weit man bis zum Schrank mit den Tassen greifen musste. Nur die verstreut herumliegenden Sachen lagen jeden Tag woanders.

Iris watschelte auf sie zu und schlang die Arme um ihre Beine. Honor legte die Hand auf ihre seidigen Locken. Die Küche war vom Ofen warm und roch nach Vanille und Butter.

»Oma H, du kannst den Löffel ablecken«, sagte Oscar und legte etwas Hölzernes in ihre Hand.

»Ist schon gut, Oscar, du kannst ihn ablecken«, sagte sie. »Über das Löffelablecken bin ich hinaus.«

»Ich bin Oma Hs Gehilfe«, verkündete Oscar. »Weil ich gute Augen habe.«

»Hilfst du Mummy beim Kuchenbacken?«, fragte Honor rasch.

»Zwei Kuchen!«

»Tee, Honor?« Jos Stimme klang aufgesetzt beiläufig. Honor nickte und setzte sich auf ihren Platz am Küchentisch, ließ die Familie um sie herumlaufen – vage Farben und Umrisse, Geräusche und Gerüche, Vanille und Zucker und Marmelade, die heiße Tasse Tee, die vor ihre Hände gestellt wurde.

Es klopfte an der Haustür, und sie wurde gleich geöffnet. »Ich bin's!«, rief Jos Freundin Sara. »Die Kinder sind im Wagen … kann nicht bleiben … kommt schon, Oscar und Iris, wir sind auf dem Weg zum Wildgehege, wir wollen uns die Hirsche anschauen!«

Rascheln an der Tür. Honor fand Sara sympathisch. Sie hatte Temperament und dunkle Haut, was sie von beinahe jedem in der Gegend unterschied. »Tschüss, Oma H!«, rief Oscar, der zu ihr gelaufen kam und ihr einen Kuss auf die Wange drückte. Und dann waren sie fort, und es herrschte wieder Stille.

»Ich muss los, sobald die Kuchen fertig sind.« Jo kehrte wieder in die Küche zurück und griff nach der Rührschüssel. »Und Lydia ist heute zum Lernen in die Bücherei gegangen. Du wirst also das Haus ganz für dich haben.«

»Hast du etwas Nettes vor?« Honor rechnete nicht damit, dass ihr Jo von ihrem Liebhaber erzählen würde, aber sie konnte nicht widerstehen, ein bisschen zu bohren.

»Es ist … der Geburtstag eines Freundes.«

»Es muss ein sehr guter Freund sein, wenn du ihm zwei Kuchen backst.«

»Einer ist für uns. Man kann in diesem Haushalt nicht backen, ohne Oscar etwas abzugeben.«

Honor zögerte, da sie wusste, dass sie kein Recht hatte nachzufragen. »Du bist gestern Nacht wach gewesen.«

»Oh! Du hast mich gehört? Ich hoffe, ich habe dich nicht gestört.«

»Ich war wach. Du bist oft mitten in der Nacht auf.«

»Es tut mir leid. Ich versuche, so leise wie möglich zu sein.« Jo schabte Teig in die Formen. »Ich … Eigentlich habe ich gedacht, dass es allmählich besser wird. Ich muss mir wohl Sorgen wegen heute machen.«

Honor sagte nichts. Sie hatte nicht die Angewohnheit, ihre Schwiegertochter zu Vertraulichkeiten zu ermuntern. Doch Jo wirkte beunruhigt, während sie die Kuchenformen in den Ofen schob und die Schüssel und Löffel abwusch. Honor fragte sich, ob sie nun die Geschichte von Jos Affäre zu hören bekäme, und hoffte sehr, dass es nicht langweilig sein würde. Auch wenn dem Ganzen wahrscheinlich der Nervenkitzel des Verbotenen fehlte, wenn Jo ihm zum Geburtstag einen Kuchen backte.

Jo zog einen Stuhl hervor und setzte sich zu Honor an den Tisch. »Eigentlich«, sagte sie unsicher, »könntest du mitkommen, wenn du möchtest.«

»Mitkommen?«

»Ich … Du wirst vielleicht wütend darüber sein.«

Honor sagte nichts, erinnerte sich aber noch an ihren Zorn, als sie die Küche geputzt hatte.

»Ich besuche Adam Akerele«, sagte Jo.

»Adam?«, fragte Honor, aber sobald sie den Namen aussprach, wusste sie wieder, wer dieser Adam war. »Du meinst doch nicht etwa Adam …« Sie hatte den Namen seit zehn Jahren nicht in den Mund genommen. Sie war sich noch nicht einmal sicher, ob sie es damals getan hatte. Doch sie konnte ihn gedruckt vor sich sehen, hinter ihren Augenlidern, neben Stephens. »Du besuchst *ihn*?«

»Nur an seinem Geburtstag. Er ist oft einsam. Ich bringe ihm immer einen Kuchen vorbei.«

Der Kuchen war nicht für ihren Liebhaber. Er war für Adam Akerele. Honor biss die Zähne zusammen. »Du schuldest dem Mann nicht das Geringste.«

»Nein, das nicht, aber ich mache es gern. Ich glaube, Stephen hätte gewollt, dass ich es tue. Er ist ein ziemlich hilfsbedürftiger junger Mann.«

»Er hat Stephen umgebracht.«

»Stephen ist wegen ihm gestorben. Aber es war nicht Adams Schuld. Er wollte es nicht.«

»Was zählt, ist das Resultat. Nicht die Absicht.«

»Ich finde aber, dass auch die Absicht zählt. Und anfangs war es schwierig, ihn zu besuchen. Aber dann habe ich gesehen, wie verzweifelt er war und wie traurig. Und ich dachte mir: Wofür ist Stephen gestorben, wenn das Leben dieses Mannes auch unglücklich ist?«

»Also besuchst du ihn jedes Jahr, um ihn aufzuheitern? Ist das deine Mission?«

»Ich besuche ihn, weil er Geburtstag hat, und ich finde, dass es gut ist, das Leben zu feiern, solange man es noch hat.«

»Du wirst mir verzeihen, wenn ich finde, dass Adam Akereles Leben das Leben meines Sohns nicht wert war.«

»So funktioniert das nicht, Honor.«

»Ist das eine Rolle, die dir liegt? Die Heilige?«

Jo stand auf. »Es ist überhaupt keine Rolle. Mein Mann ist tot, und es hilft mir dabei, ein bisschen besser damit zurechtzukommen.«

»Wie geht es Lydia damit, dass du diesen Mann besuchst?«

»Ich habe es ihr gegenüber einmal erwähnt, und sie wurde sehr wütend. Genau wie du.«

»Mit gutem Grund, finde ich.«

»Wie du meinst. Ich kann nicht mit dir streiten. Aber es ist zehn Jahre her. Das ist eine lange Zeit, um jemanden zu hassen, der es nicht verdient hat.«

Jo ging aus dem Zimmer, und Honor blieb vor Wut schäumend mit ihrer kalten Tasse Tee am Tisch sitzen.

*Unser Sohn ist tot,* tippte Honor. *Du hast ihn nie kennengelernt, ich habe dir nie gestattet, ihn kennenzulernen, und er ist gestorben, um einen Fremden zu retten. Seine Frau hat bei seiner Beerdigung keine Träne vergossen, und sie backt diesem Fremden jedes Jahr Kuchen, und ich bin so wütend, so wütend, dass er das getan hat, anstatt sich für sein Leben zu entscheiden.*

Honor löschte, was sie geschrieben hatte. Sie hatte sich Stephens Tod selbst schon viele Male in Träumen und auch wach vorgestellt. Manchmal war es Folter und manchmal ein Trost. In ihren Gedanken war Adam Akerele eine undeutliche Gestalt, verwischt wie die Mitte ihres Blickfelds. Er war eine Ursache, ein Grund, ein Mechanismus, ein Fluch.

In der Küche manövrierte Jo einen Kuchen mit Zuckergussschicht in einen Plastikbehälter.

»Na gut«, sagte Honor zu ihr. »Na gut, ich werde mitkommen. Aber erwarte nicht von mir, dass ich etwas zu ihm sage. Ich mag ihn nicht. Aber ich bin neugierig. Ich will sehen, für wen mein Sohn sein Leben weggeschmissen hat.«

Jo schaltete während der Fahrt Radio 4 ein, sodass sich ein Gespräch erübrigte, aber Honor war ohnehin zu sehr in Gedanken versunken, um viel zu sagen. Sie wollte keine Erklärung für den Tod ihres Sohnes finden, denn das würde bedeuten, dass sie ihn akzeptierte. Und sie konnte es nicht akzeptieren, würde es niemals akzeptieren, dass ihr wunderbarer Junge, der noch sein ganzes Leben vor sich hatte, nicht mehr da war. Auch nach zehn Jahren hatten Honors Gefühle für ihren Sohn sich nicht verändert. Sie hatte in ihrem Leben nur selten geliebt, aber wenn sie liebte, dann von ganzem Herzen und für immer.

»Du solltest über Adam Bescheid wissen«, sagte Jo, während sie quer durch die Stadt fuhren. »Ich besuche ihn nur einmal im Jahr. Öfter will er mich nicht sehen. Manchmal geht es ihm besser und manchmal schlechter. Er hat irgendein psychisches Leiden. Ich bin mir nicht sicher, was genau, weil er nicht darüber reden will, aber ich weiß, dass es schlimm ist, wenn er seine Medikamente nicht nimmt.«

*Das ist das Leben, wofür Stephen das seine geopfert hat?*

»Letztes Jahr hatte er eine Arbeit gefunden, also hoffe ich, dass sich die Dinge für ihn positiv entwickelt haben. Er ist nicht sonderlich gut darin, soziale Kontakte zu pflegen.«

»Was bringt dir dieser Besuch?« Honor konnte nicht anders, sie musste die Frage stellen.

»Es geht nicht um einen Heiligenschein. Als ich ihn das erste Mal besucht habe, wollte ich Antworten. Ich wollte wissen, was passiert war. Und er konnte mir ein paar Einzelheiten erzählen, wenn auch nicht genug.« Sie schwieg einen Augenblick. »Ich besuche ihn weiterhin, weil ich eine Verbindung zu Adam spüre. In Stephens letzten Momenten haben sie etwas geteilt. Er ist am Leben, weil mein Ehemann ein guter Mann war. Und dessen bin ich mir gern bewusst.«

Honor runzelte die Stirn. »Ich bin mir nicht sicher, ob ich daran erinnert werden muss.«

»Und außerdem mag ich ihn.« Jo betätigte den Blinker, bog nach links ab und parkte den Wagen vor einem Wohnblock aus gelbem Backstein. »Und er mag meinen Kuchen, was mich natürlich freut.«

Es dauerte eine Weile, bis sie um das Hochhaus zum Eingang kamen. Dort gab es eine Rollstuhlrampe, die sie hinaufgingen. Die Wände des Gebäudes waren mit Graffiti vollgeschmiert – hilflose Kommunikationsversuche von Menschen, die zu viel Zeit totzuschlagen hatten. Jo klingelte und hielt Honor die Tür auf.

Der Hausflur war schmal, und es roch nach Schimmel und Urin. An der vierten Tür vor ihnen hatte jemand mit Tesafilm einen einzelnen grünen Luftballon befestigt. Honors Finger strichen darüber.

»Wie es aussieht, gibt er eine Party«, sagte Jo fröhlich und klopfte. Die Tür wurde von einer Frau geöffnet. Honor erkannte glänzende Reifen an den Ohren und den Teil einer aufwendigen Frisur. »Hi, ich bin Jo, und das hier ist meine Schwiegermutter, Honor Levinson. Wir wollten Adam zum Geburtstag gratulieren.«

»Kommen Sie rein«, sagte die Frau und führte sie durch einen schmalen Flur in ein Zimmer, bei dem es sich vermutlich um das Wohnzimmer handelte. Honor blieb wie angewurzelt in der Tür stehen, als ihr der Duft alten Papiers entgegenschlug. Eine Bibliothek. Sie streckte die Hand aus und ertastete einen Stapel Taschenbücher an der Wand. Überall in ihrem Blickfeld sah sie Bücher. Sie schienen die Wände vollständig einzunehmen, vom Boden bis zur Decke, Bücher über Bücher, übereinandergestapelt. Das Licht in dem Zimmer war gedämpft, und da waren auch andere Gerüche: Speiseöl, Kaffee, etwas Vertrautes, das tief in ihrer Erinnerung nagte.

»Alles Gute zum Geburtstag, Adam!« Jo ging geradewegs auf jemanden zu, der in einem Sessel in der Ecke saß. Sie umarmte ihn und reichte ihm die Kuchendose.

»Mein Lieblingskuchen?«, fragte er sie.

»Natürlich.«

Honor trat ein Stück weiter in den Raum und versuchte, Adam Akerele in den Blick zu nehmen. Soweit sie erkennen konnte, trug er ein blau-weißes Fußballtrikot. Seine Haut glänzte, war dunkel, faltenlos. Honor stand so aufrecht wie möglich, um niemanden zu provozieren, ihr einen Sitzplatz anzubieten.

»Ich hole Teller«, sagte die junge Frau, die sie hereingeführt hatte.

»Das ist meine Freundin, Ellie«, erklärte Adam Jo. »Wir sind seit Oktober zusammen.«

»Das ist super, Adam. Ich freue mich für dich.«

»Sie ist eine gute Frau. Hält es mit mir aus. Wie geht es deinen Kleinen?«

»Prima. Die beiden werden immer größer. Und Lydia macht demnächst ihre GCSE-Prüfungen. Wir sind unglaublich stolz auf sie. Adam, das hier ist meine Schwiegermutter, Dr. Honor Levinson. Sie ist Stephens Mutter.«

Der junge Mann sprang auf. »Oh, wow, Stephens Mum? Oh, wow, bitte setzen Sie sich, setzen Sie sich hierher, Ellie kommt gleich mit dem Kuchen, sie wird auch Tee kochen, oder wäre Ihnen Kaffee lieber?«

»Nein, danke.« Doch Adam hatte Honors Hand mit

seinen beiden gepackt, bevor sie zurückweichen konnte, und schüttelte sie, als wollte er sie abreißen. Seine Hände waren riesig und warm und ein wenig feucht.

»Mum«, sagte Adam, »das ist Stephens Mutter. Die Mutter von Stephen!«

Eine seismische Bewegung in der Zimmerecke, und eine dicke Frau kam auf Honor zu. Sie war nicht so groß wie Honor, aber mindestens dreimal so breit. Honor warf einen Blick auf ihre Haare, geglättet wie Schüreisen, die von ihrem runden Kopf abstanden.

Sie packte Honor und umarmte sie kräftig. Honor gab ein Japsen von sich, als die Frau sie in ihren gewaltigen Busen presste.

»Danke«, dröhnte die Frau in ihrem Ohr. »Danke, ich kann Ihnen nicht genug danken.« Sie lehnte sich zurück, ohne Honor loszulassen, und sah in ihr Gesicht. Sie war ein undeutliches braun, sie war zu nah, um mehr zu erkennen. Honor atmete verblüfft ein, roch Wolle und Anaïs-Anaïs-Parfüm. Das war der Duft, den sie vorhin zusammen mit den Büchern wahrgenommen hatte, der Duft, den sie wiedererkannt hatte. Derselbe Duft, den Stephen ihr zum Geburtstag gekauft hatte, als er *wie alt* war? Elf? Zwölf? Blumig, zu süßlich, zu mädchenhaft für Honor. Sie hatte ihn jeden Tag getragen, bis die Flasche leer war.

»Danke für Ihren Sohn«, sagte Adams Mutter. Die Frau bestand nur aus Weichheit, aus allumfassender Wärme und aus Blumenduft. Einer satten, vollen Stimme. »Danke, dass Sie mir meinen geschenkt haben. Meinen einzigen Sohn. Da sie eine Mutter sind, werden Sie wissen, wie mir zumute ist.«

»Ja«, sagte Honor zu ihrer eigenen Überraschung. »Ich glaube schon.«

Sie sangen Happy Birthday, und jemand legte Musik in den CD-Player, der rundherum von Taschenbüchern ummauert war. Adam tanzte mit allen: Jo, seiner Mutter, der Sozialarbeiterin, die nach ihnen eingetroffen war, sogar mit Honor. Sie saß in einem Sessel, aber er nahm ihre Hände in seine großen feuchten und schunkelte vor und zurück, während er auf sie herablächelte.

Soweit sie wusste, war sie nicht vielen Menschen mit Geistesstörungen begegnet, und sie hatte keine Ahnung, ob dieses Verhalten für Adam normal war oder nicht. Doch als er mit Ellie tanzte, unbeholfen, mit ihren Bewegungen Bücher von den Stapeln fegend, sodass diese sich wie Blütenblätter zu ihren Füßen ansammelten, wirkte er glücklich.

Jo klatschte zur Musik, als wäre es die Geburtstagsfeier eines ihrer eigenen Kinder.

Als sie den Kuchen anschnitten und auf Pappteller verteilten, saß er neben ihr, so nah, dass sie die leisen Essgeräusche aus seinem Mund hören konnte. »Ich denke jeden Tag an Ihren Sohn«, erklärte er ihr.

Sie konnte nicht viel von dem Kuchen essen. Er war zu süß. Sie versuchte, diesen konkreten, physisch anwesenden jungen Mann mit der unklaren Person in Einklang zu bringen, die sie sich immer vorgestellt hatte.

»Er war klug, nicht wahr?«, fragte Adam. »Ich habe später erfahren, dass er Wissenschaftler war.«

»Physiker.«

»Ich habe es an der Art, wie er mit mir geredet hat, gemerkt, dass er klug war.«

»Wie …« Honor schluckte, die Süße klebte ihr in der Kehle.

Allein, und in Träumen, hatte sie spät in der Nacht an

Stephens letzte Worte gedacht. Doch sie waren undeutlich, reine Spekulation, so unklar wie ihr Bild von Adam Akerele. Häufiger war seine Stimme wütend gegen sie erhoben, wie es während ihres letzten Streits der Fall gewesen war.

Vielleicht ließen sich Worte durch andere ersetzen.

»Was hat er zu Ihnen gesagt?«, fragte sie.

Adam sank tiefer in seinen Stuhl. »Ich war auf der Brücke, wollte gerade springen. Ich habe auf einen Zug gewartet, damit er mich überfahren würde. Ich wollte auf Nummer sicher gehen, verstehen Sie? Ich wollte mich wirklich umbringen. Und dann war da dieser Mann in Laufklamotten, der über die Brüstung kletterte. Ich dachte, er wollte auch springen, und ich weiß noch, wie ich dachte: Ist es nicht komisch, dass da zwei Verrückte zur selben Zeit am selben Ort sind?«

Er sprach in der Art eines Menschen, der diese Geschichte schon viele Male erzählt hatte: Vielleicht seine Showeinlage auf Partys. Nein, er musste bei der Therapie darüber gesprochen haben. Und Jo gegenüber.

»Aber dann sagte er mir, ich solle nicht springen. Er fragte mich nach meinem Namen, und er sagte mir, ich solle nicht springen. Also wusste ich, dass er versuchte, mich zu retten. Und dann fragte er mich, ob ich wisse, was die Schwerkraft ist, was dahintersteckt.«

Honor hatte Stephen nie in einem Vorlesungssaal gehört, aber sie hatte gehört, wie er mit Lydia redete, als sie noch klein war. Er war immer geduldig gewesen, sanft, hatte nie mit ihr gesprochen, als wäre sie zu jung für abstrakte Gedankengänge. Sie glaubte, dass Stephen auf die Art mit Adam gesprochen hatte.

»Also sagte ich: ›Na ja, so ungefähr‹, denn in dem Moment machte ich mir eigentlich keine Gedanken über die Schwerkraft oder sonst was, ich war mehr daran interessiert, wann der nächste Zug käme. Und dann hat er mir Folgendes gesagt. Ich werde es nie vergessen. Er sagte mir, Schwerkraft sei die Kraft zwischen zwei Objekten, und dass alles im Universum, egal wie groß oder klein, Schwerkraft besitzt. Dass jedes Teil von irgendeinem anderen Teil angezogen wird.«

Honor schloss die Augen. Im Zimmer um sie herum war es still geworden. Adams Stimme war leise, ein wenig heiser. In ihrem Kopf wurde sie zu Stephens tiefer Stimme, mit dem Hauch eines Nordlondoner Akzents, den er nie ganz abgelegt hatte. Er war immer so gut im Erklären gewesen.

»Sogar Menschen«, sagte Adam.

Sagte Stephen in ihrem Kopf.

»Schwerkraft lässt Sterne brennen und bringt Welten zum Rotieren, aber sie steckt auch in Menschen. Zwei Menschen, die einander nahe sind, üben eine Kraft aufeinander aus, je nach ihrer Entfernung. Je näher sie sich sind, desto stärker ist sie.«

Honors Mund bildete die Worte. Sie drangen als Flüstern aus ihr hervor.

*Je näher sie sich sind, desto stärker ist sie.*

»Und dann«, fuhr Adam fort, »hörte ich hinter uns eine Sirene, und ich habe mich irgendwie umgedreht um nachzusehen, und dann habe ich kurzzeitig das Gleichgewicht verloren. Der Vorsprung war ziemlich schmal. Und er streckte die Hand aus, um mich zu halten, aber wir standen nicht so nah beieinander, nicht nahe genug, um uns berühren zu können. Bloß nahe genug, um zu reden. Und ich sah ihn noch nicht einmal ausrutschen, ich sah nur seinen Arm und sein Gesicht. Ich streckte die Hand aus, um ihn zu packen, aber ich erreichte ihn nicht. Ich war nicht schnell genug. Ich weiß nur noch, wie er mir ins Gesicht sah. Es wirkte wie eine echt lange Zeit, aber es kann noch nicht einmal eine Sekunde gewesen sein. Wir sahen uns nur an. Als … als würden wir uns kennen. Als würden wir verstehen.«

Adam verlagerte das Gewicht. Sie hörte den Stuhl unter ihm ächzen.

»Und dann fiel er«, sagte Adam.

Auf der Rückfahrt drehte Honor das Buch herum, das Adam ihr vor ihrem Aufbruch in die Hand gedrückt hatte. Es war ihr nur zu vertraut: Palgraves berühmte Sammlung englischer Lyrik – in einer Taschenbuchausgabe, deren Umschlag vom vielen Gebrauch ganz weich war.

»Ich habe nicht damit gerechnet, dass er so jung ist«, sagte sie.

»Er ist sechsundzwanzig. Er war sechzehn, als er zu springen versuchte. Im gleichen Alter wie Lydia jetzt.« Jo schüttelte den Kopf. »Ich habe viele Gründe, dankbar zu sein.«

»Außerdem habe ich nicht damit gerechnet …« Honor fiel es schwer, das richtige Wort zu finden. Mögen traf es nicht. Und auch ihr Mitgefühl für Adam hielt sich in Grenzen. Aber sie empfand etwas für ihn, ein Gefühl, das vielleicht noch keinen Namen hatte.

»Ich wusste nicht, was ich erwarten sollte«, schloss sie.

»Du warst wütend«, sagte Jo. »Vielleicht bist du nicht mehr so wütend?«

»Nein. Nicht wütend. Es ist schwierig, auf jemanden wütend zu sein, der so …« Wieder entzog sich ihr der Ausdruck. Sie meinte etwas wie *real*, aber das war nicht genau genug. »Es ist schwierig, auf jemanden wütend zu sein, der sich so gut an Stephens Worte erinnern kann.«

»Die Schwerkraft«, stimmte Jo zu. »Das habe ich schon länger nicht mehr gehört. Ja. Das ist typisch Stephen, so etwas zu sagen, nicht wahr?«

»Früher hat er immer Steine und Federn und Blätter von der Brücke im Park fallen lassen, in den Teich. Er führte ständig Experimente durch, schon als Kind.«

»Ich bin froh, dass du mitgekommen bist«, sagte Jo.

Honor nickte. Sie war nicht froh. Aber sie war … dankbar?

»Als ich Adam das erste Mal begegnet bin, da war er in keiner so guten Verfassung. Man hatte ihn wegen seines Selbstmordversuchs in eine psychiatrische Klinik eingewiesen. Mir wurde klar, dass Adam tot wäre, wenn Stephen nicht da gewesen wäre. Und das könnte ich niemandem wünschen.«

Honor dachte darüber nach. Es war sehr wahrscheinlich, dass Jo ein besserer Mensch war als sie. So aufrichtig dieser junge Mann auch gewesen war, so dankbar seine Mutter war, welche Verbindung sie auch immer in diesem seltsamen, stickigen, mit Büchern geradezu obsessiv vollgestopften Zimmer empfunden hatte – Honor wusste, wenn man sie vor die Wahl stellen würde, wer leben sollte, Adam Akerele oder Stephen Levinson, dann würde sie nicht Adam Akerele wählen.

Doch sie war nicht vor die Wahl gestellt worden. Sie war vor diese Realität gestellt worden.

War es an der Zeit zu lernen, die Realität zu akzeptieren?

»Als das Krankenhaus angerufen hat«, sagte Jo mit sehr

leiser Stimme, so leise, dass sie über den Motorengeräuschen des Wagens kaum zu hören war, »und ich erfuhr, dass Stephen von einer Brücke gestürzt war, dachte ich zuerst, er wäre gesprungen.«

»Du dachtest, *er* …«

»Er … er litt an Depressionen. Nicht oft, nur manchmal. Er nannte sie seine schwarzen Löcher. Es waren Zeiten, wenn er das Gefühl hatte, aus seinem Leben wäre jegliche Freude gesaugt worden. Und ich konnte dann nichts tun, um ihm zu helfen. Ich musste nur da sein und es mit ihm durchstehen, ihn wissen lassen, dass Lydia und ich da wären, wenn er wieder zurück ins Leben trat. Er sagte, Laufen würde helfen. Und an dem Tag war er laufen gegangen.«

Honor wusste nicht, was sie sagen sollte. Ihr Stephen, der Mensch, den sie besser als jeden anderen kannte. Sie dachte an die langen dunklen Tage zurück, als er noch ein Baby gewesen war. Was er vielleicht mit der Milch, die er aus ihrem Körper gesogen hatte, aufgenommen hatte.

»Er wollte es dir nicht sagen«, fügte Jo hinzu. »Er wollte nicht, dass du dir Sorgen machst. Und die Phasen kamen nicht oft vor, Honor. Die meiste Zeit über ging es ihm gut. Es ging ihm mehr als gut. Wir waren glücklich miteinander.«

Honor dachte an Stephens und Jos Hochzeitstag, im Standesamt in Cambridge. Sie dachte daran, wie sie in der ersten Reihe gesessen und absichtlich die Art ignoriert hatte, wie die beiden sich ansahen. Sich anlächelten. Den Moment, als ihr Sohn seiner Braut den Ring an den Finger gesteckt hatte. Dem Judentum hatte sie lange zuvor den Rücken zugekehrt, aber die standesamtliche Trauung empörte sie dennoch.

Sie dachte an Einladungen, die sie ausgeschlagen hatte, die brennende Eifersucht in ihren Eingeweiden, als Verachtung getarnt. Die Höhe, zu der sie sich aufgeschwungen hatte, um auf ihre Schwiegertochter herabblicken zu können.

Manchmal hatte sie gedacht, Jo würde sie an Pauls Frau Wendy erinnern: hübsch und häuslich und langweilig. Sie hatte die Vorstellung genutzt, um ihre eifersüchtige Abneigung zu rechtfertigen. Doch die Wahrheit war einfacher, und schlimmer: In ihren Augen wäre niemand gut genug für Stephen gewesen.

Ironischerweise sah sie die Dinge jetzt klarer.

»Ich bin nicht sehr nett zu dir gewesen, Jo«, sagte sie.

»Ach Gott.« Jo war offensichtlich betreten. »Das liegt alles so lange zurück.«

Honor lehnte den Kopf an das Autofenster. Sie spürte die Vibrationen des Motors in ihrem Schädel, in ihrer Wirbelsäule, in ihren Hüften.

Seit zehn Jahren hatte Honor geglaubt, dass alles fort wäre, seitdem Stephen, das Zentrum ihrer Schwerkraft, fort war. Sie hatte gewollt, dass die Welt um sie herum zusammenstürzte, verbrannte, wie der Brief mit seinem kalifornischen Poststempel und den Luftpostaufklebern, zu Asche und Staub. Sie hatte geglaubt, die Tragödie wäre, dass die Welt *nicht* zusammengestürzt, *nicht* verbrannt war. Dass sie selbst weitergelebt hatte, nachdem alles, wofür sie gelebt hatte, ausgelöscht, aus dem Mittelpunkt ihres Lebens gerissen worden war, sodass ihr nur noch die Peripherie blieb.

Unglaublicherweise schien es, als käme sie allmählich darüber hinweg. Sie war dabei, andere Arten von Schwerkraft zu entdecken. Spät, aber vielleicht nicht zu spät.

Wieder zurück in Jos Haus, schaltete sie den Laptop an und tippte lange, ohne nachzudenken. Dass sie die Wörter nicht sehen konnte, machte ihr die Sache nur leichter.

KAPITEL 32

# Lydia

Lydias erste Prüfung war Französisch, und es war eigenartig, nachmittags in die Schule zu kommen, zwar in ihrer Uniform, aber ohne all die üblichen Schulsachen – abgesehen von ihrer Federmappe und einer Flasche Wasser –, und draußen vor dem Eingang zur Aula zu warten, während alle anderen Schüler in den übrigen Jahrgängen im Unterricht saßen. Es fühlte sich an, als wäre sie seit einer Ewigkeit nicht mehr in der Schule gewesen, auch wenn es erst eine Woche her war. Eine Woche, in der sie fast ohne Unterbrechung gelernt hatte, die meiste Zeit allein, manchmal mit Avril.

Sie unterhielt sich mit Avril, doch die Unterhaltung kam ihr gekünstelt vor, wenn Avril auch nichts davon zu bemerken schien.

Lydia hatte nicht gedacht, dass sie wegen der Prüfungen ernsthaft nervös sein würde – besonders nicht wegen Französisch –, doch etwas nagte an ihren Eingeweiden, und sie schwitzte unter dem Schulpullover. Mrs. Fowler war in der Nähe des Aula-Eingangs und wies die Schüler an, wo sie im Korridor warten sollten, überprüfte ihre Federmappen und Wasserflaschen und erinnerte alle daran, dass sie vor dem Eintreten ihre Notizen wegwerfen mussten. »Du legst die AS-Prüfung ab?«, fragte Mrs. Fowler Lydia mit einem Blick auf ihr Klemmbrett. »Dann warte bitte bei der Abschlussklasse. Und bitte Ruhe vor dem Prüfungssaal!«

Zuerst war sich Lydia im Französischunterricht als Einzige in Schuluniform albern vorgekommen, aber bis Oktober war sie darüber hinweg gewesen. Doch jetzt, da alle anderen in Jeans und T-Shirts oder Sommerkleidern dastanden, mehrere Meter abseits von den Schülern ihres Jahrgangs, kam sie sich wieder albern vor. Avril hatte nicht Französisch belegt und hatte bis morgen keine Prüfungen, aber Lydia kannte die meisten Schüler, die auf den Prüfungsbeginn warteten, und es war komisch, nicht bei ihnen zu stehen.

Bailey stand auf der anderen Seite des Korridors, eine Flasche Wasser in Händen. Lydia hatte sie seit dem letzten Schultag nicht mehr gesehen. Ihr fiel auf, dass Bailey schwarze Strümpfe trug. Außerdem redete sie leise mit Erin, die tatsächlich einmal nicht die Augen verdrehte oder den Mund verzog. Die beiden wirkten sogar ganz einträchtig.

Bailey freute sich bestimmt. Nichts schien ihr wichtiger zu sein, als bei Erin gut anzukommen.

Genau in dem Moment blickten die beiden auf und sahen, dass Lydia sie beobachtete. Bailey errötete, und auf Erins Gesicht machte sich ein Grinsen breit.

*Viel Glück,* formten Lydias Lippen, und sie lächelte ihnen freundlich zu.

Erin warf ihr als Antwort eine Kusshand zu und kicherte.

Lydia spürte, wie ihr ein kalter Schauer über den Rücken lief.

Ein Kuss? Was hatte das zu bedeuten? Hatte Bailey etwas verraten?

Bailey zog den Kopf ein, und Erin wandte sich an Olivia, die neben ihr stand, und sagte etwas, das Lydia nicht hören konnte.

»Hören Sie bitte zu reden auf!«, rief Mrs. Fowler. »Und die Abschlussklasse kann jetzt die Aula betreten. Denken Sie dran, keine Gespräche, nicht die geringsten Geräusche im Prüfungssaal.«

»Sei nicht nervös«, sagte jemand in der Schlange hinter Lydia, ein Junge aus der Abschlussklasse namens Paolo. »Wird schon schiefgehen. Auch wenn mir scheißübel ist.«

Er lächelte ihr zu, und dann waren sie in dem Saal. Lydia fand den Platz mit ihrem Namensschildchen. Schmierpapier lag bereits dort. Sie sah zu, wie die GCSE-Gruppe der Reihe nach in den Saal kam, ohne dass jemand zu ihr sah. Die anderen konzentrierten sich alle darauf, ihre eigenen Plätze zu finden.

Es hatte nichts zu bedeuten, sagte sie sich. Es war nichts. Es war eine witzig gemeinte Geste von Erin gewesen, um ihr Glück zu wünschen. Lydia saß recht weit vorne im Saal und konnte um sich herum niemanden sehen, den sie kannte. Sie blickte über die Schulter, woraufhin ihr jemand nachdrücklich auf die andere Schulter klopfte.

»Gesicht nach vorne«, sagte Mr. Singh und legte ein Prüfungsheft auf ihren Tisch.

Lydia holte tief Luft und konzentrierte sich darauf, ihren Namen und ihre Matrikelnummer auf das Heft zu schreiben. Versuchte, ihr pochendes Herz zu beruhigen. Versuchte, auf Französisch zu denken. Erin hatte heute wahrscheinlich sechzehn Millionen Kusshände verteilt. Sie war eine große Kusshandverteilerin.

»Sie können jetzt anfangen«, sagte Mr. Singh.

Erin holte sie am Ende des Korridors ein. Sie hatte Olivia und Sophie bei sich, von Bailey keine Spur. »Wie war die A-Level-Prüfung?«

Lydia sackte vor Erleichterung schier zusammen. »Es war okay, glaube ich. Wie war deine?«

»Nicht so gut. Ich glaube, ich hätte einen *Kuss* als Glücksbringer gebrauchen können.«

Sophie kicherte, und Lydia strauchelte beinahe. Erin lächelte, dieses fiese Lächeln, das sie oft aufsetzte.

»*Un baiser*«, sagte Olivia. »Sagt man nicht so beim A-Level? *Très romantique.*«

»Wohin gehst du jetzt?«, fragte Erin sie. »Bist du auf der Suche nach Bailey? Oder Avril?«

»Ich habe noch eine Prüfung«, brachte Lydia hervor.

»Na gut, bis später, Liebling. Küsschen!« Erin wackelte mit den Fingern, und diesmal kicherten sowohl Sophie als auch Olivia.

KAPITEL 33

# Jo

»Hallo, Frau Nachbarin!«

Jo blickte von ihrem Rosenstrauch auf. Marcus stand auf der anderen Seite der Hecke. Ihr Herz tat einen Satz, und sie ließ die Gartenschere sinken.

Oscar kam ihr jedoch zuvor. Er rannte zur Hecke, den Strauß Löwenzahn umklammert, den er gepflückt hatte. »Ich habe Superaugen!«, erklärte er Marcus. »Ich bin ein Superheld!«

»Na, das ist fabelhaft«, sagte Marcus. »Für wen sind die Blumen? Für deine Mummy?«

»Für Lyddie. Sie hat Prüfung.«

Iris tapste hinter ihm her und winkte mit zwei weiteren Löwenzahnblumen, die sie in ihrer pummeligen Faust hielt. »Ich pflück auch!«

»Sie sehen toll aus. Die ersten Prüfungen heute, was?« Marcus sah zu Jo. »Wie ist es gelaufen? Ich habe sie seit den Ferien nicht mehr gesehen.«

»Sie ist noch nicht zu Hause. Wahrscheinlich ist sie mit Avril einen Kaffee trinken gegangen. Ich mache einen Strauß für ihr Zimmer und koche am Abend ihr Lieblingsessen.«

»Und ich helfe«, sagte Oscar.

»Oscar hat es im Moment mit dem Helfen«, sagte Jo. Sie trat näher an die Hecke, so nahe, dass sie Marcus durch die Lücke hätte berühren können, wenn sie es gewagt hätte.

»Er hat schon die ganze Woche Sachen für Honor geholt und getragen. Iris auch, wenn sie kann. Sie sind ihr eine echte Hilfe, und mir auch.«

»Du hast Blütenstaub an der Wange.« Marcus griff über die Hecke und wischte ihn weg. Sein Daumen verharrte ein wenig an ihrem Gesicht. »Sieht wunderhübsch aus.«

Jo hielt ihm die Rosen hin, um ihn daran riechen zu lassen. »Du hast da auch ein bisschen Blütenstaub.« Sie zog einen Gartenhandschuh aus und fuhr ihm mit dem Finger über die Unterlippe. Er berührte ihn mit der Zunge, und sie flüsterte: »Dreist.«

»Ich warte schon seit Tagen darauf, etwas Dreistes zu tun«, erwiderte er im Flüsterton. »Aber jemand hat keine Zeit gehabt.«

»Ich soll ein Blumenmädchen sein«, sagte Oscar.

»Nein«, sagte Jo. »Iris soll ein Blumenmädchen sein. Du wirst ein Page sein. Auf der Hochzeit meines Ex«, fügte sie an Marcus gewandt hinzu. »Seine Verlobte kommt gleich vorbei, um die Maße der Kinder für die Kleidung zu nehmen.«

»Das berühmte Au-pair-Mädchen?«

»Das berühmte Au-pair-Mädchen.«

»Du lässt sie ins Haus?«, fragte er leise.

Sie zuckte mit den Schultern. »Mir bleibt keine andere Wahl. Wir sind ja alle vernünftige, erwachsene Menschen.«

»Ich fände es nicht leicht, in der Situation vernünftig und erwachsen zu sein, muss ich gestehen.«

»Er ist der Vater der beiden, und sie wird ihre Stiefmutter sein.«

»Da spricht wohl mein Beschützerinstinkt.« Er beugte sich über die Hecke und wandte sich an Iris. »Willst du kurz rüberkommen? Ich gebe dir etwas, das du als Blumenmädchen gebrauchen kannst.«

»Nein«, sagte Iris und streckte die Arme nach ihm aus. Er zögerte, offensichtlich nicht sicher, ob er ihrem Wort oder ihrer Geste glauben sollte.

»Sie macht gerade eine Nein-Phase durch«, sagte Jo.

»Nein!«, wiederholte Iris, wedelte ihm mit den Armen zu und hüpfte, um hochgenommen zu werden, bis er begriff und sie über die Hecke in seinen Garten hob.

Oscar hob auch die Arme. »Ich! Ich!«

Marcus hob ihn ebenfalls herüber.

Jo beobachtete, wie ihr Liebhaber ihren Sohn absetzte, ein wenig beunruhigt, weil ihre Kinder so ohne Weiteres mit einem Fremden mitgingen. Andererseits war Marcus kein Fremder, jedenfalls nicht für Jo …

Andererseits war ihre Beziehung mit Marcus nichts, was sie den Kindern erzählen konnte. Sie dachte daran, wie wütend sie gewesen war, als Richard verkündete, dass Tatiana bei ihm einziehen und die Wochenenden mit den Kindern verbringen würde. Wie erniedrigend es war, wie falsch es sich anfühlte, dass ihre Kinder an dieser verbotenen Beziehung teilhatten. Im Grunde war es nicht so anders, ihre Kinder Zeit mit dem Mann verbringen zu lassen, mit dem sie heimlich schlief, oder?

»Wir müssen wahrscheinlich ein bisschen vorsichtig sein«, sagte sie leise.

»Keine Sorge, die Kinder haben nichts von mir zu befürchten, ich musste für meine Arbeit ein Führungszeugnis vorlegen«, sagte er, den Kopf in Richtung der Kinder abgewandt. Zum ersten Mal, seit sie ihn kannte, klang seine Stimme ein klein wenig gereizt.

»Ich habe nicht gemeint …«

»Ich weiß, was du gemeint hast. Sie sind nur eine Minute bei mir …«

Sie verschwanden zu dritt hinter der Hecke, und Jo hörte sie flüstern. Sie warf einen Blick zurück zum Haus, um nachzusehen, ob Honor aus dem Fenster spähte oder Tatiana bereits aufgetaucht war, aber sie sah niemanden. Dann zog sie sich den Handschuh wieder an und entfernte die Dornen von den frühen Rosen, die sie für Lydia abgeschnitten hatte.

Was würden die Leute von ihr denken, wenn sie Bescheid wüssten? Wäre sie wieder das Objekt der Aufmerksamkeit und des Klatsches, diesmal wegen etwas, das sie selbst getan hatte? Sie erinnerte sich noch an jene schrecklichen Tage, nachdem Richard sie verlassen hatte – allein auf dem Spielplatz. Wie verweifelt sie sich bemüht hatte, normal weiterzumachen, auch wenn ihr klar gewesen war, dass jeder über sie redete. Damals hatte man über sie getuschelt: *Arme Frau! Ist von ihrem Mann wegen einer Jüngeren sitzengelassen worden.* Jetzt würde es bestimmt heißen: *So ein Luder, treibt es mit dem jungen Nachbarn – und das vor den Augen ihrer kleinen Kinder.*

In diesem Moment hörte sie Oscar lachen.

»Sch«, hörte sie Marcus. »Wisst ihr noch, was ihr sagen sollt?«

»Nein!«, krähte Iris.

Sie konnte Marcus, der sich hinter dem hohen Teil der Hecke versteckte, nicht sehen, aber sie sah seine Arme, als er ihre kleine Tochter hinüberhob und vorsichtig auf den Boden stellte. Iris hielt einen großen Strauß aus Gartenwicken und Farn in Händen. Sie tapste ein paar feierliche Schritte auf Jo zu und hielt dann ihren Strauß in die Höhe.

»Für Mummy«, sagte sie und legte ihn in Jos Hände.

Oscar wurde ebenfalls herübergehoben. Er trug einen kleinen Veilchenstrauß, zusammen mit seinem Löwenzahn. Statt Iris' Blumenmädchengang nachzuahmen, rannte er auf Jo zu. »Die hier sind für Lydia!«, rief er. »Marcus hat gesagt, ich kann sie haben und Lydia schenken.«

Marcus erschien in der Lücke, Farnreste am Kragen. Jo, die Hände voller Blumen, verscheuchte ihre Gedanken über tuschelnde Nachbarn. »Danke.«

»Du musst sie Lydia nicht geben, wenn du es nicht für angebracht hältst. Ich wäre nicht beleidigt.«

»Ich … ich sage vielleicht, dass Oscar sie gepflückt hat.«

»Und das hat er auch. Aber ich hoffe, du behältst diejenigen von Iris.«

Sie nickte und sog den Duft ein. Von ihren Kindern hatte sie schon tausend Blumensträuße entgegengenommen, Butterblumen und Gänseblümchen und Löwenzahn in Gelb oder als ausgefranster Flaum, aber wann hatte ihr zum letzten Mal ein Mann Blumen geschenkt?

»Es tut mir leid«, sagte sie.

»Es gefällt mir nicht, an den Rand deines Lebens gedrängt zu sein«, erklärte er ihr. »Ich denke eigentlich nicht, dass ich etwas bin, wofür du dich schämen müsstest.«

Da kam Tatiana seitlich ums Haus. »Hallo, meine Lieblinge!«, rief sie den Kindern zu. »Ich bin da!«

»Ist sie das?«, fragte Marcus.

Jo nickte. »Ich muss gehen. Es tut mir leid. Danke für die Blumen.«

»Komm später zu mir. Ich werde hier sein.« Sein Blick huschte zu Tatiana, die an der Hauswand wartete, und wieder zu Jo. »Nach echter Konkurrenz sieht sie mir nicht aus. Dein Ex ist verrückt.«

»Ich simse dir«, murmelte sie und fing Oscar und Iris ein, um sie zurück zum Haus zu treiben.

Tatiana wartete an der Hintertür auf sie. »Oh, Blumen?«, fragte sie Oscar und streckte die Hände aus. »So hübsch!«

»Sie gehören Lyddie«, sagte er und ging auf seinen stämmigen Beinen an ihr vorbei durch die Tür.

»Hallo, Tatiana.« Jo hielt hinter ihr nach Richard Ausschau.

»Ich bin allein hier, Richard ist auf der Arbeit«, sagte Tatiana. »Ich habe geklopft, aber hat keiner aufgemacht«, fuhr sie fort und wies mit der Hand hinter sich.

»Ich bin im Garten gewesen, und Lydia ist nicht da. Ich hätte allerdings gedacht, dass Honor an die Tür geht?« Jo trat ins Haus. Ihre Schwiegermutter saß auf dem Sofa, die Hände gefaltet, und starrte gelassen ins Leere. »Honor, hast du die Tür nicht gehört?«

»Ich habe es für einen Hausierer gehalten«, erwiderte Honor.

Jo warf Honor einen stirnrunzelnden Blick zu, von dem sich diese allerdings nicht beeindrucken ließ. Tatiana schenkte sie ein Schulterzucken. »Möchest du einen Tee? Ein kaltes Getränk?«

»Oh, ich mach das.« Tatiana holte ein Glas aus dem Schrank und füllte es mit kaltem Wasser aus dem Filter im Kühlschrank.

Jo, die Hände voller Blumen, öffnete mit dem Fuß eine Schranktür und spähte hinein. »Wo sind denn nur diese Vasen?«

»Lass mich machen«, sagte Tatiana. Indem sie ihren langen Körper reckte, griff sie in den Schrank über dem Kühlschrank. »Willst du die große?«

»Ähm … eigentlich die große und eine kleine. Bitte.«

Tatiana holte eine Glasvase und eine kleinere aus Porzellan herunter, die aus dem Haus von Jos Mutter stammte. Ohne Jo zu fragen, trug sie sie zur Spüle und füllte sie mit Wasser. Jo sah ihr zu, und auf einmal fiel ihr wieder ein, dass immer Blumensträuße im Haus gewesen waren, als Tatiana bei ihnen wohnte. Sie war immer davon ausgegangen, dass Tatiana sie gekauft hatte, dass es sich um eine nette kleine Geste gehandelt hatte. Und wenn es tatsächlich Geschenke von Richard für Tatiana gewesen waren?

»Die hier sind für Lydia«, sagte Jo und arrangierte die Rosen, die sie geschnitten hatte, zusammen mit Oscars Strauß aus Löwenzahn und Veilchen in der Porzellanvase. »Sie hatte heute ihre ersten Prüfungen.«

»Oh, wie aufregend!« Tatiana holte ein Maßband aus der Tasche ihrer schmalen, cremefarbenen Hose. »Iris, Darling, komm her. Du bekommst ein ganz hübsches Kleid. In Pink und mit Glitzer. Und dafür muss ich messen, wie groß du bist.«

»Nein«, sagte Iris.

»Du magst Pink nicht?« Tatiana warf Jo einen Blick zu. »Ich dachte, sie mag Pink.«

»Sie macht gerade eine …«

»Sind Sie das Au-pair-Mädchen?«

Honors Stimme ließ die beiden erstarren. Sie war durchdringend und gebieterisch. Honor saß immer noch auf dem Sofa und starrte ins Leere. Oscar hatte sich neben sie gesetzt.

»Ich war früher das Au-pair-Mädchen«, sagte Tatiana. »Ich heirate im nächsten Monat Richard. Sind Sie die Großmutter?« Sie ging zu Honor, um ihr die Hand zu reichen.

Honor nahm sie nicht. »*Poshla von otsyuda, blyad, kotoraya spit s chuzhimi muzhyami*«, sagte sie.

Tatiana erbleichte. »Ich …«

Oscar verdrehte sich, um zu ihr aufzublicken. »Warum sprichst du so komisch, Oma?«

Honor drehte den Kopf, um Tatiana direkt anzusehen. Sie hob erwartungsvoll die Augenbrauen.

»*Nu?*«, sagte Honor.

»Ich … ja. Ich meine, nein. Ich meine … ich werde gehen.«

Tatiana stopfte das Maßband, das sie in Händen gehalten hatte, zurück in die Hose und eilte aus dem Haus. Die Tür fiel hinter ihr ins Schloss, und Jo hörte, wie draußen der Motor ihres Wagens ansprang.

»Was hast du zu ihr gesagt?«, fragte Jo mit großen Augen.

»Es war Russisch«, erklärte Honor Oscar, und zu Jo sagte sie: »Ich habe ihr gesagt, sie solle aus dem Haus verschwinden, weil sie eine Ehemänner stehlende Hure ist.«

Jo starrte sie an. Oscar blinzelte.

»Was ist eine Hure?«, fragte er.

Die Tür ging mit einem Knall auf, und Jo fuhr zusammen, weil sie damit rechnete, dass Tatiana zurückkehren und Honor auf Russisch anschreien würde. Doch es war Lydia. Sie warf ihre Tasche neben die Tür und stürzte grußlos auf die Treppe zu.

Jo eilte zu ihr. »Wie waren deine Prüfungen, mein Schatz?«

»Bestens.« Sie trampelte die Treppe hinauf, und Jo hörte ihre Zimmertür knallen.

»Klingt nicht wie bestens«, sagte Honor. Ihre Stimme war vollkommen ruhig.

»Warum hast du das zu Tatiana gesagt?«

»Weil es stimmt, und auch weil es mich wurmt mit anzusehen, wie du so eine Person willkommen heißt und zulässt, dass sie sich hier wie zu Hause fühlt. Du bist viel zu nachgiebig, Jo.«

Jo bebte vor Zorn. »Willst du damit sagen, ich hätte sie hier hereinspazieren und mir meinen Ehemann stehlen lassen?«

»Nein. Seine närrischen Entscheidungen hat er ganz allein getroffen. Ich will damit sagen, dass sie jetzt, nachdem sie es getan hat, sich nicht aufführen sollte, als hätte sie in deinem Haus das Sagen.«

»Na ja, ich ...« Sie dachte daran, dass Tatiana gewusst hatte, wo die Gläser waren und wo die Vasen aufbewahrt wurden. »Ich versuche, nett zu sein.«

»Du nennst es Nettigkeit, ich Unvernunft. Hattest du übrigens nicht auch das Gefühl, dass Lydia etwas durch den Wind ist?«

»Ich gehe nachsehen.« Jo stellte ihre Gartenwicken ins Wasser, griff nach der Porzellanvase mit Lydias Blumen und ging damit nach oben. Aus dem Wohnzimmer hörte sie leise, wie Oscar erneut fragte: »Was ist eine Hure?«

O Gott. Darum würde sie sich später kümmern. Sie klopfte an Lydias Zimmertür. »Schatz? Alles in Ordnung?«

Keine Antwort.

»Waren deine Prüfungen okay?«

Laute Schritte, und die Tür ging knappe zwei Zentimeter weit auf. »Meine Prüfungen waren bestens, mit meinen *Prüfungen* ist alles in Ordnung, keine Sorge. Kann ich vielleicht für fünf Minuten ein wenig Privatsphäre haben?«

»Okay«, sagte Jo. »Aber Oscar hat die hier für dich gepflückt, um dir zu gratulieren.«

Eine Hand kam heraus und nahm die Blumen entgegen. Lydia machte Anstalten, die Tür wieder zu schließen, aber Jo drückte dagegen.

»Ich koche Pollo alla cacciatora«, sagte sie rasch. »Du hast doch morgen früh keine Prüfungen, oder? Möchtest du Avril anrufen und sie fragen, ob sie zum Abendessen kommen möchte, um ein bisschen zu feiern?«

»Avril hatte heute keine Prüfungen.«

»Na, macht ja nichts, sie kann trotzdem kommen.«

»Avril hat einen Freund.«

Jo biss sich auf die Lippe. »Oh. Ich … ich verstehe.«

»Du verstehst gar nichts.«

»Doch, mein Schatz. Ich habe mir schon gedacht, dass sie nicht mehr so oft da gewesen ist. Lydia, mach dir keine Sorgen. Avril ist niemand, der vergisst, wer ihre Freundinnen sind.«

»Ach ja?«

»Ja«, erwiderte Jo voller Überzeugung. »Sie ist ein nettes Mädchen, und ihr seid schon seit einer Ewigkeit unzertrennlich. Es muss sich komisch anfühlen, wenn sie plötzlich einen festen Freund hat. Aber ihr könnt immer noch Spaß zusammen haben, ihr zwei.«

»Ach ja?«

»Natürlich! Warum rufst du sie nicht einfach an und fragst, ob sie Zeit hat? Sie braucht wahrscheinlich auch eine Lernpause. Du solltest auch nicht die ganze Zeit arbeiten, mein Schatz. Ab und zu musst du auch ein bisschen Spaß haben.«

»Ein bisschen Spaß haben?« Lydias Gesicht wurde zur Hälfte von der Tür abgeschnitten, aber sie betrachtete Jo ungläubig. »Du hältst das hier für Spaß? Du denkst, *irgendetwas* daran würde *Spaß* machen?«

»Ich verstehe, dass es sehr stressig ist, aber es ist erst der Anfang. Du hast noch wochenlang Prüfungen vor dir. Sei nicht so streng mit dir, Liebling.«

»Ich werde nicht mehr so streng mit mir sein, wenn du aufhörst, mir in den Ohren zu liegen, dass ich Spaß haben soll!«

Lydia knallte die Tür zu. Angesichts der Tatsache, dass die Tür nur ein paar Zentimeter weit geöffnet gewesen war, war der Knall erstaunlich laut. Jo betrachtete die Tür ein paar Augenblicke, stieß dann einen Seufzer aus und ging wieder nach unten, um Marcus eine SMS zu schicken – und sich außerdem eine harmlose Bedeutung für das Wort »Hure« einfallen zu lassen.

KAPITEL 34

# *Lydia*

Mum war lächerlich. Wie konnte sie denken, dass alles seine positive Seite hatte? Wie konnte sie denken, alles lasse sich lösen, indem man jemandem sein Lieblingsessen kochte? Bot ihr Mitleid und Schulterklopfen an, als wäre sie fünf Jahre alt, leeres Gerede, dass Avril und sie immer noch schöne Zeiten miteinander verbringen könnten, obwohl sie keinen blassen Schimmer hatte, was Lydia für Avril empfand?

Lydia war sich darüber im Klaren, dass sie ungerecht war. Ihre Mutter wusste nicht, was sie für Avril empfand, weil sie es ihr nicht gesagt hatte. Aber es hatte etwas Befreiendes, ihrer Mutter gegenüber so harsch zu sein . Es lenkte sie ab von den Sorgen, die sie sich machte, nach den widerwärtigen Andeutungen ihrer Freundinnen. Abgesehen davon hatte sie ihr Handy während ihrer Prüfung zu Hause gelassen, und sie musste nachsehen, ob Avril angerufen hatte. Auf dem Heimweg hatte sie sich bereits Szenarien ausgemalt, in denen Erin Avril anrief und ihr erzählte, dass Lydia Bailey geküsst hatte. Sie hatte sich Erins boshaftes Grinsen vorgestellt und Avrils entsetzen Blick. Sie versuchte sich zurechtzulegen, wie sie es erklären sollte, ob sie Bailey die Schuld geben konnte – was gemein war, aber schließlich war Bailey diejenige gewesen, die getratscht hatte, nicht wahr? Oder sollte sie sich eine andere Geschichte einfallen lassen? Dass sie eine Filmszene nachgespielt hätten? Dass sie bloß Lippenstift aufgetragen hätte? Und sie war ausgerutscht, und ihre Lippen hätten Baileys berührt?

Sie war nicht gut im Lügen. Sie würde die Wahrheit sagen müssen.

Sie hätte vor einer Ewigkeit die Wahrheit sagen sollen, dann hätte sie jetzt keine Probleme. Hätte von Anfang an die Wahrheit sagen sollen. Hätte Avril nicht so zu Leibe rücken dürfen. Hätte sich die verstohlenen Berührungen und Blicke verbieten sollen, die alle kostbar waren und die alle auf einer Lüge basierten.

Lydia war übel, als sie ihr Handy vom Bett aufhob. Doch es gab keine verpassten Anrufe oder Nachrichten. Avril wusste also nicht Bescheid. Erleichtert sackte sie auf dem Bett zusammen. Sie würde es ihr trotzdem sagen müssen. Aber sie konnte es auf ihre eigene Art tun. Sie würde sagen, dass sie einsam sei und herumexperimentiert habe. Sie würde sagen, dass sie eine Weile den Verdacht gehabt hätte. Sie würde sagen, sie hätte Avril gegenüber nie irgendwelche intimen Gefühle gehegt. Natürlich nicht. Sie wären bloß beste Freundinnen.

Es würde schrecklich sein. Es wäre eine weitere Lüge. Aber wenigstens könnte alles weiterlaufen, so wie sonst. Vielleicht sogar besser.

Ihr Telefon piepte, und sie sah aufs Display. Da waren über fünfzig Facebook-Benachrichtigungen. Während sie hinsah, wurden es zweiundfünfzig.

Ihre Hände wurden kalt. Sie klickte auf ihr Profil. Das Erste, was sie sah, war ein Kommentar von Darren Raymond.

*Hey LL, wie ich höre bist du jetzt Lesbe. Weißt du deshalb wie Muschi schmeckt?*

Darren Raymond. Dummer Witz. Dem Typ schenkte keiner auch nur die geringste Aufmerksamkeit. Aber sein Posting hatte jede Menge Kommentare ausgelöst.

*OMG echt? Das erklärt einiges.*

*Ich hab mir immer gedacht, dass da was zwischen ihr und A läuft.*

*Fuck. Ich hatte keine Ahnung! Sie ist bei mir in Leichtathletik, ich ziehe mich dauernd vor ihr um. Das ist widerlich.*

»Widerlich?«, spuckte Lydia aus. »Das einzig Widerliche ist dein dicker Hintern, Becky.«

Sie wollte nicht nach unten scrollen – zweiundfünfzig Benachrichtigungen, jetzt dreiundfünfzig –, aber sie tat es. Es gab Bilder. Jemand hatte das Bild von ihr und Avril auf Monicas Party gepostet, die Arme gegenseitig um die Schultern gelegt, Cider-Dosen in den Händen, die Zungen Richtung Kamera herausgestreckt. Aus Lydias Kopf kam eine Sprechblase.

*Nette Titten.*

Lydia scrollte weiter, sie konnte nichts dagegen tun, ließ die Boshaftigkeit und die manipulierten Fotos auf sich wirken, die fröhliche Empörung und hysterische Abscheu.

*Ist mir egal ob Leute schwul sind, das hier ist schließlich das 21. Jahrhundert, aber sie sollten es sagen und uns nicht denken lassen, sie wären normale Menschen.*

*Leute, glaubt ihr, sie hat die ganze Zeit schon was mit Avril laufen, das ist heiß!*

Sie las jeden einzelnen Kommentar. Jeden einzelnen, bloß dass immer mehr hinzukamen. Dann ließ sie das Handy aufs Bett fallen und stand da, starrte es an, als wäre es das Problem, als wäre es eine giftige Schlange, und als überlegte sie, wie man sie unschädlich machen könne.

Sie wusste, wie das Internet funktionierte. Sie konnte

auf keine Art antworten, ohne es schlimmer zu machen. Sie musste Avril treffen. Aber konnte sie das jetzt noch tun? Sollte sie es überhaupt? Avril war in den Kommentaren immer wieder erwähnt worden. Sie hatte noch nichts dazu gesagt. Vielleicht lag es am Schock oder daran, dass sie Lydia gegenüber loyal war. Andererseits hatte sie aber auch nicht bei Lydia angerufen.

Vielleicht war sie zu sehr damit beschäftigt, mit Harry rumzuknutschen. Zum ersten Mal wünschte Lydia sich inständig, Avril wäre irgendwo in einem Park, versteckt hinter einem Busch, und würde mit Harry Carter rumfummeln. Sie griff wieder nach ihrem Handy und rief bei ihr an, aber da war nur die Mailbox. »Ruf mich sofort an, okay?«, sagte sie. »Schau nicht ins Internet, ruf einfach an.«

Sie schickte zur Sicherheit auch noch eine SMS und stellte sich dann Avril vor, wie sie nicht mit Harry rumknutschte, sondern stattdessen mit ihm dasaß und auf ihrem Handy las. Dass sie nicht ans Telefon ging, weil sie zu angeekelt war. Dass sie Harry davon erzählte, wie häufig sie sich vor Lydia umgezogen hatte und wie häufig sie sich ein Bett geteilt hatten, das eine Mal, als sie Mitternacht nackt zusammen in einem Hotel-Swimmingpool geschwommen waren, wie sie sich regelmäßig Kleidung ausgeborgt hatten, einschließlich BHs und Unterhosen.

Sie steckte das Handy in die Gesäßtasche und lief wieder aus dem Haus. Sie musste Avril persönlich sprechen.

Lydia überquerte die Straße vor einem Auto und hörte nur dumpf das Kreischen der Bremsen und das Gehupe. Bei Avrils Wohnblock angelangt, drückte sie auf die Klingel, bis der Türöffner summte.

Die Wohnungstür war angelehnt, und Lydia klopfte und trat ein. »Avril?« Mrs. Toller saß auf dem Sofa, Fernbedienung in der Hand. Sie trug immer noch ihre Arbeitsuniform, oder vielleicht würde sie erst noch zur Arbeit gehen. »Hi, Mrs. Toller. Ist Avril da?«

Avrils Mum sah zu ihr hoch. »Sie hat gesagt, sie würde den Nachmittag bei dir zu Hause lernen.«

»Oh. Ich … Ja, sie hatte noch ein Buch vergessen, deswegen dachte ich, sie wäre vielleicht hier. Vielleicht hat sie es in der Schule liegen lassen.«

»Habt ihr nicht Prüfungen? Ihr solltet euch nicht so viel in der Stadt rumtreiben!«

»Bloß eine Pause. Wahrscheinlich treffe ich sie gleich auf dem Heimweg. Danke, bis dann!«

Lydia sah im Park und in der Einkaufszone nach. Sie sah an der Stelle am Fluss nach, wo sie manchmal hingingen, auf dem Spielplatz hinter Avrils Siedlung. Bei Starbucks erspähte sie eine Gruppe von Schülern in blauen Uniformen, und sie ging rasch wieder, bevor jemand von ihrer Schule auf sie aufmerksam wurde. Sie sah erneut auf ihrem Handy nach. Da waren keine neuen SMS, aber es gab achtundzwanzig neue Facebook-Benachrichtigungen, und sie hatte neun neue Snapchats. Sie sah sich nichts davon an.

Ihre Füße trugen sie widerwillig zurück nach Hause. Sie war nicht blöd, sie wusste, was sie zu tun hatte. Sie musste ihre Facebook-Seite schließen, Snapchat löschen. Nein, sie musste sie behalten, um Beweise zu haben. Aber Beweise wofür?

Sie musste es ihrer Mum sagen.

Der Gedanke erleichterte sie ein wenig. Sie würde es Mum sagen. Und Mum wäre vielleicht empört, aber sie wäre auf ihrer Seite. Mum würde ihr helfen zu überlegen, was zu tun wäre.

Im Haus war Oma H mit Oscar und Iris auf dem Sofa.

Oscar tat so, als läse er ihnen ein Buch vor. »Alles in Ordnung, Lydia?«, fragte Honor, ohne aufzusehen.

Oma H könnte sie es auch sagen. Oma H würde die Meute, die ihrer Enkelin zusetzte, in Bausch und Bogen verdammen. Sie konnte natürlich auch nichts machen – Lydia war sich noch nicht einmal sicher, ob Oma H wusste, was Facebook war –, aber sie würde ihr leidenschaftlich beistehen.

Wenn Lydia es Oma H und Mum erzählte, könnte sie zu Hause endlich aufrichtig sein. Das wäre immerhin ein Anfang. Nicht immer auf der Hut sein, sich nicht immer hinter einer Maske verbergen.

Sie versuchte, es sich vorzustellen – so viel Aufrichtigkeit und Ehrlichkeit.

»Wo ist Mum?«

»Ich glaube, sie ist im Garten.«

Lydia nickte und ging auf die Hintertür zu. Sie wusste, was sie tun würde. Sie würde ihre Mum finden, wahrscheinlich beim Jäten, die Hände in Handschuhen und voller Erde. Sie würde sich neben sie knien, und sie würde sie umarmen, und ihre Mutter würde sie in die Arme schließen. Genau wie sie es getan hatte, als sie noch ein kleines Mädchen war, als Lydia glaubte, ihre Mum könnte alles gutmachen. Sie würde ihr alles erzählen, draußen im Garten bei den Rosen. Ihre Mutter würde Lydia ihre ganze Aufmerksamkeit schenken, so wie früher. Zu der Zeit, bevor sie Richard geheiratet hatte, wenn sie über ihren Vater redeten, als es sich angefühlt hatte, als wären es nur sie beide gegen den Rest der Welt, als es sich angefühlt hatte, als würde es immer so sein. Doch so war es nicht gewesen. Ihre Mum hatte sich stattdessen für Richard entschieden. Aber vielleicht könnte es diesmal so sein.

Lydia hatte sich alles im Kopf zurechtgelegt, als sie durch die Hintertür auf den Rasen trat. Und dann blieb sie stehen, weil ihre Mutter nicht beim Rosenstrauch war. Sie war an der hinteren Hecke, bei dem Teil, der Lücken hatte, mit einem Mann. Sie standen dicht beieinander und redeten. Seine Hand war an ihrem Ellbogen, ihre lag auf seiner Schulter.

Der Mann war Mr. Graham. Aus der Schule.

Vor ihren Augen beugte Mr. Graham den Kopf und küsste ihre Mutter auf die Lippen. Mum schlang die Arme um seinen Hals, und er zog sie enger an sich.

Zum ersten Mal stieg ein Schluchzen in Lydias Kehle empor. Sie unterdrückte es, drehte sich um und lief los. Nicht ins Haus. Sondern um die Seite und wieder die Straße entlang, in die entgegengesetzte Richtung. Innerhalb von zehn Minuten hämmerte sie an Baileys Tür.

Bailey öffnete. Sobald sie Lydia erblickte, sah sie nach unten und zur Seite, ein verschämtes Grinsen im Gesicht.

»Warum hast du es ihnen erzählt?« Lydia war außer Atem, was mehr an ihren Gefühlen als am schnellen Laufen lag.

Bailey antwortete nicht. Sie sah nur weiter zur Seite. Sie trug Eyeliner.

»Wem hast du es zuerst erzählt? Erin? Und dann den anderen? Warum? Wolltest du Freundschaften schließen? Ist es das? Du hast ihnen ein kleines, schmutziges Geheimnis über mich angeboten, damit sie dich mögen?«

»Ich begreife nicht, warum du dich so aufregst«, sagte Bailey. »Ich bin *nicht* diejenige, die ein Geheimnis daraus gemacht hat, wer ich wirklich bin.«

»Ich habe versucht, dir zu helfen! Ich bin für dich eingetreten. Ich war nett zu dir, als es sonst keiner war.«

»Ja, klar, weil du über mich *herfallen* wolltest. In meinem eigenen *Schlafzimmer*. Es ist widerlich.«

»Weil du mir leidgetan hast.«

»Weil du mich für so pervers wie dich gehalten hast, und du gedacht hast, ich würde niemanden kennen und deshalb auch für dich lügen.« Jetzt sah Bailey Lydia in die Augen, und ihr Gesicht war verzerrt und rosa vor selbstgefälligem Ekel. »Ich habe nur die Wahrheit gesagt. Wenn du jetzt mit den Konsequenzen leben musst, ist das deine eigene Schuld. Nicht mein Problem.«

»Aber Darren Raymond. Becky Alderman. Jeder weiß Bescheid. Du hast es *allen* erzählt. All die schmutzigen Dinge, die sie dir nachgesagt haben, und jetzt sagen sie sie über mich. Ist dir das völlig gleichgültig?« Sie streckte die Hand nach Bailey aus, ohne recht zu wissen, ob sie sie packen oder schütteln oder schlagen wollte, irgendetwas, um Bailey daran zu erinnern, dass sie real war, dass sie ein Mensch war.

Bailey zuckte zurück. »Rühr mich nicht an!«, schrie sie. »Rühr mich nicht an, ich will das nicht!«

Sie schlug Lydia die Tür vor der Nase zu.

KAPITEL 35

# Lydia

Am nächsten Morgen standen sie mit feixenden Gesichtern vor dem Schulgebäude. Eine Mauer aus blauen Pullovern, grauen Röcken und Hosen, saßen, standen in Grüppchen, lehnten an der Wand. Sämtliche Elftklässler legten die Englischprüfung ab. Lydia ging allein durchs Schultor – sie hielt sich bewusst aufrecht, das Kinn hochgereckt.

Sie hatte ihrer Mutter gesimst, hatte sich ein Abendessen bei Avril ausgedacht, war stundenlang bis zur Dunkelheit durch die Straßen der toten Dichter gelaufen, während sich ihre Gedanken im Kreis drehten und nicht zum Stillstand kamen. Sie hatte es noch einmal bei Avril zu Hause versucht, aber sie war nicht da gewesen. Alle paar Sekunden piepte ihr Handy mit einer neuen Facebook-Benachrichtigung, bis sie es ausschaltete und nach Hause ging, direkt die Treppe nach oben in ihr Zimmer, wo sie nicht schlief, sondern sich vorstellte, was die Leute über sie redeten.

Und dort waren sie jetzt, vor der Schule, und warteten auf ihre Prüfung am Vormittag.

Ihr Blick ging sofort zu Avril – wie immer. Sie stand bei Harry. Sein Arm lag um ihre Schultern. Aber sie sahen Lydia an, wie alle anderen sie ansahen. Sie spürte das Gewicht unzähliger Augenpaare.

Sie konnte die Maske nicht weiter aufbehalten. Nach Jahren war sie ihr nun abhandengekommen. Auf dem Weg hierher, während ihr schwindlig war, weil sie weder gegessen noch geschlafen hatte, hatte sie geglaubt, sie könnte es vielleicht durchziehen. Unbeschwert sein, beiläufig, ganz *»Oh, du hast es nicht gewusst?«*. Das war die beste Methode. Sie wusste, dass es die beste Methode war.

Stattdessen starrte sie in dem sie umgebenden Schweigen Avril an und wusste, dass der Hunger in ihrem eigenen Gesicht so nackt und bloß war, dass ihn jeder sehen konnte.

Jemand kicherte. Es war das Geräusch von über hundert Facebook-Einträgen und Kommentaren und SMS-Nachrichten und Bildern, das Geräusch von all dem Getuschel, elektronisch oder real.

»Lyddie die Lesbe«, sagte jemand, wahrscheinlich Darren Raymond, aber sie war zu sehr damit beschäftigt, Avril anzusehen, zu versuchen, Avrils Miene zu deuten, um hinzuhören.

»Halt's Maul«, sagte Avril und duckte sich unter Harrys Arm weg. Sie kam auf Lydia zu. »Lyds, wir müssen reden.«

»Können wir zuschauen?«, rief jemand, und es wurde gelacht.

Avril drehte sich zu der Menge um und zeigte ihnen den Mittelfinger.

»Mach schon, gib ihr einen Kuss!«

Lydia war erstarrt, ihr war gleichzeitig heiß und kalt, ihr Mund war trocken. Avril stemmte die Hände in die Hüften.

»Haltet verflucht noch mal euer Maul«, befahl Avril den anderen. »Es ist ein dummes Gerücht. Sie ist meine beste Freundin, ich würde es wohl wissen, wenn sie lesbisch wäre.« Sie drehte sich zu Lydia um. »Stimmt's, Lyds? Wenn du lesbisch wärst, würdest du es mir sagen.«

Avril war großartig in ihrem Zorn. Ihre Augen blitzten, und sie hatte den Kopf schräg gelegt, voller Aufsässigkeit, voller Trotz. *Wir beide gegen den Rest der Welt*, sagte ihre Haltung. Es waren immer sie beide gegen den Rest der Welt gewesen.

»Du würdest es mir sagen«, wiederholte Avril. »Ich würde es wissen. Stimmt's? Sag es ihnen.«

Lydia brachte keinen Ton heraus.

Jetzt lachte niemand mehr höhnisch. Niemand sagte etwas. Sie sahen gebannt zu. Jeder Einzelne in ihrem Jahrgang, Leute, mit denen sie gelacht, gelernt, zu Mittag gegessen hatte, wartete darauf, dass sie etwas sagte. Ihr lagen Wörter auf der Zunge, aber sie brachte sie nicht heraus. Sie lagen dort unbeweglich wie Steine.

Lydia sah den genauen Moment, in dem Avril die Wahrheit realisierte, weil ihr die Farbe aus dem Gesicht wich. Für den Bruchteil einer Sekunde glaubte Lydia, sie würde in Ohnmacht fallen. Sie streckte die Hand nach ihr aus, um sie aufzufangen oder ihr zu helfen, und Avril wich schnell zurück. Sie wich zurück, so, wie Bailey zurückgewichen war. Da war ein Geräusch, wie ein kollektives Einatmen der Menge, und die anderen Schüler kamen näher, umringten die beiden.

»Du bist es«, flüsterte Avril. »O mein Gott, es stimmt.«

Leute stießen sich mit den Ellbogen an. Geflüster. Jemand lachte.

»Ich konnte nicht … Ich wollte …« Lydia wusste selbst nicht, was sie sagte. »Es ist unwichtig.«

»Du hast mich *belogen*. Die ganze Zeit über hast du mich angelogen.«

»Hab ich nicht … Es war kein Lügen, ich …«

»Es war Lügen. Du hast es mir nie gesagt. Ich habe dir in jeder Hinsicht vertraut, ich habe dir *alles* gesagt, und du hast es mir nie gesagt. Nie.«

In Avrils Augen waren Tränen.

»Avril, ich …«

Sie schüttelte den Kopf. »Ich dachte, du wärst meine beste Freundin.«

»Das bin ich.«

»Du hast versprochen, mich nie anzulügen, Lydia! *Du hast es versprochen!* Wobei hast du mich noch belogen?«

*Ich liebe dich.*

Der Kreis um sie herum, eng und dicht.

»Bei nichts«, sagte Lydia. »Ich schwöre es dir, bei nichts.«

»Damit komme ich nicht klar. Ich habe das Gefühl, dich überhaupt nicht zu kennen.«

Avril sah genauso aus wie bei der Gelegenheit, als Lydia ihr geholfen hatte, ihre Mutter vom Badezimmerboden aufzuheben. Krank und verängstigt und erschöpft, unvergossene Tränen in den Augen.

»Avril«, sagte Lydia verzweifelt.

»Mädchen!« Madame Fournier, die Französischlehrerin, drängte sich in den Kreis. Sie machte hektische Bewegungen mit ihren kleinen Händen. »Was macht ihr denn? Die Prüfung fängt an, es ist Zeit hineinzugehen. Geht auf eure Plätze.«

Die Menge zersteute sich sofort. Avril drehte Lydia den Rücken zu und eilte zu ihrem Platz in der Schlange zurück. Lydia sah ihr nach. Sie sah, wie die anderen Schüler zurückwichen und einen großen Bogen um sie machten. Avril sah nicht in Lydias Richtung.

»Geh schon, du kommst noch zu spät«, sagte Madame Fournier zu Lydia. »Grundkurs hinten, Leistungskurs vorne. Du bist im Leistungskurs, nicht wahr? Es ist wichtig, dass wir die Prüfungen in aller Ordnung anfangen. Still jetzt, schnell. Was ist los mit dir, hast du mich nicht gehört? Schnell!«

Wie war es möglich, dass sie immer noch ihre Federmappe hielt, ihre Wasserflasche? Lydia ging zu ihrem Platz in der Schlange, zwischen Marie Lavelle und Zachary Linton. Beide traten rasch beiseite, sodass sich zwischen ihnen eine riesige Lücke bildete. Lydia sah auf ihre Schuhe und spürte die Blicke aller auf sich.

»Okay, wir gehen jetzt hinein«, verkündete Madame Fournier. »Still jetzt.«

Lydias Gesicht glühte, und ihr Kopf war so schwer, dass sie ihn kaum heben konnte. Inmitten des Schweigens spürte sie, wie die anderen sie beobachteten, hörte sie atmen. Sie konnte beinahe die Gedanken spüren, die in der Luft herumschwirrten, die Bedeutung, die mitschwang, wenn gehustet oder geraschelt wurde. Sie schlurfte mit den anderen vorwärts, Reihe um Reihe, zu ihrem Platz mit ihrem Namen und ihrer Nummer und ihrem Prüfungsheft, bündelweise liniertes Papier, das auf Antworten wartete.

Ihr Tisch befand sich fast ganz vorne. Vor ihr in der Reihe waren nur zwei Leute, aber sie spürte die Blicke jedes Einzelnen hinter ihr. Die anderen konnten sie eingehend mustern und sie als mangelhaft, verkehrt, falsch einstufen. Sie holte einen Bleistift heraus, einen Füller, einen Textmarker, und ihr fiel auf, dass ihre Hände zitterten und feucht waren.

Ein Prüfungsbogen landete auf ihrem Tisch. Sie blickte auf und sah Mr. Graham, und Kälte durchzuckte sie. Er lächelte sie an und ging weiter, um weitere Prüfungsbögen zu verteilen.

»Ihr dürft anfangen«, erklang eine Stimme, und Lydia öffnete ihren Bogen. Er war voller Wörter, schwarze Formen auf weißem Untergrund.

*Die ganze Zeit über hast du mich angelogen?*

*Ich dachte, du wärst meine beste Freundin.*

Hinter ihr das Kratzen von Kugelschreibern auf Papier. Jemand räusperte sich. Jemand öffnete eine Wasserflasche. Eine Seite wurde umgeblättert, dann noch eine. Sie sah ihre Hände auf dem Tisch, als würden sie einer anderen gehören. Schuhe mit Gummisohlen gingen zwischen den Tischen auf und ab, bildeten einen leisen Rhythmus, verliehen allen Gedanken in diesem geschlossenen und luftlosen Raum Ausdruck. *Lügnerin. Lügnerin. Lesbe. Perverse. Diese Prüfungen werden über deine Zukunft entscheiden. Ich habe das Gefühl, dich überhaupt nicht zu kennen.*

Lydia sprang auf, sodass ihr Stuhl nach hinten gestoßen wurde. Sie taumelte von ihrem Platz, den Gang entlang, durch die Tür und aus dem Gebäude hinaus. In Richtung der Morgensonne, weg von den Gedanken und den starrenden Blicken und Wörtern, irgendwohin, wo sie hinlaufen konnte.

»Lydia!« Eine Stimme hinter ihr, eine Männerstimme, tief und erwachsen. Sie blieb nicht stehen, aber er holte sie ein paar Meter vor dem Gebäude ein. Eine Hand an ihrem Ellbogen.

Mr. Graham. Sie wich vor seiner Berührung zurück.

»Lydia«, sagte er, ein wenig außer Atem, die Brille halb die Nase heruntergerutscht. »Was ist los?«

»Ich muss weg von hier.«

»Bist du krank? Beruhige dich. Sag mir, was los ist. Du kannst eine Pause machen und zurückkommen, es ist okay, es wird schon werden.«

»Es wird nicht werden. Nichts wird werden. Nie mehr.«

Er legte voller Besorgnis und Mitgefühl die Stirn in Falten. Natürlich alles aufgesetzt. »Ich verstehe, dass der Druck groß ist. Aber du schaffst das. Ich habe Vertrauen in dich. Kannst du mir sagen, was los ist?«

All die Nachrichten, all das Gelächter, Avrils Augen, in denen die Tränen standen. Wenn sie es Mr. Graham sagen würde, würde er es ihrer Mutter erzählen. Es ihr bei einem Stelldichein zuflüstern.

»Lydia?«, fragte er. »Bitte, sag mir, was hier vor sich geht.«

»Sie wollen, dass ich *Ihnen* sage, was los ist?«, spuckte sie hervor. »Warum sollten *Sie* es verstehen?«

»Na, ich bin dein Tutor, aber wenn du lieber mit …«

»Und außerdem vögeln Sie meine Mutter.«

Sie hatte es hingeworfen, ohne wirklich daran zu glauben, hatte es nur gesagt, um ihn zu schockieren, zu verletzen, ihn zu vertreiben, damit er sie in Ruhe ließe. Doch wie er so völlig reglos wurde, die Hand am Gesicht, um sich die Brille hochzuschieben, erstarrt, verriet ihr, dass sie recht gehabt hatte. Die Erkenntnis ließ sämtliches Blut aus ihrem Gesicht entweichen, zog ihr den Boden unter den Füßen weg.

»O mein Gott«, keuchte sie. »Sie haben es wirklich getan. Sie haben meine Mutter gevögelt.«

»Lydia. Ich habe nicht … Ich wollte niemals …«

»Sie haben sie *aus Versehen* gevögelt?«

»Bitte beruhige dich.« Er blickte sich rasch um, um nachzusehen, ob jemand sie gehört hatte.

»Das ist alles, was Ihnen wichtig ist. Ihr Geheimnis zu wahren. Ich bin Ihnen nicht wichtig, Ihnen ist gar nichts wichtig – genau wie meiner Mum!«

Ein Teil von ihr, ein Teil, der irgendwie immer noch rational dachte, fragte sich, ob man sie durch die offenen Fenster der Aula hören konnte. Sie standen beinahe genau an derselben Stelle, wo sie eben mit Avril gestanden hatte. Dieselbe Stelle, an der sie vor all den Jahren gestanden hatten, am ersten Tag, als sie zusammen in die Schule gegangen waren.

»Lydia, sag mir, warum du aus der Prüfung gelaufen bist.« Mr. Grahams Stimme war ruhig. Er versuchte, vernünftig mit ihr zu reden. Wenigstens hatte sie dafür gesorgt, dass ihm das Lächeln vergangen war. »Wenn es wegen mir und Jo ist, dann muss das nicht …«

Sie wich zurück, als er den Namen ihrer Mutter aussprach. »Lassen Sie mich in Ruhe. Lassen Sie mich verdammt noch mal in Ruhe!«

Sie wich vor ihm zurück und lief weg, durchs Schultor und die Straße entlang, rannte unbeholfen, beide Hände an die Brust gedrückt, als hätte sie dort ein Hieb getroffen.

# KAPITEL 36

# *Jo*

Es war unglaublich, wie wunderbar friedlich das Haus ohne die Kinder sein konnte. Radio 4 spielte leise auf dem Fensterbrett in der Küche, und Jo konnte draußen eine Amsel singen hören, wahrscheinlich in dem Apfelbaum. Es war warm genug, um alle Türen und Fenster geöffnet zu haben, sodass eine nach Grün duftende Brise durchs Haus strich. Honor war spazieren, und es war Iris' erster Morgen im Kindergarten mit Oscar – ein Versuch, und nur an drei Tagen in der Woche, für zwei Stunden, neun bis elf. Wenn die Kinder bei Richard waren, kam Jo das Haus leer vor, aber zwei Stunden waren ideal. Ihr Geruch lag noch in der Luft, ihre Spiele waren nur unterbrochen. Iris war gern gegangen. Sie hatte nur ein paarmal fröhlich »Nein!« gejauchzt, als sie ihrem Bruder hinterhergetapst war.

Honor hätte vielleicht angeboten, auf die beiden aufzupassen – sie schien eine Bindung zu den Kindern zu entwickeln, was mehr war, als Jo sich je erhofft hatte. Und Honor und Jo schienen sich seit ihrem gemeinsamen Besuch bei Adam besser zu verstehen. Honor war irgendwie sanfter geworden. Sie hatte gesagt: *Ich bin nicht sehr nett zu dir gewesen, Jo.* Und obwohl Jo gedacht hätte, dass es nach all den Jahren der Feindschaft einiges mehr gebraucht hätte, hatte sie festgestellt, dass ein Satz der Entschuldigung, des Bedauerns, durchaus einen großen Unteschied bedeutete.

Doch Honor würde nicht ewig bei ihnen wohnen. Wahrscheinlich sogar nur sehr kurze Zeit. Sie humpelte nicht mehr, und bald schon würde sie wieder gut genug laufen können, um nach Hause zurückzukehren. Außerdem war Jo noch nicht bereit, jemandem, ganz zu schweigen von Honor, zu sagen, was sie mit ihren sechs Stunden Freiheit pro Woche eventuell zu tun gedachte.

Sie saß auf einem Hocker an der Kücheninsel und klappte den Laptop auf, den sie fast nie benutzte, höchstens einmal, um ihren Wocheneinkauf online zu erledigen oder sich Tipps bezüglich der Sauberkeitserziehung zu holen. Die Website der Open University war bereits unter ihren Favoriten.

Sie konnte sich die Studiengebühren nicht leisten, eigentlich konnte sie sich die zusätzlichen Stunden für Iris im Kindergarten auch nicht leisten. Aber sie würde doch gewiss etwas tun können, um das Geld einzusparen: das Auto verkaufen und sich ein günstigeres anschaffen, Supermärkte wechseln, nicht mehr den Trockner benutzen. Da Richard nun heiratete, wäre er vielleicht empfänglicher für den Gedanken, das Haus zu verkaufen, und sie könnte sich etwas Kleineres suchen – vielleicht sogar etwas, das ganz ihr gehören würde, das sie ganz nach ihren Wünschen gestalten könnte. Wo sie ein Regal für ihre Teetassen anbringen könnte.

Jetzt machte sie sich bloß schlau. Sie legte sich auf nichts fest, noch nicht. Sie mussten sehen, wie sich Iris im Kindergarten einlebte, wie Lydias Prüfungen liefen, sie musste ein Budget haben und einen Zeitplan.

Da war etwas an der Art gewesen, wie Marcus sie angesehen hatte, als sie ihm gestanden hatte, dass sie den Uni-Abschluss machen wollte, den sie nie erreicht hatte, vielleicht sogar unterrichten. Er hatte sie angesehen, als würde er es ihr zutrauen. Als wäre sie ein Mensch, dem mehr Möglichkeiten offenstanden, als ihr bewusst war.

Jo klickte durch die Studiengänge, weil sie sich die Studiengebühren noch nicht ansehen wollte, da klingelte ihr Handy. Wie immer durchlief sie ein wohliger Schauer, als sie sah, dass es Marcus war.

»Ich habe gerade an dich gedacht«, ging sie ran. »Ist es nicht riskant, während der Schulzeit anzurufen?«

»Es geht um Lydia«, sagte Marcus, und Jo saß kerzengerade auf ihrem Hocker. »Sie ist mitten in der Prüfung gegangen. Ich dachte, sie wäre krank, also bin ich ihr hinterhergegangen, und sie …« Er senkte die Stimme. »Sie weiß von uns.«

»O nein!« Jo schlug sich die Hand vor den Mund »O Gott, das ist schrecklich.«

Sie überlegte, wie Lydia es herausgefunden haben könnte. Hatte sie sie durch einen nicht ganz zugezogenen Vorhang gesehen? Hatte sie in Jos Handy herumspioniert? Jo hatte gedacht, sie wäre so umsichtig gewesen. Wie viele andere Leute mochten sonst noch Bescheid wissen, während sie die ganze Zeit arglos waren?

»Ja«, sagte Marcus tonlos. »Schrecklich.«

»Ich muss los«, sagte sie. »Ich muss sie finden.«

»In Ordnung«, erwiderte Marus, und sie legte auf.

Sie griff nach ihren Schlüsseln und plante die Route, auf der es am wahrscheinlichsten wäre, dass sie Lydia auf dem Heimweg von der Schule abfing, versuchte sich zurechtzulegen, was sie sagen könnte. Da ging die Tür auf. Doch es war nicht Lydia, es war Honor. Sie ging nicht am Stock, und sie schloss die Tür sorgfältig hinter sich, trat die Füße ab, obwohl es draußen trocken war.

»Hast du Lydia gesehen?«, fragte Jo aufgebracht. »Ist sie an dir vorbeigelaufen?«

»Nein«, sagte Honor. »Hat sie heute Vormittag nicht Prüfung?«

»Ich bin gerade von … von der Schule angerufen worden, und man hat mir gesagt, dass sie weggelaufen ist. Ich muss sie finden.«

Die Tür ging ein zweites Mal auf, und Lydia kam herein. Ihre Haare hatten sich aus dem Gummiband gelöst, ihre Augen hatten rote Ränder.

»Lyddie«, sagte Jo und streckte die Arme aus.

Lydia ging um sie herum, als wäre sie ein Stein, der ihr im Weg lag, und lief auf die Treppe zu.

»Lydia. Was ist los? Bitte sag's mir.«

»Warum ist dir das so wichtig?«

»Ich bin deine Mutter. Natürlich ist es mir wichtig!«

»Nein«, sagte Lydia, ohne sich umzudrehen. »Nein, du hast das Anrecht verloren, mich nach meinen persönlichen Problemen zu fragen, als du dein Versprechen gebrochen hast.«

Sie ging die Treppe hinauf. Jo folgte ihr. »Lydia, so ist es nicht.«

»Wie ist es denn dann? Bist du *verliebt*?« Sie spuckte die Wörter höhnisch aus. »Wolltest du dich an Richard rächen, oder hat es nur deinem Ego geschmeichelt, mit einem jüngeren Mann in die Kiste zu steigen?«

Jo gab sich Mühe, nicht zu streiten oder vor Scham zu vergehen. »Ich bin erwachsen. Ich kann meine eigenen Entscheidungen treffen. Aber reden wir über …«

»*Du hast es mir versprochen!*« Lydia blieb auf der Treppe stehen und drehte sich so schnell um, dass Jo die Hände ausstreckte, weil sie sicher war, dass ihre Tochter fallen würde. Doch Lydia hielt sich am Geländer fest. Ihre Fingerknöchel waren weiß.

»Bist du deswegen aus der Prüfung gegangen?«, fragte Jo.

»Es geht nicht um die Prüfungen, also kannst du aufhören, darauf herumzureiten! Kommt dir denn nie in den Sinn, dass irgendetwas wichtiger sein könnte?«

»Lydia, Schatz …«

»Du widerst mich an«, fauchte Lydia. »Mir wird übel von dir. Du redest von Liebe und wie wunderbar sie ist, und dann machst du so etwas und besudelst sie. Es ist … alles ist schmutzig und verkehrt.«

Das letzte Wort kam mit einem Schluchzen hervor. Lydia rannte die Treppe hinauf, einen Absatz nach dem anderen, ihre Füße stampften auf den Stufen, und dann hörte man die Tür ganz oben im Haus zuknallen.

»O Gott«, sagte Jo wieder, die Hände vor dem Mund. Sie setzte sich auf die Treppe. Ihre Gedanken überschlugen sich. Das Versprechen, das sie ihrer Tochter gegeben und beinahe auf der Stelle gebrochen hatte. Das hier war alles ihre Schuld, weil sie es nicht geschafft hatte, sich zu beherrschen. Lydia hatte es irgendwie herausgefunden, und es hatte sie so aus der Fassung gebracht, dass sie ihre Prüfungen hinschmiss. Ihre Zukunft hinschmiss.

Und die Verachtung in ihren Augen …

»Pardon«, sagte Honor. Jo blinzelte und sah hoch. Honor stand auf der Stufe unter ihr. Sie hatte alles mit angehört. Jo schluckte heiße Scham hinunter.

»Würde es dir etwas ausmachen, mich vorbeizulassen?«, fragte Honor.

»Du kannst doch keine Treppen …«

»Ich habe an dieser Treppe die letzten drei Wochen

geübt. Ich würde gern versuchen, mit meiner Enkeltochter zu reden, schauen, ob ich helfen kann.«

»Es ist meine Schuld«, sagte Jo. Ihre Stimme versagte.

Honor legte Jo eine Hand auf die Schulter. »Predige ich dir nicht ständig, dass du nicht die Verantwortung für die Welt trägst? Du hattest recht. Du bist erwachsen. Allerdings weiß ich nicht, was für ein törichtes Versprechen du Lydia gegeben hast.«

»Sie ist angewidert von mir. Mein kleines Mädchen.«

»Du bist nicht die Einzige in dieser Familie mit Geheimnissen.« Honor stellte den Fuß auf die Stufe, auf der Jo saß, und Jo rutschte zur Seite, um sie vorbeizulassen. Ihre Schwiegermutter ging langsam, aber zielstrebig nach oben, die Hand am Geländer. Jo lauschte auf jeden Schritt und hörte nach einer Weile das energische Klopfen an der Tür ihrer Tochter.

Zwar konnte sie Honors Stimme hören, aber nicht verstehen, was sie sagte. Sie schien eine Weile zu reden. Doch Jo konnte Lydia nicht antworten hören, und die Tür ging nicht auf. Schließlich kam Honor wieder nach unten. »Sie will nicht mit mir reden. Sie sagt, sie will mit niemandem reden. Sie will nur in Ruhe gelassen werden. Vielleicht fühlt sie sich besser, wenn sie sich erst einmal beruhigt hat.«

»Vielleicht sollte ich Avril anrufen. Vielleicht kann sie mit ihr reden.«

»Ist die nicht in ihrer Prüfung?«

Vielleicht würde Marcus wissen, was zu sagen war, dachte Jo, aber sogleich war ihr klar, dass sie sich lächerlich benahm.

Stephen würde es wissen. Stephen und Lydia hatten sich immer so nahe gestanden. Selbst als sie noch ein Kleinkind war, war es ihm gelungen, ihr gut zuzureden und ihre Wutanfälle zu beenden. Jo steckte den Kopf zwischen die Knie und kniff die Augen zusammen, um die Tränen zurückzuhalten.

Wieder Honors Hand auf ihrer Schulter. »Komm, trinken wir erst einmal eine Tasse Tee.«

KAPITEL 37

# Lydia

*Die Nachrichten hören einfach nicht auf. Eine nach der anderen, gnadenlos. Ich sollte nicht nachsehen, ich sollte mein Handy nicht einschalten, aber ich hoffe ständig auf eine Nachricht von Avril. Irgendetwas. Selbst noch weitere zornige Worte wären besser als Schweigen.*

*Aber sie hat keinen Kontakt aufgenommen. Stattdessen sind da die Facebook-Posts, die SMS-Nachrichten, die E-Mails. Ich habe jede einzelne Nachricht gelesen. Ich sollte es nicht tun. Aber ich kann nicht wegschauen. Da sind die Beschimpfungen und der Schmutz, teilweise von Leuten, von denen ich nie auch nur gehört habe, Trolle und Perverse. Aber es gibt auch Unterstützung. Whitney, die noch nie im Leben mit mir geredet hat, scheint fest entschlossen, mich gegen Gott und die Welt zu verteidigen und alle darüber aufzuklären, »was es heißt, schwul zu sein«.*

*Irgendwie ist die Unterstützung sogar noch schlimmer als das obszöne Zeug. Es ist, als wäre ich auf einmal ein Fall, ein Thema, und kein Individuum mehr. Als müsste man verteidigen, was ich getan habe oder wer ich bin. Das alles unterstreicht, dass ich von jetzt an das Mädchen sein werde, das sein Coming-out hatte, indem es das am wenigsten beliebte Mädchen der Schule geküsst hat, das Mädchen, dem das passiert ist. Ich werde ein Etikett sein, ein Problemfall, ein Klischee, jemand, über den die Leute tuscheln, wenn ich im Korridor an ihnen vorübergegangen bin. Mein Name wird ein Kürzel für eine gemobbte Schwule sein. Nichts sonst, was ich je getan oder gefühlt oder gedacht habe, wird von Bedeutung sein.*

*All diese Leute, die mich angesehen haben.*

*Ich werde außerdem die Schülerin sein, die während ihrer Prüfung ausgeflippt ist. Die weggelaufen ist, die deswegen durch Englisch rasseln wird, sodass ich mir die Chance auf ein Studium in Cambridge versaue, das Einzige, was ich je wirklich wollte.*

*Das Einzige – neben Avril.*

*Ich habe sie nicht angerufen. Sie will es nicht. Sie will nichts mit mir zu tun haben. Ich habe den Ekel in ihrem Gesicht gesehen, nicht wegen dem, was ich bin, sondern weil ich sie belogen habe. Ich habe sie belogen. Jeden Tag, jede Minute, seit unserer ersten Begegnung. Ich habe sie belogen, weil ich ein verfluchter Feigling bin und weil ich nicht darauf vertraut habe, dass ihr Herz groß genug wäre, weiter mit mir befreundet zu sein, selbst wenn sie meine Liebe nicht erwidern könnte. Ich entschied mich für einen hoffnungslosen Traum statt für eine reale Freundschaft. Ich habe sie und alles, was ich für sie empfinde, verraten, und ich werde sie nie wieder zurückbekommen. Nie wieder.*

*Deswegen schaue ich mir jede einzelne Nachricht im Internet an: als Buße. Weil ich es verdient habe.*

*Mum und Oma H klopfen immer wieder an meine Tür. Mum hat ein Tablett mit Mittagessen vor die Tür gestellt, und dann, als ich das nicht gegessen habe, hat sie noch eines mit Abendessen hingestellt. Ich konnte das Essen durch die Tür riechen, und mir wurde ganz übel. Mum hat angefangen, mich anzuflehen, ich solle rauskommen, damit wir reden können. Sie hat immer und immer wieder gesagt, wie leid es ihr tut, dass sie mit meinem Lehrer geschlafen hat. Sie denkt, darum geht es bei dem Ganzen, und ich gebe zu, dass es sich gut angefühlt hat, deswegen sauer auf sie zu sein, aber jetzt finde ich es nur noch erbärmlich, niederträchtig und traurig. Wie den Kuss, den ich Bailey gegeben habe, als ich eigentlich Avril küssen wollte.*

*Oma H ist auch hochgekommen. Fünfundvierzig Jahre ist sie*

*nun schon einsam. Sind das meine Aussichten im Leben? Schwach zu sein wie Mum oder allein wie Oma H?*

*Die meiste Zeit sitze ich auf meinem Bett und sehe durch das Dachfenster nach draußen. Beobachte, wie sich die Wolken zusammenziehen und der Regen einsetzt. Er prallt in zerplatzten Kreisen auf die Scheibe. Es ist ein Klischee zu sagen, dass es wie Tränen aussieht.*

*Ich denke viel über Dad nach. Wie sich auch für ihn alles in einem Moment geändert hat. Alles für immer fort.*

*Oscar und Iris sind zu Bett gegangen, und nach weiterem Flehen und Klopfen ist auch Mum schlafen gegangen. Ehrlich gesagt dachte ich, sie würde vor meinem Zimmer zelten, aber schließlich hörte ich sie nach unten gehen, hörte leise das Wasser rauschen. Und dann war alles still, und es war dunkel draußen, und mein Handy gab immer mal minutenlang Ruhe. Es hatte zu regnen aufgehört. Ich machte mein Badezimmerfenster weit auf und sammelte die Papierkraniche zusammen. Sie wogen fast nichts. Ich legte sie in die Badewanne und verbrannte dann mit einem Feuerzeug einen nach dem anderen. Der Rauch stieg aus dem Fenster und verschwand.*

*Ich begriff nicht, warum Oma H den Brief, den sie vor all den Jahren von meinem Großvater erhalten hatte, verbrannte, ohne ihn zu öffnen. Aber jetzt begreife ich es.*

*Ich weiß, was ich tun muss, um dem hier ein Ende zu bereiten.*

KAPITEL 38

# Honor

Das Haus erwachte wie jeden Morgen mit schrillen Stimmen und dem Getrappel kleiner Füße zum Leben. Honor saß auf ihrem Bett, vollständig angezogen. Sie war seit vier Uhr auf, als sie es aufgegeben hatte, schlafen zu wollen. Jedes Mal, wenn sie die Augen schloss, sah sie, worüber Jo mit ihr gesprochen hatte, im Auto, auf dem Rückweg von Adam Akereles Wohnung. Sie hatte es seither jede Nacht gesehen: Stephen, der vor seinen schwarzen Löchern davonlief. Lief und lief in diesen abgenutzten Turnschuhen, den Shorts mit dem sich lösenden Saum. All die Traurigkeit, die er in seinem Körper mit sich herumgetragen hatte, und sie hatte es nie gesehen.

Ein herrisches Hämmern an der Tür, die im nächsten Moment aufging. »Morgen, Oma H!«, rief Oscar, und sie spürte, dass er ihre Hand ergriff. »Frühstück! Mummy sagt, ich darf die Scheiben in den Toaster stecken.«

Sie drückte seine kleine feuchte Hand und ließ sich von ihm zum Tisch führen, auch wenn sie ihn mittlerweile mit geschlossenen Augen fand. »Morgen, Honor«, sagte Jo inmitten des Klapperns von Tellern und dem Rascheln der Brotpackung. »Tee ist gleich fertig.«

»Du klingst müde.«

»Ich habe nicht viel geschlafen«, gab Jo zu. »Ich habe mir zu viele Sorgen gemacht.«

»Sie ist also noch nicht wieder rausgekommen?«, fragte Honor, obwohl sie es gehört hätte.

»Sie hat keinen Pieps von sich gegeben. Ich habe sogar auf ihrem Handy angerufen, aber sie ist nicht rangegangen. Ich weiß nicht, was ich tun soll. Sie hat heute morgen um halb zehn eine Prüfung, aber ich muss Oscar und Iris in den Kindergarten bringen. Ich könnte sie zu Hause behalten, aber Iris hat sich gerade erst daran gewöhnt …«

»Ich werde hier sein«, sagte Honor. »Ich werde noch einmal versuchen, mit ihr zu reden.«

»Ich bin um Viertel nach wieder da.« Jo seufzte, und ihr Löffel klirrte an den Rand ihrer Tasse. »Danke. Mit etwas Glück wird sie …«

»Ich mach Toast, Oma H! Ich streich selbst Marmelade drauf!«

»Iris, bitte versuch, den Brei in den Mund zu bekommen und nicht auf dein T-Shirt.« Jo stellte Tee vor Honor. »Hör mal«, sagte sie leise. »Du weißt doch, was Lydia gestern gesagt hat, über mich und …«

»Ich weiß davon«, sagte Honor. »Ist schon gut.«

»Du …? Und du findest …?«

»Bitte schön! Toast!«

Er roch deutlich verbrannt. Honor griff nach einer Scheibe und biss hinein. »Köstlich.«

»Die andere Scheibe ist für mich«, sagte Oscar glücklich und kletterte in seinen Hochstuhl rechts neben Honor.

»Du meinst nicht …?« Jo flüsterte beinahe. »Du denkst nicht, dass es ein Verrat an Stephen ist?«

»Stephen ist tot, und du lebst.«

Dann fing Iris an, mit ihrem Brei herumzuspritzen, und Jo war zu beschäftigt, um das Gespräch fortzusetzen. Honor aß ihren Toast, jedes schwarz gewordene trockene Stück davon, während Jo eilig hin- und herlief, um die Kinder zu füttern und für den Kindergarten fertig zu machen. »Ich bin nur eine Viertelstunde unterwegs«, sagte sie und dann: »Iris! Bitte zieh dir die Schuhe nicht wieder aus! Ruf mich an, wenn sie rauskommt, ja, Honor?«

Die Tür fiel hinter ihnen zu. Minuten später hörte Honor Lydias Schritte auf der Treppe.

»Hast du abgewartet, bis die Luft rein ist?«, rief Honor. Die Schritte zögerten und kamen dann die restliche Treppe herunter und näherten sich. »Du hast deiner Mutter unglaubliche Sorgen bereitet.«

»Ich weiß«, sagte Lydia. Sie stand hinter Honor, die Hände auf Honors Stuhllehne. Honor konnte sie atmen hören, leise und gleichmäßig. Sie verrenkte den Hals, aber sie konnte ihr Gesicht nicht sehen, nur ihren blauen Schulpullover.

»Gehst du?«

»Ja.« Auf einmal schlang sie die Arme um Honor. Sie umarmte sie, heftig und fest genug, um Honor die Luft aus der Lunge zu drücken. Ihre Haare waren wie Seide an Honors Gesicht und umgaben sie mit dem vertrauten Kleinmädchengeruch nach Erdbeeren und außerdem etwas Versengtem, wie der Toast.

»Es tut mir leid«, flüsterte sie, ihre Worte warm auf Honors Haut. Honor hob die Hände, um Lydias Arme zu halten. Sie spürte ihre Jugend, ihre schlanke Kraft. Sie dachte an all die Jahre, die sie Angst gehabt hatte, ihre Enkelin zu halten, Angst davor, sie zu sehr zu lieben, und jetzt war das Mädchen beinahe erwachsen.

»Mir tut es auch leid«, sagte Honor.

Lydia küsste Honor auf die Wange. Und dann war sie fort.

## KAPITEL 39

# *Jo*

Marcus hatte gestern Abend zweimal angerufen und einmal heute Morgen vor dem Frühstück. Jo war nicht rangegangen. Es war das erste Mal, dass sie sich seine Nachrichten nicht gleich in fieberhafter Vorfreude angehört hatte. Stattdessen brachte sein Name auf dem Display lediglich eine Woge an Schuldgefühlen. Es war nett von Honor gewesen, ihr zu sagen, dass es in Ordnung sei, eine Liebesbeziehung zu haben, aber Jo wusste, dass sie Lydia gegenüber ein Versprechen gebrochen hatte. Sie wusste, dass das Schweigen und die Anschuldigungen ihre Strafe waren. Wenn Lydia ihre Prüfungen vermasselte und damit ihre Zukunft ruinierte, würde Jo sich das nie verzeihen.

Die Erzieherinnen im Kindergarten waren wie immer reizend und begrüßten ihre Kinder mit einem Lächeln und offenen Armen, aber Jo war unruhig wie eine Katze. Ihr Handy klingelte gerade, als sie am Gehen war, und sie griff hastig danach. »Sie ist eben los«, sagte Honor ihr, und Jo atmete erleichtert auf.

Sie fuhr zu Waitrose. Lydia spottete über sie, weil sie glaubte, Essen könnte alle Probleme lösen, aber sie hatten heute viel zu besprechen, und gemäß ihrer Erfahrung ließ es sich bei einem Schokoladenkuchen viel besser reden. Eine halbe Stunde später, während sie mit einer Kuchenpackung, einer Plastiktüte voller Milch, einem Laib Brot und ihren Autoschlüsseln jonglierte, klingelte ihr Handy erneut. Sie schob sich die Kuchenschachtel auf die Hüfte, um rangehen zu können.

»Mrs. Merrifield? Hier spricht Tina Hutchinson von der Woodley Grove School. Ich rufe wegen Lydia an.«

Mrs. Hutchinson, die Direktorin. Sie war eine Furcht einflößende Frau, auch wenn Jo bisher nie Anlass gehabt hatte, sie zu fürchten. Sie stellte die Kuchenschachtel auf die Motorhaube. »Ja, Mrs. Hutchinson, danke für den Anruf. Es tut uns leid, was gestern passiert ist. Lydia und ich müssen uns hinsetzen und uns darüber unterhalten, und ich hoffe, dass wir eine Lösung finden. Kann ich einen Termin vereinbaren, um mit Ihnen zu besprechen, dass sie die Prüfung wiederholt, die sie verpasst hat?«

»Selbstverständlich, aber wir machen uns auch Sorgen um die Prüfung heute. Und natürlich um Lydias Wohlergehen.«

»Heute?«

»Ja. Es wäre hilfreich, wenn Sie uns anrufen könnten, wenn Sie wissen, dass sie eine Prüfung verpassen wird, damit es für die anderen Schüler keine unnötigen Verzögerungen gibt.«

»Sie …« Jo lehnte sich an den Wagen. »Sie ist nicht zu der Prüfung heute Morgen erschienen?«

»Nein.«

»Aber sie …« Jo schluckte. »Ich muss los.«

»Mrs. Merrifield …«

Jo legte auf und rief sofort bei Lydia an. Sie erreichte nur die Mailbox. Sie hatte den Wagen angelassen und die Handbremse gelöst, bevor sie merkte, dass sich die Kuchenschachtel immer noch auf der Motorhaube befand.

Auf dem Heimweg kam sie an der Schule vorbei. Im Schritttempo fahrend, suchte sie die Gehsteige nach Lydia ab, und als sie zu Hause ankam, sprang sie aus dem Auto und lief ins Haus. »Ist Lydia da?«, fragte sie Honor, die gerade den Frühstückstisch wischte.

»Sie ist gegangen«, sagte Honor mit leicht gerunzelter Stirn.

»Aber wohin ist sie gegangen? Hat sie gesagt, sie würde zu ihren Prüfungen gehen?«

»Nein, ich dachte …«

Jo rannte die beiden Treppenabsätze zu Lydias Zimmer hoch. Die Tür war offen und das Zimmer war leer: Bett gemacht, Kleidung aufgehängt, Bücher und Stifte ordentlich auf dem Schreibtisch arrangiert. In der Luft hing ein verbrannter Geruch. Obwohl Jo wusste, dass Lydia nicht da war, betrat sie das Zimmer, als könnte es ihr verraten, wohin ihre Tochter gegangen war. Auf der violetten Tagesdecke lag ein Notizbuch: ein blaues Aufsatzheft von der Art, die sie früher in der Schule verwendet hatte. Auf dem Umschlag klebte ein gelbes Notizzettelchen, eins von denen, die Jo ihr als Hilfe zum Lernen gekauft hatte.

*Es tut mir leid*, stand da in Lydias runder Handschrift. Kälte durchflutete Jos Körper.

Beinahe alle Seiten waren voll von Lydias Schrift. Sie überflog die erste Seite – *Es fing mit Joghurt an* –, aber es schmerzte zu sehr, um mehr zu lesen. Sie steckte es sich unter den Arm und eilte die Treppe hinunter zu Honor.

»Was hat sie zu dir gesagt?«, wollte sie wissen, ihre Stimme klang schrill. »Was hat sie heute Morgen zu dir gesagt, bevor sie losgegangen ist?«

Sie hatte Honor noch nie fassungslos gesehen. »Sie … sie hat nur gesagt, dass sie geht. Und dann hat sie mich geküsst. Und hat gesagt, es täte ihr leid.«

»Täte ihr leid. Wie das hier?« Jo legte das Buch mit dem gelben Klebenotizzettel in Honors Hände.

Honor fuhr mit den Daumen über den Umschlag. »Was ist das?«

»Ich glaube, es ist ein Tagebuch. Sie hat es auf ihrem Bett liegen lassen. Honor … sie ist nicht zu ihrer Prüfung heute Morgen erschienen.«

»Wohin würde sie gehen?«

»Liest du es bitte?«, bat Jo sie. »Ich will ihr Tagebuch nicht lesen. Ich will nicht … es ist ihre Privatsache, und ich will sie nicht noch wütender auf mich machen, als sie sowieso schon ist. Aber wenn du es liest, würde es ihr nicht so viel ausmachen. Bitte. Sag mir nur, ob da steht, wohin sie gegangen ist.«

Honor legte das Tagebuch in Jos Hände zurück.

»Du wirst es selbst lesen müssen«, sagte sie ruhig. »Ich bin blind.«

Jo sah sie entgeistert an. Ihren starren Blick. »Du bist …«

»Lies es. Die Zeit drängt vielleicht.«

Seite um Seite war beschrieben, undatiert. Falls es irgendwelche Hinweise geben sollte, waren sie wahrscheinlich am Ende. Jo blätterte durch die beschriebenen Seiten und fing hier und da ein Wort auf – *Avril*, aber auch *Harry, Bailey, Darren*, wer waren diese Menschen? –, bevor sie sich auf die letzten Einträge stürzte. Die letzten Seiten waren mit Kugelschreiber geschrieben, die Handschrift war unsauberer, als Lydias Handschrift normalerweise war, so sehr, dass es Jo Mühe bereitete, manche Wörter zu entziffern.

*Die Nachrichten hören einfach nicht auf. Eine nach der anderen, gnadenlos.*

Sie konnte es nicht verarbeiten. Avril, Lügen, Facebook. *Weil ich es verdient habe.* Das Verbrennen der Papierkraniche.

*Ich weiß, was ich tun muss, um dem hier ein Ende zu bereiten.*

Und dann der letzte Teil, auf einer eigenen Seite, sorgfältig geschrieben, sodass der Kugelschreiber die Wörter geradezu in das Papier geprägt hatte. *Ich denke ständig darüber nach*, hatte Lydia geschrieben. Bewusst, als hätte sie sich entschieden. Als würde sie nur noch darauf warten, um diese eine letzte Sache zu tun. *Ich war nicht dort, aber ich weiß, dass es so passiert ist.*

»Sie hat über Stephen geschrieben«, keuchte Jo. »Das Letzte, was sie geschrieben hat, es geht um Stephen. O mein Gott! Ich weiß, wo sie ist!«

Sie ließ das Notizbuch fallen und wandte sich zur Tür, doch Honor packte sie am Arm. »Ich komme mit«, sagte sie.

»Aber du bist …«

»Ich bin blind, ja. Und ich komme trotzdem mit. Vielleicht kannst du Hilfe brauchen.«

»Wir nehmen den Wagen«, sagte Jo. »Das geht am schnellsten.«

Ihre Hände mit den Schlüsseln zitterten und waren rutschig am Lenkrad. Sie fuhr rückwärts aus der Einfahrt, Kieselsteine stoben auf.

»Was hast du herausgefunden?«, fragte Honor, die sich anschnallte, indem sie den Gurt ertastete – wie hatte es Jo nicht auffallen können, dass sie alles ertastete? »In dem Tagebuch? Was hat sie geschrieben?«

Jo trat das Gaspedal durch. »Sie hat sich mit Avril zerstritten. Und sie wird gemobbt. In der Schule und im Internet. Weil sie lesbisch ist. Sie ist lesbisch. Warum hat sie mir das nicht gesagt?«

»Sie war noch nicht bereit, dass du es erfährst.«

Eine zu schnell genommene Kurve, sodass Jo und

Honor auf ihren Sitzen herumrutschten. »Woher weißt du es?«

»Weil sie es mir gesagt hat. Und bevor du etwas dazu äußerst – ich habe es dir *nicht* erzählt, weil ich ihr Geheimnis respektiert habe. Genau wie ich Lydia nicht von deinem Geheimnis erzählt habe.«

»Und von deinem Geheimnis hast du auch niemandem erzählt«, sagte Jo bitter. »Wie lange bist du schon blind?«

»Seit ein paar Monaten. Schon vor meinem Sturz.«

Noch eine Kurve und dann auf gerader Strecke an Häusern und Zäunen vorüber, Müttern, die mit Kindern spazieren gingen, einem alten Mann mit zwei Terriern. Ein Auto, das ihnen entgegenkam, hupte, warnte sie wegen ihres Tempos.

Diese Straße fuhr sie sonst nie entlang. Sie machte lieber meilenweite Umwege, um sie zu meiden. Dennoch kannte sie genau die Stelle, an der die Straße eine Biegung machte und die Häuser aufhörten, die Bäume einsetzten und einen Schutzschild gegen den Lärm und das Gefälle bildeten. Die Äste wuchsen in einem Bogen über der Straße, ein Tunnel aus Grün, und dann war der Wagen auf der Brücke.

Jo sah Lydia sofort – nur ihren Kopf und die Schultern. Ihre Haare glänzten kupferfarben vor den grünen Blättern. Sie befand sich in der Nähe der Brückenmitte, und sie war auf der falschen Seite des Geländers. Der Seite, von der man fiel. Der Seite, von der man sprang.

Jo schrie auf und bremste das Auto mit quietschenden Reifen. »Bleib hier!«, rief sie keuchend Honor zu. »Ruf die Polizei an! Mein Handy ist in meiner Tasche.« Sie sprang aus dem Auto, während der Motor immer noch lief, und rannte mit ausgestreckten Armen auf Lydia zu. Bevor sie

sie erreichen konnte, fiel ihr jäh etwas ein, und sie blieb stehen. Sie wollte sie nicht erschrecken, sie durfte nicht riskieren, dass sie den Halt auf der Kante verlor, die sich auf der anderen Seite befinden musste. Sie verlangsamte ihre Schritte, ohne den Blick von ihrer Tochter abzuwenden, bis sie am Geländer war. Sie legte die Hände darauf. Ihre linke Hand ruhte auf der Gedenktafel für Stephen. Die Worte drückten gegen ihre Handfläche.

»Lydia?«, sagte sie leise, behutsam, in dem Tonfall, den sie früher benutzt hatte, um Lydia zu Bett zu bringen, mit der Zärtlichkeit, die sie verwendet hatte, wenn ihr kleines Mädchen mitten in der Nacht wegen eines Albtraums zu ihr gekommen war. »Lydia, ich bin's, Mum.«

Lydia schien sie nicht zu hören. Sie starrte nach vorn, nicht nach unten auf die Bahngleise: nach vorn in Richtung der Brücke, die sich in etwa einer halben Meile Entfernung befand und genau wie diese hier aussah. Doch ihr Blick schien ins Leere zu gehen. Ihr Gesicht war ausdruckslos. Sie trug ihren Schulpullover, und ihre Haare waren zu einem unordentlichen Dutt zurückgebunden, aus dem sich einzelne Strähnen gelöst hatten. Doch sie zitterte am ganzen Leib, als fröre sie oder als habe sie Angst, zitterte heftig, während der Blick starr geradeaus gerichtet war.

Es würde bald jemand kommen. Bald musste Hilfe hier sein. Honor rief die Polizei an. Passanten musste aufgefallen sein, was hier vor sich ging, mussten das Mädchen gesehen haben, dass, zum Sprung bereit, außen an der Brücke stand. Jo sah sich um und erblickte niemanden. Nur den Range Rover, schräg, mit offener Tür. Von hier aus waren keine Häuser zu sehen. Sie konnte nur ihre Tochter sehen und die Brücken und die Bäume und den Abgrund, die Bahngleise, schrecklich tief unten.

Jo wagte kaum, den Blick von Lydias Gesicht abzuwenden, aber sie riskierte einen Blick über die Brüstung auf den Vorsprung, auf dem sie stand. Er war etwa zehn Zentimeter breit. Wie sie sah, trug Lydia ihre Laufschuhe. Nicht ihre Schulschuhe. Die waren weniger rutschig, Gott sei Dank. Sie hielt sich an nichts fest, ihr Rücken lehnte am Geländer. Sie zitterte heftig am ganzen Leib. Sie war so schmal, langbeinig in ihrem kurzen Schulrock. Eine Brise konnte sie hinunterwehen. Das Geländer war etwas mehr als hüfthoch. Jo konnte sie packen und versuchen, sie herüberzuziehen. Aber würde Lydia nicht mitbekommen, was sie vorhatte, und springen?

Jo überlegte erst gar nicht. Sie stellte sich auf Zehenspitzen, hob ein Bein und schwang sich über die Mauer. Ihre Zehen berührten den schmalen Vorsprung, und sie ließ sich darauf sinken, erst ein Bein und dann das andere. Sie trug flache Schuhe mit Gummisohle, Schuhe, um Kindern hinterherzulaufen. Oder um auf Brücken herumzuklettern. Während sie sich am Geländer festhielt, ohne je Lydia aus den Augen zu lassen, sagte sie erneut: »Lydia. Lyddie. Ich bin's, Mum.«

Lydias Blick wurde weniger starr. »Du solltest nicht hier sein«, sagte sie. Ihre Zähne klapperten bei diesen Worten, und Jo musste den Drang niederkämpfen, die Hand auszustrecken und sie zu berühren. Sie festzuhalten.

»Schatz«, sagte Jo rasch. »Es tut mir so leid. Ich wollte dir niemals wehtun. Ich wollte immer für dich da sein.«

»Hierbei geht es nicht um dich, Mum. Es hat nichts mit dir zu tun.«

»Ich weiß. Ich habe dein Tagebuch gelesen, Schatz. Es tut mir leid, aber ich habe es auf deinem Bett gefunden, und ich habe mir Sorgen um dich gemacht. Ich weiß, was dir zugestoßen ist, und es bricht mir das Herz, dass Menschen so grausam sein können. Aber das ist es nicht wert, Lydia. Das ist es nicht wert zu springen.«

»Daddy ist nicht gesprungen«, sagte Lydia.

»Er hat versucht, jemand anderen zu retten«, sagte Jo. »Ich möchte nicht, dass du fällst. Ich möchte dich nicht auch noch verlieren.«

»Ich will nicht mehr damit klarkommen müssen, Mum.« Lydias Stimme war hoch und schwach, beinahe die Stimme eines kleinen Mädchens. »Ich habe mich so lange verstellt, und ich bin es leid. Wenn ich mich nicht verstellt hätte, wäre es vielleicht in Ordnung, aber ich glaube nicht. Avril hätte mich niemals geliebt. Das ist alles, woran ich denken kann, immer wieder.«

Lydia ließ den Kopf hängen. Eine Träne bildete sich in ihrem Auge und fiel in die Tiefe.

»Selbst wenn ich nicht gelogen hätte, hätte ich sie trotzdem verloren«, sagte sie. »Ich hätte sie so oder so verloren, nur auf diese Weise habe ich sie in jeder Hinsicht und für immer verloren.«

»Lydia …«

»Sag es nicht!« Lydia drehte den Kopf so unvermittelt zu Jo, dass Jo die linke Hand ausstreckte, weil sie fürchtete, ihre Tochter könnte von dem Vorsprung fallen. »Sag nicht, dass alles gut werden wird. Denn das wird es nicht. Ich habe es vermasselt! Du verstehst es nicht. Es wird nie mehr wieder gut sein.«

»Ich wollte sagen«, erklärte Jo sanft, »dass ich einen Menschen, den ich geliebt habe, verloren habe. Nicht nur einen. Und ich verstehe es. Vielleicht empfinde ich es nicht ganz genauso wie du, aber ich verstehe es. Man hat das Gefühl … Besonders am Anfang hat man das Gefühl, dass nichts übrig ist. Keine guten Dinge auf der Welt.«

»Du wirst mir sagen, dass es gute Dinge *gibt*. Das sagst du immer.«

*Ja, gute Dinge wie dich*. Jo verbiss es sich. Lydia hatte ihr erklärt, sie solle nicht sagen, dass alles gut werden würde. Ihre Tochter wollte jetzt keinen Optimismus. Sie wollte nicht das Positive sehen oder die Zähne zusammenbeißen. Sie wollte einen Grund haben zu leben. Und das war etwas ganz anderes.

»Du schreibst mir immer vor, wie ich mich zu fühlen habe«, sagte Lydia. »Du versuchst immer, mich dazu zu bringen, dass ich mich besser fühle. Aber ich bin nicht du, Mum, ich bin ich, und ich bin nicht genau wie du. Das bin ich nie gewesen.«

Lydias Hände waren zu Fäusten geballt, ohne sich an etwas festzuhalten. Die Knöchel waren weiß. Ihre Knie zitterten. Jo sollte nicht ihre Knie ansehen, sie sollte Blickkontakt halten, aber Lydias Knie waren nackt, blass. An den Beinen hatte sie eine Gänsehaut. Sie sahen wie Kinderbeine aus.

Sie erinnerte sich noch an den Herbst, als Lydia vier war – eine spindeldürre, quirlige Vierjährige – und darauf bestand, jeden Tag ihr liebstes Sommerkleid anzuziehen, ohne Strumpfhose, selbst bei winterlichen Temperaturen.

Sie sah wieder in Lydias Gesicht, sah die Mascaraspuren unter ihren Augen. Sah, wie der Schatten des Gesichts ihres kleinen Mädchens das Gesicht dieser jungen verzweifelten Frau überlagerte.

»Es ist egal, wie unterschiedlich wir sind«, sagte Jo. »Ich liebe dich, Lydia. Ich liebe nichts und niemanden mehr, als ich dich liebe.«

Lydia schüttelte den Kopf. »Es macht keinen Unterschied.«

»Für dich macht es vielleicht keinen Unterschied. Aber für mich. Und für Oscar und Iris und …«

»Und für mich«, sagte Honor. Mit einem vorsichtigen Blick über die Schulter vergewisserte sich Jo, dass Honor aus dem Wagen gestiegen war und hinter ihnen stand. »Auch wenn ich nicht über diese verdammte Brüstung klettern und mein Leben riskieren kann wie deine närrische Mutter. Ich liebe dich, Lydia. Du bist die einzige Verwandte, die ich noch auf der Welt habe, hast du das gewusst? Die einzige. Und ich hoffe sehr, dass du mich nicht als Letzte der Familie Levinson zurücklässt. Besonders, da ich gerade erst angefangen habe, dich kennenzulernen.«

»Ich will nur, dass es vorbei ist«, sagte Lydia. »Ich will, dass alles *vorbei* ist, begreift ihr das denn nicht? Ich will mich nicht mehr so fühlen!«

»Lyddie …«

»Und erzählt mir nicht, dass auch wieder andere Zeiten kommen, dass die Dinge besser werden! Dass ich auf das hier zurückblicken und lachen werde. Man kommt nicht zu einer Scheißbrücke, um hinunterzuspringen, und blickt darauf zurück und lacht. Man tut es. Man *tut* es! Man springt.«

Lydia hob den Fuß, und Jo blieb das Herz stehen.

»Ich habe einen jungen Mann kennengelenrt, der zu einer Brücke gegangen ist, um herunterzuspringen«, sagte Honor auf einmal. »Einer *Scheiß*brücke, wie du sagst. Und er blickt zurück und ist dankbar, dass er es nicht getan hat.«

Lydias Haare flatterten um ihr Gesicht. Eine Brise wehte den Geruch von Blättern, Eisen und Öl herauf. Sie war so schön, Jos Tochter.

»Ich weiß noch, als du auf die Welt kamst«, erzählte Jo ihr, ohne recht zu wissen, was sie da sagte. »Es war mitten in der Nacht, habe ich dir davon erzählt? Und auf der Entbindungsstation war es ruhig. Ich hatte seit Stunden Wehen. Dein Vater war da, hielt meine Hand und sang mir etwas vor. Er war viele Dinge, dein Vater, viele wunderbare Dinge, aber er war ein schrecklicher Sänger. Ich war zwischen zwei Presswehen, und ich war so müde, ich dachte nicht, dass ich es schaffen würde. Ich war drauf und dran, die Sache abzublasen, einfach der Hebamme zu sagen, dass du drin bleiben könntest, sie solle sich keine Umstände machen, ich wollte einfach nur noch schlafen. Da fing Stephen an, ›Isn't She Lovely‹ zu singen an. Er hat Stevie Wonder nachgeahmt, und es war grässlich. *Grässlich.* Ich musste lachen, und dann kam die Wehe, und da warst du. Lachend zur Welt gekommen. Deine Augen waren weit geöffnet, und du warst das Allerschönste, was ich je gesehen habe.«

»Das zeigt dir, wie sehr sie dich liebt«, fügte Honor hinzu. »Denn Babys sind bei der Geburt selbstverständlich hässlich. Abgesehen von deinem Vater.«

Lydia verzog die Lippen. Es war kein Lächeln, aber es war etwas, eine Emotion, die nicht Angst war.

»Wenn mich die Leute fragen, wer ich bin«, sagte Jo, »sage ich ihnen, ich bin nur eine Mutter. Und das stimmt, aber weißt du was? Es stimmt auch nicht. Ich bin nicht nur eine Mutter. Ich bin *deine* Mutter, und ich bin die Mutter von Oscar und Iris. Und euch zu haben und euch zu lieben ist das Wichtigste und Wunderbarste in meinem Leben. Du bist so kostbar, Lydia. Nichts und niemand könnte dich jemals ersetzen. Niemals. Und du meinst vielleicht, das wäre nicht viel, aber für mich bist du mein Ein und Alles.«

Sie konzentrierte sich völlig auf Lydia. Lydias Haare, die wehten, leicht wie Spinnfäden. Lydias sich bauschender

Rock, der schnelle Puls, der an ihrem Hals schlug. Lydias Augen, haselnussbraun, genau wie Stephens, mit den langen Wimpern, über den Abgrund starrend. *Schau mich an,* dachte Jo mit jeder Faser ihres Körpers. *Schau mich an, sieh, wie sehr ich dich liebe, sieh, wie kostbar du bist. Schau mich an und verlass diese Brücke und komm nach Hause.*

»Daddy war genau hier, als er gefallen ist«, sagte Lydia. »Genau hier, wo wir jetzt stehen. Ich dachte immer, Daddy könnte fliegen.«

»Fall nicht«, sagte Jo. Sie wollte nach Lydia greifen, sie bei der Hand nehmen, Lydia halten, aber sie wagte es nicht. »Fall nicht, Lydia. Wir würden dich vermissen.«

Lydia schloss die Augen. Jo verkrampfte sich, überzeugt, dass sie gleich springen würde, bereit zu versuchen, sie zu halten, ihre Hand zu packen, ihren Pullover, irgendetwas. Sie würde mit ihr springen, wenn es sein musste, sich um sie schlingen und versuchen, unter sie zu kommen, um ihren Fall abzufangen. Weil sie nicht mit ansehen konnte, wie ihr Kind starb.

»Lydia«, flüsterte sie, und der Name wurde von ihren Lippen geweht.

Lydia öffnete die Augen. Sie sah Jo an.

»Okay«, sagte sie. »Okay. Ich werde es nicht tun. Ich liebe dich auch.«

Sie streckte die Hand nach Jo aus, und Jo beugte sich zu ihr und umarmte sie, mit einem Arm, ihre Stirnen aneinander.

»Ich liebe dich so sehr«, flüsterte Jo. »Bitte lass uns endlich von dieser Brücke verschwinden.«

Lydia nickte. Jo half ihr, sich umzudrehen, und sie sah, wie Lydias feuchte Handflächen an der Brüstung ausrutschten. Ihr Griff sah zerbrechlich aus, und sie zitterte immer noch, atmete heftig in kleinen Schluchzern. Jo gab ihr Halt, als sie das Bein hob um hinüberzuklettern. Lydia auf Zehenspitzen auf dem Vorsprung, so zerbrechlich, über dem Abgrund. Einen Moment lang wurde sie nur durch die schwächste Schwerkraft dort gehalten.

Dann schwang sich Lydia hinüber und in die Arme ihrer Großmutter.

Jo atmete bebend und voller Erleichterung aus. Sie schloss die Augen, versuchte, es zu verarbeiten, es zu glauben. Ihre Tochter war in Sicherheit.

*O Stephen,* dachte sie, über der Stelle balancierend, wo Stephen gestorben war. *Ich habe sie gerettet. Es geht ihr gut.*

Der Zug kam aus dem Nichts.

Eine Explosion unter ihnen, Wind und Tempo, ein Streifen aus Schwarz und Gelb erschütterte die Brücke. Jo fuhr zusammen, ihr Fuß rutschte auf dem Sims aus, ihre Hand griff nach der Brüstung, verfehlte sie jedoch. Und dann fiel Jo.

KAPITEL 40

# Lydia

*Ich denke die ganze Zeit darüber nach. Ich war nicht da, aber ich weiß, dass es folgendermaßen passiert ist.*

*Dad konnte ewig laufen, und nichts konnte ihn aufhalten. Er hatte große Schritte, einen perfekten Rhythmus. Man musste ihn nur ansehen, um zu wissen, dass er ein Mensch war, der das Leben im Griff hatte.*

*Als er auf der Brücke neben dem Mann stand, in der Nähe der Stelle, an der sie später die Gedenktafel für ihn angebracht haben, verspürte er keine Angst. Er stand auf dem Sims – es ist ein kleiner Vorsprung, ich habe ihn gesehen, etwa zehn oder zwölf Zentimeter breit –, und er sah in die klare Luft. Von so weit oben muss es sich anfühlen, als könnte man abheben und fliegen: die Arme ausbreiten und emporsteigen, wie ein Papierkranich.*

*Er hatte keine Angst. Er war selbstbewusst, trittsicher voller Kraft und Anmut. Er war dabei, jemandem das Leben zu retten, das Leben eines Fremden. Und als er von dem Sims trat, in der Luft lief, muss er gewusst haben, wie es sich anfühlt, frei zu sein.*

KAPITEL 41

# Lydia

Der Zug fuhr unten wie ein Schrei vorüber. Lydia griff nach ihrer Mutter, und ihre Hand schloss sich um etwas Stoff – Mums Ärmel. Mum fiel.

Lydia bückte sich nach unten, und es gelang ihr, sie am Arm zu packen. Mums Hand klammerte sich an ihrem Handgelenk fest, die beiden hielten sich aneinander fest. Mums Füße traten in der Luft. Ihr Gesicht sah zu Lydia hoch, die grünen Augen weit aufgerissen, der Mund ein entsetztes O.

»Mum«, keuchte Lydia, oder vielleicht blieb ihr keine Zeit zu keuchen, und sie dachte es nur und spürte, wie sie umkippte, von der Schwerkraft und dem Körper ihrer Mutter über die Brüstung gezogen wurde. Ihre Füße über dem Gehsteig, ihr Körper in Schräglage. Die Brüstung schnitt ihr in den Bauch.

Sie war nicht stark genug. Sie fielen beide hinunter, zusammen, Tochter und Ehefrau an derselben Stelle, an der Stephen Levinson gestorben war, bloß Sekunden, nachdem sich Lydia entschieden hatte, doch nicht zu springen.

Der Zug donnerte unter ihnen.

Dann legten sich von hinten Arme um Lydias Taille, dünn, knochig. »Nein«, murmelte Oma Honor in ihr Ohr, und Lydia wusste, dass sie versuchte, sie zurückzuhalten. Doch Lydias Hand schwitzte, sie war rutschig. Sie spürte, dass sich ihr Griff am Arm ihrer Mutter lockerte, spürte, wie sie weiter nach vorne kippte. Und Oma H war so alt …

»Lass mich los.« Sie konnte ihre Mutter nicht hören, aber sie sah, wie sich ihre Lippen bewegten. Sah und spürte, wie sich ihre Hand öffnete, damit sie Lydia nicht nach unten zöge. Lydia schüttelte den Kopf, und sie hielt sie noch fester, zog sich so fest wie möglich nach oben, in die Arme ihrer Großmutter.

Verschwommenes Neongelb neben ihr. Arme, noch mehr Arme, die über sie hinweggriffen und um sie herum. Ein Mann lehnte sich fast mit dem ganzen Körper über die Mauer, Teil einer Menschenkette, packte ihre Mum unter den Armen und hievte sie hoch. Lydia wurde ebenfalls von Händen gezogen. Sie hörte Rufe, auf einmal laut in der Stille, die der vorüberfahrende Zug hinterlassen hatte.

»Lass los!«, schrie ihr jemand ins Ohr. »Sie ist in Sicherheit, lass sie los!«

Lydia ließ ihre Mum nicht los.

Die Brüstung schürfte heftig an ihrem Ellbogen, ihre Haut riss auf, und dann befand sie sich auf dem Gehsteig auf der Brücke, und Mum ebenfalls. Zitternd, schluchzend, völlig außer Atem, in den blinkenden Lichtern der Polizeiautos und des Krankenwagens und umgeben von Menschen, ließ sie endlich den Arm ihrer Mutter los. Ihre Hand tat unglaublich weh. Sie kniete dort auf dem Boden, sank über ihrer Mutter kraftlos zusammen, weinte an ihrem Hals, hörte ihren Atem, spürte, wie ihre Mutter ihr über die Haare streichelte, genau wie sie es getan hatte, als sie noch ein kleines Mädchen war.

»Ist schon gut«, flüsterte Mum. »Ist schon gut.«

KAPITEL 42

# Honor

Honor hatte sich das Handgelenk gebrochen. Sie hatte gespürt, wie es passiert war – hatte das heftige Schnappen gespürt, während sie Lydia gepackt hielt –, doch sie verspürte keine Schmerzen, bis sie ins Krankenhaus kam. Einer der Sanitäter hatte es noch an Ort und Stelle geschient. »Wer hat denn nun versucht zu springen?«, fragte er im Plauderton.

»Geht Sie nichts an«, erklärte Honor ihm.

Im Krankenwagen saß sie neben Lydia und Jo. Sie hielt Lydias Hand mit ihrer unversehrten. Niemand sagte etwas.

Für Honor war es ein Durcheinander aus Geräuschen gewesen. Sie hatte gehört, wie Lydia beim Herannahen des Zuges gesagt hatte, dass sie nicht springen werde. Zwar hatte sie nicht gesehen, wie Jo ausgerutscht war, doch irgendwie hatte sie es gespürt, vielleicht durch irgendeine zarte Schwingung der Brücke oder die Art, wie Lydia auf einmal neben ihr ins Schlingern geriet. Sie hatte die Arme um Lydia geworfen und gehört, wie sie sich abmühte, ihren keuchenden Atem. Sie hatte gehört, wie die Autos hinter ihnen hielten, die Rufe der Polizei und Sanitäter.

Den Zug hatte sie gesehen: ein Streifen aus Schwarz und Sonnenscheingelb unten in ihrem Blickfeld, der unbeirrt vorbeizog.

Bei ihrer Ankunft in der Notaufnahme wurde Lydia sofort in ein Behandlungszimmer gebracht, und Jo ging mit ihr. Honors Tasche summte und piepte, und sie zog Jos Handy heraus, das sich seit dem Notruf dort befand.

»Verzeihung«, wandte sie sich an den Mann, der im Wartezimmer neben ihr saß und einen weißen Verband um den Kopf gewickelt zu haben schien. »Können Sie sehen, von wem diese Nachricht stammt?«

Er nahm das Handy in seine raue Hand. »Marcus«, las er vor. »Da sind mehrere. Soll ich sie Ihnen vorlesen?«

»Nein. Würden Sie bitte unter den Kontakten ›Richard‹ heraussuchen? Und ihn für mich anrufen?« Der Mann wischte ein paarmal über das Display und reichte ihr das Handy zurück. Richard ging beim neunten Klingeln an den Apparat.

»Jo?«, fragte er. »Ich bin gerade beschäftigt, was gibt's?«

»Hier spricht nicht Jo. Hier spricht Honor Levinson.«

»Honor.« Richard hatte sie noch nie gemocht. Wahrscheinlich mochte er sie jetzt noch weniger, falls seine Verlobte ihm gesagt haben sollte, was sie ihr an den Kopf geworfen hatte. Honor war das einerlei.

»Du wirst dich von dem, womit du gerade beschäftigt bist, frei machen müssen, weil du deine Kinder vom Kindergarten abholen musst.«

»Was? Wieso? Jo hat sie heute.«

»Jo hatte einen Unfall. Es geht ihr gut, aber du wirst heute helfen müssen.« *Zur Abwechslung einmal*, hätte sie am liebsten hinzugefügt.

»Einen Unfall? Was? Wo ist sie?«

»Im Krankenhaus. Sie wird nicht lange dort bleiben. Aber die Kinder sind nur bis um zwölf im Kindergarten. Du musst sie abholen und mit zu dir nach Hause nehmen. Es ist der Little-Bear-Kindergarten.«

»Aber … ich bin …«

Honor sagte nichts. Richard schien ihr Stirnrunzeln selbst durchs Telefon zu spüren, denn als er wieder sprach, klang er eher verunsichert als genervt.

»Wo ist dieser Kindergarten?«

»Du bist ihr Vater, es gibt Google, finde es selbst heraus.« Honor legte auf.

Eine Krankenschwester brachte sie zu einer durch Vorhänge abgetrennten Kabine mit einem schmalen Bett. Honor ließ sich Schmerzmittel geben. »Wahrscheinlich ist es gebrochen«, sagte die Krankenschwester fröhlich. »Aber vielleicht ist es auch nur verstaucht.«

»Es ist gebrochen«, erklärte Honor ihr. »Ich habe es gehört. Ich habe leichte Osteoporose.«

»Haben Sie zufällig auch AMD?«

»AMD?«

»Altersbedingte Makula-Degeneration? Schlechtes Sehvermögen, vor allem im zentralen Sehfeld? Meine Mum hat es. Sie schaut genau wie Sie aus den Augenwinkeln. Mein Bruder ist Optiker. Es gibt Dinge, die man tun kann, um den Krankheitsverlauf zu verlangsamen. Es gibt viele Hilfsmöglichkeiten. Irgendwo hier ist eine Broschüre. Ich werde sie für Sie heraussuchen.«

»Danke«, sagte Honor. »Sie sind sehr aufmerksam.«

»Mum sagt, dass sie inzwischen Geräusche und auch Gerüche viel genauer wahrnimmt. Manchmal könnte ich schwören, dass sie jetzt, da ihr Augenlicht nachlässt, einen sechsten Sinn hat. Sie ruft bei mir an, wenn ich einen miesen Tag hatte. Es ist, als wüsste sie es.«

»Ich glaube nicht an einen sechsten Sinn.«

»Vielleicht spüren Mütter so etwas einfach. Wie dem auch sei, Dr. Levinson, ich werde jemanden holen, der sie nach oben zum Röntgen bringt.«

Honor lehnte den Kopf zurück an das mit Papier bedeckte Kopfkissen und schloss die Augen. Im Dunkeln sah sie Stephen, so deutlich, wie er sonst nur im Leben gewesen war.

»Wir haben sie gerettet«, flüsterte sie ihm zu, und sie glaubte nicht an den sechsten Sinn, aber sie sah ihn nicken. Sie sah ihn lächeln.

KAPITEL 43

# *Jo*

Jo saß auf einem Stuhl vor dem Behandlungszimmer, in der Hand einen Plastikbecher mit Tee, den sie nicht wollte. In ihrer Schulter war ein pochender Schmerz, und ihr tat der ganze Körper weh, trotz der Schmerzmittel, die sie genommen hatte. Drinnen redete jemand vom Sozialdienst mit Lydia. Man hatte Jo darum gebeten, draußen zu warten, vielleicht in der Kantine eine Tasse Tee trinken zu gehen. Während Jo den Grund verstand, begriff sie, dass durch die Abwesenheit von Familienangehörigen gewährleistet werden sollte, dass Lydia ungehindert über alles sprechen konnte, machte es ihr doch auch erst so recht klar, was eigentlich geschehen war. Inmitten der Gefühlswallungen, im Adrenalinrausch, während sie versuchte, Lydia zu retten, und später, als sie selbst gerettet wurde, hatte sie überhaupt nicht realisiert, dass der Auslöser dieser Beinahe-Katastrophe nicht die letzten paar Tage waren. Es ging hier um Monate – wenn nicht Jahre –, in denen Lydia gelitten, und sie, Jo, nichts bemerkt hatte.

Lydia hatte versucht, sich das Leben zu nehmen. Dort in dem Zimmer versuchte man festzustellen, ob das Risiko bestand, dass sie es wieder tun würde, und ob man sie nach Hause entlassen könnte. Das Schicksal ihres eigenen Kindes war ihr völlig aus den Händen genommen.

Sie waren nun schon seit Stunden im Krankenhaus. Jo hatte Honor mit ihrem eingegipsten Arm in einem Taxi nach Hause geschickt. Wie es schien, hatte sie dafür gesorgt, dass Richard Oscar und Iris abholte. Ein Anruf hatte es bestätigt. Richard hatte wissen wollen, was los sei, worauf Jo jedoch nur erwidert hatte, sie werde es später erklären. Sie musste erst ihre Gedanken ordnen. Noch war alles zu frisch. Honor würde ihm alles gesagt haben, was er zu wissen brauchte. Und hatte wahrscheinlich noch ein paar deftige Worte auf Russisch für seine Freundin hinzugefügt.

Jo lächelte unwillkürlich. Sie hatten Lydia gerettet, sie und Honor zusammen. Und dann hatten Lydia und Honor sie gerettet. Was auch immer ihnen die Zukunft brachte, das war eine Erfahrung, die ihnen niemand nehmen konnte. *Wo es Leben gibt, gibt es auch Hoffnung*, hatte ihre von der MS gezeichnete Mutter immer gesagt.

Doch im Moment plagten Jo ziemlich starke Schmerzen überall, und ihre Tochter war wieder einmal hinter einer geschlossenen Tür – in dieser Situation beschlichen selbst sie Zweifel, dass wirklich alles gut werden würde. Was, wenn es doch ihre Schuld war?

Ihr war nie aufgefallen, dass ihre Tochter homosexuell war. Oder dass sie in ihre beste Freundin verliebt war – eben die beste Freundin, die so viel Zeit in ihrem Haus verbrachte. Von dem Mobbing hatte sie nicht die geringste Ahnung gehabt.

Sie stand auf und warf den vollen Becher Tee in den Abfall. Lydia hatte sie ausgesperrt, ja. Doch sie war zu beschäftigt gewesen, um herauszufinden, aus welchen Gründen. Zu sehr damit beschäftigt, das Positive zu sehen, sich wieder zu verheiraten, Kinder zu bekommen. Eine Affäre zu haben. Sie hatte geglaubt, ihr Bestes als Mutter zu geben, alles in ihrer Macht Stehende für ihre Kinder zu tun, aber von Lydias Standpunkt aus war sie eine Frau, die nicht allein sein konnte. Die unselbstständig und schwach war.

Was hatte sie die ganze Zeit über nur getan?

»Jo«, sagte jemand, und bei dem Klang seiner Stimme klopfte ihr Herz heftig vor Freude und Erleichterung. Marcus stand im Korridor, in Hemdsärmeln und mit Krawatte, Autoschlüssel in der Hand. Er breitete die Arme aus, und sie stürzte auf ihn zu, lehnte den Kopf an seine Brust, und während er sie festhielt, wurde ihr zum ersten Mal klar, was sie die ganze Zeit über getan hatte.

Sie hatte sich verliebt. Damit war sie beschäftigt gewesen, während ihre Tochter die Hölle durchmachte. Keine Affäre. Kein Techtelmechtel mit dem Nachbarn. Es ging nicht um den attraktiven Körper eines jüngeren Mannes.

Es ging ums Verliebtsein.

Marcus hob ihr Kinn an. »Geht es dir gut?«

»Woher hast du gewusst, dass wir hier sind?«

»Wir haben gehört, dass etwas mit Lydia an der Brücke passiert ist. Ist sie verletzt? Bist du verletzt? Warum ist dein Arm in einer Schlinge?«

»Lydia war ... Sie wollte springen. Es ist die Brücke, an der ihr Vater ums Leben gekommen ist.«

Er hielt sie noch fester. »Aber es geht ihr gut?«

»Es geht ihr gut. Ich meine, körperlich. Sie ist unverletzt.«

Sein Duft, das Graublau seiner Augen, die Art, wie sich seine Haare im Nacken kräuselten. Die Art, wie ihre Körper sich aneinanderschmiegten. Wie er sie ansah. Warum war ihr auch die Bedeutung davon nicht aufgefallen?

»Weshalb die Schlinge?«

»Ich war mit ihr auf der Brücke. Auf dem Vorsprung. Ich bin gefallen, aber sie hat mich gefangen.«

Marcus' Gesicht wurde bleich. »Du bist gefallen?«

»Sie hat mich aufgefangen. Und Honor hat Lydia festgehalten. Und dann war die Polizei da.« Sie berührte seine Wange: Er sah zu Tode erschrocken aus. »Wir sind alle am Leben. Honor hat sich das Handgelenk gebrochen. Ich habe mir die Schulter ausgerenkt und ein paar Sehnen gerissen. Lydia hat ein paar Blutergüsse und Schrammen, das ist alles. Sie ist jetzt bei der Psychologin. Spricht mit ihr darüber, warum sie es getan hat.«

»Mein Gott«, flüsterte Marcus. Er küsste sie auf die Stirn, auf die Wange. Er starrte in ihr Gesicht, als könnte er nicht glauben, dass sie da war.

Was hatte *er* die ganze Zeit über getan, wenn sie zusammen waren?

»Ich wusste, dass sie nicht zur Prüfung erschienen war«, sagte Marcus. »Aber ich dachte nicht, dass sie ... Ich bin gleich hergekommen, als ich davon erfahren habe.« Er strich ihre Haare zurück. »Warum hat sie es getan, Jo?«

Eine Krankenschwester kam vorüber. Sie achtete nicht im Geringsten auf Jo und Marcus, aber Jo entzog sich dennoch behutsam Marcus' Armen.

»Sie hat sich mit ihrer besten Freundin entzweit«, sagte sie. »Und sie wird gemobbt, weil sie homosexuell ist.«

Marcus war immer noch bleich. »Wie konnte mir das entgehen?«

»Was soll ich erst sagen? Sie hat gesagt, es war auf Facebook.« Jo nahm ihr Handy aus der Tasche und rief Facebook auf. »Ich habe da seit Langem nicht mehr nachgeschaut. Es schien mir nie nötig. Aber vielleicht hätte ich ...« Lydias Profilseite erschien, und Jo schnappte nach Luft. Hunderte von Kommentaren. Der letzte von vor wenigen Minuten. Manche der Namen kannte Jo. Liebe, nette Kinder, denen Jo nie etwas Böses zugetraut hätte. Instinktiv wollte sie die Taste drücken, um die Website zu verlassen, doch Marcus nahm ihr das Handy aus den Händen. Er fluchte, kramte sein eigenes Handy aus der Tasche und wählte eine Nummer.

»Ahmed?«, sagte er ins Handy. »Du musst Lydia Levinsons Facebook-Seite aufrufen und einen Screenshot machen. Ja, in der elften Klasse. Es gibt da Kommentare, die bestimmt bald gelöscht werden, und wir müssen sie dokumentieren. Danke.«

Jos Hände zitterten, und ihr war kalt. »Ich kenne diese Kinder. Es sind Kinder.«

»Sie kann ihren Account immer noch löschen«, erklärte Marcus ihr. »Aber erst, wenn wir die Beweise gesammelt haben. Komm her!« Er führte sie zu dem Stuhl und zog einen weiteren heran, hielt ihre gesunde Hand. »Die Schule wird sich einschalten. Diese Kinder werden dafür zur Rechenschaft gezogen werden. Ich werde dafür sorgen, dass das geschieht, Jo. Das verspreche ich dir.«

»Sie hat kein Wort gesagt«, entgegnete Jo, und all die Tränen, die ausgeblieben waren, während sie versuchte, Lydia zu retten, während sie im Krankenhaus gewesen war und versucht hatte sicherzugehen, dass alles in Ordnung war, stiegen ihr in die Augen.

Marcus gab ihr ein Stofftaschentuch. Weil er immer ein sauberes Taschentuch in der Hosentasche mit sich herumtrug. Weil er die Art von Mann war, die ihr Herz dahinschmelzen ließ, die Art von Mann, in die sie sich verlieben konnte.

Behutsam, um ihr nicht an der Schulter wehzutun, legte er den Arm um sie, während sie weinte. Lange zu weinen gestattete sie sich nicht, weil ihre Tochter dort hinter der

Tür war und sie jeden Moment herauskommen konnte, mit einer Psychologin, die die Entscheidungsgewalt darüber hatte, ob Lydia nach Hause kommen konnte oder wegen psychischer Probleme in eine Klinik eingewiesen werden musste – einer Psychologin, die es vielleicht nicht guthieß, dass Jo einen jüngeren Freund hatte, die darauf hinweisen könnte, dass es schlecht für Lydias geistige Verfassung sei. Nur zwei Minuten, allerhöchstens, in denen die Tränen aus ihren Augen liefen und sie sich erlaubte, sich an Marcus zu lehnen, seinen Atem zu hören und den Baumwollstoff seines Hemds zu spüren, den starken Arm, der sie umfasste. Dann setzte sie sich auf und wischte sich mit seinem Taschentuch Augen und Nase ab und faltete es. Sie sah nach oben, auf die Styroporplatten an der Decke, und holte tief Luft, um sich zu beruhigen.

»Es ist meine Schuld«, sagte Marcus.

»Was?«

Er hatte wieder etwas Farbe, aber seine Haare waren zerzauster als sonst. Er war unrasiert. Sein Hemd hatte in der Nähe des Kragens eine versengte Stelle.

»Ich hätte es wissen sollen. Ich habe sie täglich gesehen, und diese Kinder auch. Ich habe sie alle gesehen. Ich habe gestern gesehen, wie sie aus einer Prüfung weggelaufen ist. Ich bin ihr Tutor. Es ist meine Aufgabe, so etwas zu bemerken, aber es ist mir entgangen.«

»Nein«, sagte sie. »Es ist meine Aufgabe, so etwas zu bemerken. Ich bin ihre Mutter. Ich war … zu beschäftigt.«

»Du hast noch zwei Kinder«, sagte Marcus. »Aber ich war zu abgelenkt. Jedes Mal, wenn ich Lydia sah, musste ich daran denken … Also habe ich nie richtig nachgebohrt. Habe nie richtig mit ihr geredet. Und dann gestern, als sie mich beschuldigt hat, war ich schockiert. Ich hatte keine Ahnung, dass sie über uns Bescheid wusste. Wenn ich aufmerksamer gewesen wäre …«

»Wir hätten es nicht tun sollen. Wir hätten die Finger voneinander lassen sollen.«

»Ich weiß. Es wäre klüger gewesen abzuwarten. Vielleicht.« Er drückte ihre Hand und fuhr mit dem Daumen über den Handrücken.

»Wir hätten es überhaupt nicht tun sollen.«

Sein Daumen hielt inne. »Jo?«

»Ich kann das hier nicht.« Sie schluckte, schmeckte die Tränen, die sie noch nicht vergossen hatte. »Ich kann nicht so egoistisch sein. Ich kann nicht an mich denken, anstatt an meine Kinder. Ich war zu beschäftigt damit, mit dir eine Affäre zu haben, um zu bemerken, was mit Lydia los war. Ich kann es nicht tun, Marcus. Ich muss damit aufhören.«

»Du meinst doch nicht …«

»Es hat Spaß gemacht«, sagte sie fest. »Aber jetzt muss Schluss sein.«

Sie versuchte ein Lächeln.

Er nahm seine Hand von ihrer. »Es hat Spaß gemacht«, wiederholte er. »Nach dem hier. Nach allem, was gerade passiert ist. Das ist deiner Meinung nach zwischen uns gewesen?«

*Nein, ich bin in dich verliebt, und das ist noch schlimmer. Denn wenn ich in dich verliebt bin, und du bist in mich verliebt, müssen wir alles an unserem Leben verändern, um zusammen zu sein. Und ich habe im Moment mit genug Veränderungen umzugehen. Ich muss mich auf meine Kinder konzentrieren.*

Sie nickte. »Darauf waren wir beide aus, nicht wahr? Wir wussten, dass es nichts anderes wäre.«

Marcus stand auf. »Und warum bin ich dann hier?«

»Weil du ein netter Mensch bist? Ein guter Nachbar. Lydias Tutor.«

»Und jemand, mit dem du Spaß hattest.« Er gab sich keine Mühe, seinen Zorn zu verbergen. »Deshalb hast du mich nie zurückgerufen.«

»Ich habe dich nicht zurückgerufen, weil ich mir Sorgen um Lydia gemacht habe.«

»Ich auch.«

»Aber du bist …«

»Nicht Teil deines Lebens. Ein bisschen Spaß. Nichts im Vergleich mit deinem ersten Mann, dem Helden. Ich kapiere. Ich war vielleicht etwas langsam, aber der Groschen ist gefallen.« Er schob die Hände in die Taschen. »Okay, ich geh dann mal. Ruf an, wenn du etwas brauchen solltest. Was immer ich für euch tun kann, tu ich gern.«

Die Tür des Behandlungszimmers ging auf, und die Psychologin trat heraus. »Mrs. … ähm … Levinson?«

»Merrifield«, sagte Jo. »Ja.« Sie stand auf und spähte an der Schulter der Ärztin vorbei zu Lydia, die in einem Sessel saß, die Hände zwischen den Knien.

Marcus zögerte, dann drehte er sich um und ging. Jo kämpfte den Drang nieder, ihm einen Blick nachzuwerfen.

Als sie das Behandlungszimmer betrat, streckte Lydia die Hand nach ihr aus. Jo setzte sich dicht neben sie, so wie Marcus sich eben neben sie gesetzt hatte.

»Ich habe mich mit Lydia unterhalten«, sagte die Psychologin, die sich in ihrem eigenen Sessel niederließ, »und ich bin überzeugt, dass ihr der Ernst und die Tragweite ihrer Handlungsweise sehr bewusst ist. Allerdings konnte sie glaubhaft machen, dass sie wieder zur Besinnung kam, bereits bevor die Polizei eingeschritten ist.«

»Ja«, sagte Jo. Sie betrachtete Lydias Gesicht forschend. »So war es doch?«

Lydia nickte.

»Sie sagt, ihre Handlungsweise sei zumindest teilweise eine Reaktion auf Mobbing in der Schule und im Internet.«

»Die Schule weiß Bescheid. Sie haben versprochen zu helfen.« Sie spürte, wie Lydia sie musterte, genau wie Jo eben Lydia gemustert hatte, und sie wandte sich ihr zu und lächelte. Unglaublich, wie sie jetzt, hier, lächeln konnte. »Wir werden alle helfen. Ich werde mich nicht ablenken lassen, Lydia. Ich werde da sein.«

»Laut meiner Erfahrung wird sie beträchtliche Unterstützung zu Hause benötigen.«

»Und die wird sie bekommen. Du wirst sie bekommen, Lydia. Deine Großmutter und ich, wir werden dir alles geben, was du brauchst. Wir lieben dich, und wir wollen, dass du nach Hause kommst.«

»Ich will nach Hause.« Lydias Stimme war so leise und verletzlich, dass Jo sie in die Arme schloss, ohne auf die Schmerzen in der Schulter zu achten.

»Nichts«, flüsterte sie, »nichts ist wichtiger als du.«

KAPITEL 44

# Lydia

Zu Hause zu sein, war seltsam. Sie hatte das Gefühl, viel länger als ein paar Stunden weggewesen zu sein. Sie ging ständig herum und berührte Dinge: die Spielsachen von Oscar und Iris, die Blumenvase auf der Kücheninsel, das weiche Gesicht ihres Teddybären aus Kindertagen. Dachte, dass sie beinahe nicht mehr in der Lage gewesen wäre, all dies wieder zu berühren. Sie hätte tot sein können, nichts weiter als eine Abwesenheit.

Oscar und Iris waren ein paar Tage lang bei ihrem Dad, aber es fühlte sich an, als würden sie jeden Moment zurückkommen. Oscars Gummistiefel lagen bei der Haustür herum, und Iris' Schnabeltasse trocknete auf dem Abtropfgestell. Lydia fuhr mit dem Finger über die Striche, die Iris mit einem wasserfesten Stift auf das Tischtuch gemalt hatte. Wenn sie gesprungen wäre, hätte es sich dann so für die Menschen angefühlt, die sie zurückgelassen hätte? Als würde sie gleich zurückkommen? Sie erinnerte sich noch daran, dass es sich so angefühlt hatte, als Dad gestorben war. Das war der Grund, warum sie auf die Post gewartet und die Briefe hatte verschwinden lassen. Als Kind war sie wütend auf Jo gewesen, weil sie Dads Sachen fortgeräumt hatte: seine Kleidung, seine Bücher, seine Schuhe an der Haustür. Jetzt ahnte sie, warum sie es getan hatte. Dieser kurze Moment der Hoffnung, wenn man etwas erblickte, das dem geliebten Verstorbenen gehörte, der Bruchteil einer Sekunde, in dem man glaubte, er wäre noch da, musste die schlimmste Folter auf der Welt sein.

Sie trug einen Schlafanzug und Hausschuhe, als wäre sie krank. Immer wieder umarmte sie ihre Mum, selbst wenn sie mit etwas beschäftigt war – Tee kochte oder dergleichen. Sie war ein Stück größer als ihre Mutter – bisher war ihr nie aufgefallen, dass sie ihre Mutter überholt hatte –, aber sie duckte den Kopf unter Jos Kinn, als wäre sie ein kleines Mädchen, und atmete ihren Duft nach Rosenparfüm ein. Außerdem schmiegte sie sich immer wieder auf dem Sofa an Honor. Honor war knochig, und man musste wegen ihres gebrochenen Handgelenks aufpassen, aber sie berührte Lydias Gesicht und ihre Haare und Hände auf eine Art, die Lydia das Gefühl vermittelte, verstanden zu werden. Es war Honors Art zu sehen.

»Warum hast du uns nicht gesagt, dass du blind bist?«, fragte sie ihre Großmutter.

Ihre Finger glitten über Lydias Mund und Kinn. »Ich hatte Angst, dass es alles verändern würde, wenn ich es eingestehe. Man würde mich nicht mehr in meinem Haus wohnen lassen. Man würde mich als nutzlos und hilfsbedürftig betrachten. Und ich habe mich geschämt.«

Sie hob Lydias Gesicht zu sich. Jetzt konnte Lydia sehen, dass Oma H's Augen sich zu viel bewegten, dass sie einen immer seitlich ansah. Früher hatte sie es ihrer distanzierten und hochnäsigen Art zugeschrieben. Es war unglaublich, aber eine so simple Tatsache zu erfahren, veränderte alles, man nahm den anderen Menschen komplett anders wahr.

»Ich nehme an, das hast auch du gefühlt?«, fragte Oma H sie. »Scham – und Angst, dass es herauskommt?«

»Ja.«

»Aber jetzt zählt nur die Wahrheit.« Honor senkte verschwörerisch die Stimme. »Das heißt – nicht wenn es um die Haferkekse deiner Mutter geht. Ich habe meinen unter einem Kissen versteckt, bevor ich mir sämtliche Zähne daran ausgebissen hätte.«

»Vor allem habe ich mich allein gefühlt«, gestand Lydia. »Ganz allein, selbst wenn ich andere Menschen um mich hatte.«

»Ja. Einsamkeit ist mächtig und furchtbar.«

Sie nickte an der knochigen Schulter ihrer Großmutter. »Ich werde dir vorlesen«, sagte Lydia. »Du musst das Lesen vermissen.«

»Wir werden dir Russisch beibringen müssen.«

Ohne die Maske zu sein, die sie so viele Jahre getragen hatte, fühlte sich Lydia nackt und verwundbarer denn je – es war wie eine neue Haut, die sich nach einer Verwundung bildete. Lydia dachte an die Dinge, die man ihr gesagt hatte, sie taten immer noch weh, aber sie nahm sie bereits aus der Distanz wahr. Es war wie die Vorstellung von Prüfungen, die ohne sie abliefen: etwas, das zu einem anderen Mädchen gehörte, einem anderen Leben, irgendwo weit weg von diesem Haus mit ihrer Mutter und ihrer Großmutter und mit ihr. Jene Momente auf der Brücke waren realer gewesen.

Bald würde sie ohne ihre Maske hinaus in die Welt gehen müssen. Noch nicht. Aber bald. Sie würde sich aufrecht halten, wie es Oma Honor tat. Sie würde daran glauben, dass sich die Dinge zum Besseren wenden würden, wie Mum es tat.

Und dennoch ging der Schmerz um Avril nicht fort. Er ließ sie die ganze Zeit nicht los. Manchmal wich er zurück in den Hintergrund, aber meistens war er ein scharfes Messer in ihrer Körpermitte. Der Mensch, den sie verloren hatte, der Mensch, den sie nie mehr zurückbekäme.

KAPITEL 45

# Jo

Zwei Tage vergingen auf diese surreale Art – gleichzeitig langsam und schnell –, die Jo aus den Tagen nach der Entbindung ihrer Kinder kannte. Lydia schien viel zu schlafen, hauptsächlich auf dem Sofa unter einer Decke. Honor und Jo schlichen um sie herum, wenn sie schlief, und wenn sie wach war, hielten sie sie im Arm und redeten mit ihr – über alltägliche Dinge, normale Dinge, aber manchmal auch über das, was vorgefallen war. Manchmal sahen sie einfach fern.

Sara kam am ersten Nachmittag mit einer gewaltigen Portion indischer Leckereien von einem Lieferservice und zwei Flaschen Weißwein vorbei, die sie sofort in Jos Kühlschrank stellte. »Ich bin eine miserable Köchin, jedenfalls im Vergleich zu dir«, sagte sie, »aber ich kann telefonieren, und ihr müsst essen.«

»Sara«, setzte Jo an und geriet dann ins Stocken. »Ich … ich habe dir nicht alles erzählt.«

»Okay«, sagte Sara. »Erzähl es mir später. Jetzt kümmere dich erst einmal um deine Tochter und um dich selbst. Und vergesst nicht zu essen.«

Sie umarmte Jo, bevor sie wieder ging, und schickte Bob nach der Arbeit zum Rasenmähen vorbei.

Wenn Jo Lydia im Arm hielt, fühlte sie sich ruhig, entschlossen. Zu anderen Zeiten wandelte sie durchs Haus und versuchte, nicht nachzudenken. Sie vermisste Oscar und Iris, schon jetzt. Ihr Körper sehnte sich nach den beiden kleinen Körpern, ihrem Gezappel und ihrem Duft und ihren hohen Stimmen. Sie vermisste Marcus. Immer wieder stand sie in der Küche am Spülbecken und sah durch die Lücke in der Hecke zu seinem Haus hinüber. Sie widmete sich den Gartenwicken, die er ihr geschenkt hatte, entfernte die abgestorbenen Blütenköpfe, schnitt die Stiele zurück, wechselte das Wasser. Sie würden bald verwelken, und dieses Gefühl ebenfalls. Und auch die Erinnerung an seine Hände auf ihrem Körper, seine auf dem Boden verstreute Kleidung, die Tassen Tee, die er ihr ans Bett gebracht hatte und bei denen er jedes Mal sichergegangen war, dass sie sie ganz austrank. Die Art, wie er sie ansah und ihr Herz zum Singen brachte.

»Du wirst bei uns bleiben«, sagte sie mit gedämpfter Stimme zu Honor, als Lydia während einer Folge von *EastEnders* eingeschlummert war. »Und das ist ein Befehl, keine Bitte. Ich weiß, dass du dein eigenes Haus liebst, aber jetzt hast du eben ein zweites Zuhause.«

Honor nickte kurz, aber ihre zusammengepressten Lippen verrieten, dass sie verstand, was Jo ihr damit sagte, und wie ernst es ihr war.

»Wie lange wirst du dich martern?«, fragte sie, anstatt Jo zu antworten.

»Ich martere mich nicht.« Jo stand auf und ging zum Wasserkocher, um ihn einzuschalten. Honor folgte ihr.

»Sie braucht eine Mutter, keine Märtyrerin oder Heilige.«

»Von einer Heiligen bin ich ziemlich weit entfernt.« Jo drehte sich mit verschränkten Armen um. »Hast du dich übrigens deshalb auf einmal als Babysitterin angeboten?

Weil du wusstest, dass ich mich mit jemandem getroffen habe?«

»Anfangs habe ich es deswegen getan. Mit der Zeit hat es mir Spaß gemacht.«

»Und es hat dir keine Sorgen bereitet, ohne sehen zu können, die Verantwortung für Kinder zu übernehmen?«

»Es hat mir Sorgen bereitet. Besonders nach unserem Ausflug mit dem Elektromobil.«

»Du bist mit ihnen auf dem *Elektromobil* gefahren?«

»Nur einmal.«

»Genau das meine ich! Mir ist noch nicht einmal aufgefallen, dass ich meine Kinder in der Obhut einer blinden Frau gelassen habe. Was übrigens überhaupt keine gute Idee war, Honor.«

»Ich weiß. Es war ein Fehler. Gelegentlich unterlaufen mir welche.«

»Mit dir hat man es wirklich nicht leicht, Honor Levinson.« Jo konnte nicht anders, als bei den Worten zu lächeln.

»Und du machst dich selbst unnötig unglücklich, Joanna Merrifield. Du kannst eine Mutter sein und gleichzeitig auch eine Frau. Wenngleich ich selbst das nie geschafft habe, wie es scheint.«

»Nein. Nicht jetzt. Meine Kinder brauchen mich.«

»Sprich noch einmal mit mir, wenn du fünfundvierzig Jahre keinen Sex hattest«, erwiderte Honor. »Und sag mir dann, ob du denkst, die richtige Entscheidung getroffen zu haben.«

Samstagvormittag überredete sie Lydia, mit ihr einen Spaziergang zu machen. In gewisser Hinsicht war es schön, dass Lydia so abhängig war, aber Jo wusste, dass es nicht so bleiben konnte. Sie beobachtete, wie Lydia den Kopf nach oben reckte, um die Sonne auf sich wirken zu lassen, und sie dachte daran, dass ihre Tochter wieder zur Schule gehen und all diesen Menschen gegenübertreten würde. Lydia würde vor allen ihr Coming-out haben. Lydia würde den Rest ihres Lebens leben, ihre Schlachten schlagen, sie würde hinausziehen in die Welt, erwachsen werden.

Lydia würde es schaffen, weil sie klug und schön und tapfer war. Und dann würde Oscar es tun und ebenfalls seine Schlachten schlagen, und dann Iris. Sie würden alle ihr Zuhause hinter sich lassen, Jo hinter sich lassen, und es war richtig so. Der normale Gang der Dinge. Jo würde die Hände öffnen und sie davonfliegen lassen müssen.

Und was bliebe ihr dann noch?

Statt diesen Gedanken zu Ende zu denken, ging sie neben Lydia her und fragte sie: »Wie lange weißt du es schon?«

»Ich habe immer gewusst, dass ich anders bin«, antwortete Lydia. »Und dass ich in Avril verliebt bin, habe ich seit dem Moment gewusst, als ich ihr begegnet bin.«

»Wie ich bei deinem Vater.« *Und wie Marcus und ich.* Rückblickend erkannte sie die Art, wie es sie bei ihrer ersten Begegnung durchzuckt hatte, an dem Nachmittag über die Hecke hinweg. Die Art, wie sie sich in ihrer Küche zu ihm hingezogen gefühlt hatte. Mit zwanzig hatte sie es Liebe genannt, mit vierzig nannte sie es Begehren. Aber es war das gleiche Gefühl. Auf eine Million Arten anders, aber doch gleich.

»Bloß dass es kein Happy End geben wird«, sagte Lydia. »Sie ist total wütend auf mich, Mum. Sie denkt, ich hätte sie belogen.«

»Vielleicht schämt sie sich, weil sie es nie bemerkt hat. Mir geht es jedenfalls so.«

»Ich wollte nicht, dass du es weißt. Ich meine, ich wollte, dass du es weißt, und ich war sauer auf dich, weil du es nicht von selbst herausgefunden hast, aber eigentlich war es nicht deine Schuld. Ich habe mir große Mühe gegeben, es zu verbergen.«

Der Keats Way war sonnendurchflutet. Die ordentlichen Hecken, die Kieseinfahrten, die gemähten Rasenflächen – eine perfekte Fassade für die Geheimnisse, die sie alle voreinander gehabt hatten, alle drei Frauen in diesem zu neuen, nichtssagenden und mit Spielzeug vollgestopften Haus. »Wir müssen uns von jetzt an die Wahrheit sagen«, erklärte Jo. »Selbst wenn es wehtut. Wir müssen einander vertrauen.«

Lydia nickte. »Deshalb habe ich dir mein Tagebuch zum Lesen hingelegt. Vielleicht ist das überhaupt der Grund, warum ich es geführt habe. Ich wollte, dass die Leute es lesen und mich verstehen. Aber es war leichter, es niederzuschreiben, als es zu sagen. Mum?«

»Ja, mein Schatz?«

»Das Letzte, was ich geschrieben habe. Das über Dad.«

»Ich habe es gelesen. Morgen ist der Todestag. Zehn Jahre. Was du geschrieben hast, war sehr schön. Ich konnte die Liebe zu deinem Vater förmlich vor mir sehen.« Jo ergriff Lydias Hand. »Er litt an Depressionen. Er hat es dich nie spüren lassen, als er noch am Leben war, und ich habe dir nach seinem Tod nie davon erzählt. Es war nicht seine Schuld, und es hat nicht bedeutet, dass er uns weniger geliebt hat. Ja, ich glaube, es hat bedeutet, dass er uns sogar noch mehr geliebt hat.«

»Das habe ich nicht gewusst.«

»Ich hätte es dir sagen sollen. Ich habe nur die guten Dinge geteilt, aber du hast es verdient, auch über die schlechten Dinge Bescheid zu wissen.«

»Ich glaube, was ich geschrieben habe, war falsch. Das ist eine Sache, über die ich da oben auf der Brücke nachgedacht habe, bevor ihr gekommen seid. Ich habe geschrieben, er hätte keine Angst gehabt, weil ich es gebraucht habe, dass er keine Angst hatte. Aber er muss Angst gehabt haben.«

»Er hatte Angst um den anderen Mann. Um Adam. Nicht um sich selbst.«

»Aber als er fiel, muss er Angst gehabt haben. Hattest du denn keine Angst? Als du beinahe abgestürzt bist?«

Jo blieb stehen und schloss die Augen. Seit zehn Jahren versuchte sie, nicht an diesen Moment des Schreckens zu denken: Stephens letzten Moment, den Moment des Fallens. Tagsüber richtete sie ihre Gedanken stattdessen darauf, darüber hinwegzukommen, ihn zu lieben und sich an ihn zu erinnern, das Leben zu feiern, das er gerettet hatte. Sie backte jedes Jahr Kuchen für Adam, zog Lydia groß. Sie sah Stephens Gesichtszüge an seiner Tochter.

Doch nachts dachte sie an den Schrei, den er ausgestoßen haben musste, die Luft, die sich seiner Kehle entriss, den heranstürzenden Boden, das Wissen, dass es vorbei war, dass sein Leben vorbei war. Dass sein schwarzes Loch ihn schließlich doch einholte.

Als sie beinahe gefallen wäre, hatte sie nach oben geschaut, nicht nach unten. Sie hatte an Lydia und Oscar und Iris gedacht. Sie hatte an Marcus gedacht – ja, auch an ihn. Sie hatte an Stephen und Honor gedacht. Nicht an das

Ende, nicht an das Leben, das vorbei war, sondern an die Liebe, die ewig währte.

»Ich wusste, dass du mich auffangen würdest«, erklärte sie ihrer Tochter.

KAPITEL 46

# *Lydia*

Sie befanden sich auf dem Rückweg von ihrem Spaziergang und lachten über etwas, das Oscar am vergangenen Abend am Telefon gesagt hatte – es ging um Riesenameisen aus dem All, und Oscar war völlig hingerissen –, da sah Lydia sie kommen.

Avril ging schneller, bis sie bei ihnen war. »Hi, Lyds«, sagte sie mit geröteten Wangen. »Ich war … ich war eben bei euch zu Hause. Deine Oma hat gesagt, du bist nicht da. Hi, Mrs. Merrifeld. Oh, haben Sie sich den Arm verletzt?«

»Hi, Avril«, sagte Mum und berührte Lydia am Ellbogen. »Ich gehe schon mal rein und rühr den Teig an.« Und sie ließ die beiden zusammen im Sonnenschein auf dem Gehsteig stehen. Sie sahen sich an, fast als würden sie einander zum ersten Mal begegnen.

»Sie backt zurzeit wie eine Verrückte«, erklärte Lydia Avril. »Und ihre Freundin hat indisches Essen vorbeigebracht. Wenn ich nicht bald wieder mit dem Laufen anfange, werde ich noch diese blöde App zum Kalorienzählen brauchen.«

»Ich habe dir einen Frappuccino mitgebracht.« Avril hielt ihr den Becher entgegen. »Ich wusste nicht, was ich sonst … Hast du wirklich versucht, von der Brücke zu springen? Von derselben, von der dein Vater gestürzt ist?«

Lydia zuckte mit den Schultern. »Ja. Aber ich habe es nicht getan.« Sie nahm Avril den Becher ab, wobei sie darauf achtete, ihre Finger nicht zu berühren, und saugte an dem Strohhalm. Es war Mocha, ihre Lieblingssorte. »Wollen wir in den Park gehen?«

Die beiden gingen Seite an Seite um die Ecke und in den Park. Ohne etwas sagen zu müssen, bogen sie nach links und stiegen den kleinen Hügel hoch. Sie folgten nicht dem gewundenen Weg, sondern gingen direkt nach oben. Lydia ließ sich auf die Bank fallen, und Avril setzte sich neben sie. Dies war die Stelle, von der aus man fast den ganzen Park überblicken konnte: den Fußballplatz, den Spielplatz, den Teich, an dem die kleinen Kinder die Enten fütterten. Es war der Ort, an dem sie immer samstagnachmittags gesessen hatten, und manchmal nach der Schule.

»Es tut mir leid«, sagte Avril. »Es tut mir so leid. Ich war sauer auf dich, aber nicht wegen … es ist mir gleich, ob du lesbisch bist, es ist mir egal, in wen du verknallt bist. Ich war nur sauer, weil du es mir nicht gesagt hast. Ich dachte nicht, dass du … Ich wusste nicht, dass es so schlimm werden würde.«

»Wir gehen mit ein paar echten Arschlöchern zur Schule.«

»Lyds, sie sind schrecklich. Ich habe jedem, den ich gesehen habe, gesagt, er soll den Mund halten, und Harry tut es auch. Die Schulleitung hat bei einigen Eltern angerufen. Bei Erin und Sophie. Darren ist sogar vorerst vom Unterricht ausgeschlossen, auch wenn das ziemlich sinnlos ist, weil wir ohnehin nur noch zu den Prüfungen in die Schule kommen. Was wirst du wegen der Prüfungen machen?«

»Ich weiß es noch nicht. Meine Mum wird am Montag

mit ihnen reden. Vielleicht kann ich sie woanders ablegen und den Rest im Januar nachmachen.«

»Ich vermisse dich«, sagte Avril. »Ich vermisse dich sehr. Ich versuche schon seit Tagen, dich anzurufen.«

»Mein Handy ist ausgeschaltet.«

»Ja. Ich hätte schon früher herkommen sollen, aber …«

»Du hast nicht gewusst, was du einer Freundin sagen sollst, die versucht hat, von einer Brücke zu springen. Das ist okay, ich glaube, ich wüsste auch nicht, was ich sagen soll.«

»Warum hast du es getan, Lydia? War es wegen der Idioten? War es wegen mir? War es, weil ich so sauer auf dich war? Weil Harry und ich so viel Zeit miteinander verbracht haben und du einsam warst? War es, weil Bailey nicht in dich verliebt ist?«

»Es waren viele Dinge. An Bailey lag es nicht, Bailey ist eine dumme Kuh. Ich will nicht mehr von einer Brücke springen.«

»Gut.«

Lydia trank ihren Mocha. Normalerweise hätte Avril sie mittlerweile um einen Schluck gebeten und schließlich die Hälfte getrunken. Lydia war sich nicht sicher, ob sie ihn ihr ganz überließ, weil er ein Friedensangebot war, oder wegen dem, was Avril jetzt über Lydia wusste. Als wäre es zu sehr wie Küssen, denselben Strohhalm zu benutzen.

Sie dachte an all die Male, die sie mit einem schlechten Gewissen diese Art von stellvertretendem Kuss genossen hatte. All die verschämten Blicke und Berührungen, all die heimlichen Gefühle. Dieser kostbare Teil von sich, den sie vor dem Menschen verborgen gehalten hatte, den sie am meisten auf der Welt liebte.

»Dann sind wir also wieder Freundinnen?«, fragte Avril.

»Ja, klar.«

»Und wenn du eine Freundin findest, die keine dumme Kuh ist, können wir einen Pärchentreff machen?«

»Vielleicht. Aber wahrscheinlich nicht. Hier in der Gegend gibt es keine große Auswahl.«

»Wenn du für die A-Level-Prüfung aufs College willst, anstatt an der Schule zu bleiben, komme ich mit. Ich habe meine Mum gefragt, und sie hat gesagt, dass ich darf.«

»Was ist mit Harry?«

»Harry macht das vielleicht sowieso.« Avril errötete. »Ich weiß, dass du ihn nicht magst, aber er ist für dich eingetreten, Lyds, hinterher. Wirklich, und ich habe ihn nicht darum gebeten, er hat es von sich aus getan.«

Lydia nickte. Sie zog die Beine auf der Bank bis an die Brust hoch und legte das Kinn darauf. Auf dem Bolzplatz spielten eine paar Jungen Fußball, und ein paar Mädchen plauderten am Teich. Sie waren zu weit weg, um sie zu erkennen, es waren einfach nur normale Menschen, die normale Dinge taten. Während sie hier oben saß, konnte sie sich beinahe vorstellen, wie sie sich ihnen eines Tages wieder anschließen würde.

»Es wird gut sein, mich nicht mehr verstellen zu müssen«, sagte sie. »Es war ziemlich ermüdend.«

»Bist du …« Avril biss sich auf die Lippe. »Okay, ich werde dich das nur einmal fragen, weil es irgendwie komisch ist, und du musst mir nicht antworten, wenn du nicht willst. Aber du bist meine beste Freundin, also muss ich es wissen.«

Doch danach saß Avril einfach nur da und sah den Jungen beim Fußballspielen zu. Sie konnten hören, was sie einander zuriefen und wie sie sich gutmütig neckten. Lydia spürte ein Brennen in der Brust. Sie wusste, warum Avril es nicht sagen konnte.

Dies war der Moment, der Moment, über den sie schon fast so lange nachdachte, wie sie Avril kannte. Der Moment, in dem sie eigentlich ihr Herz öffnen sollte, der Moment der Wahrheit. In dem sie eigentlich mutig genug sein sollte, keine Angst haben sollte vor den Konsequenzen, die mit einer Antwort einhergingen, die vielleicht nicht das war, was sie zu hören erwartete, die aber der Wahrheit entsprach.

Ihre Mutter hatte gesagt: Es war an der Zeit, einander zu vertrauen. An der Zeit, ehrlich zueinander zu sein, und die Liebe alles richten zu lassen.

Aber da waren all die anderen Momente mit Avril. Nicht diejenigen, in denen Lydia insgeheim etwas vermisste, wenn sie sich nach einer Berührung sehnte, die ausblieb. Da waren die Momente, in denen sie zusammen lachten oder zusammen Fernsehsendungen schauten oder sich gegenseitig M&Ms in den Mund warfen und nicht trafen. Der Moment, als Avril Lydia an ihrem ersten Schultag gebeten hatte, mit ihr zusammen ins Gebäude zu gehen, weil sie beide auf die falsche Art unsichtbar und sichtbar waren, weil sie beide normal sein und gemocht werden wollten.

Auch diese Momente waren die Wahrheit. Und sie waren kostbar genug, um sie nicht an eine andere Art von Wahrheit zu verlieren.

»Nein, du bist nicht mein Typ«, verkündigte sie schließlich. Und als Avril sie anlächelte, war es größtenteils ein echtes Lächeln. Eines, das mit der Zeit noch echter werden würde. Denn sie war dabei zu entdecken, dass Hoffnungslosgkeit eine Art von Freiheit gewährte. Sie ließ einen nach anderen, neuen Dingen suchen, die man sich erhoffen konnte.

KAPITEL 47

# Lydia

Nachdem Avril zum Lernen nach Hause gegangen war, ging Lydia gerade um die Straßenecke zu ihrem Haus, als sie den Postboten sah. Sie beschleunigte ihr Tempo, beinahe instinktiv, und fing ihn ab, bevor er in ihre Einfahrt bog. Er reichte ihr einen kleinen Stapel mit Wurfsendungen und Rechnungen. »Herrlicher Tag heute«, sagte er und ging weiter auf seiner Runde. Lydia wandte sich der Tür zu. Mum kniete im Blumenbeet neben der Haustür und jätete mit der unversehrten Hand. Sie sah hoch, und Lydia wusste, dass sie nach ihr Ausschau gehalten hatte.

»Das solltest du mit deiner Schulter nicht machen«, sagte Lydia. Sie hielt ihr die Post entgegen, und ihre Mutter schüttelte den Kopf.

»Dreckige Hände. Überhaupt wollte ich das hier fertigbekommen, bevor Richard morgen Oscar und Iris zurückbringt. Wie ist es mit Avril gelaufen?« Sie wischte sich Haare aus der Stirn und hinterließ einen Erdstreifen.

»Alles klar. Wir sind miteinander befreundet.« Ihre Mutter musterte sie. »Es ist in Ordnung«, sagte Lydia. »Ich meine, es ist nicht in Ordnung, aber ich bin lieber mit ihr befreundet, als sie überhaupt nicht zu haben.«

»Bist du dir sicher, dass sie nicht …?«

»Nein, Mum, ist sie nicht. Für so was hast du wirklich überhaupt keinen Radar, was?«

Mum lachte, doch dann erblickte sie etwas hinter Lydia und verstummte. Heftige Röte stieg ihr in die Wangen.

»Mum?« Lydia drehte sich um. Sie hätte es sich denken können: Es war Mr. Graham, am Ende ihrer Einfahrt.

Mum stand rasch auf. An den Knien ihrer Jeans befanden sich dunkle Flecken. Lydia sah zu Mr. Graham zurück. Er war ebenfalls rot angelaufen. Herrgott, wie zwei Teenager. Wie peinlich.

Er zögerte. »Ich … ich habe mich gefragt, ob ich vielleicht mal mit Lydia reden könnte?«

»Natürlich«, sagte Mum, die sich offensichtlich große Mühe gab, ruhig zu bleiben, und sie ging ins Haus und schloss die Tür ein wenig zu fest hinter sich. Lydia beobachtete, wie Mr. Graham ihr nachblickte. Er trug T-Shirt und Jeans. Es war irgendwie komisch, ihn in normalen Klamotten zu sehen. Und auch komisch, ihn so ihre Mutter anschauen zu sehen.

Mit einem Räuspern kam er die Einfahrt entlang. »Es ist zum Teil ein inoffizieller Schulbesuch. Ich wollte sehen, wie es dir geht, und mit dir ein bisschen darüber reden, was du wegen deiner Prüfungen zu tun gedenkst.«

»Ich hatte bislang noch nicht viel Zeit, darüber nachzudenken.« Lydia setzte sich auf den Rasen, legte die Post neben sich, und Mr. Graham setzte sich zu ihr. Er trug keine Brille, was ihn noch weniger lehrerhaft aussehen ließ.

»Und das ist völlig in Ordnung. Deine Gesundheit ist das Wichtigste. Ich dachte, du würdest gern erfahren, dass sich die Schule deine Facebook-Seite angesehen hat, und mehrere Schüler und Schülerinnen sind in der Folge vom Unterricht ausgeschlossen worden. Die Schüler der elften Klasse werden ihre Prüfungen schreiben, aber in einem anderen Teil des Schulgebäudes. Sie werden vollständig vom Rest der Schule isoliert sein.«

Lydia nickte. Schon als Avril ihr davon erzählt hatte, hatte es ihr keine Genugtuung bereitet zu erfahren, dass Leute ihretwegen bestraft wurden. Sie hatten es verdient, aber ihr wäre es lieber, es wäre gar nicht erst passiert. »Nächstes Jahr gehe ich vielleicht aufs College.«

»Gute Idee. Wir können dafür sorgen, dass du jetzt schon ein paar Prüfungen am College schreibst, wenn du möchtest. Aber das können wir alles Montag besprechen, wenn du mit deiner Mum in die Schule kommst. Was ich dir sagen wollte, ist, dass es dabei nicht alles oder nichts heißt, Lydia. Du kannst alle diese Prüfungen nachholen. Und ich werde mich persönlich dafür einsetzen, dass deine Zukunft wegen dieser Angelegenheit nicht beeinträchtigt wird. Ich weiß, dass du in Oxford oder Cambridge studieren willst, und obwohl es vielleicht ein wenig länger dauern wird, bis es so weit ist, werde ich alles in meiner Macht Stehende tun, damit du die besten Chancen hast.«

Sie wusste, dass da wenigstens zum Teil sein schlechtes Gewissen aus ihm sprach, aber ihm war auch anzusehen, dass er seine Worte ernst meinte.

»Mir ist es auch passiert«, fügte er mit leiserer Stimme hinzu. »Auch wenn ich jünger als du war und aus einem anderen Grund gemobbt wurde. Es waren Jungen, die mich gehänselt haben, weil ich kleiner als sie war, also war es ein wenig … unkomplizierter. Aber so anders war es auch wieder nicht.«

»Oh.«

»Ich hätte merken sollen, was dir widerfahren ist. Es tut mir sehr leid, dass ich es nicht gemerkt habe. Falls es eine Hilfe ist … Es wird besser werden, Lydia. Auch wenn man es nie vergisst. Wenn du Glück hast, kann es dich stärker machen.«

»Danke«, sagte sie. Sie war nicht vorbereitet auf diesen Perspektivenwechsel von »Mr. Smiley«, von dem Lehrer, der zu viel lächelte, hin zu einem Menschen, der gelitten hatte, der vielleicht gemocht werden wollte, weil er zu lange Zeit ohne Freunde verbracht hatte.

Und wenn jeder so etwas hatte – eine ähnliche Komplikation im Innern, einen Grund, eine Angst? Selbst Erin, Darren, Bailey? Und wenn alles nur geschah, jede einzelne Kleinigkeit, um eine Verbindung zu knüpfen, um gemocht zu werden, um nicht allein durch die Leere zu fallen?

Reglos saß sie auf dem Rasen, und ihr war angesichts dieses Gedankens ein wenig schwindlig. Ein ganzes Universum in jedem einzelnen Menschen, zu riesig, um es zu begreifen, außer vielleicht in kurzen Augenblicken. Die Welt war so viel riesiger, als sie es sich je vorgestellt hatte, so viel unbegreiflicher, als sie für möglich gehalten hatte, während sie auf dem Brückenvorsprung balancierte.

Mr. Graham räusperte sich, holte sie ins Hier und Jetzt zurück, vor ihrem Haus, wo sie neben einem Lehrer saß, der auf einmal ein menschliches Wesen war.

»Außerdem …«, er holte tief Luft, »außerdem wollte ich mich dafür entschuldigen, dass ich Geheimnisse vor dir hatte. Und wenn mir aufgrund dessen, was ich für deine Mutter empfinde, etwas Wichtiges entgangen sein sollte, dann tut es mir aufrichtig leid.«

»Okay.«

»Was zwischen mir und deiner Mutter geschehen ist, hatte absolut nichts mit dir zu tun. Überhaupt nichts.«

»Gott, das will ich doch wohl hoffen!«

»Und ich mag sie sehr. Ich weiß nicht, ob sie das Gleiche für mich empfindet.«

Lydia schnitt eine Grimasse. Es gab Einblicke in das Wesen eines Menschen, und dann gab es *Einblicke*. »Ziemlich ätzend, irgendwie.«

»Weil du mich nicht magst, oder weil du nicht denkst, dass ich gut für sie bin, oder …?«

»Weil sie meine Mum ist. Würden Sie gern darüber nachdenken, wie ihre Mum mit dem Nachbarn rummacht?«

»Meine Mum wohnt neben zwei schwulen Männern und einer Ziege. Aber ich verstehe, was du meinst.« Er seufzte. »Wahrscheinlich sollte ich dir das nicht sagen, aber ich glaube nicht, dass ich deinem Dad das Wasser reichen kann.«

»Das kann niemand«, sagte Lydia. »Aber die Sache ist die, dass er tot ist.«

»Das macht es noch schwerer, ihm das Wasser zu reichen. Lydia, das mag ein bisschen ungewöhnlich sein, aber ich wollte dich um Erlaubnis fragen, deine Mutter auf ein Date einzuladen.«

»Sie brauchen meine Erlaubnis nicht«, sagte sie überrascht.

»Ich glaube schon. Im Moment bist du das Wichtigste für deine Mum, und so sollte es auch sein. Ich will Teil von ihrem Leben sein, aber es geht nicht – ich will es nicht –, wenn du es nicht okay findest.« Er streckte die Hände aus. »Es wäre alles ganz offiziell, ohne Heimlichtuerei. Abendessen, ein Kinofilm. Solche Sachen.« Er lächelte gequält

Lydia betrachtete ihn. Er schien in Ordnung zu sein. Er strengte sich zu sehr an, aber das konnte man ihm nicht vorwerfen, besonders wenn man erst einmal den Grund kannte. Er war bei Weitem besser als Richard. Und die Art, wie ihre Mutter errötet war, als sie ihn gesehen hatte ... es war irgendwie süß ... und ein bisschen ätzend. Aber auch süß. Und schleppte ihre Mutter nicht auch mehr in ihrem Innern mit sich herum, als Lydia je gedacht hätte?

»Nur zu«, sagte sie. »Sie ist jetzt drinnen. Holt wahrscheinlich Kuchen aus dem Ofen. Es ist vielleicht ein guter Zeitpunkt, sie zu fragen. Wenn sie Nein sagt, fühlt sie sich vielleicht verpflichtet, Ihnen als Entschädigung was zu essen zu geben.«

Sie beobachtete, wie er ins Haus ging, und lauschte angestrengt nach den Geräuschen von Töpfen und Pfannen, mit denen geworfen wurde. Aber es kam nichts dergleichen. Alles, was sie hören konnte, war das Gurren einer Ringeltaube, das entfernte Geräusch von Krähen und das Summen einer elektrischen Heckenschere. Vielleicht, ganz in der Ferne, ein Zug.

Sie drehte die Briefumschläge um, die der Postbote ihr gegeben hatte, und ihr fiel wieder ein, wie sie immer als kleines Mädchen auf die Post gewartet hatte, in der Hoffnung auf etwas Aufregendes oder etwas, das sie wegräumen und für den Tag aufheben konnte, an dem sie es vielleicht ihrem Daddy überreichen könnte. Sie erinnerte sich, wie sie sich danach gesehnt hatte, ihm seine Briefe laut vorzulesen und die Freude und Überraschung zu sehen, während er zuhörte.

Es war ein magischer Wunsch gewesen, ein Wunsch, der nie in Erfüllung gehen würde. Doch heute war ein Tag der zweiten Chancen gewesen. Man konnte nie wissen.

Gasrechnung, Kreditkartenrechnung, ein Kleidungskatalog, Rabatt beim Online-Shopping. Ganz unten, seidenpapierartig und hauchdünn, befand sich ein blauer Luftpostumschlag mit einer amerikanischen Briefmarke und einem kalifornischen Poststempel, adressiert in einer Handschrift, die sie wiedererkannte. Es war dieselbe Handschrift, die auf jenen Weihnachtskarten voller Worte der Reue und Liebe zu sehen war, die an ihren Vater gerichtet gewesen, aber, Jahre später, von dessen Tochter ihrer Großmutter vorgelesen worden waren.

Er war an *Dr. Honor Levinson* adressiert.

Lydia ließ die übrige Post ins Gras fallen. Den Brief ans Herz gedrückt, lief sie ins Haus, um ihn zu überbringen.

# DANKSAGUNG

Mein Dank geht an meine Agentin Teresa Chris und an Verlagsleiterin Harriet Bourton – ihr seid mein absolutes Dreamteam. Außerdem bedanke ich mich bei Bella Bosworth und Sarah Harwood und allen von Transworld, die so genial sind. Ich schulde meiner Lektorin Joan Deitch nun schon seit sehr langer Zeit ein großes Dankeschön: Danke, Joan, für deine scharfen Augen und dein Verständnis.

Ich danke Dr. Linda Cameron für ihre Beratung in Sachen »Altersbedingte Makula-Degeneration« (AMD) und für jene ziemlich verrückte Brille, mithilfe derer man Honors Sicht der Welt nachempfinden kann. Mein Dank geht an Dr. Joanna Cannon für ihre Informationen zum Thema psychiatrische Dienste für junge Menschen, und Clare Mackintosh für Einblicke in das Vorgehen der Polizei bei Selbstmordversuchen. Ich bedanke mich bei Dr. Iris Kwok, Caroline Stewart und meinem Bruder Dr. Matthew Cohen, die mir erklärten, was mit einer achtzigjährigen Frau geschieht, wenn sie sich die Hüfte bricht, und bei meiner Cousine Sara Kass, die mir Wissenswertes zum Thema Physiotherapie mitteilte und mir erklärte, wie man ein Elektromobil besser nicht benutzt. Mein Dank gilt ebenfalls meiner Cousine Olivia und meinem Cousin Lewis Kass für Hinweise zum Thema Teenager und Social Media. Ich bedanke mich bei Irina Hernon für das Übersetzen von Beleidigungen ins Russische, und bei Kirsty

Jane McCluskey für die Erörterung der Nuancen besagter Beleidigungen. Mein Dank geht an Oliver Frankland, weil er eine »Nein!«-Phase durchgemacht hat.

Ich bedanke mich bei meinen Lauffreundinnen Harriet Greaves und Claudia Spence, weil sie sich meine Gedanken zur Entwicklung des Plots angehört haben, während wir meilenweit liefen. Ich bedanke mich bei Rowan Coleman für das Teilen gewisser ungesunder Obsessionen, und bei Brigid Coady, Miranda Dickinson, Tamsyn Murray, Cally Taylor, Kate Harrison, Natasha Onwu, Anna Scamans und Ruth Ng, weil sie immer für mich da waren.

Wie immer bedanke ich mich bei meinem Mann, meinem Sohn und meinen Eltern, die mich alles gelehrt haben.

Schließlich bedanke ich mich bei Stonewall (www.stonewall.org.uk) und dem It Gets Better Project (www.itgetsbetter.org) dafür, dass sie jungen Menschen helfen, mit homophobem und transphobem Mobbing klarzukommen.

**Manchmal weiß man nicht,
dass etwas fehlt,
bis man es gefunden hat …**

Isabelle Broom, *Olivensommer*
ISBN 978-3-453-35909-3 · Auch als E-Book

Seit dem Tod ihrer Mutter ist Holly Expertin darin, Menschen auf Abstand zu halten. Doch als sie einen unerwarteten Brief ihrer Tante aus Zakynthos erhält, beginnen die sorgfältig errichteten Mauern zu bröckeln. Holly reist auf die griechische Insel und versucht, den Spuren ihrer Familie zu folgen – einer Familie, von deren Existenz sie zuvor nichts wusste. Warum hat ihre Mutter nie von ihrer Schwester erzählt? Und was hat es mit der handgezeichneten Karte auf sich, die Holly und ihr Nachbar Aiden in dem alten Haus finden?

Leseprobe unter diana-verlag.de
Besuchen Sie uns auch auf herzenszeilen.de

DIANA